CANDACE ROBB

LE MYSTÈRE DE ST LEONARD

Traduit de l'anglais (États-Unis) par Jean-Pierre Massias

ÉDITIONS DU MASQUE
17, rue Jacob 75006 Paris

Titre original

The Riddle of St Leonard's

publié par William Heinemann
(Reed International Books Ltd)
Grande-Bretagne

Pour Tante Mae,
qui a toujours été bien plus qu'une tante pour moi.

La York du XIVe siècle d'Owen Archer

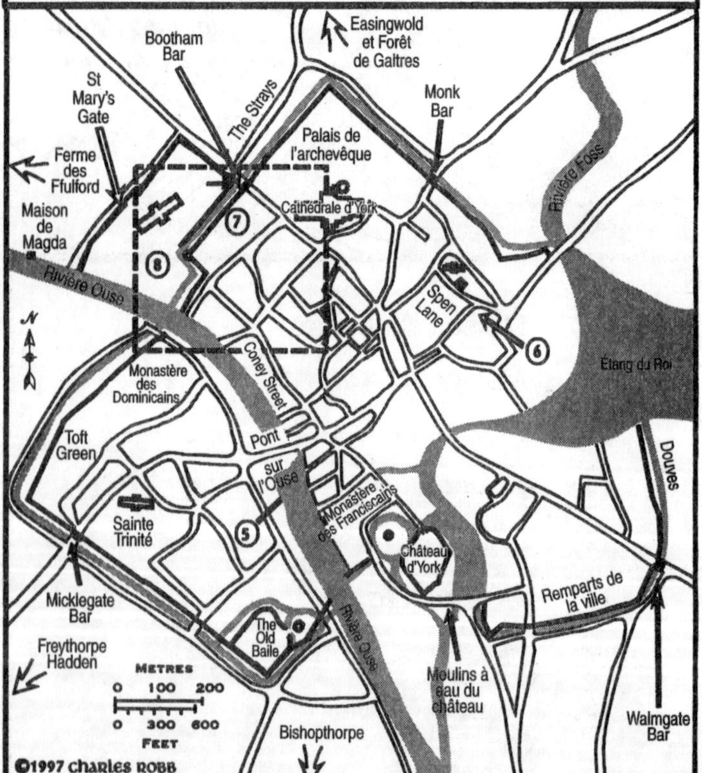

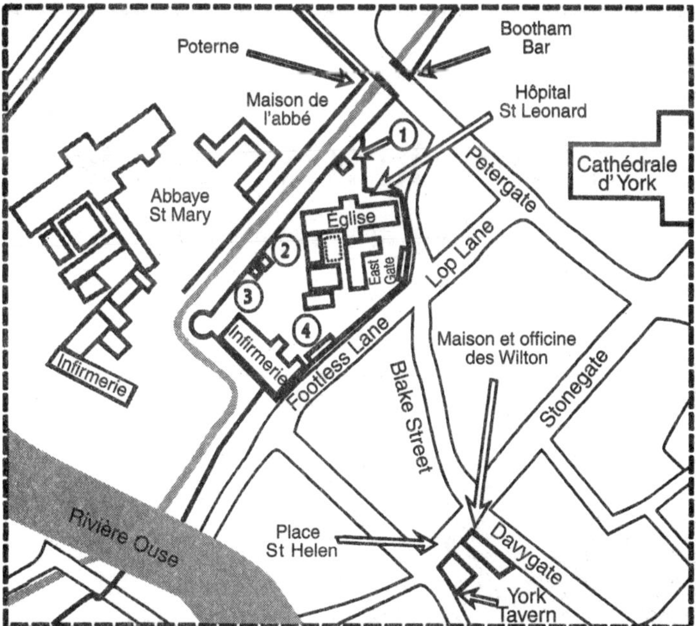

1. Maison du Maître
2. Maison de Warrene
3. Maison de Taverner
4. St Leonard's Water Gate
5. The Staithe
6. St Saviourgate
7. Hôpital St Leonard
8. Abbaye St Mary

Prologue

York, juillet 1369

Après être sorti de l'infirmerie, le vieil homme continua d'avancer d'une démarche hésitante, en faisant porter tout le poids de son corps sur la jambe gauche. Puis, au bout de quelques pas, constatant que la douleur lancinante qui l'avait tellement fait souffrir la veille ne semblait plus handicaper ses efforts, il prit le risque de marcher presque normalement, sans trop se soucier de sa jambe droite. Il ressentit bien un élancement dans le genou mais, à son âge, les douleurs dans les articulations étaient devenues une chose banale. Walter de Hotter traversa la cour de l'infirmerie en direction de l'East Gate. Une première fois. Ensuite, après avoir rebroussé chemin, il renouvela l'opération. Deux fois de suite. Rassuré, il franchit alors la porte extérieure pour emprunter Blake Street. Dieu du ciel, comme ce trajet lui paraissait agréable ! Ce soir, il allait enfin pouvoir dormir dans son propre lit. Non pas que celui qu'il avait occupé à l'hôpital St Leonard fût inconfortable ou sale, loin de là. (À la vérité, il était même plus propre que celui qui trônait dans la chambre de sa maison.) Mais le lit d'un homme, c'est quelque chose de spécial, et Walter était ravi d'être enfin capable de regagner le sien.

Chaque fois que le vieil homme devait séjourner à l'hôpital – généralement à cause d'une blessure –, il s'inquiétait à la pensée qu'il ne pourrait peut-être plus en ressortir. Il savait que ses jours étaient désormais comptés. Il approchait des soixante-dix ans : un âge considérable, un âge vénérable. Et même, pour un homme maladroit et sujet aux accidents comme lui, un âge tout à fait surprenant. Heureusement, il avait eu la chance de contracter un bon mariage et, ayant également réussi à faire prospérer le commerce hérité de son père, il avait pu acquérir plusieurs maisons de rapport dans la cité. De quoi pourvoir largement aux besoins de ses enfants. Quant à sa propre résidence, il l'avait donnée en viager à l'hôpital St Leonard, à charge pour eux de le soigner jusqu'à la fin de sa vie. Une disposition qu'il n'avait prise qu'après la mort de sa femme ; tant qu'elle avait été de ce monde, elle s'était chargée de traiter ses blessures avec beaucoup de compétence. Mais après sa disparition, Walter avait senti une sourde inquiétude le ronger. Qui donc, maintenant, allait préparer des bains de pieds pour ses entorses, passer des onguents apaisants sur ses brûlures, bander ses plaies ? Ses compagnons de la guilde des marchands lui avaient bien dit qu'ils prendraient soin de lui – et il avait confiance en leur parole, car la guilde n'hésitait jamais à venir en aide à ses membres –, mais il refusait d'être à la charge de quiconque tant qu'il aurait les moyens de se débrouiller seul. Il n'était pas souffreteux, simplement très maladroit. C'est Tom Merchet, le propriétaire de la York Tavern, qui lui avait suggéré cette formule de viager. Et Walter lui en serait éternellement reconnaissant. Dans l'arrangement qu'il avait conclu avec l'hôpital St Leonard, l'établissement lui fournissait nourriture et vêtements, plus un lit à l'infirmerie en cas de nécessité. Et cette dernière clause était la plus avantageuse pour lui, car ce lit à l'infirmerie, il l'occupait plus souvent qu'à son tour. Pas longtemps. Non, jamais très longtemps. Mais il se tordait tout de même souvent les chevilles ou se cassait les os. (Tout récemment, un coude.) Son genou gauche enflé, c'était son dernier avatar. Et il avait reçu les meilleurs soins à St Leonard, parce que quand il serait mort, l'hôpital pourrait louer sa maison et en retirer une coquette somme. Ainsi, tout le monde y trouvait son compte.

Pour l'instant, grâce au ciel, il était toujours vivant et encore capable de marcher. De marcher vers sa maison, ce qui lui procurait un sentiment d'extrême satisfaction. Bien sûr, il allait retrouver une demeure vide et ce n'était pas l'idéal. Mais, si Dieu y mettait un peu du sien, ce ne serait pas pour très longtemps. Son fils aîné, celui qui avait pris sa succession, venait de décider d'emmener sa famille dans leur petite maison d'Easingwold, en prétextant qu'il voulait ouvrir un magasin là-bas. La vérité, c'est que Peter avait pris peur quand l'épidémie de peste s'était déclarée. Et qui pourrait l'en blâmer, hein ? Un dimanche, alors qu'il assistait à la messe, Walter avait appris qu'un enfant était mort de cette horrible maladie au cours de la nuit précédente. Arrivé au dimanche suivant, cinq autres personnes étaient décédées à l'intérieur des remparts de la cité – l'une d'elles ayant légué comme lui ses biens en viager à

St Leonard : ce pauvre John Rudby. Walter ne pouvait pas en vouloir à son fils de prendre toutes les précautions possibles pour tenter d'épargner sa petite famille. De son côté, Peter n'avait pas émis la moindre protestation en apprenant que son père sacrifiait leur maison de Blake Street pour être pris en charge par l'hôpital.

L'après-midi touchait à sa fin et les rues étroites étaient déjà très sombres. Pourtant, en tendant bien haut le cou, on pouvait apercevoir un ciel encore bleu au-dessus des bâtisses. Walter avait beau connaître parfaitement le trajet, il avançait avec la plus extrême prudence. Les artères de la ville, souvent encombrées de détritus, offraient bien des occasions de tomber, et les sœurs de l'hôpital l'avaient prévenu : le bandage qui lui maintenait le genou ne résisterait pas à une chute. Mais il avait mangé tout son soûl avant de quitter St Leonard et il se sentait le cœur léger à l'idée de regagner son chez-soi. Une fois encore, il avait survécu à un accident. Dieu se montrait décidément bien indulgent envers lui.

Arrivé devant sa porte, Walter éprouva pas mal de difficultés à faire tourner la clef dans la serrure, mais finalement le pêne joua et le battant accepta de s'ouvrir en grand. Connaissant parfaitement les lieux, il s'avança sans hésiter dans l'obscurité, heureux de ne pas trouver l'atmosphère trop confinée. Puis, à la réflexion, cet état de fait l'inquiéta. Est-ce qu'il n'aurait pas oublié de fermer des volets à l'arrière de la maison ? Il souffrait tellement, lorsqu'il était parti pour l'hôpital, que plus rien d'autre n'avait beaucoup d'importance à ses yeux. Pourtant, en traversant la pièce à tâtons, il vit filtrer des rais de lumière à travers les lamelles de bois des contrevents. Il n'avait donc pas oublié de les fermer. Son soulagement fut cependant de courte durée : il venait de s'apercevoir que la porte ouvrant sur le jardin était entrebâillée, laissant pénétrer l'éclat argenté du crépuscule. Il ne pouvait pas croire qu'il avait été assez négligent pour la laisser ouverte. Ce qui signifiait très certainement qu'un cambrioleur s'était introduit chez lui. Peut-être s'agissait-il de quelqu'un qui avait cru la maison abandonnée... C'est ce qui se passait partout dans la cité. Son fils Peter n'était pas le seul à croire qu'il pouvait courir plus vite que la peste. Et, une fois vides de leurs occupants, les habitations servaient de refuges aux mourants qui voulaient éviter de contaminer le reste de leur famille. Voilà une pensée qui effrayait Walter. Si le cadavre d'une victime de l'épidémie avait empoisonné l'air de la demeure, il n'allait pas tarder à succomber à son tour. Il fourragea maladroitement dans ses vêtements, à la recherche du sachet d'herbes odoriférantes qu'il avait pris soin d'acheter à l'officine des Wilton, la semaine précédente. Et, l'ayant trouvé, il le pressa contre son nez avant de continuer d'avancer. Il ne tarda pas à buter dans quelque chose, et une vive douleur l'obligea à lâcher son sachet. En se penchant, il vit qu'il s'agissait d'un tabouret qui ne se trouvait pas à sa place. Dieu soit loué, il avançait tout doucement. Il est vrai qu'il aurait dû regarder à ses pieds au lieu de fixer la porte entrouverte. Mais c'est qu'il avait cru voir une ombre bouger.

Si un intrus se trouvait toujours sur les lieux, il s'était forcément avisé de sa présence : ses bruyants efforts avec la clef dans la serrure, le tabouret bousculé... Alors il devait se tenir prêt à toute éventualité. Saisissant par un pied le siège qui lui barrait le passage, Walter gagna discrètement la porte avec cette arme improvisée. Il ne fut pas autrement surpris de découvrir un homme dans son potager.

– J'aimerais bien savoir ce que vous faites ici !

L'individu en question fit rapidement demi-tour et avança vers Walter d'un air menaçant.

– Qui êtes-vous ? aboya-t-il.

– C'est à moi de poser cette question ! Je suis Walter de Hotter. Ceci est ma maison et vous vous trouvez dans mon jardin.

Ce disant, il leva le tabouret au-dessus de sa tête, exposant du même coup sa poitrine. L'inconnu en profita pour y plonger le couteau qu'il tenait à la main.

– Doux Jésus ! s'exclama Walter dans un râle.

Il laissa retomber le tabouret et, pressant une main sur son cœur, il la sentit vite toute poisseuse du sang qui s'en échappait. Et puis son agresseur lui agrippa le cou d'une poigne robuste, serrant, serrant...

Le lendemain soir qui suivit la découverte du corps inanimé de Walter de Hotter, une foule avide de potins se bousculait à l'intérieur de la York Tavern. En réalité, ces pauvres gens cherchaient surtout à oublier l'angoisse dans laquelle les plongeait l'épidémie de peste. Bess Merchet considérait cette clientèle très particulière d'un air entre deux airs.

Le père Bede se faisait l'écho de la plus récente clabauderie :

– En l'espace de trois semaines, deux personnes qui avaient vendu leurs biens en viager à St Leonard sont mortes. Et l'hôpital, qui a justement grand besoin d'argent, va pouvoir louer leurs maisons à un bon prix. Vous trouvez pas ça bizarre, vous ?

Bess, que ces basses insinuations irritaient au plus haut point, ne put tenir sa langue :

– John Rudby est mort de la peste, père Bede. Et ce pauvre Walter n'a jamais été solide sur ses jambes.

– Oui-da ! s'esclaffa le vieux. Et ce pauvre Walter a trébuché sur un couteau avant de s'étrangler tout seul, c'est bien ce que vous voulez dire ?

Il continua à rire de sa propre plaisanterie, au point qu'il faillit s'étouffer dans une méchante quinte de toux. Bess le menaça du torchon qu'elle tenait à la main. Mais elle savait pertinemment que, ce soir, il n'était pas le seul à émettre de telles suppositions. Personnellement, elle détestait ce genre de rumeur. Son propre oncle avait lui aussi donné ses biens en viager à l'hôpital St Leonard. Ainsi que le meilleur ami de ce dernier. Ce soir, elle se promettait de dire une prière à leur intention ; cela ne pourrait pas leur nuire.

1

Une réputation en péril

À cause de l'épidémie de peste qui se propageait dans le sud du pays, dans leur grande majorité, les membres du gouvernement s'étaient hâtés de chercher refuge à la campagne. Depuis une quinzaine de jours, les rouages de l'État tournaient au ralenti et rien de très important ne serait décidé à Westminster tant que le nombre de morts n'aurait pas retrouvé un niveau plus acceptable. Les pauvres, les commerçants qui ne pouvaient pas se permettre de fermer boutique pendant une saison entière – sans oublier ceux qui se trouvaient à leur service – restaient sur place et vivaient dans une angoisse constante. Ils n'avaient d'autre choix que de se calfeutrer chez eux ou de porter des masques pour sortir, afin de se protéger contre l'air pestilentiel.

Il y en avait aussi d'autres que leurs fonctions officielles obligeaient à rester fidèles au poste. Gardien du Panier[1] et Receveur de la Reine[2], Richard

---

1. Le Gardien du Panier était à la tête d'un service de la chancellerie qui recevait les sommes à payer pour l'obtention de diverses chartes, le produit de certaines amendes, etc. En échange, il versait les salaires des employés de la chancellerie et achetait les fournitures de bureau. Il devait son sobriquet au fait que les documents en attente de recevoir le sceau étaient conservés dans un panier. *(NdT)*

2. Le Receveur de la Reine, officier de sa maison, avait la

de Ravenser faisait partie de ce triste lot. Et pourtant, il se voyait obligé de se rendre dans le Nord à la fin de la semaine. Il venait en effet de recevoir une lettre fort préoccupante de l'un de ses chanoines ; ce dernier avait jugé bon de l'informer d'un certain nombre d'événements inquiétants survenus à St Leonard, le grand hôpital de la ville d'York dont il était le maître.

Tout aussi contrariant était le message en provenance de son oncle, John Thoresby, archevêque d'York, qui le convoquait à Londres. Vraiment, l'oncle en question avait bien mal choisi son moment pour se rendre à Londres. Il aurait certainement mieux fait de rester isolé à Bishopthorpe où il se trouvait en relative sécurité. Ravenser ne redoutait pas particulièrement de parcourir à cheval le court trajet de Westminster à Londres, mais il s'inquiétait de savoir ce que l'archevêque pouvait bien lui vouloir. L'archevêque devait être arrivé là-bas tout récemment, car personne ne semblait encore au courant de sa présence dans la cité. Et il l'avait impérativement convoqué pour la sixième heure, ce qui signifiait que l'affaire était urgente. Le temps de se faire amener un cheval et il devrait être prêt à prendre la route.

Du bois de genévrier brûlait dans un brasero installé près du fauteuil de John Thoresby, qui tenait une grosse boulette d'ambre gris à la main. Il avait pris soin de bien faire calfeutrer la fenêtre qui ouvrait

---

charge de certains revenus et réglait des factures sur son ordre. Richard de Ravenser pouvait représenter la reine devant n'importe quel tribunal d'Angleterre. *(NdT)*

sur son petit jardin. Et, précaution supplémentaire, il avait renoncé ce matin-là au bain qui le tentait tellement. C'est qu'il était bien décidé à survivre à l'épidémie de peste, afin de réaliser la promesse qu'il avait faite de terminer la chapelle de la Vierge dans la bonne ville d'York.

L'archevêque n'était venu à Londres que pour examiner les actes notariés relatifs à son palais de Sherburne. Il voulait s'assurer qu'il avait bien le droit de le faire démolir et d'utiliser les pierres pour la construction de sa fameuse chapelle. Mais le matin même, il avait reçu une lettre dont il tenait à discuter le contenu avec son neveu.

Heureusement que le jeune homme s'était débrouillé pour arriver à l'heure dite, car l'archevêque ne se montrait jamais très patient avec lui. Ce qui était moins heureux, c'était la façon dont Richard de Ravenser s'était vêtu : une houppelande en soie bleue hors de prix et un haut-de-chausses d'un vert éclatant. En voyant son neveu transpirer à grosses gouttes, John Thoresby se fit la réflexion que sa sueur allait gâcher cette belle soie. Comment un aussi court trajet que celui qui l'amenait depuis Westminster pouvait-il faire transpirer autant un homme aussi mince ?

– Tu pourrais concurrencer n'importe quel paon dans n'importe quel jardin, commenta-t-il, sans le moindre humour.

Impossible de dire si ce commentaire acerbe fit rougir Ravenser, car il était déjà écarlate. Écarlate, transpirant, habillé comme un paon et, comment le nier ? ressemblant physiquement de plus en plus à son oncle, même si ses lèvres étaient plus pincées et que ses yeux trahissaient une certaine désespérance.

– Monseigneur, dit Ravenser en s'inclinant respectueusement. Je suis venu aussi vite que j'ai pu.

– Oh ! sans même prendre le temps de revêtir quelque chose de plus élégant ? railla l'archevêque.

Son neveu ne parvint pas à dissimuler sa surprise.

– J'admets m'être changé rapidement en attendant l'arrivée de ma monture et de mon escorte. (Ravenser baissa les yeux vers ses vêtements en fronçant les sourcils.) Je n'ai pas bien choisi ?

– Je me suis laissé dire que tu aspirais toi aussi à devenir archevêque. Est-ce la vérité, Richard ?

Ravenser fixa son regard sur un fauteuil.

– Vous permettez ?

– Bien sûr, acquiesça l'archevêque. Je conçois que cette chevauchée t'ait épuisé !

Il observa son neveu tirer sur le dos de sa houppelande pour éviter de la trop froisser, puis en étaler les larges manches sur les accoudoirs du fauteuil. Il se dit que l'afféterie de sa vêture s'accordait mieux avec une charge à la cour ou à la chancellerie qu'à une fonction ecclésiastique.

– Un peu de vin ?

Le Receveur de la Reine redressa la tête, le visage illuminé d'un sourire candide.

– J'avoue que cela me ferait le plus grand bien.

John Thoresby crut deviner que c'était la qualité du sourire de son neveu, si inattendue chez un homme occupant sa position, qui charmait la reine. Ce sourire lui donnait l'air d'un innocent fourvoyé dans un monde de ministres devenus cyniques par la force des choses.

– S'il est vrai que tu ambitionnes de faire partie

de la hiérarchie de l'Église, je ne saurais trop te conseiller d'adopter une apparence plus cléricale, persifla l'archevêque.

Ravenser accusa le coup.

– Me comparer à un paon n'était donc pas une simple plaisanterie ?

– Absolument pas.

Un domestique se détacha d'un coin de la pièce, versa du vin coupé d'eau dans deux magnifiques gobelets de verre italien, en offrit un à Ravenser sur un plateau. Ce dernier s'en saisit et le vida quasiment d'un trait. Le serviteur attendait près de lui pour le resservir. Après avoir avalé le second gobelet, le neveu de l'archevêque laissa échapper un grand soupir de satisfaction et produisit un mouchoir de fine batiste dont il se tapota délicatement les lèvres.

Ce fut le moment choisi par John Thoresby pour prendre la désobligeante missive du bout des doigts, en faisant comprendre au domestique d'un signe de tête qu'il devait la transmettre au jeune homme.

– J'ai reçu cette épître aujourd'hui même. Et j'ai tout de suite pensé que tu serais pressé d'en discuter le contenu avec moi.

Les yeux de Ravenser glissèrent rapidement vers la signature et il plissa le front.

– Roger Selby est devenu maire ? Mais qu'est-il advenu de William Savage ?

– Savage ? Ne me dis pas que tu n'étais pas au courant ! Il est mort depuis le mois de mai ! C'est bien simple, Selby a prêté serment le jour de la Saint-Barnabas.

– Dieu soit loué ! murmura Ravenser.

– Tiens donc ! Personnellement, j'ai toujours

trouvé que Savage se conduisait en homme raisonnable.

– Non, la fonction lui avait fait enfler la tête.

– C'est pourtant son cœur qui a cédé, ironisa l'archevêque avec l'ombre d'un sourire.

Richard de Ravenser, lui, grimaça.

John Thoresby commençait à se demander ce qui avait bien pu se passer entre le maire décédé et son neveu, mais cela pouvait attendre. Il était plus urgent de résoudre le problème pour lequel il l'avait convoqué.

– Dépêche-toi de lire cette lettre, Richard, insista-t-il. Nous devons prendre une décision très rapidement.

Au fur et à mesure qu'il avançait dans sa lecture, la mine de Ravenser s'assombrissait. Et après qu'il eut terminé, il laissa tomber la missive sur la petite table placée près de son fauteuil, puis appuya pensivement son menton dans sa main. Tout souci d'élégance paraissait l'avoir abandonné.

– Richard, reprit l'archevêque, je suis particulièrement soucieux de la réputation des établissements religieux de la cité d'York. Que sais-tu de cette Honoria de Staines ?

– Doux Jésus, mon oncle, il s'agit d'une sœur laie. Autrement dit, rien d'autre qu'une servante des religieuses qui prennent soin des malades.

– Une servante qui, semble-t-il, a été autorisée à poursuivre son ancienne profession quand elle n'était pas de service à l'hôpital ?

– Certainement pas ! William Savage n'avait qu'une idée en tête : salir la réputation dudit hôpital par tous les moyens. Les sœurs laies vivent ensemble sous le même toit. Dans une maison appartenant à St Leonard. S'il y avait une pécheresse parmi elles, je suis certain qu'elle serait tout de suite dénoncée.

– Dis-moi ce que tu sais de cette femme.

– Elle est blonde et elle a du goût pour les hommes, à ce qu'on prétend. Son mari est parti se battre pour le roi et n'en est pas revenu.

– Comment en est-elle arrivée à travailler à l'hôpital ?

Avant de répondre, Ravenser se leva pour aller se placer derrière son fauteuil. Il appuya ensuite ses coudes sur le dossier et hocha longuement la tête.

– Cette discussion m'apparaît tout à fait inutile, finit-il par dire. Mais s'il s'avérait qu'il y a effectivement quelqu'un à blâmer, il ne pourrait s'agir que de mon chanoine-économe, don Cuthbert. C'est lui qui me remplace lors de mes absences. Et il a toujours été profondément convaincu que sa mission consistait aussi à donner aux pécheurs une seconde chance. Quand Maîtresse Staines est venue se présenter devant lui pour l'informer de sa nouvelle vocation, il a jugé qu'il était de son devoir de chrétien de l'accepter parmi les sœurs laies. Et j'avoue que je n'ai pas hésité à l'en féliciter.

– Ce don Cuthbert doit être un parfait naïf. Je suppose qu'elle a effectué une petite donation pour achever de le convaincre ?

– J'avoue que je l'ignore. Mais ce dont je suis certain, c'est que ce ne serait pas susceptible d'influer sur sa décision.

– Curieux, que je ne garde aucun souvenir de ce saint, railla l'archevêque.

– Je me demande si vous l'avez jamais rencontré. Il est très rare qu'il quitte St Leonard.

– Donc, pour toi, accuser cette Honoria de Staines de continuer à inviter des hommes dans son lit est pure affabulation ?

– Oui, Monseigneur. À moins qu'elle ne les partage avec les sœurs laies qui occupent la maison avec elle...

La voix de Ravenser avait monté d'un ton.

– Tu as l'impression que je te tyrannise, n'est-ce pas ? Que je suis injuste avec toi ? Mais tu ne dois pas sous-estimer le mal que peuvent causer de telles médisances. Aurais-tu, par hasard, encouragé cet économe à se montrer aussi audacieux dans d'autres choix ?

– On ne m'a rapporté aucun autre incident fâcheux de ce genre.

– Ce qui veut dire que tu t'en remets aux autres pour apprendre ce qui se passe dans ton hôpital. Ce n'est pas une attitude souhaitable. Quid des difficultés financières ?

D'un geste élégant, Ravenser s'épongea le front et la lèvre supérieure avec son fin mouchoir.

– Vous savez exactement ce qu'il en est, Monseigneur. Quant à savoir comment la chose a été rendue publique...

Il laissa sa phrase en suspens et hocha la tête.

L'archevêque considéra pensivement son neveu. Il se demandait quelle conduite adopter. Devait-il lui prodiguer des conseils ou le laisser se tirer d'affaire tout seul ?

Ravenser se racla la gorge.

– J'ai adressé une requête à la reine pour demander audience. Je voudrais obtenir la permission de me rendre à York pour essayer de faire taire toutes ces folles rumeurs.

Excellent, pensa son oncle. Peut-être ce garçon a-t-il l'étoffe qui lui permettra de se hisser encore plus haut dans la société. Puis il vit Ravenser produire une lettre à son tour.

– Ce n'est pas tout, Monseigneur. Un autre chanoine, qui a toute ma confiance, m'a fait part d'un autre racontar.

Il tendit la missive à John Thoresby. Ce dernier lut attentivement la correspondance de don Erkenwald, dans laquelle il prévenait Ravenser que bien des gens, à York, trouvaient curieux de constater que les morts récemment survenues à l'hôpital étaient plutôt bénéfiques aux finances de l'établissement.

L'archevêque gratifia son neveu de son regard le plus sévère.

– Et tu peux me jurer qu'il ne s'agit là que d'un racontar ?

D'un air las, Ravenser appuya son visage contre ses mains.

– Par le sang du Christ. Si vous parvenez, vous aussi, à envisager une telle monstruosité, il ne me reste vraiment aucun espoir.

– Bon, cela suffit pour l'instant. Je me rends moi-même au château de Windsor demain, précisa Thoresby. Si tu reçois ton invitation à temps, je te convie à partager ma barge.

Son neveu le regarda à travers ses doigts écartés.

L'archevêque lui adressa un léger signe de tête.

Ravenser se redressa enfin et lui sourit.

– Vous êtes très aimable de m'inviter à me joindre à vous. Je ne sais comment vous remercier.

– C'est pourtant simple. Efforce-toi de résoudre les problèmes de St Leonard au plus vite. Avant que trop de réputations en souffrent.

Toujours souriant, son neveu répondit d'une courbette. Mais John Thoresby avait eu le temps de lire un certain désarroi au fond de ses yeux. Tant mieux ! Dans cette sombre histoire, l'archevêque tenait à défendre ses propres intérêts. Il ne souhaitait aucunement que son neveu voie en lui un allié inconditionnel.

Les nombreux ragots suscités par la mort de Walter de Hotter étaient effectivement parvenus jusqu'aux oreilles de don Erkenwald. À sa grande amertume. Quant aux rumeurs sur les difficultés financières de l'hôpital, il y avait déjà plusieurs mois qu'elles circulaient à travers la cité. Seulement maintenant, quelqu'un venait d'y apporter un enjolivement apte à alimenter les imaginations. Personne n'avait trouvé aucun commentaire oiseux à faire après le décès de John Rudby, mais pour Walter de Hotter, impossible de le nier, il s'agissait d'un meurtre. Et si Walter vivait toujours dans sa maison en ville, il venait tout juste de quitter l'hôpital quand il s'était fait poignarder d'abord et étrangler ensuite, pour faire bonne mesure. Sa mort risquait d'entacher encore davantage la réputation déjà mise à mal de St Leonard.

La situation était bien plus grave que le frère qui avait la charge de l'hôpital ne semblait le croire. Il fallait prendre des décisions énergiques de toute urgence. Comment don Cuthbert avait-il pu être élu économe à sa place ? Le malingre chanoine s'était satisfait de l'explication du bailli sans vouloir chercher plus loin que le bout de son nez. Et le bailli en était venu à la conclusion simpliste que Walter de Hotter avait rencontré un cambrioleur en rentrant chez lui et que cette rencontre lui avait été fatale. L'économe n'avait plus voulu aborder le sujet par la suite. Il s'était même montré particulièrement sourd à la suggestion d'Erkenwald de mettre sir Richard de Ravenser – maître de St Leonard – au courant des rumeurs dans les meilleurs délais.

Par conséquent, don Erkenwald n'avait eu d'autre choix que d'écrire lui-même à sir Richard pour lui dire ce qui se racontait en ville. Ravenser était probablement très occupé à Westminster en tant que Gardien du Panier et Receveur de la Reine, mais pas suffisamment occupé pour ne pas se soucier de la réputation de son hôpital. Et Erkenwald espérait qu'après avoir reçu sa missive, le maître de St Leonard déciderait de prendre la route du Nord afin de rencontrer les familles importantes de la cité d'York pour les convaincre que tout allait pour le mieux dans le meilleur des mondes. Le moment était particulièrement mal choisi pour laisser de tels mensonges empoisonner l'opinion publique et faire croire aux habitants que St Leonard n'accomplissait pas du bon travail. Surtout à un moment où la guilde des marchands faisait construire des établissements élégants où elle comptait abriter ses propres membres malades ou trop âgés pour se suffire à eux-mêmes. L'hôpital dépendait entièrement de ces riches marchands. Pour l'heure, on devait encore pouvoir compter sur leur générosité pour faire fonctionner St Leonard.

Quand il visitait les pauvres, comme il en avait la charge, Erkenwald n'oubliait pas de demander s'ils avaient entendu dire quoi que ce soit de sérieux au sujet de la mort de Walter de Hotter. Et un après-midi, alors qu'il s'était octroyé un peu de temps libre pour tirer à l'arc sur les cibles plantées dans St George's Field – le fait d'avoir prononcé ses vœux n'empêchait en aucune façon son entraînement militaire –, Erkenwald demanda son avis à quelqu'un qui passait pour le meilleur espion dans tout le nord du pays.

Tout en enlevant la corde de son arc, Owen Archer écouta avec intérêt ce qu'il avait à lui dire, jusqu'à ce qu'il expose la motivation.

– Quoi ! Assassiner un marchand honorablement connu dans l'unique dessein de salir la réputation d'un hôpital rival ? (Le grand homme borgne afficha un sourire ironique.) Je crois que vous devriez redevenir soldat, don Erkenwald. Il me semble que toutes ces prières vous ont quelque peu ramolli le cerveau.

Le chanoine laissa fuser un rire sonore.

– Parlons-en ! Je puis vous assurer qu'il y en a beaucoup qui trouvent que je ne prie pas assez. C'est d'ailleurs la raison pour laquelle ils ont choisi Cuthbert comme économe à ma place. Pour lui, la prière est la réponse à tout. Chaque fois qu'un nouveau trésor est dérobé, il se précipite à l'église pour prier. Je suppose qu'il pense que le Bon Dieu a pris la décision de redistribuer les trésors de St Leonard.

– J'ignorais qu'il y avait eu des vols à l'hôpital.

– Dieu soit loué, personne ne semble au courant ! Pour une fois je suis d'accord avec Cuthbert. De toute façon, étant des aigrefins eux-mêmes, les marchands ne trouveraient pas drôle qu'il y ait un voleur parmi nous.

– Qu'cst-ce qui a disparu ?

Erkenwald ne se fit pas prier, car il savait pertinemment qu'Owen n'irait pas ébruiter ses révélations. Et peut-être serait-il à même de faire une suggestion utile.

– Des objets de grande valeur. Un calice en or finement travaillé, une couverture de missel en argent ciselé, de précieux gobelets de verre italien. Et le reste à l'avenant.

– Et la seule réaction de don Cuthbert après ces vols a été d'aller prier à l'église ?

– À vrai dire, c'est son occupation principale. Il ne fait pas grand-chose d'autre.

Don Erkenwald s'aperçut alors qu'Owen Archer ne l'écoutait plus que d'une oreille. Il rangeait son arc. Peu importe. Il était maintenant au courant et il pourrait traiter cette confidence comme il l'entendrait.

– Merci de m'avoir écouté, capitaine.

– Je vous prie de pardonner ma hâte, don Erkenwald. Mes enfants s'en vont à la campagne dès demain et il me reste beaucoup à faire avant leur départ.

– Vous les envoyez chez le père de Maîtresse Wilton ?

– C'est en effet la décision que nous venons de prendre.

– Pour les protéger de la peste ?

Owen passa le doigt sur la cicatrice qui partait du bandeau lui recouvrant un œil.

– Vous trouvez que c'est de la bêtise, non ? La mort parcourt aussi la campagne.

– C'est malgré tout une bonne précaution.

– Dieu soit avec vous, don Erkenwald.

Le chanoine le suivit des yeux et remarqua qu'il s'éloignait, les épaules voûtées, ce qui cadrait mal avec ce qu'il savait du personnage. Prendre la décision d'éloigner ses enfants avait dû beaucoup lui coûter.

John Thoresby et Richard de Ravenser se trouvaient tranquillement assis sur la barge de l'archevêque, qui remontait la Tamise en direction du château de Windsor. Le soleil de l'après-midi avait réchauffé l'eau du fleuve qui dégageait des odeurs fétides particulièrement difficiles à supporter. Heureusement, une faible brise faisait voltiger leurs superbes atours et un auvent les protégeait des rayons du soleil. Leurs hommes d'armes n'avaient pas cette chance : ils macéraient dans leur propre sueur. L'archevêque feignait de s'intéresser aux cygnes qui ressemblaient à des ombres fantomatiques derrière les rideaux de roseaux ou les hautes herbes couronnant la berge. Il ne lui échappait cependant pas que son neveu était en train de l'observer avec attention. Pensait-il découvrir son avenir inscrit sur le visage de son oncle ? Les gens qui les voyaient ensemble soulignaient souvent qu'ils se ressemblaient. Extérieurement, c'était parfaitement vrai : ils donnaient l'impression d'être le même homme à deux stades différents de sa vie. Mais ce n'était qu'une simple illusion. Leurs âmes n'avaient pas de commune mesure.

Richard Ravenser paraissait apprécier le voyage ; il souriait maintenant et salua même de la main une dame qu'ils croisèrent sur une autre barge et à qui son amoureux donnait la sérénade en pinçant vigoureusement son luth. Quant à John Thoresby, rien ne pouvait lui réjouir le cœur aujourd'hui. Il était bien trop conscient que, vu son état, l'audience que la reine Phillippa allait lui accorder risquait fort d'être la dernière.

La chaleur qui enveloppait le château de Windsor paraissait faire palpiter les vieilles pierres mais, une fois à l'intérieur, ils constatèrent que les murs épais suintaient et qu'il s'en dégageait une fraîcheur humide. Heureusement, des feux aromatiques brûlaient un peu partout pour tenter de mettre en échec la pestilence et finissaient par emplir les interminables couloirs d'une espèce de brume. Des messes étaient dites sans interruption pour le bon peuple et, une fois par jour, une procession quittait la chapelle St George, faisait le tour de la cour inférieure, franchissait la porte anglo-normande, longeait les murs de la cour supérieure et regagnait son point de départ après avoir donné une bénédiction dans les appartements royaux. Dès qu'un domestique paraissait un peu fiévreux, il était éloigné du château séance tenante par mesure de précaution. Seuls ceux qui donnaient l'impression d'être en parfaite santé pouvaient rester dans l'entourage du roi et de la reine, et encore devaient-ils attendre d'être convoqués avant de pénétrer dans les appartements royaux.

Ravenser éprouvait une vive inquiétude quand il fut introduit dans la chambre de la reine. Il s'était toujours présenté devant elle pour l'entretenir de ses affaires à elle, et uniquement à sa demande. La situation était différente aujourd'hui. Il venait pour parler de ses problèmes à lui et n'était admis en sa présence qu'à la suite de la missive qu'il lui avait adressée pour lui expliquer la situation dans laquelle il se trouvait empêtré. Et soudain, il lui paraissait bien trivial d'entretenir une reine mourante de ce genre de problèmes.

Elle lui avait pourtant gracieusement accordé une audience et lui faisait signe de la main de venir près d'elle – une main rouge et enflée.

– Votre Majesté, dit Ravenser en mettant un genou à terre.

– Approchez-vous. Je n'ai plus beaucoup de temps à consacrer à l'étiquette, mon aimable receveur.

– Veuillez me pardonner d'avoir osé...

Elle l'interrompit d'un léger grondement.

– Quoi qu'il en soit, les affaires d'État sont devenues trop pesantes pour moi. J'ai prié après avoir reçu votre lettre, et je suis persuadée que c'est la volonté de Dieu que vous partiez pour le Nord afin de mettre de l'ordre dans votre maison. Et vous serez mieux éloigné de Londres et de la cour en cette triste période.

– Votre Majesté est trop bonne. Je vais charger mon meilleur assistant de me remplacer en mon absence.

La reine se laissa aller en arrière pour appuyer sa tête à une montagne de coussins en soie. Une dame de compagnie s'avança alors pour raccompagner Ravenser hors de la chambre.

Des larmes brillaient dans les yeux de la reine.

– Mon cher John, mon cher vieil ami. (Elle lui

serrait la main de toutes ses forces déclinantes.) Priez pour moi.

– Et je vous supplie de faire la même chose pour moi.

– Je vous en prie, aidez Edward quand je ne serai plus là. Il aura grand besoin de vous.

Thoresby ne jugea pas nécessaire de préciser qu'il y avait une éternité que le roi n'avait pas eu recours à lui pour quelque chose qui ne relevait pas de sa qualité d'archevêque. Ce n'était ni le lieu ni le moment. Mais il souhaitait néanmoins présenter une requête :

– Je voudrais être votre confesseur. Rester près de vous jusqu'à...

Incapable de terminer sa phrase, il la laissa en suspens.

Les yeux chassieux de Phillippa luisaient toujours de larmes.

– Non, ce serait trop pénible pour moi. Avec Wykeham, je n'éprouve pas autant de chagrin.

C'était donc vrai. William de Wykeham, chancelier et évêque de Winchester, était devenu le confesseur de la reine moribonde. Mis au courant, Thoresby avait refusé d'y croire. Pour masquer sa déconvenue, il fit part à la reine Phillippa du projet qu'il avait conçu pour terminer la chapelle de la Vierge.

– Quel dommage pour Sherburne. N'est-ce pas une très jolie maison ?

– Je possède beaucoup de jolies maisons, Votre Majesté. Et la cathédrale d'York n'a pas de chapelle de la Vierge. Les carrières capables de me fournir la pierre dont j'ai besoin sont épuisées, et je veux terminer les travaux assez vite pour que vous veniez voir le résultat.

La reine Phillippa lui tapota la main.

– Ce ne sera pas possible, mon ami. Bien des gens qui étaient trop jeunes pour mourir sont partis. Mon tour est venu. Peut-être Dieu acceptera-t-il de laisser Richard guérir si je me résigne à m'en aller paisiblement...

Son fils aîné, le Prince Noir, souffrait d'une étrange maladie de langueur depuis deux ans. Son deuxième fils, Lionel, duc de Clarence, était décédé l'année précédente, et la femme de son troisième fils, la délicieuse Blanche, duchesse de Lancastre, était morte à l'automne. Certains pensaient que c'était l'accumulation de tous ces chagrins qui avait brisé la reine.

– Je voudrais rester près de vous, confesseur ou pas.

Phillippa ferma les yeux et fit un signe impérieux de sa main enflée.

– Vous devez prendre la direction du Nord et terminer la chapelle de la Vierge. Espérons qu'elle sauvera York de la peste.

La veille de leur départ, Thoresby et Ravenser furent invités à souper à la table du roi. Au moment où des serviteurs posaient le rôt sur la table, un messager entra brusquement dans la salle. Il s'approcha à la hâte du souverain et s'agenouilla près de son fauteuil. Edward se tourna froidement vers lui et consentit à incliner la tête. L'homme délivra discrètement son message, mais le roi n'avait que faire de sa discrétion. Il leva soudain les bras en s'écriant :

– Magnifique ! Magnifique ! Tu mérites quelques pièces d'or. (Tandis que l'heureux messager était escorté au bas bout de la table, Edward se tourna, rayonnant, vers ses convives.) Elle a accouché d'une fille et toutes les deux sont en bonne santé. Maîtresse Alice vient tout juste de donner naissance à une fille. (Le roi fit l'effort de se lever, même si ses jambes paraissaient instables. Prenant appui d'une main au dossier de son fauteuil, il leva sa coupe de l'autre en criant :) Buvons à Maîtresse Alice !

Et il riva son regard à celui de John Thoresby, comme pour le mettre au défi.

L'archevêque leva sa coupe à son tour.

– Dieu soit remercié pour cet accouchement sans danger, parvint-il à articuler sans s'étrangler avec la bile qui lui remontait dans la gorge.

2

La peste

Deux personnes se frayaient péniblement un chemin à travers les hautes herbes qui proliféraient le long de la berge. À peine se furent-elles éloignées du bord de l'eau de quelques pas qu'aucune brise ne vint plus les rafraîchir. Le soleil ne tarda pas à les faire transpirer abondamment, et ils durent subir les véhémentes protestations des grenouilles et des abeilles qu'ils dérangeaient en passant avec la barque qu'ils traînaient derrière eux. Après avoir solidement attaché la modeste embarcation à un arbrisseau, ils s'engagèrent résolument dans le champ en jachère qui les séparait encore du cottage. Des orties s'accrochaient au haut-de-chausses de l'homme et à la longue jupe de la femme, comme pour les inciter à battre en retraite. Des myriades de moustiques et de mouches n'avaient de cesse de vouloir goûter à leur sueur et les poursuivaient en nuages vrombissants. Quant aux grillons, ils se chargeaient d'annoncer bruyamment leur arrivée. Tout près d'eux, ils entendirent un cheval hennir et frapper le sol du sabot.

Owen Archer et Magda Digby échangèrent un regard qui trahissait toute leur inquiétude. Les bâtiments et les environs de la ferme leur paraissaient beaucoup trop silencieux. Aucun des bruits qu'ils escomptaient percevoir : ceux d'une famille accomplissant les besognes quotidiennes – une faux sifflant dans les hautes herbes, un seau vide se balançant au bout d'une corde et heurtant les parois du puits, des cris d'enfants en train de jouer... En dépit de ce que leur avait laissé entendre le pêcheur, Owen et Magda avaient espéré trouver Duncan Ffulford et sa famille en plein travail.

Arrivé en bordure du champ, Owen s'arrêta quelques instants pour chasser les mouches de son visage et examiner les lieux. Il ne pouvait compter que sur son œil droit ; le gauche, d'où partait une cicatrice, était dissimulé sous un bandeau. Il fut donc obligé de tourner la tête à gauche et à droite pour examiner la cour en son entier. Observant le cottage recouvert de chaume dont la porte était restée grande ouverte, il remarqua qu'aucune fumée ne s'échappait du trou percé dans le toit ; dans la cour poussiéreuse, une carriole paraissait avoir été préparée pour partir, mais aucun cheval n'y était attelé ; le silence qui régnait dans la grange et les autres bâtiments s'élevant derrière la chaumière n'était brisé, de temps à autre, que par l'agitation du cheval impatient.

Owen se tourna vers sa compagne.

– Je me demande bien où est passée la gamine.

Le pêcheur qui les avait alertés avait prétendu avoir vu une fillette en train de guetter du secours au bord de la rivière ; elle lui aurait crié que sa mère et les bébés étaient morts, et que son père était trop malade pour pouvoir l'aider à les enterrer.

Magda se protégea les yeux du soleil d'une main noueuse. Elle dirigeait son regard vers la grange.

– Tu entends la bête, Œil-d'Oiseau ?

– Pour sûr. Il n'y a pas grand-chose d'autre à entendre.

– À mon avis, l'enfant lui tient compagnie.

– Il faut peut-être aller la voir en premier ?

La vieille femme hocha la tête.

– Non. Mieux vaut affronter le pire en premier ; commençons par visiter la maison. Mais pas sans protection. Il n'y a pas un souffle de vent pour emporter les vapeurs au loin.

D'une sacoche pendue à sa ceinture, Magda tira deux sachets de toile bourrés d'herbes aromatiques. Après en avoir tendu un à Owen, elle s'appliqua l'autre sur le nez et la bouche. C'était supposé les protéger des exhalaisons nocives qui propageaient l'épidémie.

Owen considéra le sachet d'un air dubitatif.

– Et qui va nous les maintenir appliqués sur le nez pendant que nous allons enterrer les morts ?

Magda se contenta de renifler dédaigneusement.

– Pour le moment, couvre ton visage, espèce de Gallois chicaneur. Se protéger chaque fois que c'est possible est préférable à ne pas se protéger du tout.

Cela dit, la minuscule sage-femme traversa vivement la cour poussiéreuse et entra sans hésiter dans le cottage.

Owen, qui souvent dans le passé n'avait pas eu à regretter d'avoir suivi les conseils de Magda, se plaqua à son tour le sachet sur le nez et se précipita à sa suite. Il dut se pencher pour franchir la porte basse.

À l'intérieur, il faisait très sombre ; seules quelques craquelures dans les murs et dans le toit permettaient à de rares rais de lumière où tourbillonnait la poussière de s'infiltrer dans la chaumière. Après que leurs yeux se furent accoutumés à l'obscurité, ils purent dénombrer quatre cadavres entourés d'un énorme nuage de mouches : deux enfants affectueusement serrés contre une femme couchée dans un lit aux montants de bois, et un homme gisant sur le sol près des vestiges d'un feu. Magda n'hésita pas à s'approcher du lit, mais se servit d'un bâton pour soulever la couverture et examiner les corps. Malgré son sachet d'herbes odoriférantes, Owen pouvait sentir la putréfaction lui envahir les narines. Sur le point de suffoquer, il fut obligé de sortir dans la cour pour reprendre son souffle.

Magda ne tarda pas à venir l'y rejoindre.

– C'est bien la peste, Œil-d'Oiseau.

Owen se signa.

– Allons chercher la fillette. Elle saura peut-être nous dire où trouver un prêtre.

Les mains posées sur les hanches, Magda fixa le bon œil d'Owen au point d'en loucher.

– C'est à ça que tu penses ? À trouver un prêtre qui va marmonner les bonnes prières ? Je t'assure qu'il n'y a pas de temps à perdre pour les enterrer.

– Il ne fait aucun doute pour moi qu'ils sont morts sans se confesser. Et ils doivent être ensevelis en terre consacrée. Il est de mon devoir de chrétien de faire tout mon possible pour les aider à aller au ciel. Je sais que tu penses différemment, Magda, mais tu ne me feras pas changer d'avis sur ce point. Et je sais qu'ils seraient d'accord avec moi. Alors laisse-moi essayer.

La vieille femme renonça à discuter. Sans doute pour le remercier d'avoir eu le courage de l'accompagner dans sa mission. S'approchant de la carriole, elle interrogea à voix haute :

– Est-ce que Duncan voulait charger sa famille dans sa carriole pour aller les ensevelir ? Les amener à un prêtre ? Ou bien avait-il l'intention de s'enfuir avec eux ? (Elle agrippa des deux mains le côté du véhicule et le toucha du front, comme si elle se sentait subitement submergée par la fatigue.) Et il faut malheureusement imaginer que le pire est à venir, ajouta-t-elle d'un ton las. Ta Lucie va travailler de l'aube au crépuscule, Œil-d'Oiseau. Magda aussi. Et pour quels résultats, hein ?

– Allons, viens ! l'encouragea Owen en se dirigeant vers la grange. Il faut trouver cette gamine.

Le cheval venait de se remettre à hennir et à frapper le sol. Une oreille collée à la porte, il sembla à Owen qu'il discernait un bruit indiquant une seconde présence dans la grange. Un bruit de paille remuée. Mais peut-être était-ce le fait du cheval et non de l'enfant ?

L'humidité due à la rivière toute proche avait fait gonfler le bois du portail, et il dut utiliser toute sa force pour ouvrir le battant en le soulevant. Jetant un coup d'œil à l'intérieur depuis le seuil, il découvrit une vieille haridelle dans un box. Il s'en approcha doucement en murmurant des paroles apaisantes pour tenter de tranquilliser cette créature agitée. Il ramassa un chiffon qui traînait par terre et s'en servit pour frotter gentiment le nez de l'animal qui finit par se calmer.

Magda l'avait suivi.

Owen flatta la pauvre rosse de la main.

– S'il possédait une jument, dit-il, c'est que Duncan Ffulford s'en sortait mieux que je ne l'aurais cru.

– Oui-da. Et il était fier d'elle, tu peux me croire. Si elle se porte aussi bien pour son âge, c'est qu'ils la soignaient du mieux qu'ils pouvaient. Maintenant, tiens-toi tranquille, Œil-d'Oiseau. (Magda resta plantée au milieu de la grange en tendant l'oreille. Épousant les mouvements de son corps, sa robe multicolore paraissait vaciller dans la pénombre comme de petites flammes.) Elle est au-dessus, finit-elle par dire. (Elle fit signe à Owen de la suivre.) Elle s'appelle Alisoun.

Quand la jument vit Owen s'éloigner, elle le poussa légèrement du naseau pour le convaincre de rester près d'elle. Même l'animal paraissait trouver inquiétant le silence inhabituel qui régnait à la ferme. Owen grimpa à l'échelle qui menait au grenier, rentrant la tête dans les épaules pour éviter une fourche ou un couteau. En des temps aussi troublés, une enfant qui se retrouvait soudain seule était bien avisée de chercher à se protéger. Avant de passer sa tête par la trappe, Owen dit d'une voix posée :

– Je viens en paix, Alisoun. Tu peux me faire confiance. (Et il tendit d'abord ses deux mains pour lui signifier qu'il ne portait point d'arme.) Un pêcheur est venu nous prévenir que tu avais besoin d'aide.

Il espérait que c'était bien Alisoun qui se trouvait dans le grenier.

– Dites-moi qui vous êtes ! exigea une voix d'enfant.

Un peu rassuré par le timbre haut perché de cette voix, il s'empressa de répondre, sans être vraiment certain qu'il allait parvenir à apaiser ses craintes :

– Owen Archer, le capitaine des hommes de l'archevêque et le mari de Maîtresse Wilton, maître apothicaire de la cité d'York.

– Continuez de monter tout doucement.

– Tu permets que j'utilise mes mains pour me tenir à l'échelle ?

– Oui, mais montez doucement ! intima de nouveau la voix juvénile.

Owen s'empressa d'obéir et, après avoir fait apparaître lentement sa tête, il s'arrêta de lui-même. Ses yeux rencontrèrent ceux de la fillette. Elle se tenait sur le côté, la jupe retroussée et coincée dans sa ceinture, ses pieds nus et crasseux fermement plantés sur le sol, le haut du corps dans la position qui convenait pour tendre un petit arc prêt à décocher une flèche.

– Tournez-vous ! ordonna-t-elle. Je veux voir la partie gauche de votre visage.

À nouveau, Owen obéit sur-le-champ et présenta, dans la lumière qui tombait d'un trou pratiqué dans le chaume, le bandeau de cuir qui lui masquait l'œil gauche et la vilaine balafre qui lui sillonnait la joue.

Sans se détendre pour autant, la gamine questionna sur le même ton autoritaire :

– Il y a une autre personne avec vous. C'est qui ?

– Magda Digby. Tu sais bien, celle qu'on surnomme la « Vieille de la Rivière ».

Alisoun s'avança alors pour risquer un œil en bas.

– Qu'est-ce que vous venez faire ici ? poursuivit-elle sans se laisser fléchir un seul instant.

Owen, qui commençait à perdre patience, s'apprêtait à dire sa façon de penser à cette enfant insolente, mais Magda ne lui en laissa pas le loisir.

– Magda est venue pour enterrer ta famille, lança-t-elle. Et aussi pour t'aider à trouver un endroit où tu pourras habiter.

– C'est ici que j'habite, rétorqua sèchement la fillette. Je suis dans ma maison, pas vrai ?

– Oh, que si ! tenta de l'apaiser la vieille femme. Mais il faut bien que quelqu'un remplace ta mère. Tu sais bien que tu n'as que onze ans.

– Ce qui est sûr, c'est que je veux pas de toi pour mère, vieille sorcière.

– Tu ferais mieux de surveiller tes paroles ! s'emporta Owen.

Magda, elle, n'eut aucune réaction particulière en s'entendant traiter de vieille sorcière. Elle se contenta de dire :

– Je sais que tu blâmes Magda pour la mauvaise

santé de ta maman après la naissance de ton frère Tom, hein ? Mais tu n'as pas besoin de t'en faire, Magda n'a pas du tout envie de jouer le rôle de ta mère.

Alisoun laissa enfin se détendre la corde de l'arc.

– Alors, c'est que mon père est mort, lui aussi ? interrogea-t-elle en gardant les yeux fixés sur la paille qui tapissait le sol.

– Eh oui, le malheureux. Que Dieu veuille bien lui accorder sa grâce éternelle ! intervint Owen. Mais pour cela, il faut que nous puissions les enterrer en terre consacrée et trouver un prêtre. Es-tu capable de m'indiquer le chemin ?

La fillette haussa ses épaules osseuses en révélant :

– Le prêtre a refusé de venir quand mon père est allé le chercher.

Owen ne manifesta aucune surprise ; c'était souvent le cas au cours des épidémies de peste.

– Si tu peux me conduire jusqu'à lui, je pense pouvoir le convaincre d'accomplir son devoir.

– J'ai pas davantage envie d'avoir votre femme comme mère, déclara-t-elle impérieusement.

Owen avait de nouveau très envie de réprimander vertement pour son impertinence cette morveuse à la peau grisâtre. Il parvint cependant à se contrôler et décida de se concentrer sur la tâche à exécuter.

– On aura le temps de discuter de ton avenir après avoir enterré ta famille, trancha-t-il. Pour le moment, contente-toi de nous conduire jusqu'au prêtre.

Et sans daigner lui accorder un regard supplémentaire, il descendit de l'échelle.

Alisoun laissa s'écouler un petit moment, puis se résigna à l'imiter. Arrivée en bas, elle laissa retomber sa jupe et la secoua pour en faire tomber les brins de paille et la poussière. Elle arrangea ensuite ses cheveux tressés et regarda Owen droit dans l'œil.

– Mon avenir, c'est moi que ça regarde, déclara-t-elle d'un ton sans réplique.

Voilà une affirmation péremptoire dont ils pourraient toujours discuter plus tard.

– Allons, dépêche-toi, mon enfant, se força-t-il à dire. Tu comprends bien que nous avons fort à faire et pas de temps à perdre.

Sans ajouter un mot, Alisoun se dirigea rapidement vers la porte. En la voyant de dos, le capitaine s'aperçut qu'elle était vraiment très maigre et en déduisit tout de suite qu'elle devait avoir faim.

– Si on commençait par lui donner à manger ? suggéra-t-il à Magda.

– Ne perds pas ton temps à t'inquiéter pour cette gamine, Œil-d'Oiseau. Si jamais elle a envie de quelque chose, elle n'hésitera pas un seul instant à te le dire.

– Elle est donc toujours aussi délurée ?

– Toujours. Avec elle, on a intérêt à surveiller ses arrières, tu peux me croire.

Owen se dirigea alors vers la vieille haridelle.

– Je vais m'occuper de l'atteler, déclara-t-il.

– Et Magda va préparer les corps.

Quand le capitaine fit sortir la jument de la grange, il trouva Alisoun plantée au milieu de la cour, l'air impatient. Owen remarqua la façon dont la fillette évitait de regarder la carriole abandonnée et la chaumière. Elle n'était donc pas aussi insensible qu'elle voulait s'en donner l'apparence. Tout en s'activant à faire reculer l'animal entre les brancards, il fit l'effort de lui parler :

– J'ai vu que tu savais tenir un arc dans les règles de l'art, mais je suis sûr que tu sais aussi viser.

– Je suis capable de tuer des lapins et des écureuils. Mais c'est pas vraiment tes affaires.

Owen décida alors de se montrer aussi rébarbatif qu'elle.

– Qui t'a appris ? (Silence d'Alisoun.) Je t'ai posé une question, insista-t-il.

– J'ai pas envie de répondre. (Puis, au bout de quelques instants, elle se décida à dire :) C'est mon père qui m'a appris.

– Pour que tu puisses te défendre ?

– Ça paraît évident, non ?

– Vous avez eu des ennuis ?

Les mains sur les hanches, la gamine regarda franchement Owen.

– Tu te mêles de ce qui te regarde pas !

– Et toi tu es une petite insolente. Alors on fait bien la paire tous les deux.

La fillette baissa la tête, fit demi-tour et s'assit dans la poussière. Le capitaine trouva son mutisme reposant. Il conduisit l'attelage tout près du cottage, afin de pouvoir charger les corps plus facilement.

Tout d'abord, Owen eut l'impression que l'église de pierre était vide ; mais en avançant à l'intérieur, il finit par distinguer la forme prostrée d'un prêtre devant l'autel. Il se tourna vers Alisoun.

– Il s'appelle comment ?

– C'est le père John.

Le capitaine s'approcha de l'ecclésiastique.

– Père John ?

La forme étendue remua légèrement, sans faire mine de vouloir se lever, et ne répondit rien. Owen s'agenouilla alors à côté de lui et murmura dans son cou adipeux :

– Je suis désolé de devoir interrompre vos prières, mon père, mais je suis venu vous chercher pour bénir quatre de vos paroissiens qui sont morts et qui doivent être enterrés au plus vite.

Après avoir enfin tourné la tête vers lui, mais toujours sans prononcer un seul mot, le prêtre se mit péniblement en devoir de se relever. Il y fut aidé par Owen. Un peu rudement. Puis le capitaine se pencha en souriant vers le petit homme rondouillard et crasseux qui empestait l'oignon et l'ale.

– Prenez vite ce qu'il vous faut. Nous n'avons pas de temps à perdre.

Le père John jeta un coup d'œil à Alisoun.

– Ils sont morts ?

– Comme si vous le saviez pas !

Le père John ignora sa remarque cinglante et se signa.

– Puisse Dieu les avoir en Sa sainte pitié, prononça-t-il d'un ton convaincu. Ils sont morts depuis combien de temps, mon enfant ?

– Je suis pas votre enfant, rétorqua la morveuse.

– Elle prétend que vous avez refusé d'aller leur porter les sacrements quand son père est venu requérir votre présence, père John. Vous pourriez nous expliquer pourquoi ? demanda Owen d'un ton faussement patelin.

Le visage empâté parut se fendiller autour des yeux et de la bouche, et le prêtre eut un léger mouvement de recul en portant ses mains jointes au niveau de sa poitrine.

– D'où est-ce que vous venez ? chevrota-t-il.

– De la cité d'York.

– Alors vous avez sûrement remarqué vous aussi tous ces mauvais présages. Le vent qui soufflait du sud, les jours où le ciel était noir sans que la pluie vienne. Et cette invasion de mouches. J'ai tout de suite compris qu'il était de mon devoir de prier. Quand Duncan Ffulford est venu me trouver, transportant avec lui l'odeur de la putréfaction pour en imprégner cet endroit sacré, je me suis mis à prier pour son âme et pour les âmes des membres de sa famille. Mais il m'était impossible de m'approcher d'eux sans mettre ma vie en danger. Et j'ai le devoir de prier pour toutes les âmes dont j'ai la charge.

Owen attrapa à pleine main le tissu du vêtement sale du prêtre juste au-dessous du col et le souleva du sol.

– Vous avez trouvé un moyen bien pratique d'apaiser votre conscience, mon père. Laissez-moi vous dire que vous n'êtes pas digne de porter cette soutane. Mais comme nous n'avons personne d'autre sous la main, il faut bien que nous fassions avec vous.

Le visage du prêtre avait viré au violet et ses yeux paraissaient sur le point de lui sortir de la tête.

– C'est un péché mortel de s'attaquer à un prêtre, haleta-t-il.

Le capitaine le laissa retomber sur ses pieds sans ménagement.

Le prêtre en question vacilla pendant quelques instants et dut se retenir au pilier qui se trouvait près de lui. Il se redressa alors de toute sa petite taille en respirant bruyamment.

– Vous ne venez pas d'être victime d'une attaque, dit posément Owen. Et je vous conseille de ne pas me pousser à vous montrer la différence. Nous n'en serions pas arrivés là si vous accomplissiez les devoirs de votre charge.

Un peu plus tard, alors qu'il était occupé à creuser les tombes, Owen Archer se demanda quel démon avait bien pu s'emparer de lui. Cela ne lui ressemblait en aucune façon de traiter un homme d'Église de la sorte. Avait-il cédé à son emportement parce que la gamine l'avait si fort agacé auparavant ? Ou était-il victime de l'espèce de folie qui s'emparait des gens atteints par la maladie ? Se pouvait-il qu'il soit déjà infecté ? Si tel était le cas, il suppliait Dieu de le faire mourir sans lui laisser l'occasion de contaminer sa femme et ses enfants. Quand le prêtre s'avança enfin pour conduire la prière au-dessus des tombes, le capitaine se surprit à prier autant pour sa propre famille que pour les Ffulford. Magda se tenait immobile, les yeux clos, une main noueuse crispée sur le poignet de son autre bras. Elle ne priait jamais – du moins le prétendait-elle –, et pourtant son immobilité suggérait un état d'extrême concentration, sinon de dévotion. Sur quoi pouvait-elle bien se concentrer ?

Et qu'allait devenir la fillette ? Le capitaine ne pouvait s'empêcher de se sentir coupable de s'inquiéter si peu de son sort. Son entêtement à se montrer agressive ne devait pas faire oublier qu'il s'agissait encore d'une enfant qui venait de perdre toute sa famille en quelques jours. Il jeta un coup d'œil vers le pied de la tombe, où se tenait Alisoun. Elle n'était plus là. Regardant alors autour de lui, il ne l'aperçut nulle part.

Il attira l'attention de ses compagnons, et tous les trois se dispersèrent en criant son nom. Sans aucun résultat. Elle avait réussi à disparaître sans se faire remarquer. Et le soleil avait pris la couleur dorée annonçant que l'après-midi touchait déjà à sa fin.

– La rivière nous appelle, annonça Magda. Est-ce que la gamine a des parents dans les environs ?

Le père John observait ses pieds, les sourcils froncés. Il finit par dire :

– Il y a beaucoup de Ffulford dans cette paroisse.

Owen ne voyait pas l'intérêt de se lancer à sa recherche. Cette enfant avait nettement exprimé le désir de décider elle-même de son sort.

– Alors je vous laisse le soin d'aller mettre les parents d'Alisoun au courant de sa situation, père John.

L'ecclésiastique ne parut pas enthousiasmé par la mission qui lui était confiée, mais, par prudence, il se garda bien de refuser.

– C'est mon devoir, bien sûr, acquiesça-t-il à contrecœur. (Il dirigea son regard vers l'attelage.) Je vais m'en occuper.

– Prévenez aussi sa famille qu'ils trouveront la jument et la carriole à la ferme, curé. (Il commença à s'éloigner, en lançant un dernier avertissement par-dessus son épaule :) Je reviendrai demain vérifier que la petite est en sécurité. Ainsi que sa jument.

– Nul doute que vous serez satisfait, capitaine.

Une fois dans le bateau, Magda, qui dodelinait de la tête, parut sur le point de s'endormir. Owen ramait en silence et fermait à demi son bon œil pour éviter d'être ébloui par la réverbération du soleil couchant dans les eaux de l'Ouse. Il pensait aux infortunés Ffulford. Jusqu'à présent, la cinquantaine de victimes de la peste déjà recensées à York se comptaient parmi les très jeunes ou les très âgés. Mais aujourd'hui il venait de voir un couple défunt, à peu près de l'âge de sa femme. Ils étaient tous les deux très minces – sans doute à cause de la mauvaise récolte de l'été précédent...

– Les vents venus du sud. Les mouches. Le prêtre les a qualifiés de mauvais présages annonçant la peste, pensa Owen à voix haute. Mais que dire des mauvaises récoltes ? Est-ce que la famine ne pourrait pas affaiblir les gens au point de les rendre plus vulnérables à l'épidémie ?

Magda ouvrit un œil.

– La gamine ne présente aucun signe de la maladie.

Elle tira alors une petite bouteille de la sacoche pendue à sa ceinture et la tendit au capitaine après l'avoir ouverte. Owen s'arrêta de ramer le temps d'en avaler une gorgée. Puis Magda but à son tour.

– Il fut un temps où tu n'aurais rien accepté de Magda, Œil-d'Oiseau.

Et il n'y a même pas longtemps, se dit-il en souriant malgré lui, avant de lui lancer :

– Probablement qu'alors je n'avais pas aussi soif qu'aujourd'hui.

– Ouiche ! s'écria la Vieille de la Rivière en laissant fuser un de ses rires qui ressemblaient à des jappements. (Elle but ensuite une autre rasade avant de ranger sa bouteille.) Magda paierait cher pour savoir ce qui déclenche la peste à certaines époques, Œil-d'Oiseau. Tu parles de mauvaises récoltes ? (Elle inclina la tête sur le côté comme pour mieux réfléchir.) Ce qui est certain, c'est que les épidémies ont toujours suivi une mauvaise récolte. Mais heureusement il n'y a pas toujours eu la peste après une mauvaise récolte. Tes prêtres proclament que c'est ton Dieu qui veut vous punir de vos péchés. C'est sans doute pour ça que Magda survit chaque fois. Elle est invisible pour ton Dieu.

Elle sourit largement, montrant ses dents qui paraissaient très blanches par contraste avec sa peau basanée.

Malgré ses nombreuses années, il ne lui manquait qu'une seule dent – et encore l'avait-elle perdue alors qu'elle n'était qu'une enfant. Personne ne savait à quand cela remontait, car son âge n'était pas un sujet dont elle aimait à s'entretenir. Il y avait pourtant des gens dans cette bonne ville d'York qui prétendaient que Magda vivait sur son rocher planté au milieu des marécages arrosés par l'Ouse, juste au nord de la cité, depuis l'époque du roi Canute – d'où le bateau viking renversé qui lui servait de demeure. Owen savait bien que Magda n'était qu'une simple mortelle qui n'avait pu vivre aussi longtemps, mais il sautait aux yeux qu'elle était très vieille. Et riche d'une longue vie entièrement consacrée à soigner les malades et à mettre des enfants au monde. Et à penser librement : même si elle menait la vie d'une sainte, elle trouvait que les enseignements de l'Église étaient de pauvres superstitions qui ne sauraient remplacer le simple bon sens. Une opinion qui pouvait s'avérer fort dangereuse, mais rien n'aurait pu la faire changer d'avis. Dans l'amitié qu'elle lui accordait, Owen appréciait précisément son bon sens, sa clarté d'esprit, et aussi la nouvelle perspective débarrassée de toute peur qu'elle ouvrait devant lui.

– Comment tes prêtres expliquent-ils que leur Dieu choisisse de faire mourir des enfants, Œil-d'Oiseau ?

Magda ne souriait plus du tout.

– Personnellement, je crois que ce sont les parents qui sont punis par leur mort, Magda. Et le monde ne pourra pas noircir l'âme des enfants que Dieu a rappelés à lui.

Cette explication arracha un ricanement désabusé à la vieille femme.

– Alors, si je comprends bien, ton Dieu ne laisse que les indignes pour peupler la terre. Bah !

Le capitaine se sentait plutôt enclin à donner raison à Magda. Mais ne serait-ce pas là un blasphème ?

– Il n'est pas toujours facile de comprendre la volonté de Dieu.

– Mais je constate que tu ne te laisses pas abuser par de tels non-sens, affirma-t-elle en hochant la tête. Tu as été assez avisé pour envoyer tes propres enfants à Freythorpe Hadden.

– Avisé ? s'exclama Owen. Comment en être certain ?

À peine la nouvelle s'était-elle propagée que deux ou trois personnes avaient été victimes de la peste que Lucie, sa femme, avait exprimé le désir de faire partir leurs enfants loin de la ville. Huit ans auparavant, la même atroce maladie lui avait enlevé Martin, le petit garçon qu'elle avait eu de Nicholas Wilton, son premier mari. Elle avait donc tout de suite formé le projet d'envoyer Hugh et Gwenllian dans le manoir que son père habitait à la campagne, en compagnie de sa sœur Phillippa, une femme particulièrement efficace. Le seul problème, c'est que Lucie allaitait encore Hugh né au cours de l'hiver précédent, et que sa charge de maître apothicaire de la ville d'York l'empêchait de quitter la cité en une période aussi critique. Quant à trouver une nourrice sérieuse en pleine épidémie, ce n'était pas chose facile.

C'est alors que Tola, la petite-fille de Magda, avait abandonné les landes où elle habitait, à la suite du décès de son mari qu'un ours sauvage avait méchamment attaqué. Elle amenait avec elle Emma, encore bébé, et son fils de deux ans, Nym. Lucie s'étant liée d'amitié avec la jeune veuve, elle lui avait demandé de devenir la nourrice de Hugh.

Toutefois, Owen ne s'était pas facilement laissé convaincre que Tola devrait conduire son fils unique hors de la ville. Il était exact, il avait déjà pu le constater, que, lorsque la mort décimait une cité, le comportement de ses habitants s'en trouvait radicalement modifié ; le désespoir les rendait souvent méchants et les poussait à accomplir des actes inconsidérés. Sans doute les enfants risqueraient-ils beaucoup moins à la campagne.

– Pourtant, la campagne n'a pas sauvé les Ffulford, dit-il à voix haute.

Magda, qui avait de nouveau laissé tomber son menton sur sa poitrine, redressa la tête. Elle plissa les yeux pour regarder Owen et émit une espèce de grognement censé exprimer sa sympathie.

– Tola est mieux loin de la maison de Magda où viennent des malades. C'est la même chose pour l'officine d'un apothicaire.

– Personne ne nous amène des malades, protesta le capitaine.

– Non, bien sûr, mais ceux qui s'en occupent viennent chercher des remèdes... Et, bien souvent, ils succombent eux aussi un peu plus tard. D'ailleurs, je vois pas pourquoi tu t'interroges sur ta décision. Ce qui est fait est fait.

Cette épidémie de peste qui semblait s'attaquer en priorité aux enfants était un affreux cauchemar pour tous les parents. Mais c'était encore pire pour Lucie qui avait déjà vécu la mort d'un jeune fils. Et l'espoir que sa famille était placée sous la protection de la bonté divine lui apportait peu de réconfort.

Que pourrait-il arriver de pire à Alisoun que d'avoir à la fois perdu ses parents et ses frères ?

– Magda, connaissez-vous d'autres membres de la famille Ffulford ?

La Vieille de la Rivière se réveilla en sursaut.

– Quoi ? demanda-t-elle en protégeant d'une main parcheminée ses yeux embués de sommeil.

Le capitaine répéta sa question.

– Non. Il y avait le père, la mère et trois enfants. C'est tout.

Magda changea de position et laissa retomber sa tête en avant.

– Je me demande ce qu'elle pouvait bien surveiller dans la grange, poursuivit Owen.

La vieille femme grommela en se frottant les yeux.

– Elle, tout d'abord, je suppose. Et puis sa précieuse jument.

– J'aimerais bien comprendre pourquoi elle nous a faussé compagnie.

– Pourquoi voudrais-tu qu'elle fasse confiance à

des étrangers, hein ? s'étonna Magda. Montre-toi patient, Œil-d'Oiseau. Le moment venu, cette gamine va venir te voir, ou bien Magda.

– Comment pouvez-vous le savoir ?

Elle inclina encore une fois la tête en fermant les yeux.

– Parce que c'est dans l'ordre des choses, Œil-d'Oiseau.

Alors qu'Owen continuait de ramer pour rentrer à la maison, la vision de la ferme envahie par les mouches continuait de le hanter.

Le bateau tangua dangereusement quand Magda se pencha brusquement en avant pour scruter le ciel.

– Il y a le feu en ville, déclara-t-elle. Tu ne sens pas l'odeur que nous apporte le vent, Œil-d'Oiseau ?

L'effort qu'il faisait pour manier les avirons obligeait le capitaine à respirer bruyamment, mais il ne sentait pas plus d'odeur de fumée qu'à l'accoutumée.

– Même en été, les gens allument leur feu pour faire la cuisine, Magda.

La vieille femme renifla encore en plissant le nez.

– Non, c'est beaucoup plus que ça, Œil-d'Oiseau.

3

Tout s'écroule

Après avoir ouvert les volets en grand d'un geste énergique, Bess Merchet resta un moment immobile, les yeux fermés, la tête rejetée en arrière ; elle espérait qu'une petite brise allait venir lui rafraîchir le visage et la débarrasser de la poussière qui s'était infiltrée dans son nez. Malheureusement pour elle, il n'y avait guère plus d'air dehors que dans sa chambre à coucher. Dans ces conditions, comment pouvait-on imaginer qu'une femme allait pouvoir faire le ménage ?

– Puisse le Bon Dieu nous accorder un automne précoce ! soupira-t-elle en s'éloignant de la fenêtre.

Mais que venait-elle donc d'entendre ? Elle s'immobilisa pour tendre l'oreille et ne tarda pas à dissocier ce bruit si particulier des autres. Au-dessus du tintamarre familier produit par les charrettes roulant sur les pavés, les cris des enfants en train de jouer dehors, ceux des marchands ambulants cherchant à attirer l'attention des chalands – tout le vacarme habituel d'une journée d'été à York, ajouté à la cacophonie des servantes en train de nettoyer la cuisine de la taverne –, on parvenait à distinguer nettement des gens hurlant en agitant des cloches pour signaler une catastrophe.

Bess s'empressa de revenir vers la fenêtre. Et maintenant, en respirant profondément, elle percevait la densité inhabituelle de la fumée dans l'air. C'était là une atmosphère d'hiver bien surprenante en plein mois de juillet. Plissant les yeux, faisant passer le poids de son corps d'un pied sur l'autre, elle profitait de son poste d'observation au deuxième étage pour essayer de découvrir la cause de tout ce tapage. Et elle ne tarda pas à voir s'élever, au-dessus des cheminées et des pignons des maisons voisines, une colonne de fumée qui provenait à coup sûr de l'hôpital St Leonard.

Sa première pensée fut qu'il s'agissait d'un bûcher funéraire. Elle se rappelait parfaitement qu'à l'époque de la dernière épidémie de peste, même sur la côte venteuse de la mer du Nord, le ciel au-dessus de Scarborough était parfois noir de la fumée produite par tous les bûchers funéraires dressés pour se débarrasser des cadavres des victimes. À cette époque, elle se trouvait enceinte de son fils Peter, et elle mourait de peur à l'idée que l'air putride et nauséabond qu'elle ne pouvait éviter de respirer allait peut-être le transformer en monstre à l'intérieur de son ventre. Heureusement, à ce jour tout du moins, le nombre de morts était peu élevé par comparaison avec la dernière apparition de la peste.

Sa deuxième pensée fut pour son oncle Julian qui avait la jouissance d'une petite maison à l'intérieur des murs de l'hôpital. Elle le savait assez imprudent quand il manipulait des lampes ou des bougies. Surtout quand il avait bu un petit coup de trop ! Et il faut bien avouer que ça lui arrivait de temps en temps, maintenant qu'il n'avait plus besoin de travailler pour gagner honnêtement sa vie. Et, qui plus est, à n'importe quel moment du jour ou de la nuit.

Bess était loin d'avoir terminé son ménage mais, balayant la pièce des yeux, elle décida que c'était assez propre pour ce soir. Si elle ne tolérait aucune saleté, pas plus dans les chambres réservées aux clients que dans la sienne, le désordre apparent pouvait attendre. Il était beaucoup plus urgent de s'assurer que son oncle ne courait aucun danger.

D'un geste brusque, elle arracha le fichu qui protégeait ses cheveux de la poussière. Leur couleur d'un roux éclatant avait tendance à ternir, à cause des années qui s'accumulaient, mais elle possédait toujours une chevelure épaisse et soyeuse qui faisait sa fierté. Elle se hâta de remplacer le morceau de coton par un de ses bonnets empesés ornés de rubans.

L'hôpital St Leonard couvrait un vaste quartier proche du rempart nord de la ville. Bordé par Footless Lane, l'abbaye St Mary et Lop Lane, il atteignait presque Petergate. La loge du portier gardant l'entrée située à l'est – l'East Gate – se trouvait tout en haut de Blake Street. Elle était surmontée d'une sorte d'arche abritant une statue de saint Leonard. L'église et les bâtiments du cloître des chanoines occupaient la moitié de la partie nord-est de l'établissement hospitalier ; l'autre moitié était réservée à l'infirmerie et à deux chapelles. De nombreux bâtiments supplémentaires accueillaient une école, un hall pour les visiteurs, une tannerie, une brasserie, une écurie, des ateliers, les cuisines, ainsi que les logements des employés et de certaines personnes ayant donné leurs biens en viager à l'hôpital pour qu'il les prenne en pension. Il s'agissait en réalité d'une véritable ville dans la ville. St Leonard, fondé par Athelstan avant que Guillaume le Conquérant ne dévaste le nord de l'Angleterre, avait la réputation d'être le plus grand hôpital en dehors de Londres.

Après que Bess eut franchi l'arche, elle eut l'impression de se trouver confrontée à un véritable cataclysme : des myriades de gens se précipitaient comme un essaim d'abeilles qu'on venait d'enfumer dans sa ruche, courant à droite, courant à gauche, se bousculant mutuellement comme si la fumée les avait rendus aveugles. Les seaux et autres récipients pleins d'eau se heurtaient au passage, éclaboussant tous ceux qui se trouvaient à leur portée. L'invective à la bouche, Bess, bien décidée à gagner l'infirmerie coûte que coûte, plongea sans hésiter dans cette foule en délire pour essayer de s'y frayer un passage. Pour avancer, elle se débarrassait sans la moindre hésitation de ceux qui tentaient de s'accrocher à elle, en secouant violemment les bras ou en distribuant des coups de coude. Et elle ne tarda pas à constater que l'infirmerie et ses deux chapelles n'avaient subi aucun dommage. Elle en conclut donc que le feu s'était déclaré plus au nord, soit dans l'école soit dans l'une des petites maisons des pensionnaires – parmi lesquelles se trouvait justement celle de son oncle.

Avec une détermination plus grande encore, elle fonça de nouveau au milieu de la cohue, utilisant cette fois-ci son épaule gauche en guise de bélier. Elle dépassa l'école qui était intacte et s'infiltra dans la masse de plus en plus compacte qui la séparait des maisonnettes. Elle fut récompensée de ses efforts en constatant que, si les flammes en avaient léché le côté gauche, la demeure de Julian n'avait pratiquement pas souffert de l'incendie. En revanche, de la résidence voisine, il ne restait plus qu'une carcasse carbonisée. Et devant ces ruines encore fumantes, deux corps étaient étendus. L'un d'eux se tortillait sous les mains expertes de deux femmes. Bess reconnut dans l'une d'entre elles Honoria de Staines qui, avant de devenir sœur laie, avait été la servante de son oncle. L'autre homme gisait parfaitement immobile, veillé par un chanoine d'Austin qui gardait la tête pieusement inclinée.

Après qu'elle se fut approchée davantage, Bess put constater que les vêtements de l'homme immobile étaient entièrement calcinés, et sa tête si atrocement brûlée qu'il était impossible de l'identifier. Don Erkenwald priait solennellement pour son âme. Après avoir fait un rapide signe de croix, la propriétaire de la York Tavern se tourna vers celui qui luttait pour échapper aux deux femmes afin de se relever.

– Oncle Julian ! cria-t-elle. Dieu soit loué !

De soulagement, elle faillit éclater de rire en pensant que cela lui ressemblait bien de se retrouver entouré de jupons en de telles circonstances. Mais, au même moment, il regarda vers elle et elle vit son visage plein de contusions et de coupures, sa masse de cheveux blancs repoussés sur le côté pour dégager une vilaine blessure, et ses mains bandées du bout des doigts aux poignets. Elle comprit alors qu'il s'en était fallu de peu qu'il n'ait eu besoin lui aussi des prières du chanoine pour son âme.

– Dieu du ciel ! Que s'est-il passé, mon oncle ?

– Demande à Anneys et à Honoria de s'occuper de Laurence.

Il parlait d'une voix rauque et continuait à se débattre pour se mettre sur pied.

– Don Erkenwald est avec lui, répondit Bess.

Elle venait tout juste de comprendre que le mort devait être Laurence de Warrene, le plus vieil ami de son oncle. Ancien soldat, don Erkenwald savait reconnaître que quelqu'un était mort. Il aurait été le premier à secourir Laurence s'il y avait eu le moindre espoir de le sauver.

– Erkenwald ne connaît rien à la médecine, ragea Julian, qui parvint à faire plusieurs pas en direction de Bess.

Tout d'un coup, il poussa un cri de douleur en s'appuyant sur son pied gauche et se serait écroulé par terre si sa nièce ne l'avait pas attrapé en même temps que la femme qu'il avait appelé Anneys. À elles deux, elles parvinrent à l'installer doucement sur le sol.

– Allons, essaye de te tenir tranquille, oncle Julian. Il vaut mieux que tu restes assis.

En constatant les dégâts causés par les flammes à ses vêtements et même à ses cheveux, elle hocha la tête en demandant :

– Tu te trouvais donc toi aussi dans cette maison quand elle a pris feu ?

Fermant les yeux, le vieil homme posa une main emballée dans les pansements sur son front.

– La maison de Laurence.

Voyant arriver deux hommes qui s'étaient ouvert un passage à travers la foule en portant une civière, elle leur fit impérativement signe de s'approcher.

– Conduisez-le à l'infirmerie immédiatement, ordonna-t-elle d'un ton sans réplique.

– Non, occupez-vous de Laurence, protesta son oncle.

Honoria de Staines posa sa main sur sa joue en un geste d'apaisement, mais il la repoussa brusquement.

– Laissez ces hommes le soulever, intima Bess en agrippant rudement cette femme par une épaule pour l'obliger à se relever. (À ce moment-là, entendant

Julian gémir, elle se retourna vers les deux hommes qui l'emmenaient, en criant :) Prenez soin de lui !

Honoria l'attrapa à son tour par un bras en protestant :

– Je suis une sœur laie de l'hôpital et je ne suis pas habituée à être traitée de la sorte !

– Je sais parfaitement quelle fonction vous occupez, dit sèchement Bess. Et je n'ignore rien non plus de votre vocation antérieure.

Le bruit courait que son mari avait préféré l'abandonner plutôt que de rivaliser avec tous ses amants.

– Je me suis très bien occupée de Maître Taverner quand j'étais à son service.

– Oh, ça, je n'en doute pas ! rétorqua Bess sur le mode ironique. (Elle se tourna alors vers l'autre femme vêtue de la même façon : une robe sombre toute simple et une coiffe blanche.) Vous êtes une sœur laie vous aussi ? demanda-t-elle.

La femme acquiesça d'un signe de tête. Ses sourcils grisonnants et les rides autour de ses yeux indiquaient clairement qu'elle était plus âgée que Honoria. (Bess ne la jugeait plus capable d'avoir des enfants.) Elle donnait toutefois l'impression d'être énergique et efficace.

N'empêche qu'elle n'était qu'une simple servante.

– Où sont donc vos supérieures ? voulut-elle savoir. Est-ce que par hasard mon oncle ne mérite pas qu'une des nonnes s'occupe de lui ?

Elle était bien décidée à n'en pas démordre. L'hôpital avait fait une excellente affaire en prenant les biens de Julian en viager et, par conséquent, celui-ci méritait de bénéficier des meilleurs soins.

– Nous nous trouvions près du lieu de l'accident,

expliqua la dénommée Anneys. Dame Constance s'est tout de suite rendue à l'infirmerie pour faire préparer un lit à Maître Taverner.

– Bien, consentit à admettre Bess.

Dame Constance étant la mère supérieure, elle n'avait plus de raison de se plaindre. Elle suivit des yeux Honoria qui avait légèrement soulevé ses jupes pour courir après la civière transportant son oncle. Même habillée d'une façon aussi tristement décente, elle parvenait à attirer le regard de tous les hommes qui la voyaient passer.

Bess vit arriver une seconde civière, destinée à transporter le cadavre de l'infortuné Laurence de Warrene. Après que don Erkenwald fut délivré de cette responsabilité, il s'approcha des deux femmes. C'était un chanoine athlétique au visage marqué de cicatrices – souvenirs de son ancien métier de soldat. Bess n'avait jamais pu se faire à l'idée qu'il était réellement l'aumônier de l'hôpital.

– Laissez-moi vous rassurer, Maîtresse Merchet, dit-il assez sèchement. Ces deux dames qui s'occupaient de votre oncle ont suivi la formation adéquate et nous leur faisons entièrement confiance pour soigner les malades.

– Laurence était déjà mort quand vous l'avez trouvé ?

Don Erkenwald hocha la tête.

– Je crois en effet qu'il était déjà mort quand votre oncle l'a sorti de la maison.

– Alors il est au courant ?

– Il a beaucoup de mal à accepter l'idée que Dieu ait rappelé son ami et l'ait laissé vivre, lui.

Bess demeurait persuadée que l'oncle Julian ne

pensait pas en ces termes, mais elle garda cette réflexion pour elle.

– Que s'est-il passé exactement ? questionna-t-elle.

– Vous savez que la femme de Maître Warrene est morte de la peste il y a quelques jours ? (Bess acquiesça d'un signe de tête.) Alors, par mesure de précaution, nous lui avons recommandé de faire brûler tout ce qui avait été en contact avec sa femme pendant sa maladie : vêtements, literie...

– Quelque chose de tout simple qui a tourné à la tragédie, intervint Anneys.

Bess décida de l'ignorer.

– Et avait-il reçu l'ordre de tout brûler à l'intérieur de la maison ? demanda-t-elle, s'adressant à l'aumônier.

En dépit des circonstances, cette supposition bizarre arracha un sourire au chanoine.

– Nous ne sommes pas idiots à ce point-là, Maîtresse Merchet. Le feu a été allumé dans la cour, et suffisamment loin de la porte de la maison. Comment la bâtisse a-t-elle pu prendre feu ? Et pourquoi les deux hommes se trouvaient-ils à l'intérieur ? J'avoue que je n'en ai pas la moindre idée.

L'attention de don Erkenwald fut soudain attirée par une silhouette perdue au milieu de la foule.

– *Domine*, murmura-t-il en remuant à peine les lèvres. Voilà le petit Cuthbert.

Les badauds s'écartaient respectueusement pour ouvrir un passage au minuscule chanoine qui avançait d'un pas décidé, les mains enfouies dans ses manches. Arrivé près du lieu de l'incendie, ses yeux balayèrent la scène avec une expression de profond dégoût.

– Expliquez-moi ce qui s'est passé ici, Erkenwald, exigea-t-il d'une voix trop haut perchée.

Anneys en profita pour s'éclipser discrètement. Bess jugea qu'elle faisait bien. Don Cuthbert était l'exemple même de l'homme petit et délicat, capable de se transformer en véritable tyran si on lui en laissait l'occasion.

– Maître Warrene était placé sous votre responsabilité, don Cuthbert, déclara sèchement Bess.

Le petit chanoine sursauta ; on aurait dit qu'on venait de lui appliquer un soufflet. Il se retourna vers elle comme surpris de découvrir qu'elle savait parler.

Voyant cela, elle décida de lui en administrer sur-le-champ une nouvelle preuve :

– Est-ce que c'était une idée à vous de le charger d'une telle besogne sans le faire aider, alors qu'il venait tout juste de subir un deuil ?

Don Cuthbert la dévisagea attentivement, comme s'il cherchait à l'identifier.

– Et qu'est-ce que l'incendie a à voir avec son deuil, ma bonne dame ? Et en quoi est-ce que cela vous regarde ?

– L'oncle de Maîtresse Merchet, Maître Taverner, a été assez gravement blessé en essayant de sauver Maître Warrene, se hâta d'expliquer don Erkenwald.

– Aaah ! (L'économe ferma les yeux et s'inclina légèrement devant Bess.) Pardonnez-moi, je n'avais pas fait le rapprochement. Nous allons naturellement soigner votre oncle de notre mieux.

Visiblement, il avait cru pouvoir se débarrasser d'elle par ces paroles apaisantes. Si Bess resta silencieuse quelques instants, ce fut seulement pour emmagasiner assez d'air dans ses poumons afin d'éviter de bafouiller. Puis elle se redressa de toute sa taille pour dominer le petit chanoine.

– Vos paroles me sont d'un bien piètre réconfort ! lui assena-t-elle. Il est facile de voir que vous vous souciez bien peu de la mort de quelqu'un qui est resté le meilleur ami de mon oncle tout au long de sa vie. Je pense que c'est un sentiment qui vous est parfaitement étranger. Mais permettez-moi de vous dire que si vous acceptez les biens, parfois considérables, de certaines personnes pour vous occuper d'elles jusqu'à la fin de leur vie, vous devriez considérer qu'il est de votre devoir de vous inquiéter des désarrois qui peuvent être les leurs.

Puis, sans lui laisser le temps de trouver une réponse, Bess pivota sur ses talons et, rubans au vent, fendit les flots de la foule comme une caravelle.

En longeant Blake Street, elle s'arrêta un moment devant la maison de Walter de Hotter. Elle put constater qu'on avait cloué des planches sur les fenêtres pour éviter que des intrus ne s'y installent. Avec les biens de Laurence de Warrene, cela faisait deux héritages coup sur coup pour St Leonard. Difficile de ne pas le remarquer. C'est donc l'esprit perturbé qu'elle finit par regagner la York Tavern.

L'esprit de don Erkenwald n'était pas davantage en repos. Il n'en remercia pas moins le Seigneur d'avoir fait naître en lui l'idée d'écrire à sir Richard. Il avait d'ailleurs reçu un message en retour. Le maître de l'hôpital l'informait qu'il allait prochainement venir dans le Nord, afin de remettre de l'ordre dans sa maison. Fasse le ciel qu'il arrive bientôt !

4

Une mère indigne ?

Magda n'avait pas hésité à rabrouer Owen, quand le capitaine avait offert de lui donner un coup de main pour hisser sa barque sur son îlot rocheux émergeant de l'Ouse. Puis elle avait ajouté d'un ton compatissant :

– Dépêche-toi plutôt d'aller retrouver ta famille, Œil-d'Oiseau.

Après qu'il eut atteint la cité, les premiers passants rencontrés lui confirmèrent ce que Magda avait dit : il y avait bien eu un incendie en ville.

– Ouais, capitaine Archer. Près du grand hôpital, à ce qu'on raconte.

L'homme faisait référence à St Leonard, cela ne faisait aucun doute, mais, au grand dam d'Owen, il paraissait incapable de fournir davantage de précisions sur le lieu exact où le feu s'était propagé.

Une fois en vue de la place St Helen, alors qu'il pouvait déjà apercevoir l'officine de sa femme, il fit halte pour se calmer et recouvrer son souffle. Il distinguait une traînée de fumée s'élevant dans le ciel dans le quartier nord ; mais la vue des clients qui faisaient la queue jusqu'à l'extérieur, en attendant que l'apothicaire leur délivre leurs panacées, lui enleva toute envie d'aller charrier des seaux d'eau.

Après qu'il fut quelque peu rasséréné, Owen prit conscience que ses vêtements étaient dégoûtants : sa tunique et son haut-de-chausses puaient littéralement le cadavre en décomposition. L'entrée de l'officine se trouvait à l'extrémité la plus étroite de sa vaste demeure, et une seule petite fenêtre était percée dans le mur à colombage du premier étage. Depuis la rue, il était impossible de voir quoi que ce soit à l'intérieur de la maison.

– Capitaine Owen, bienvenue chez vous. Avez-vous trouvé la petite fille ?

Archer cligna de l'œil pour essayer de s'accoutumer à l'obscurité qui régnait dans l'entrée. À l'extrémité du passage resserré, il entrevoyait une vague silhouette que les fenêtres du hall éclairaient par-derrière. Mais d'après sa voix, il savait qu'il s'agissait de Kate, leur nouvelle bonne – une jeune sœur de leur gouvernante, Tildy, qui se trouvait à Freythorpe avec Gwenllian et Hugh. Kate se débrouillait très bien pour assumer sa nouvelle tâche, mais elle avait beaucoup de mal à tenir sa langue ; elle fatiguait beaucoup Owen par ses bavardages incessants.

– Oui, Kate. Nous avons trouvé la fillette et enterré le reste de sa famille. Ici, tout va bien ? Tu es au courant de l'incendie ? Est-ce que quelqu'un a été blessé ?

Kate hocha la tête.

– C'est à St Leonard qu'il y a eu le feu. La maison d'un pensionnaire a entièrement brûlé et il est mort.

– Tu sais de qui il s'agit ?

– Maître Warrene.

– Mon Dieu, si peu de temps après sa femme ! Voilà encore une famille bien éprouvée.

Et lui aussi ne put s'empêcher de faire le compte et de songer que cela faisait tout de même beaucoup de pensionnaires de St Leonard qui mouraient les uns après les autres en laissant leurs biens à l'hôpital. John Rudby, Walter de Hotter, Matilda, puis Laurence de Warrene... Il y avait là matière à alimenter encore les rumeurs.

– Maîtresse Lucie et Jasper sont dans la boutique ?

– Ben oui, capitaine.

– Remercions le ciel d'être tous sains et saufs dans cette maisonnée. (Owen se signa, imité par Kate.) Bon, maintenant, je dois essayer de me rendre présentable pour Maîtresse Lucie. Pourrais-tu me monter de l'eau dans ma chambre ?

– Tout de suite, capitaine ! s'exclama Kate en s'éloignant à la hâte.

La jeune fille avait beau être courtaude et assez massive, elle était musclée et très vive dans ses mouvements. Elle avait les joues roses, des cheveux blonds indisciplinés et une bouche – grande au point d'en être presque comique – qui paraissait sourire même quand elle était au repos.

Tout en grimpant à l'étage, Owen se dit qu'il avait tort de s'agacer de l'enthousiasme et de la bonne humeur permanente de Kate. Il devrait s'en réjouir au contraire. Si peu de gens, présentement, trouvaient cause à se dérider. Le taux élevé de mortalité paraissait avoir plongé la ville entière dans une espèce de léthargie morbide. Et la jeune fille n'était pourtant pas inconsciente du danger qui les guettait tous. C'est ainsi que, lorsqu'elle était rentrée d'une visite rendue à ses jeunes frères et sœurs et que Lucie lui avait demandé comment allait sa famille, elle s'était effondrée sur l'épaule de sa maîtresse en pleurant de soulagement.

– Ils sont tous en bonne santé.

Ce soir-là, sa femme avait déclaré qu'elle n'avait pas l'impression d'avoir engagé une nouvelle servante, mais celle d'avoir adopté une fille. L'émotion qui perçait dans sa voix avait perturbé Owen à son tour et, pensant à leur propre fillette, ils étaient restés silencieux tous les deux un long moment.

Un peu plus tard, le capitaine trouva l'officine toujours aussi bien achalandée. Lucie et Jasper, son jeune apprenti, s'activaient derrière le comptoir. Une bonne demi-douzaine de clients attendaient en manifestant plus ou moins d'impatience. L'atmosphère était lourde d'un mélange de diverses odeurs. Exactement comme la veille, quand il avait passé tout l'après-midi à distribuer lui aussi l'assortiment hétéroclite de protections contre la peste que réclamaient les habitants d'York. Il y avait, bien sûr, les sachets d'herbes aromatiques, comme celui que Magda l'avait forcé à utiliser ; pour les plus riches, des boulettes d'ambre gris à se tenir sous le nez pour éviter de respirer les vapeurs infectieuses ; d'autres herbes d'où émanait une certaine puanteur, pour en joncher le seuil des portes et le bas des fenêtres ; une autre espèce d'herbe odoriférante pour en parsemer le sol de la chambre à coucher afin d'éloigner le diable ; des éponges imbibées de vinaigre à se maintenir sous le nez... Pour ne citer que les requêtes les plus courantes ; mais chaque jour apportait ses nouvelles recettes.

Si Owen put constater que la voix de sa femme était calme et que ses mains ne tremblaient pas, son visage cadavérique et ses tempes humides n'échappèrent pas à son œil acéré. Elle venait juste d'achever de servir un client et s'apprêtait à s'occuper de Maîtresse Miller. Mais Owen, qui s'était glissé derrière le comptoir, ne lui en laissa pas le temps. Il la pria de l'accompagner un petit moment dans l'arrière-boutique.

– Il y a encore des clients, comme tu peux le voir, dit-elle d'une voix douce mais ferme, en s'épongeant le front avec sa manche d'un geste machinal.

– Jasper peut se débrouiller seul pendant quelques instants. Je dois te mettre au courant de quelque chose d'important.

Une lueur d'intérêt s'alluma dans les yeux de Lucie, sans toutefois venir à bout de son hésitation.

– Même quand nous travaillons tous les deux, les gens sont forcés d'attendre trop longtemps, fit-elle remarquer.

– Alors je vais aider Jasper et tu vas aller te reposer un peu dans le jardin, suggéra Owen.

Elle le regarda en fronçant les sourcils, puis se tourna vers Maîtresse Miller. La pauvre femme paraissait si affligée que le capitaine se sentit soudain coupable d'avoir retardé Lucie.

– Vous venez me voir pour les ennuis de Maître Miller ? demanda l'apothicaire.

La femme au visage blafard se pencha en avant et dit à voix basse :

– Que oui ! Il souffre toujours de ses cailloux dans

la vessie. Alors le soir, il reste à tremper longtemps dans des bains parfumés et ça le calme un peu. Il arrive même à s'endormir.

– Je sais combien c'est douloureux, compatit Lucie. Malheureusement, il va falloir qu'il continue ce traitement longtemps, je vous avais prévenue.

La femme du meunier hocha la tête.

– Oh ! détrompez-vous, Maîtresse Wilton, je suis pas venue me plaindre. Au contraire ! Harry répète sans arrêt : « Dieu protège l'apothicaire. » Alors pensez... Non, je suis venue chercher de la mauve. Le pot que vous m'aviez donné est tombé de l'étagère et la chienne a tout mangé.

Quand Lucie se retourna pour exécuter la commande, Owen vit qu'elle se mordait les lèvres pour ne pas éclater de rire. Il se pencha par-dessus le comptoir et demanda :

– Et comment va la chienne ?

– Elle s'est entièrement vidée ! pouffa bruyamment Maîtresse Miller.

Elle se dépêcha de mettre sa main devant sa bouche pour dissimuler ses mauvaises dents, mais paraissait incapable de s'arrêter de rire.

– Ce n'est pas surprenant, commenta le capitaine.

Lucie fut obligée de le pousser pour pouvoir passer.

– Voulez-vous quelque chose pour la chienne ? demanda-t-elle.

– Non, merci, Maîtresse Wilton, je suis sûre que ça lui a fait du bien.

Alors que Lucie enveloppait la mixture à base de mauve, la femme du meunier se pencha de nouveau en avant pour chuchoter :

– Encore deux morts à Fosters, deux pauvres mioches.

La femme d'Owen se signa.

– Faites-vous brûler du genévrier ou du romarin ?

– Du romarin, précisa Maîtresse Miller en hochant la tête. Mais justement, j'étais en train de me demander... Je vois tous ces gens qui se tiennent des sachets sous le nez...

– C'est qu'ils croient que c'est efficace. Mais personnellement, je ne peux rien vous promettre, dit Lucie.

– C'est que je voudrais tout de même pas le guérir de ses cailloux pour le voir partir de la peste ! Donnez-moi donc deux sachets. Et avant de rentrer à la maison, je vais m'arrêter faire une longue prière à la cathédrale, ça peut pas nuire.

Après avoir emballé les achats de Maîtresse Miller, l'apothicaire murmura quelques paroles à l'oreille de Jasper qui acquiesça d'un signe de tête sans détourner les yeux de ce qu'il était en train de faire. Lucie franchit alors le rideau de perles qui les séparait de l'arrière-boutique – leur ancienne cuisine –, suivie par son mari. Elle se retourna vers lui avec un air irrité.

– Alors, qu'est-ce que ?... (Elle laissa sa phrase en suspens, s'appuya d'une main à la table sur laquelle elle faisait ses préparations et porta l'autre à sa tête.) Jésus ! Voilà que j'ai le vertige.

Owen se trouvait déjà à côté d'elle pour la soutenir.

– Tu as commencé ta journée de travail très tôt en cousant des sachets d'herbes. Ensuite, il fait chaud et toutes ces odeurs sont difficiles à supporter.

Allons, viens ! (Il la conduisit dans le jardin et insista pour l'installer sur un banc placé à l'ombre.) Tu vas rester là bien tranquille, et moi, je vais aller te chercher un verre d'eau.

Lucie resta cramponnée à Owen quelques instants avant de se laisser choir sur le banc :

– En fait, tu n'avais rien à m'apprendre, devina-t-elle.

– Rien d'important.

Elle respira profondément et s'épongea le front.

– Je dois avouer que tu m'as obligée à sortir juste à temps.

– Tu devrais penser à te ménager un peu plus.

Lucie pressa le bout de ses doigts contre ses tempes.

– Il faudrait que tu ailles seconder Jasper, le pria-t-elle.

– Je vais d'abord t'amener Kate et ensuite j'irai l'aider.

Posant gentiment sa main sur la joue d'Owen, elle demanda :

– Tu as trouvé la petite fille et sa famille ?

– Oui, acquiesça-t-il sombrement.

– C'était bien la peste ?

Le capitaine fit oui de la tête.

– Quatre sont morts. Cette enfant est la seule survivante.

De nouveau, Lucie se signa.

– Tu peux me laisser maintenant. Je me sens beaucoup mieux.

En voyant qu'elle voulait se lever, Owen l'obligea à se rasseoir.

– Tu vas d'abord boire un peu d'eau et attendre que ton vertige soit complètement passé.

– J'avoue que je suis exténuée, admit Lucie en s'adossant au tronc de l'arbre qui ombrageait le banc. Ils sont tous saisis de folie. Chaque jour apporte son lot de nouveaux remèdes à essayer. Et quelqu'un comme Maîtresse Miller doit attendre au milieu d'eux.

– Elle a aussi acheté des sachets d'herbes.

– Forcément ! Pendant tout le temps qu'elle a passé à attendre, ils ont eu tout le loisir de lui bourrer le crâne. (Lucie ferma les yeux.) Pauvre Harry Miller. (Elle se mit à glousser de rire.) Et pauvre chienne.

Ils furent pris tous les deux d'un tel fou rire que Kate arriva en courant pour en connaître le motif.

Cette nuit-là, alors qu'il était déjà très tard, Owen et sa femme se trouvaient encore assis dans leur lit. Leur fenêtre munie de vitres restait ouverte sur le jardin et une faible brise agitait les cheveux de Lucie et lui rafraîchissait les épaules. Quel délice après la touffeur de la journée ! Toutefois le corps d'Owen continuait de dégager beaucoup de chaleur. La plupart des nuits, Lucie appréciait cette qualité chez son mari – mais pas ce soir. Elle s'éloigna de lui.

– Est-ce que je sens encore la tombe ?

– Non, j'ai chaud.

– Je suis sûr que je sens la tombe.

Lucie se retourna vers son mari. Il était nu avec une légère couverture sur les jambes, et il sentait la lavande et la menthe dont elle avait parfumé l'eau de son bain pour le débarrasser de cette odeur qui le hantait et qui n'existait que dans sa tête.

– Tu sens aussi bon que l'air qui nous arrive du jardin, mon aimé. Tu as chaud toi aussi, c'est tout.

Owen lui prit la main et posa ses lèvres au creux de sa paume.

– Ce que tu as dit cet après-midi, au sujet de tous ces gens qui paraissent devenir fous...

Lucie se glissa de nouveau près de lui et posa sa tête sur son épaule.

– Mmm ?

– J'ai rencontré un prêtre aujourd'hui, qui était aussi paniqué que les clients qui se pressent dans ton officine.

– Tu veux dire en dehors de la ville ?

– Ouais.

– La campagne reste pourtant plus sûre.

– Je ne mets pas cela en doute.

– Tu te rappelles ces inconnus qui dévalaient Coney Street, la semaine dernière, en proclamant que la fin du monde était proche ? Et tu as vu comment les passants réagissaient ? Il y en a qui se mettaient à se frapper la poitrine en hurlant comme s'ils étaient possédés par des démons... Le pape a beau avoir condamné les flagellants il y a plus de vingt ans, ils sont encore capables de rassembler rapidement une foule et de lui communiquer leur exaltation et leur désespoir. Et il n'est pas facile de s'en débarrasser. La folie a tendance à s'installer après leur passage. Tom m'a dit qu'il y avait eu une bagarre dans une taverne hier soir. En pareille période, la ville n'est pas recommandée aux enfants.

– Je n'ai jamais prétendu le contraire.

– Non, mais tu insistes sur le fait que tu as trouvé une famille entière, à part une gamine, morte de la peste à la campagne ; et un prêtre qui avait trop peur pour accepter d'accomplir son devoir.

– La peur est partout.

– C'est pire en ville.

– Les individus dont tu viens de parler pourraient très bien passer par Freythorpe Halden.

– Ce n'est pas impossible, mais ils préfèrent tout de même traverser les cités. Leur dessein est d'attirer un vaste public.

– Sans doute, mais... (Le capitaine laissa sa phrase en suspens car Lucie se détacha de lui et laissa retomber sa tête sur son propre oreiller.) Mon intention n'était pas de commencer une dispute au sujet des enfants, assura-t-il.

Sa femme tendit le bras pour poser sa main sur la sienne.

Owen déposa un baiser sur sa main avant de se pencher sur elle.

Elle perçut immédiatement son brusque changement d'humeur et tordit le cou pour le regarder.

– Ton œil pétille.

– Il pétille, hein, ma mie ? (Il passa la main sous sa chemise, mais elle l'arrêta promptement.) Ah, j'oubliais, j'ai trop chaud.

Sa femme s'était déjà retournée vers lui pour affirmer :

– Loin de moi l'idée de suggérer l'abstinence pendant tout l'été ! On dit pourtant qu'au cours du déduit, les pores de la peau s'ouvrent aux vapeurs pestilentielles.

– Et tu y crois ?

– Ma foi, je ne sais plus vraiment quoi penser, mais ce que je crois, c'est que Dieu ne peut pas vouloir nous priver de toutes nos joies sur terre. Si tel était le cas, je deviendrais folle à mon tour !

Quand Owen se réveilla à l'aube, il trouva sa femme assise dans le lit et fixant le mur opposé. Il se demanda si elle était en train de penser au petit Martin, son premier-né. Le pauvre petit bonhomme aurait aujourd'hui neuf ans, s'il avait vécu – c'est-à-dire qu'il serait plus âgé que Jasper quand ils l'avaient accueilli dans leur foyer.

S'apercevant qu'il était réveillé, Lucie tourna le regard vers lui.

– Hugh te ressemble tellement, constata-t-elle.

– Mis à part ses cheveux flamboyants qu'il tient de mon frère Dafydd. (Il la prit dans ses bras et lui déposa un baiser sur le front.) Il reste à espérer qu'il aura hérité de ton cœur et de ton esprit.

– Je suis tellement hantée par le doute que je n'ai pas pu fermer l'œil de la nuit, dit-elle d'une voix tremblante en le repoussant.

Owen écarta les cheveux qui lui masquaient le front et l'embrassa de nouveau.

– Dans ces circonstances, on ne peut être sûr de rien, mon amour. Mais ce qui est certain, c'est que nous avons fait de notre mieux.

Pas *nous*, pensa Lucie, *moi*. Pensée qui ne cessait d'ailleurs de la hanter. Et un rêve, toujours le même, venait troubler son sommeil de façon récurrente. Elle l'avait fait pour la première fois au cours de la nuit qui avait précédé le départ des enfants. Elle avait rêvé de son premier mari, Nicholas ; puis, une fois réveillée en sursaut, elle avait été incapable de se rendormir. Elle s'était tout de suite inquiétée de Hugh, qu'elle avait trouvé paisiblement endormi dans son berceau. Dans la lumière de la lune, ses magnifiques cheveux fauves lui faisaient comme un halo autour de la tête. Elle avait eu un mal fou à résister à la tentation de le prendre dans ses bras et de le serrer contre elle, en lui murmurant à l'oreille qu'elle priait de tout son cœur pour qu'il puisse atteindre l'âge d'homme. Mais elle savait qu'elle risquait de le réveiller, et le pauvre avait besoin de se reposer pour mieux supporter les fatigues du voyage qui l'attendait. Et pourtant, depuis lors, elle regrettait de n'avoir pas cédé à son envie.

Ce rêve au sujet de Nicholas se situait à l'époque où il était devenu tellement silencieux après que l'épidémie de peste eut emporté leur jeune fils. Une fois Martin mort et enterré, son mari avait passé toutes ses nuits dans le jardin assis sous le tilleul, fixant le vide de ses yeux clairs. Dans ces moments-là, il refusait d'adresser la parole à Lucie et ne la regardait même pas. Au cours de la journée, il se montrait tout juste poli. Et puis, tout d'un coup, un matin, il avait reposé sa chope d'ale et regardé sa femme droit dans les yeux.

– Jamais je ne pourrai te pardonner de t'être endormie comme si de rien n'était, la nuit qui a suivi la mort de Martin ! Qu'est-ce qui a bien pu faire de toi une mère aussi indigne ? lui avait-il assené.

Lucie en était restée complètement abasourdie. Avait-il déjà oublié qu'elle n'avait pas fermé l'œil pendant les trois nuits où Martin souffrait ? Trois nuits passées à tamponner ses douloureux bubons avec un onguent à base de sauge pour essayer d'extraire le poison ; à le rafraîchir avec des compresses froides qu'elle posait sur son front brûlant de fièvre et sur son cou. Elle était à bout de forces quand Martin avait fini par succomber et elle avait quasiment perdu conscience.

Comment Nicholas avait-il pu l'oublier ?

Plus tard, il lui avait présenté ses excuses. De nombreuses fois. Il ne pensait pas du tout ce qu'il lui avait dit. Son chagrin l'avait égaré. Et c'était tellement injuste. En réalité elle avait été une mère modèle.

Pourtant, quelle sorte de mère enverrait ses enfants seuls à la campagne, tandis qu'elle restait en ville pour s'occuper de ses affaires ? Gwenllian et Hugh étaient très certainement effrayés. Ils avaient besoin d'elle. Comment avait-elle pu prendre une telle décision ? Est-ce que, vraiment, elle n'était pas une mère indigne ?

Comme s'il avait pu lire dans ses pensées, Owen dit :

– Ce sont mes enfants à moi aussi, Lucie. Et tu me connais. Si j'avais été certain qu'il valait mieux les garder ici avec nous, j'aurais défendu mon point de vue avec acharnement.

Lucie se força à respirer profondément pour recouvrer son calme. Elle put ensuite demander d'une voix posée :

– As-tu des nouvelles de l'archevêque Thoresby ?

– Non, aucune. J'imagine qu'il passe ses journées à prier dans la chambre de la reine, et qu'il prie la nuit dans la sienne. Il ne doit pas trouver le temps d'écrire à son intendant.

Car Owen occupait aussi les fonctions d'intendant

de Bishopthorpe, le manoir que possédait l'archevêque au sud de la cité d'York.

– Il va avoir beaucoup de mal à se faire au départ de la reine, si elle n'arrive pas à se remettre, commenta Lucie.

– Il fut un temps où j'en aurais retiré une certaine satisfaction, n'en déplaise à Dieu. Mais aujourd'hui, j'ai pitié de lui.

– Jusqu'à la prochaine occasion où tu seras victime de sa mauvaise humeur.

– Ah, ouiche.

– Tu as entendu parler de l'incendie d'hier ?

– Magda l'a senti. J'ai eu peur pour toi.

Lucie glissa sa main sous sa nuque.

– Et moi, je m'inquiétais de te savoir sur la rivière.

5

Une conscience perturbée

Un semblant d'intimité se crée obligatoirement entre des gens qui font route ensemble, et le fait qu'ils se trouvent éloignés de leurs occupations habituelles et doivent occuper le temps finit par les encourager à parler de choses qu'ils auraient gardées pour eux en d'autres circonstances.

Alors qu'ils gagnaient York en compagnie l'un de l'autre, Richard de Ravenser et l'archevêque Thoresby firent halte dans une auberge pour y dîner. Ce fut là que le neveu parvint à rassembler assez de courage pour oser demander :

– Pourquoi paraissez-vous en vouloir autant à Maîtresse Alice Perrers ? Avez-vous... Aviez-vous espéré...

Le regard glacé que lui lança son oncle le stoppa net.

Thoresby piqua un morceau de viande avec la pointe de son couteau, le mâcha longuement, le fit couler avec une rasade de vin et, finalement, s'accouda sur la table pour dévisager son neveu.

– Comment quelqu'un comme toi, faisant partie de la maison de la reine, peut-il poser une question pareille ? L'air que les poumons de cette Perrers refoulent près de Sa Majesté Phillippa empoisonne l'atmosphère. C'est ce qui l'a tuée.

– Mais c'est tout de même le roi qui...

– Tais-toi donc, inconscient ! Ce genre de conversation relève de la haute trahison.

Ravenser regarda nerveusement autour de lui.

– En mon âme et conscience, telle n'était pas mon intention.

L'archevêque tendit son couteau au serviteur qui se tenait près de lui et s'essuya délicatement les lèvres avec une serviette de lin.

– Essayons de trouver un sujet de conversation plus plaisant. Les ennuis qui t'attendent à York, par exemple.

– Je connais plus plaisant, comme sujet de conversation, rétorqua son neveu d'un ton maussade.

– Ah, mais tu vas peut-être pouvoir régler tous ces problèmes rapidement ! le pacifia l'archevêque.

– Je me demande bien comment. Le produit des

récoltes de blé diminue d'année en année. Et ce n'est pas le seul problème ! Le roi libère de plus en plus de gens de leurs dettes. (Rien que de penser à la situation qu'il allait devoir affronter à l'hôpital St Leonard, Ravenser sentit son souper lui peser lourdement sur l'estomac.) Et alors que, cette année, vous nous aviez si généreusement offert les revenus de la foire de Lammas du 1er août, l'épidémie de peste vient de tout remettre en question. (Il s'épongea le front.) Mais le pire, c'est encore cette question des viagers. Vous savez que j'ai toujours été contre, et les derniers événements me donnent raison. N'empêche que je suis placé devant le fait accompli !

– Quelle peut bien être la source d'une telle rumeur à propos des viagers, Richard ? Et qui donc a propagé la nouvelle de vos difficultés financières ?

La question même que redoutait Richard. Il avait beau ignorer qui avait propagé la rumeur, il croyait savoir qui n'avait pas hésité à l'alimenter. Et il trouvait quasiment impossible de mentir à son oncle. Il s'y voyait pourtant contraint à causes des circonstances : l'homme étant mort depuis, mieux valait tirer un trait là-dessus.

– Seuls les chanoines étaient au courant, constata Ravenser.

– E-xac-te-ment. (L'archevêque détacha chacune des syllabes et parut se délecter à laisser résonner le mot pendant un moment.) Quelle confiance places-tu dans tes chanoines ? Si j'ai bonne mémoire, ces dernières années, tu n'as pas toujours été d'accord avec eux...

Bien décidé à dire la vérité, Ravenser se vida les poumons en un long soupir.

– Je leur fais confiance pour comprendre l'importance de la bonne réputation de St Leonard. Mais les langues s'agitent parfois trop. Un domestique surprend une conversation. Ou même une personne qui a vendu ses biens en viager à l'hôpital. J'ai personnellement refusé plusieurs candidats, et, par malheur, ils ont quelquefois refusé de comprendre ma position. Mais quoi qu'il en soit, vous savez aussi bien que moi que si les gens se mettent en tête de croire les rumeurs les plus absurdes, il y a très peu de choses que l'on puisse faire pour les en dissuader.

L'archevêque fit signe à son serviteur de leur verser du vin.

– Je m'étais dit que ces ragots pouvaient être colportés pour une raison de basse politique. Ce n'est pas ton avis ? demanda-t-il d'un ton persuasif.

– J'aimerais pouvoir vous répondre !

– J'en suis sûr.

Ravenser fixait sa coupe de vin d'un air un peu embarrassé. Comment son oncle pouvait-il subodorer qu'il ne lui avait pas tout dit ? Il se demanda si l'archevêque entendait les protestations sonores de son estomac.

En vérité, il ne savait même pas lui-même pourquoi il demeurait si hésitant à informer son oncle de ses soupçons. Thoresby possédait une vaste expérience et serait peut-être en mesure de recommander un remède. Ou de le rassurer en lui affirmant que son sentiment de culpabilité n'avait pas lieu d'être. Ravenser leva alors sa coupe et la vida d'un trait. Une initiative fort malencontreuse. Il sentit immédiatement ses intestins se relâcher.

– Je vous prie de m'excuser, Monseigneur, dit-il en se levant précipitamment.

Thoresby indiqua du menton les reliefs de leur repas.

– Cette viande était bien trop grasse, assura-t-il, compatissant. Désires-tu qu'un de mes hommes t'accompagne ?

– Ce n'est vraiment pas la peine, assura Ravenser, en se hâtant de sortir par la porte de derrière.

Cet épisode tragi-comique acheva de le convaincre qu'il devait mettre son oncle au courant de la dispute ridicule qu'il avait eue avec William Savage, le défunt maire de la cité d'York.

Le jour où il lui avait accordé un entretien, Savage s'était présenté bien trop chaudement habillé pour avril de sa lourde robe mayorale, accompagnée du couvre-chef assorti. En le voyant aussi pompeusement vêtu, Richard Ravenser avait tout de suite compris que le maire tenait à l'impressionner pour obtenir plus facilement quelque privilège.

– Sir Richard, l'avait salué Savage en s'inclinant légèrement.

C'était un homme aux cheveux blonds et aux yeux bleus, doté d'un teint rubicond. Même au cœur de l'hiver, on aurait dit qu'il était resté trop longtemps au soleil. Il était imposant sans être trop corpulent. En un mot, il portait avec beaucoup d'élégance les emblèmes de sa charge. Ravenser remarqua le mouchoir de coutil qu'il tenait à la main pour s'éponger le front.

– Dieu vous bénisse de m'avoir accordé cet entretien, poursuivit le maire. Je vous en suis très reconnaissant.

Ces paroles poussèrent le maître de St Leonard à se demander s'il avait le choix... Il devait admettre qu'il n'avait pas du tout envisagé la possibilité de refuser de recevoir le maire.

– Rien de plus normal, assura-t-il pourtant. Je vous en prie, mettez-vous à l'aise. (Et désignant un fauteuil placé près de la fenêtre, il ajouta :) Asseyez-vous et nous allons partager un peu de vin.

Dans une envolée de sa robe qui dispersa une légère odeur de moisi dans la pièce, Savage s'installa confortablement et s'épongea le front.

Après que le serviteur eut servi le vin, il fut poliment prié de les laisser en tête-à-tête. Comme son vis-à-vis ne faisait pas mine de vouloir indiquer le motif de sa visite, Ravenser se pencha vers lui.

– Venez-vous me voir au sujet d'une affaire officielle, Lord Maire ?

Savage reposa sa coupe qu'il continua de fixer pendant quelques instants et sur laquelle il garda la main posée. Il paraissait vouloir rassembler ses pensées avant de s'exprimer. Il se décida enfin à croiser le regard curieux de Ravenser.

– Non, sir Richard. Il s'agit d'une visite privée. Récemment, la mère de ma femme est devenue veuve et sa situation nous préoccupe beaucoup. Nous faisons naturellement de notre mieux pour l'aider à traverser cette période pénible, mais il faut bien se rendre à l'évidence, elle a besoin de plus d'attentions que nous n'avons le temps de lui en accorder, pris que nous sommes par nos occupations quotidiennes. (L'expression du visage du maire changea subtilement : léger haussement des sourcils tandis que les coins de la bouche s'affaissèrent. Il se mit à plaider :)

Nous espérons, nous vous prions même de bien vouloir acheter ses biens en viager pour qu'elle puisse être prise en charge par St Leonard. (Voyant que Ravenser allait dire quelque chose, il leva sa main gantée :) Nous ne demandons aucune faveur, sir Richard, la contrepartie que nous offrirons à l'hôpital sera largement suffisante.

Ainsi le Lord Maire ne demandait pas de faveur... Et pourtant, Ravenser n'ignorait pas que sa vaste résidence lui permettait d'offrir l'hospitalité à une personne supplémentaire sans lui causer de dérangement : son personnel pléthorique pourrait satisfaire les besoins de la douairière. Il n'avait simplement pas envie de l'avoir chez lui au cas où elle tomberait malade.

– Je vous prie de m'excuser, Maître Savage, mais je me vois dans l'obligation de vous décevoir. L'hôpital St Leonard a cessé de prendre des biens en viager pour s'occuper de personnes âgées.

Les yeux bleus du maire parurent se rétrécir, alors que sa bouche s'efforçait de s'ouvrir largement sur un sourire. Il leva les mains, paumes ouvertes, dans un geste de supplication.

– Tout de même, sir Richard, dans certains cas particuliers, il est toujours possible de faire une exception.

– Là encore je vais vous désappointer, j'en ai bien peur, Lord Maire. Nous avons même refusé de faire une exception envers Sa Majesté le roi qui voulait nous confier la charge d'un de ses vieux serviteurs. (En voyant la surprise qui se manifestait sur le visage de son interlocuteur, Ravenser hocha la tête.) Voilà qui vous prouve la fermeté de notre décision, insista-t-il. C'est tout simplement une question de survie pour St Leonard. Cette histoire de viagers, qui paraissait une bonne affaire, s'est avérée être un désastre financier. La qualité des soins que nous dispensons à l'hôpital prolonge la vie des patients... Pour dire les choses d'une façon brutale, ils finissent par nous coûter beaucoup plus qu'ils ne nous rapportent et deviennent une charge que l'hôpital ne peut plus supporter.

Tout en fournissant des explications au maire, Ravenser entendait la voix de son oncle l'archevêque résonner sous son crâne. Thoresby l'avait toujours mis en garde contre les explications prolixes. *N'essaye jamais de justifier longuement tes décisions. Cela ne fait que prolonger inutilement un débat.*

Savage s'était laissé aller en arrière sur son siège et se caressait pensivement le menton, tout en observant Ravenser avec une lueur malveillante au fond des yeux.

Ravenser tenta de regagner le terrain qu'il avait perdu en déclarant la discussion close :

– Je suis heureux que vous me compreniez, Lord Maire. Souhaitiez-vous me parler d'autre chose ?

Savage laissa échapper une espèce de ricanement et se pencha en avant.

– Vous vous méprenez, sir Richard. Je ne vous comprends pas. Je suis certain que vous avez suffisamment de places pour accueillir une veuve âgée qui, d'après les apparences, ne vivra pas assez longtemps pour vous encombrer et devenir une charge pour St Leonard. Dieu lui vienne en aide ! Et, comme je vous l'ai dit, je suis prêt à payer ce qu'il faudra.

Ravenser prit le temps de réfléchir avant de répondre. Devait-il continuer de justifier son refus en insistant sur le fait qu'accepter la belle-mère de Savage leur vaudrait une pluie de nouvelles demandes et mécontenterait fort le roi Edward ? Pour éviter d'avoir à pâtir de son ressentiment, il faudrait donc en même temps accepter son serviteur... pour lequel, comme d'habitude, il *oublierait* de payer malgré moult promesses.

S'il décidait de poursuivre dans cette voie, Ravenser connaissait d'avance la parade de Savage : il allait déclarer être certain que le roi comprendrait que St Leonard ne pouvait pas refuser une faveur au maire de sa bonne ville d'York.

Ce qui prouverait que William Savage n'avait jamais eu affaire au roi !

– Sir Richard ? le relança-t-il.

Ravenser hocha fermement la tête.

– Je ne puis faire aucune exception, Maître Savage. Même pour vous.

D'autant moins, pensa Ravenser, qu'il y a un nouveau Lord Maire chaque année. Cette seule pensée lui donnait des sueurs froides.

Savage parvint à devenir encore plus rouge. Des effluves de moisi flottèrent de nouveau jusqu'aux narines du neveu de l'archevêque. Le maire pointa son menton en avant et fixa le maître de l'hôpital en laissant glisser son regard le long de son grand nez osseux.

– Je soupçonne que votre motif n'est pas celui que vous mettez en avant ! déclara-t-il sèchement.

– Que mon motif n'est pas..., bredouilla Ravenser

qui, ensuite, préféra se taire en sentant la colère l'étouffer.

L'audace de cet homme était tout simplement incroyable. Il fit de gros efforts sur lui-même pour recouvrer son calme, et c'est d'une voix posée qu'il parvint à ajouter :

– Je suis certain que vous n'êtes pas en train de suggérer que je vous ai menti ?

Savage eut tout de même le bon goût de se récrier :

– Bien sûr que non ! Je serais incapable de vous accuser de mentir. Mais il y a en effet quelque chose d'autre dont j'aimerais discuter avec vous.

– Eh bien, je suis tout ouïe, Maître Savage.

Le maire parcourut la pièce des yeux, comme pour s'assurer que personne ne risquait de surprendre ses propos.

– C'est au sujet d'une femme que vous employez comme sœur laie. Une femme à la moralité douteuse, Honoria de Staines.

Il s'agissait là d'un coup bas.

– Maîtresse Staines a fait pénitence pour ses péchés et est devenue l'une de nos meilleures employées.

– J'en connais qui resteraient totalement confondus devant cette allégation, sir Richard. Tout comme moi, d'ailleurs.

– Et pour quelles raisons, Maître Savage, si je puis me permettre ?

Les lèvres du maire se retroussèrent sur un méchant rictus.

– Je suis persuadé que vous les connaissez aussi bien que moi, sir Richard. Elle a été vue en compagnie de beaucoup d'hommes. Y compris certains de vos distingués pensionnaires.

Il se leva dans une nouvelle envolée de robe, propageant de nouveau dans l'atmosphère des relents de moisi. Il s'inclina alors devant Ravenser qui se mit debout à son tour.

– Seriez-vous en mesure de me fournir des preuves, Lord Maire ?

Savage renifla dédaigneusement.

– Je n'ai pas pour habitude de trahir les confidences qu'on me fait.

– Personnellement, je serais assez enclin à penser qu'il s'agit plutôt de mensonges.

Le maire parut se hérisser.

– Je vous conseille de prendre garde, sir Richard. Je sais que l'hôpital traverse une crise financière à cause des mauvaises récoltes. Alors si vous souhaitez obtenir l'aide des citoyens de cette ville, vous devrez vous en montrer digne. En commençant par choisir les personnes qui travaillent à St Leonard avec davantage de discernement. C'est de cette seule façon que vous pourrez espérer devenir un membre respecté de notre communauté et en retirer des bienfaits.

Le neveu de l'archevêque éprouvait de plus en plus de difficultés à contrôlcr sa colère.

– Seriez-vous assez aimable pour me dire comment il se fait que vous êtes au courant de nos difficultés financières ? demanda-t-il d'une voix trop douce.

– Mais enfin, sir Richard, c'est le secret de polichinelle. Tous les habitants d'York en parlent.

– Alors...

Savage secoua la tête.

– J'en viens à tirer la conclusion que vous rejetez ma belle-mère pour éviter que je ne sois trop informé de ce qui se passe à St Leonard.

Il devenait impossible pour Ravenser d'en accepter davantage.

– Maître Savage, déclara-t-il vivement, il est de notoriété publique que votre belle-mère est un véritable tyran. Et pour rien au monde, vous ne voulez la voir dicter sa loi dans votre maison. Voilà l'unique raison pour laquelle vous essayez de me l'imposer.

Le maire était devenu apoplectique.

– C'est absolument faux, vous dites n'importe quoi ! éructa-t-il.

– Allons, allons, Maître Savage, qui donc détourne la vérité, à présent ?

Mais le maire ne l'entendit pas. Il s'était déjà précipité hors de la pièce tout bouillant d'indignation.

L'archevêque écouta son neveu sans l'interrompre, mais avec un sentiment de malaise grandissant.

– Bonté divine, Richard ! Savage avait entièrement raison. Tu dépends des citoyens d'York et tu t'es fait un ennemi de l'homme qui aurait pu le mieux défendre ta cause devant eux. Es-tu donc incapable de contrôler tes humeurs ? (La surprise peinée qui se lisait sur les traits de Ravenser lui indiqua clairement que ce dernier s'attendait à davantage de commisération de sa part.) Et voilà qu'à son tour Roger Selby, le nouveau maire, pose des questions sur cette même sœur laie. Qu'est-ce qui peut bien rendre cette Honoria de Staines aussi importante à tes yeux ? Pourquoi la garder si elle est cause de toute cette effervescence, même en admettant qu'il ne s'agisse que d'affabulations ?

– Est-ce que Marie-Madeleine n'avait pas trouvé la rédemption en marchant dans les pas du Christ ?

– Dois-je comprendre que tu te compares à Jésus-Christ ? argua narquoisement l'archevêque.

L'attitude de Ravenser trahissait un certain agacement.

– Vous qui êtes un homme d'Église, mon oncle, ne sauriez-vous convenir que Cuthbert a eu raison de faire preuve de charité chrétienne ?

– Cuthbert a certainement gagné sa place au ciel par son désir de faire le bien, Richard. Mais, en revanche, il n'a en rien œuvré pour donner un coup de pouce à ta carrière. Bien au contraire ! Alors si tu souhaites grimper plus haut, tu dois prendre les décisions qui s'imposent.

Pour l'archevêque, son neveu représentait un véritable puzzle. Ses tenues recherchées et voyantes étaient en complète contradiction avec la simplicité naïve de sa foi.

6

Une évolution troublante

Bess Merchet arriva dès potron-minet à l'infirmerie et resta près du lit de son oncle à le regarder dormir. Julian Taverner lui parut vieux et frêle. Des veines apparentes lui sillonnaient les joues, le nez et les paupières en un réseau dense. La peau de son cou était toute fripée. Ses cheveux paraissaient toujours épais – c'était de famille –, mais ils étaient entièrement blancs. Bess remarqua qu'ils frisaient comme si quelqu'un les lui avait lavés la veille ; il ne lui échappa pas non plus que les pointes roussies avaient été coupées. C'était la seule chose à faire. On avait donc bien pris soin de lui. Elle entendit soudain une femme crier, quelque part dans la forêt de cloisons divisant la vaste salle. Une sœur vêtue d'une robe sombre et qui frottait ses yeux lourds de sommeil se hâta d'aller voir de quoi il retournait. Est-ce qu'elles étaient donc autorisées à dormir pendant leur tour de garde ? Voilà une éventualité qui déplaisait fort à Bess. Encore plus que les toiles d'araignées qu'elle avait tout de suite remarquées entre les chevrons et l'odeur d'urine et de transpiration qui l'avait prise à la gorge dès son arrivée. Toutefois, elle était bien obligée d'en convenir, il n'y avait rien à redire sur la propreté du lit de son oncle et de sa personne. Lors de sa dernière visite à l'infirmerie, elle avait vu don Cuthbert s'approcher et elle avait eu tôt fait de le renvoyer d'où il venait d'un cinglant :

– Vous ne voyez donc pas qu'il dort, non ?

Elle ferait sans doute bien mieux de ne pas laisser le pauvre vieux ici, de l'emmener à la York Tavern jusqu'à sa guérison complète. Elle disposait d'une chambre d'amis sur le même palier que la sienne. Il y serait installé beaucoup plus confortablement.

Tout en dormant, Julian Taverner se mit à agiter sa tête sur son oreiller, puis il se réveilla en poussant un cri et toucha sa nuque d'une main couverte de bandages. Ses yeux étaient tout rouges et il clignait des paupières pour essayer d'ajuster sa vision. Sans grand succès.

– Honoria ? demanda-t-il.

– Non, c'est seulement ta nièce, Bess.

Honoria ! Je vous demande un peu !

Ce fut le moment choisi par don Erkenwald pour passer sa tête à l'entrée.

– Dieu soit avec vous, Maître Taverner, Maîtresse Merchet ! Est-ce que je vous dérange ?

Bess appréciait la solide carrure du chanoine et sa courtoisie naturelle. Elle avait cependant envie de s'entretenir seule avec Julian.

– Je ne voudrais pas vous paraître impolie, mais j'ai besoin de parler en tête-à-tête avec mon oncle et j'en ai pas encore eu l'occasion depuis l'incendie.

Quant à Maître Taverner, les yeux encore noyés de sommeil, il se tâtait le cou avec des gestes rendus maladroits par ses mains emmaillotées.

– Je peux me rendre compte de rien, à cause de tous ces pansements, geignit-il. Bess, dis-moi si on a soigné la blessure que j'ai derrière la tête.

– Oncle Julian ! s'exclama sa nièce. Personne ne m'a jamais parlé d'une blessure à la tête.

Don Erkenwald en profita pour s'approcher de l'éclopé en disant :

– Cette lésion m'intéresse. J'aimerais voir cela de plus près.

– Vraiment ? Alors vous êtes bien le premier ! s'écria le vieil homme d'une voix aigre.

Bess se pencha au-dessus de lui.

– Il faudrait enlever ce bandage. J'aimerais bien voir la plaie dont tu parles.

– Tiens, tu peux au moins la toucher, suggéra-t-il en lui guidant la main.

Elle put en effet palper une énorme grosseur à la base de son crâne.

– Sainte Marie Mère de Dieu ! Comment t'es-tu fait ça ?

– Ça a beaucoup saigné, précisa Julian. J'ai bien cru en mourir.

– Mon pauvre oncle, je suis sûre que tu l'as échappé belle. Mais tu ne m'as pas répondu. C'est arrivé comment ?

– Au moment où je me suis penché pour traîner le pauvre Laurence hors de sa maison en feu, quelqu'un m'a attaqué par-derrière.

– Personne ne m'a dit qu'on t'avait attaqué !

Erkenwald se pencha à son tour sur lui.

– Qui vous a frappé ?

Julian ferma les yeux et laissa aller sa tête en arrière sur l'oreiller, ce qui lui arracha une grimace de douleur.

– Si je pouvais répondre à cette question, finit-il par dire, je ne resterais pas étendu ici !

Bess croisa les bras sur sa poitrine.

– Ah, non ? Tu t'imagines debout en train de te battre avec tes mains brûlées. (Elle hocha la tête d'un air déterminé.) Bon, cette fois ma décision est prise, tu vas rentrer à la maison avec moi.

– Tu dis n'importe quoi, fulmina l'oncle.

– Les préparatifs vont être vite faits ! assura-t-elle sans tenir compte de ses paroles. (La tête entièrement pleine de projets, Bess ne remarqua pas l'humidité qui sourdait des paupières baissées du vieil homme et lui humectait les joues. Mais elle entendit le sanglot qu'il tenta d'étouffer.) Oncle Julian ?

Don Erkenwald s'était discrètement reculé jusqu'au banc placé au pied du lit.

Maître Taverner tentait maladroitement de s'essuyer les yeux d'une main bandée. Bess posa un genou sur le lit et lui tamponna les paupières avec un mouchoir propre.

– Allons, donc, le calma-t-elle. Qu'est-ce qu'il y a ?

– Je n'ai pas pu le sauver. Son meurtrier a été trop rapide.

Toujours penchée au-dessus de son oncle, Bess s'immobilisa.

– Son meurtrier ? Le feu n'était donc pas un accident ?

Julian la foudroya de ses yeux rougis.

– Un accident ? Bien sûr que non, pauvre sotte !

Quoi ? Elle voulait l'emmener chez elle et il la traitait de sotte ? Quel vieil ingrat ! Mais son premier mouvement d'humeur passé, elle se sentit troublée par ce qu'il venait de lui révéler, et elle fit l'effort de se rasseoir calmement à son chevet.

– Raconte-moi exactement ce qui s'est passé, oncle Julian.

– À quoi bon ? Tu ne vas pas me croire.

– Pourquoi est-ce que je ne te croirais pas ? Allons, donne-moi toujours ta version des faits. Je t'assure que ça m'intéresse.

Maître Taverner paraissait toujours indécis. Puis il finit par céder aux instances de sa nièce :

– Mais arrange d'abord mes oreillers pour que je puisse m'asseoir. Je pourrai parler plus facilement.

Bess fit ce qu'on lui demandait, avec davantage

d'énergie que le malade n'en eût souhaité. Mais il se laissa aller en arrière sur les oreillers en la remerciant.

– Quand Laurence m'a dit qu'il allait faire brûler les affaires de sa femme, je lui ai proposé mon aide. Et il a pas refusé, au contraire. Il m'a dit qu'il viendrait m'avertir quand il serait prêt. En attendant, je suis allé raconter des histoires aux orphelins. Et tout d'un coup, alors que je me trouvais avec eux, j'ai aperçu de la fumée. Une fumée pas du tout naturelle. Alors j'ai couru vers chez Laurence où j'ai trouvé le feu sans surveillance. Un feu qui avait déjà pris dans des broussailles abandonnées à côté. Et j'ai pas trouvé ça normal parce que, depuis le temps que je le connais, Laurence s'est toujours montré plus que prudent. J'ai donc foncé dans sa maison. (Julian s'arrêta de parler et pressa son avant-bras contre son front. Puis, après avoir respiré deux ou trois fois profondément, il trouva la force de poursuivre :) Je l'ai trouvé par terre, à plat ventre, avec une vilaine blessure à la tête. Bien pire que celle que j'ai reçue ensuite.

Bess commençait déjà à éprouver des doutes sur la véracité de cette histoire.

– Tu as eu le temps de remarquer tout ça avec le feu qui faisait rage autour de toi ? s'étonna-t-elle.

– Le feu était dehors, pas dans la maison, rétorqua impatiemment Julian. Je me suis agenouillé à côté de Laurence et je l'ai soulevé pour l'aider à respirer. C'est à ce moment-là qu'on m'a frappé par-derrière à mon tour. C'était pas aussi grave que Laurence, mais ça m'a tout de même sonné et je suis tombé sur lui. Il m'a fallu un moment pour récupérer ma respiration et me redresser. C'est alors que j'ai senti la fumée à l'intérieur. En regardant autour de moi, j'ai vu que la maison avait pris feu. Et j'ai aussi vu quelqu'un qui se précipitait dehors, mais que j'ai été incapable de reconnaître. J'ai réussi à traîner Laurence dehors en l'attrapant par ses vêtements, et...

La voix brisée, le vieil homme laissa sa phrase en suspens et hocha tristement la tête.

– Et personne n'a encore cherché à tirer cette histoire au clair ? s'étonna Bess en regardant du côté de don Erkenwald qui contemplait pensivement le sol.

– Il m'a dit que j'avais les idées confuses, se plaignit Julian.

– Qui t'a dit ça ?

– Don Cuthbert.

– Cette espèce de poule mouillée va avoir affaire à moi ! Tu peux me faire confiance, assura sa nièce.

Pour tenter de la calmer, Maître Taverner lui posa sur le bras sa main emmaillotée qui ressemblait à un moignon.

– Tu voudrais m'aider, Bess ?

– Naturellement !

– Alors, écoute-moi. Ils ont décidé d'enterrer Laurence le plus vite possible. Par peur de la peste. Les imbéciles ! Il est mort à cause de l'incendie. Mais impossible de les faire changer d'avis. Il faut donc arriver à convaincre don Cuthbert, ou une autre personne qui a du poids dans cet hôpital, d'examiner Laurence avant qu'on l'enterre.

Bess hésitait visiblement.

– Pour quoi faire ?

– Mais c'est évident, non ? Pour que quelqu'un d'autre que moi puisse voir sa blessure et en témoigner avec moi !

Et si jamais cette blessure n'existait que dans

l'imagination de son oncle ? se dit Bess. Après avoir reçu un coup sur la tête, Julian avait peut-être imaginé ce conte à dormir debout... Malgré tout, elle jugea sa requête raisonnable. Elle regarda dans la direction de don Erkenwald qui, de son côté, l'observait avec un intérêt non dissimulé.

– Accepteriez-vous d'être son témoin ? demanda-t-elle.

– Avec plaisir.

Honoria de Staines se signa et hocha la tête d'un air réprobateur quand don Erkenwald lui ordonna de défaire le suaire de Laurence de Warrene.

– C'est tout de même pas comme si on vous avait demandé d'ouvrir sa tombe, commenta Bess sèchement.

La sœur laie, qui était devenue toute pâle, joignit les mains d'un geste convulsif.

– Mais ça ne me plaît pas davantage, dit-elle. (Bess trouva qu'elle faisait preuve d'une sensiblerie ridicule pour une personne travaillant à l'infirmerie.) D'ailleurs, pour moi, c'est comme ouvrir une tombe. Il faut laisser les morts reposer en paix.

– Il nous faut aussi prouver qu'il a été attaqué, dit fermement Bess ! Sinon son âme ne trouvera jamais le repos.

Honoria se laissa tomber sur le banc placé à côté du corps enveloppé dans son suaire et posa les paumes de ses mains sur son front.

Ce fut le moment choisi par don Cuthbert pour voltiger dans la salle et exiger une explication. Erkenwald lui expliqua donc patiemment ce qu'ils cherchaient à vérifier.

À la plus grande surprise de Bess, l'économe pressa un mouchoir de lin sous son nez et leur fit signe de procéder.

– Nous n'avons pas pu convaincre la sœur laie de nous aider, précisa Bess. Est-ce que vous me permettez d'ouvrir moi-même ce linceul ?

– Je vous en prie, dépêchez-vous ! accepta don Cuthbert qui paraissait sur le point de suffoquer.

Erkenwald fit mine de compatir.

– Ce n'est pas une odeur plaisante, dit-il au minuscule chanoine. Mais c'est mieux de faire cela maintenant que s'il avait déjà été enterré.

Il ne fallut pas longtemps à Bess pour défaire le nœud, puis, sans hésiter, elle se pencha sur le pauvre Laurence pour lui tourner la tête. L'odeur devenait vraiment insupportable.

Erkenwald l'imita et palpa la blessure.

– Il s'agit de quelqu'un qui savait exactement où frapper, déclara l'ancien militaire.

– Que Dieu nous vienne en aide ! supplia don Cuthbert.

Bess releva la tête pour le dévisager et lui lança :

– Allons, approchez-vous ! Venez tâter ça !

Au lieu d'obtempérer, le petit chanoine fit rapidement un pas en arrière.

– Je ne vois pas l'utilité d'examiner moi aussi cette blessure, se défendit-il. Je fais entièrement confiance à don Erkenwald en la matière.

La situation déplaisait fort à Bess. L'animosité entre les deux hommes était presque palpable et elle se disait que son oncle risquait d'en pâtir. Alors elle insista :

– Moi je préfère avoir deux témoins, ne vous en déplaise. Je ne veux pas risquer d'être accusée de prendre fait et cause pour mon oncle, que d'aucuns qualifient à tort de sénile. Venez tâter la blessure de Laurence vous aussi.

L'économe jeta un regard interrogatif à don Erkenwald.

– C'est vous qui êtes responsable de l'hôpital en l'absence de sir Richard, dit ce dernier. Je suis persuadé qu'il n'aimerait pas apprendre que vous n'avez pas examiné personnellement la blessure de Maître Warrene.

Cuthbert se signa et se força à avancer en marmonnant une prière. Il laissa Erkenwald guider sa main vers la plaie, mais il tenta de l'en retirer tout de suite en criant :

– Mais cela saigne encore !

Sans se laisser impressionner, son confrère lui maintint fermement la main en place pendant un bon moment.

– Impossible ! affirma-t-il. L'homme est bien mort, il ne peut pas saigner. Mais vous sentez la lésion ?

– Oui, oui, acquiesça Cuthbert en parvenant enfin à arracher sa main qu'il essuya soigneusement avec son mouchoir. Et pourtant qu'est-ce que cela prouve, sinon qu'il a été frappé ? Peut-être par Maître Taverner, d'ailleurs.

– Si c'est ce que vous pensez, vous allez me suivre pour palper une autre blessure ! déclara Bess d'un ton sans réplique.

– Je suppose que c'est mon devoir, soupira Cuthbert.

Quand Maîtresse Merchet se retourna vers Honoria de Staines pour lui demander d'aller quérir quelqu'un pour refermer le linceul, elle découvrit que la sœur laie avait disparu.

Bess se trouva enfin satisfaite. Don Cuthbert et don Erkenwald avaient écouté ensemble la version que son oncle Julian donnait des événements tragiques, remarqué la similitude des blessures, et l'économe s'était engagé à écrire au maître de l'hôpital pour le tenir informé. Elle gagna alors l'officine de Lucie Wilton en espérant consulter Owen. Il était déjà arrivé à ce dernier d'enquêter sur des morts survenues dans des conditions suspectes, et elle souhaitait avoir son avis là-dessus. Bien sûr, don Cuthbert lui avait demandé de ne toucher mot à personne des mystérieuses blessures ni de l'histoire racontée par son oncle, mais elle savait pouvoir s'en remettre entièrement à la discrétion du capitaine.

La matinée était bien avancée et elle s'étonna de trouver les rues de la cité aussi tranquilles. Elle remarqua qu'une des maisons bordant Lop Lane était marquée d'une croix. Quelqu'un y était mort de la peste ou en train de mourir. Bess fit un signe de croix et s'en éloigna au plus vite.

Bizarrement, elle trouva la boutique vide de chalands. Il n'y avait que Lucie. Assise sur un tabouret derrière le comptoir, elle mélangeait des herbes séchées dans une sorte de grande coupe.

– Que se passe-t-il donc ? demanda Bess en guise de salutations. Hier, il fallait jouer des coudes pour entrer se faire servir.

Lucie repoussa le récipient sur le côté et s'essuya les mains à son tablier.

– En général, c'est calme tant que le brouillard qui monte de la rivière s'attarde dans les rues. Un moine qui a traversé la ville hier a assuré que c'étaient les vapeurs qui s'infiltraient sous la peau qui faisaient pousser les bubons.

Bess renifla d'un air plein de dédain.

– Mon Dieu, quelle idiotie ! Tout le monde sait bien que ces bubons sont provoqués par les fluides corporels. Sinon pourquoi les malades auraient-ils tellement soif ?

– Vraiment, je t'envie, Bess. J'aimerais en être aussi certaine que toi.

Maîtresse Merchet remarqua une note de tristesse dans la voix de son amie. Elle n'ignorait pas que Lucie était envahie par le doute depuis qu'elle avait envoyé ses enfants à la campagne, mais comme elle ne voyait aucun moyen de la rassurer, elle se garda bien d'y faire allusion.

– Peux-tu me dire si Owen est par là ?

– Il a emmené Jasper s'entraîner à l'arc à St George's Field. Pourquoi ? Tu as besoin de lui ?

Bess ne voyait aucune raison d'ajouter aux soucis de Lucie.

– Non, une simple idée que j'ai eue, mais ça n'est pas si urgent, affirma-t-elle en s'efforçant de changer de sujet. Est-ce que tu pourrais me concocter une mixture apaisante pour les mains brûlées de mon oncle ?

– Tout de suite. (Lucie se retourna vers les jarres alignées derrière elle, puis regarda de nouveau son amie d'un air étonné.) Mais est-ce que les sœurs ne s'occupent pas de lui, à St Leonard ?

– Si, mais je préférerais qu'elles utilisent tes remèdes.

– Je ne suis pas sûre de pouvoir interférer.

– Pas toi, non. Mais moi, sa nièce, si !

– Tu ne leur fais pas confiance ?

– La seule façon de savoir si je peux leur faire confiance, ce serait de prendre le risque de m'en repentir plus tard. Pour sûr, s'il y en a une de qui je doute, c'est cette Honoria de Staines. Qu'est-ce que ce genre de créature peut savoir sur l'art de soigner les brûlures, je te le demande ?

Lucie hocha la tête et se retourna vers ses jarres.

– As-tu besoin d'autre chose ?

– Oui, un onguent à appliquer sur une bosse douloureuse qu'il a à la base du crâne.

Lucie fronça les sourcils en posant un gros pot sur le comptoir.

– Ça lui est arrivé comment ?

Bess n'avait aucune intention de dire la vérité, pour ne pas inquiéter inutilement son amie.

– Peut-être une poutre qui est tombée pendant l'incendie de la maison. Tu sais bien que tout le toit a fini par s'effondrer.

Sans aucun commentaire, Lucie s'appliqua à la tâche.

Erkenwald n'avait qu'une envie : se retirer dans un coin tranquille où il pourrait réfléchir sans être dérangé. Puis il eut une meilleure idée : aller trouver Owen Archer. Il devait toutefois régler une autre question auparavant. Cuthbert lui avait demandé de venir le rejoindre dans son jardin et il pouvait difficilement y échapper. Il reconnaissait d'ailleurs qu'il était le premier à blâmer pour avoir voulu impliquer l'économe dans le mystère qu'il fallait résoudre.

Il trouva le petit chanoine devant les innombrables clochettes bleues d'un massif de bourrache. Il tremblait littéralement de rage.

– Est-ce que vous n'aviez pas reçu pour consigne de ne mêler des étrangers à nos problèmes sous aucun prétexte ? s'étrangla-t-il.

– Au nom de Dieu, soyez un peu plus clair ! rétorqua Erkenwald. De quoi m'accusez-vous exactement ?

– Par votre faute, Maîtresse Merchet est maintenant informée des sornettes de son oncle.

– Permettez-moi de vous rappeler que Maîtresse Merchet est sa nièce et qu'elle a parfaitement le droit de savoir de quoi il retourne exactement.

– Vous...

– Personnellement, je ne lui ai rien dit, l'interrompit Erkenwald. C'est Maître Taverner qui l'a mise au courant. Et je suis persuadé qu'elle n'aurait attaché que très peu d'importance à cette histoire sans votre manie du secret. En cherchant à dissimuler les événements qui se sont produits, vous ne faites que leur donner encore plus d'importance. Et ils sont suffisamment graves comme cela, sans qu'on en rajoute. Avez-vous interrogé les gens susceptibles d'avoir vu quelque chose ? Réalisez-vous combien il est dangereux d'avoir parmi nous un assassin en liberté ?

– Un assassin ! (Cuthbert donna l'impression de cracher le mot.) Vous n'allez pas me dire que vous croyez les racontars de ce vieillard ?

– Et pourquoi pas ? Vous sentez-vous capable de me fournir une meilleure explication pour la plaie qu'il porte derrière la tête ? Et pour celle qui a tué Maître Warrene ?

– Nous n'avons encore jamais été confrontés à de tels problèmes !

– Non ? Vous avez déjà oublié Walter de Hotter ?

– Sa mort n'avait rien à voir avec l'hôpital.

– Et les vols ?

Cuthbert devint tout pâle.

– Pour les vols, je n'ai aucune explication, avoua-t-il tout penaud.

– Mais vous devez savoir le bruit qui court ? Que votre pécheresse repentie, Honoria de Staines, porte des jupons de soie ? Et également une guimpe de soie quand elle n'est pas de service à l'hôpital !

– Maîtresse Staines n'est pas une voleuse.

Erkenwald hocha la tête d'un air résolu. Il jugeait le moment venu de secouer un peu l'inertie de l'économe.

– Vous allez avoir pas mal d'explications à fournir à sir Richard, j'en ai peur.

– Je prie afin que tout soit rentré dans l'ordre avant sa prochaine visite.

– Permettez-moi d'en douter. Il a envoyé un message pour signaler qu'il était déjà en route.

Cuthbert appuya ses mains jointes contre son estomac et ferma les yeux.

– Vous m'avez trahi.

– J'ai essayé d'agir pour le mieux.

7

Faire vœu de soigner

Owen commençait à se demander s'il avait été bien sage en projetant cette sortie avec Jasper par une matinée comme celle-ci. Le vent venait du sud et le ciel était d'un vilain gris, même si l'orage ne semblait pas menacer. Toutefois, bien des gens étaient persuadés que ce genre de temps propageait la peste. Owen avait du mal à le croire, et il ne gobait pas davantage cette nouvelle phobie du brouillard s'élevant de la rivière. Ce type de climat était tout à fait courant dans leur région et, le plus souvent, il n'était responsable que d'une absence de soleil. Mais, malgré lui, en voyant les rues dépeuplées, il ne pouvait s'empêcher d'éprouver un certain doute. Et apparemment il n'était pas le seul : Jasper regardait autour de lui en fronçant les sourcils d'un air inquiet.

En passant devant Davy Hall, ils constatèrent que la famille qui l'occupait avait dû fuir à la campagne ; non seulement les grilles étaient fermées, mais on avait rajouté une solide chaîne pour plus de sécurité. Les rares passants vaquaient silencieusement et rapidement à leurs occupations, la tête basse, avec, pour la plupart, un sachet d'herbes odoriférantes sous le nez. Près de la maison des Franciscains, la rue était quasiment déserte. Un moine passa près d'eux et fit le signe de la croix avant de s'engouffrer dans le monastère. Il s'en échappait une odeur familière.

– Du bois de genévrier, dit Jasper.

– Assurément. L'odeur est agréable. Mais de là à croire qu'elle peut protéger une personne de l'air empoisonné et l'empêcher d'attraper la peste...

Ils continuèrent en direction de la jetée qu'ils longèrent pour gagner St George's Field.

– J'ai entendu Maîtresse Baker raconter que la

fumée venant de l'hôpital apportait la pestilence avec elle.

– Alice Baker découvre de nouvelles causes et de nouveaux remèdes tous les jours. Si j'étais toi, Jasper, je ne ferais pas trop attention à ce qu'elle raconte.

Mais le garçon n'entendait pas se laisser détourner aussi facilement de son sujet.

– Et vous vous rappelez aussi ce que Maîtresse Merchet a dit ? Est-ce qu'ils sont en train de brûler les morts ?

Voilà comment démarrait une rumeur sans aucun fondement.

– D'abord, répliqua Owen un peu agacé, Maîtresse Baker ne devrait pas aborder des sujets dont elle ignore tout. Ensuite, l'hôpital n'est pas en train de brûler les morts, c'est une maison qui a pris feu.

Il ne jugea pas utile de préciser que ladite maison avait pris feu pendant que Laurence de Warrene brûlait les effets de sa femme morte de la peste.

– Maîtresse Merchet paraissait bien contrariée.

– Ça, tu peux le dire. Le meilleur ami de son oncle est défunt dans l'incendie, et son oncle qui a essayé de le sauver souffre de brûlures qui vont mettre un sacré bout de temps à guérir.

– Et comment est-ce que la maison a pris feu ? insista Jasper.

– Soi-disant que Maître Warrene avait rassemblé de vieux vêtements et de la literie pour s'en débarrasser en les brûlant. Pendant l'opération, ses propres habits se sont enflammés et il a couru dans la maison qui a pris feu à son tour. On n'a pas eu le temps de le sauver.

– Et personne ne surveillait le feu ?

– Ben, si. Warrene.

– Alors, c'était un accident ?

Owen trouva sa question plutôt bizarre.

– Pour autant que je sache, oui. Pourtant j'ai entendu dire à la taverne qu'il avait manifesté le désir de rejoindre sa femme.

– Tout de même, commenta Jasper en hochant la tête. Prendre sa propre vie...

– Les gens ont parfois des idées étranges.

Ils passaient à ce moment-là devant les moulins du château. Quand ils atteignirent St George's Field, le jeune garçon se retourna vers le capitaine.

– Est-ce que Maîtresse Merchet vous a demandé de chercher à savoir ce qui est vraiment arrivé ?

– Pas du tout, mon garçon. Et tu peux être certain que si Bess juge qu'il y a matière à soupçons, elle voudra fourrer elle-même son nez dans cette histoire.

Sur ces paroles, Owen disparut dans un édifice d'apparence modeste et en ressortit avec une cible de paille qu'il alla planter au milieu d'une clairière. Jasper possédait un talent naturel pour manier un arc. Talent qu'il avait sans doute hérité de son père. Capitaine des archers, Owen éprouvait beaucoup de satisfaction à l'aider à s'améliorer encore.

– Aujourd'hui, dit-il, nous allons nous concentrer sur le tir à la cible.

Jasper s'était déjà mis en position et avait tendu son arc. Owen lui remonta un peu le coude et lui tira l'épaule gauche plus en arrière.

Le jeune garçon avait déjà fermé à demi les paupières et s'apprêtait à tirer. Il ferma complètement les yeux, les rouvrit et déclara :

– Ça me fait tout drôle d'avoir mon épaule aussi

en arrière. J'ai l'impression que l'arc vise trop à gauche.

Owen se plaça juste derrière lui, jeta un coup d'œil par-dessus son épaule et hocha la tête d'un air entendu.

– Le fait de n'avoir que l'œil droit pour viser pourrait me handicaper, mais je ne pense pas que ce soit le cas. Essaye dans cette position.

Jasper fit ce qu'on lui demandait et décocha sa flèche qui se planta en plein dans la cible. Il se retourna alors vers Owen, débordant d'admiration.

– Vous visez mieux avec un œil que moi avec deux.

– Les yeux doivent aller de pair avec la position du corps. Voilà pourquoi il faut que tu t'entraînes encore et encore. Jusqu'à ne plus avoir à y penser. Allez, on recommence !

Après de nombreux essais, le capitaine suggéra de descendre jusqu'à la berge, à l'endroit où la Foss et l'Ouse se rejoignaient. S'il avait amené le jeune garçon ici aujourd'hui, c'était en réalité pour avoir l'occasion de lui parler. Il espérait pouvoir le convaincre que Lucie ne trouverait pas le repos si lui, Jasper, n'allait pas rejoindre Hugh et Gwenllian à Freythorpe Hadden. Mais quelle était la meilleure façon d'aborder le sujet ?

– Est-ce que c'est pour ça que vous tirez si bien, capitaine ? Parce que vous vous positionnez d'instinct pour viser ?

– Sans doute un peu. Mais cela veut dire que j'ai passé des jours, des semaines, voire des mois, à m'entraîner. Surtout après avoir perdu mon œil gauche.

– Parce que vous vouliez continuer comme capitaine des archers ?

– Pas exactement, mon garçon. Je voulais prendre le bateau pour l'Italie et y louer mes services comme mercenaire. Là-bas, c'est un moyen de bien vivre.

– Vous vouliez devenir mercenaire ? s'étonna le gamin.

– Un noir secret, hein ? Il me fallait du sang ! (Owen éclata de rire en voyant l'expression de Jasper.) Non, bonhomme. Ce n'était pas aussi terrible que tu le crois. Sur le moment, je ne voyais simplement pas ce que j'aurais pu faire d'autre. Mon seigneur venait de mourir et, à ce moment-là, j'étais persuadé que s'il m'avait gardé à son service après que j'étais devenu borgne, c'était uniquement par charité chrétienne. Henry de Grosmont était un homme pieux et un homme d'honneur. Un vrai gentilhomme. C'est le fils du roi lui-même qui lui a succédé, et comme tu peux l'imaginer, il disposait déjà de suffisamment d'hommes. Quel besoin pouvait-il avoir d'un archer à demi aveugle ? Ou d'un espion ? Alors j'ai fait des projets, j'ai travaillé dur, puis l'archevêque a offert de me prendre à son service.

– Dieu vous protégeait.

– Il y a des jours où je me dis que c'est grâce à monseigneur Thoresby que je suis devenu le mari de Lucie. (Owen se tourna un peu vers Jasper pour mieux le voir. Le garçon était assis les mains passées derrière les genoux, et ses épaules maigres se voûtaient.) Et à propos de Lucie, je vais te confier quelque chose qui me pèse sur le cœur.

Il vit Jasper serrer les mâchoires et donner un seul

coup de tête en arrière pour dégager les boucles blondes qui lui masquaient les yeux.

– Je sais, dit-il. Vous voulez m'éloigner.

– Mais je pense uniquement à Lucie, Jasper. Pas à moi. Parce que moi, je préférerais que tu restes auprès de nous. D'autant plus que tu es un apprenti habile et qu'elle a besoin de toi dans la boutique. Pourtant, je sais qu'elle n'arrête pas de penser à la dernière épidémie de peste, celle qui a emporté son fils Martin. Si elle s'inquiète tellement, c'est parce qu'elle est persuadée que ce sont les enfants qui courent les plus gros dangers. Et il est difficile de lui donner tort. Malgré toutes les précautions qu'elles prennent, les sœurs de St Leonard déplorent déjà la perte de plusieurs petits orphelins. Les seules victimes adultes ont été Matilda de Warrene et John Rudby.

Jasper se redressa et se tourna vers Owen.

– Maîtresse Warrene ? Alors c'est bien des choses qui avaient été en contact avec la peste qu'ils brûlaient à l'hôpital.

Le regard qu'il fixait sur le capitaine était empreint d'une douloureuse gravité qui paraissait quelque peu exagérée.

– N'essaye pas de faire prendre un autre tour à cette conversation, Jasper.

Le garçon laissa de nouveau son corps s'affaisser. Et comme il penchait la tête, ses cheveux lui retombèrent devant les yeux.

– Je dois rester en ville, capitaine. Je suis l'apprenti de Maîtresse Lucie. Alors ma place est ici. Il faut que je fasse tout mon possible pour venir en aide aux citoyens d'York menacés par la peste.

– Mais si Lucie a raison, tu es de ceux qui risquent le plus.

Jasper redressa brusquement la tête.

– Je ne suis plus un enfant, capitaine.

– Pardi, c'est vrai. Tu n'es plus un bébé, tu as treize ans. Pourtant tu as encore du chemin à parcourir avant de devenir un adulte.

Le jeune garçon se pencha en avant, appuya ses coudes sur ses genoux et garda les yeux fixés sur l'eau.

– Et qu'est-ce que je ferais toute la sainte journée, si j'allais là-bas ?

Ah ! se réjouit intérieurement Owen. Il n'opposait donc pas un refus catégorique.

– Tu penses bien que sir Robert te trouverait une occupation. Tu ne serais pas chargé de surveiller les enfants.

Jasper resta silencieux un moment. Le capitaine espérait qu'il ne trouvait plus rien à opposer à ce projet. Mais quand il parla enfin, tous les espoirs d'Owen s'évanouirent.

– Maîtresse Lucie m'a parlé du frère Wulfstan, l'autre jour. L'infirmier de l'abbaye St Mary. Elle m'a raconté qu'il risquait sa vie tous les jours pour aller porter secours aux citoyens d'York malades, parce que les prêtres ont peur de se rendre près des victimes de la peste. Elle m'a dit qu'il courait encore plus de risques que d'autres, parce qu'il est très vieux. N'empêche qu'elle parlait de lui avec admiration.

En prononçant ces dernières paroles, il avait tourné la tête vers Owen pour guetter sa réaction. Owen qui ne put s'empêcher de sourire. Le garnement était intelligent et savait trouver les arguments qui faisaient mouche.

– Lucie s'inquiète beaucoup pour lui, bonhomme. Elle ne cesse de prier pour que Dieu le protège.

Sa femme et Wulfstan étaient amis de très longue date.

– Oui, mais elle pense tout de même qu'il accomplit son vœu. Et moi aussi j'ai fait un vœu.

Le capitaine se contenta de fixer d'un air pensif son jeune compagnon dégingandé aux cheveux couleur filasse ; il n'avait plus le cœur d'ergoter davantage avec lui. Après quelques instants de silence, il constata en soupirant :

– J'ai toujours pensé que tu allais grandir très vite, Jasper. Au point qu'un jour tu deviendrais soudain un inconnu pour moi. Et c'est ce qui se passe aujourd'hui : c'est un jeune homme que je vois assis là, devant moi.

– Alors je vais pouvoir rester ? insista Jasper.

Le capitaine ne répondit pas directement à sa question.

– Comment allons-nous nous y prendre pour rassurer Lucie ? demanda-t-il.

– J'ai vraiment pas envie de lui causer du chagrin, pour sûr !

– C'est pas toi qui lui causes du chagrin, mon garçon. Elle est taraudée par ses souvenirs. Alors, comme tu as sans doute pu t'en rendre compte toi-même, elle devient brusquement toute pâle, ou ses yeux prennent une couleur foncée. Qu'est-ce qui peut bien lui ramener un horrible souvenir en mémoire ? Une odeur ? Un bruit familier ? Et je ne peux même pas être certain que ces symptômes disparaîtraient si vous étiez tous à la campagne. De tels chagrins s'apaisent avec le temps, mais ne disparaissent jamais entièrement.

En voyant l'air affligé du garçon, Owen comprit combien il venait de se montrer irréfléchi. Jasper était lui-même affligé de pénibles souvenirs. Âgé d'à peine neuf ans, il avait perdu son père et sa mère, ainsi que l'homme qui s'apprêtait à le recueillir.

– Allons, viens ! lança Owen. Il faut vérifier si ton épaule se rappelle ce qu'elle a appris aujourd'hui.

Plus tard, le novice Gervase fit entrer Jasper dans l'infirmerie de l'abbaye St Mary. Le frère Henry interrompit ses prières en fronçant les sourcils d'un air inquiet.

– J'espère que tu ne viens pas quérir le frère Wulfstan pour quelqu'un de chez toi ?

– Non, le rassura le garçon. Je voudrais simplement lui parler. J'ai besoin de ses conseils.

– Il aurait bien besoin de conseils lui-même, rétorqua le moine. Comment l'arrêter ? Comment le protéger ?

– Vous voulez dire : qu'il arrête de s'occuper des malades ?

Les yeux du frère Henry paraissaient jeter des étincelles.

– Jour et nuit ! Il ne passe ici que pour se sustenter un peu et remplir sa besace de médications. Il dit qu'il dort au chevet des moribonds.

– Et qu'est-ce que l'abbé Campian en dit ?

– Monseigneur l'abbé dit « qu'on n'empêche pas un saint de faire ce qu'il juge bon de faire ». (Henry hocha la tête en fourrant ses mains dans ses manches.) J'ai bien essayé d'envoyer des novices au frère Wulfstan pour le seconder, mais il leur ordonne de rentrer à St Mary. Il est vraiment impossible.

– Vous croyez qu'il va passer aujourd'hui ?

– Oh ! ça ne fait aucun doute. Tu peux l'attendre. Et pendant que tu l'attends, tu peux aussi prier pour lui.

Jasper décida de patienter dans le jardin de l'abbaye, au milieu des carrés de plantes médicinales auxquels le frère Wulfstan apportait ses soins les plus attentifs. Le garçon trouvait toujours un certain apaisement dans ce jardin ; c'est là qu'il avait admis pour la première fois qu'il allait pouvoir aimer quelqu'un de la même façon qu'il avait aimé son père et sa mère, enlevés trop tôt à son affection. Et c'est le frère Wulfstan qui l'avait aidé à s'en rendre compte. Jasper s'agenouilla pour arracher quelques mauvaises herbes, observa une abeille chargée de pollen qui continuait de voltiger lourdement au milieu des fleurs. Il remarqua un pied de lavande bien mal taillé. Quelqu'un avait sans doute voulu donner un coup de main au frère Wulfstan. Et ce quelqu'un n'était manifestement pas très doué pour manier le sécateur. À la seule pensée qu'une autre personne que le frère Wulfstan osait s'occuper de ce jardin, le garçon éprouva des aigreurs d'estomac.

– Tu m'as l'air bien triste, mon enfant.

Wulfstan souriait et ouvrit les bras à Jasper qui, le premier moment de surprise passé, courut s'y jeter sans hésiter. Le vieux moine le garda serré contre lui en lui tapotant le dos. Il ne le relâcha que lorsqu'il sentit les battements de son cœur s'apaiser. Et il recula d'un pas pour le saisir par le menton et lui relever le visage.

– Pas de larmes. Ce n'est donc pas un trépas qui t'amène ici.

L'adolescent était content d'avoir réussi à refouler les larmes qui lui étaient montées aux yeux en constatant l'état de faiblesse du vieux moine. Le frère Wulfstan n'avait pas besoin qu'on lui rappelle son âge.

– Maîtresse Lucie veut m'envoyer à Freythorpe Hadden où se trouvent déjà Gwenllian et Hugh.

Le vieux moine inclina son crâne chauve sur le côté, lissa ses rides de la main et commenta :

– C'est que Lucie voudrait te protéger de la peste, mon fils. Difficile de l'en blâmer. As-tu déjà vu une victime de ce fléau, Jasper ?

– Pas cette fois-ci. Mais quand j'étais tout petit, je me rappelle que j'ai une sœur qui en est morte.

Wulfstan lui posa une main sur la tête.

– Je ne savais pas que tu avais une sœur.

– Elle s'appelait Anne, répondit le garçon dont la mémoire se trouvait soudain envahie d'horribles souvenirs. Elle hurlait quand quelqu'un voulait soigner les grosseurs qu'elle avait sous les bras et sur le cou. Ma mère essayait de les chauffer pour les faire éclater, parce qu'elle n'avait pas le courage de les percer.

– Je suis sûr que si ta mère était encore parmi nous, après avoir perdu une fille, elle se ferait bien du souci pour toi.

– Pourtant ma place est ici, en ville. Je suis l'apprenti de Maîtresse Lucie.

Les yeux délavés du vieux moine exprimaient beaucoup de sympathie.

– Viens, dit-il, asseyons-nous. Mes jambes commencent à avoir du mal à me porter.

Ils se dirigèrent vers un banc de pierre placé à l'ombre d'un tilleul. Wulfstan s'y laissa tomber lourdement avec un grognement de satisfaction. Il sortit ensuite un grand mouchoir de son scapulaire, avec lequel il s'épongea le front, la lèvre supérieure, puis la nuque.

– On a coutume de dire que l'hiver est une calamité pour les gens âgés, mais cette année l'été ne se montre pas beaucoup plus clément à leur égard. Et je suis bien obligé de constater que le Seigneur m'a rendu plus lent dans tout ce que j'entreprends. Peut-être veut-Il me suggérer de me retirer dans une chapelle pour me consacrer à la contemplation.

Jasper prit place à côté de l'infirmier. Il faisait bon à l'ombre et l'air était agréablement parfumé par toutes les plantes qui poussaient dans ce jardin. Malgré cela, la respiration de Wulfstan restait laborieuse et il continuait de transpirer. Le garçon devint soucieux.

– Maîtresse Lucie dit que vous en faites trop, que vous ne devriez pas passer tout votre temps auprès des malades.

L'infirmier lui tapota le bras, puis plaça sa main parcheminée tout près de la sienne.

– Je suis vieux, Jasper. Aucun de mes actes n'y changera rien. J'étais déjà infirmier à St Mary longtemps avant que Dieu ne purge Ses enfants avec la peste pour la première fois. En ce temps-là, je me conformais encore aux injonctions de monseigneur l'abbé. Je restais à l'intérieur des murs de l'abbaye pour porter secours à mes frères malades. Et j'ai eu beaucoup à faire, car nombreux sont ceux qui ont succombé. Au cours de la deuxième épidémie, j'étais bien moins indispensable à St Mary où je suis pourtant resté à attendre. Et pendant les huit années qui ont suivi, je n'ai cessé d'éprouver des remords de ne pas m'être occupé davantage des malades de la cité. Alors, cette fois-ci, personne ne pourra m'en empêcher. Et je suis le mieux placé pour agir, car je ne pense pas que Dieu veuille que j'occupe encore très longtemps cette coquille terrestre. Le frère Henry est tout désigné pour me succéder. Il possède un don pour soigner son prochain. Mais je n'en suis pas moins touché par ton inquiétude et par celle de Maîtresse Lucie.

– Et moi ? Qu'est-ce que je dois faire ? M'en aller à la campagne ou rester ici pour aider ?

– Est-ce que ta maîtresse t'a ordonné de partir ?

Jasper secoua vivement la tête.

– Elle a dit qu'elle n'avait pas d'ordre à me donner à ce sujet.

– Alors c'est qu'elle veut laisser à ta conscience le soin de prendre une décision. Elle te dit quoi, ta conscience ?

Jasper se retourna de façon à pouvoir regarder le moine en face et il lui prit une main dans les siennes.

– Comment est-ce que je peux savoir si c'est ma conscience ou mon orgueil qui me parle ?

Des étincelles parurent pétiller dans les yeux clairs de Wulfstan.

– Tu t'inquiètes de savoir si c'est l'orgueil qui te pousse à rester, pour pouvoir te vanter de ton courage auprès de tes amis ?

Est-ce que l'infirmier faisait exprès de ne pas le comprendre ?

– Je n'ai pas l'intention de me vanter. Mes amis sont eux aussi en danger.

Cette remarque parut assombrir de nouveau le vieux moine qui inclina la tête en murmurant :

– Que Dieu vous protège tous !

Puis Wulfstan fit le signe de la croix, rapidement imité par Jasper qui ensuite se tint coi. Le silence dura si longtemps que le garçon finit par se demander si le vieil infirmier n'avait pas fini par s'endormir. Mais non, il le vit soudain relever la tête, et ses yeux exprimaient un chagrin infini.

– J'ai assisté à de telles souffrances au cours des dernières semaines, Jasper. C'était insupportable. Et presque tous les mourants sont abandonnés à leur triste sort. Leurs familles s'enfuient en espérant échapper à la contagion. Ils n'hésitent même pas à abandonner des enfants. La nuit dernière, je suis resté avec un gamin qui n'avait pas plus de cinq ans et qu'on avait laissé pour mort près de l'Étang du Roi. Comment des parents peuvent-ils agir ainsi ? Il était encore vivant, conscient de ma présence près de lui. Il entendait mes prières. Grâce à Dieu, il n'est pas mort tout seul.

– Ma mère n'a pas abandonné ma sœur.

– Pas plus que Lucie Wilton n'a abandonné son fils. Mais tout le monde ne possède pas un tel courage, Jasper. Alors mon devoir est d'assister ceux qui agonisent seuls. (Encore une fois, Wulfstan épongea sa sueur, puis il se moucha.) En ce qui te concerne, tu as peur d'être motivé par l'orgueil ? Eh bien, je ne le pense pas. L'orgueil seul n'est pas capable de tenir tête à la peste. Que te dit ton cœur ?

– Que je ne suis plus un enfant.

– Et tu le prouves tous les jours par ton travail, mon fils.

– Je ne veux pas ajouter à l'inquiétude de Maîtresse Lucie, mais je sais qu'elle a besoin de moi dans la boutique.

– Que crois-tu qui soit le pire pour elle ? L'inquiétude qui la ronge ou le manque d'aide ?

– Comment est-ce que je pourrais le savoir ?

– Et Owen ? Est-ce qu'il ne peut pas travailler avec elle ?

– Le capitaine est aussi l'intendant de Bishopthorpe. Il est très occupé.

Wulfstan pressa affectueusement les deux mains de Jasper puis les relâcha avant de faire l'effort de se lever du banc.

– Laisse Dieu te guider dans ton choix.

– Mais comment ?

Les sourcils blancs broussailleux se soulevèrent.

– Comment ? Mais par la prière, bien sûr. Accompagne-moi. Nous allons aller nous agenouiller devant l'autel de la Vierge Marie et prier pour qu'elle t'éclaire. Ensuite, je vais devoir repartir en ville.

8

Julian Taverner

Le soleil avait attendu le milieu de l'après-midi pour faire son apparition et, à la tombée de la nuit, l'atmosphère était chaude et humide. Bess, qui se faufilait au milieu des tables, sentait la sueur lui rouler dans le cou. Les habitués ne se bousculaient pas à la York Tavern, mais il y avait tout de même un peu de monde. Nombreux étaient ceux qui évitaient de se mêler à la foule, de peur d'être contaminés par l'haleine d'une personne ou les vêtements d'une autre ; en revanche, certains restaient persuadés que l'ale et le vin les protégeaient en les fortifiant. Un groupe de ces âmes déterminées se tenait autour d'une table, parlant à voix basse de la dernière victime de la peste : William Franklin. Bess avait l'oreille assez fine pour percevoir leur conversation.

– On dit qu'il a attrapé cette fichue saloperie à St Leonard, rapporta Jack Crum.

– Alors, il aurait dû y rester ! commenta le père Bede avachi sur sa chaise.

Ses cheveux blancs graisseux pointaient dans toutes les directions, car la nervosité le poussait sans cesse à y fourrager avec les mains.

– T'en as de bonnes, toi ! Pourquoi il aurait dû mourir à St Leonard alors qu'il avait une maison dans la cité ? Il était tout de même mieux chez lui qu'à l'hôpital, non ?

– Ouais. Et faut pas oublier qu'y se trouvait justement chez lui quand il est tombé malade, dit un troisième. Même si c'est ben vrai qu'il a dû aller plusieurs fois à l'hôpital. Et quand il était proche de la fin, deux sœurs laies sont restées à le soigner.

– Moi, je vous dis qu'avec cette épidémie de peste les pensionnaires de St Leonard devraient rester enfermés, grogna encore le père Bede. C'est eux qui transportent la maladie.

– T'es complètement cinglé ! s'emporta John Cooper en se levant. (L'irritation et la bière lui avaient empourpré le visage.) À ce jour, la peste a emporté environ soixante-dix personnes dans cette ville, et seulement dix d'entre elles avaient quelque chose à voir avec St Leonard. Alors tu peux pas dire une bêtise pareille !

– Je maintiens qu'on en serait pas là sans eux, s'entêta le vieux.

– La première victime était une gamine de la cité, espèce d'abruti. La fille d'un tanneur.

– Surveille tes paroles, Cooper ! tonna soudain l'un des fidèles du père Bede, aussi âgé que lui.

John Cooper décida d'abandonner le terrain, mais tenta d'avoir le dernier mot en passant devant le père Bede :

– La vérité, c'est que tu es jaloux des pensionnaires de St Leonard. Parce que toi, t'avais rien à donner en viager pour qu'ils te prennent en charge. Pas un fifrelin. Mais tu devrais en remercier Dieu, car le vrai danger, c'est pas la peste.

– Tu ferais mieux de la fermer, c'est moi qui te le dis, rétorqua le vieil homme qui cracha aux pieds de Cooper.

Ce dernier se contenta de hausser les épaules et se dirigea vers la sortie.

Bess Merchet se hâta de le rejoindre. Le dernier commentaire de Cooper l'intriguait au plus haut point. Elle parvint à le rattraper par le coude avant qu'il franchisse le seuil, mais il se dégagea brutalement en la bousculant.

– Doucement, Maître Cooper, murmura Bess. C'est la main qui vous sert votre ale.

Confus, il se retourna pour s'excuser.

– Oh, pardon ! J'ai cru que c'était un des compères du père Bede qui me cherchait des noises. Je vous ai fait mal ?

– Pfuit ! Il faudrait autre chose que cette pichenette pour m'assommer, assura Bess. Mais pour vous faire pardonner, vous devez m'expliquer ce que vous aviez derrière la tête en disant au père Bede qu'il devrait remercier Dieu de ne pas avoir les moyens d'être pris en charge par St Leonard.

Cette demande mit visiblement Cooper dans l'embarras. Il parut hésiter, jeta un coup d'œil autour de lui comme s'il cherchait un moyen de prendre le large, mais finit par faire signe à l'aubergiste de l'accompagner dehors. Ils s'arrêtèrent sous la lanterne qui signalait l'entrée de l'établissement. John Cooper était un homme toujours grave, et Bess s'était dit bien souvent, en l'observant à la dérobée, que son visage serait agréable à regarder s'il s'éclairait parfois d'un sourire.

– Vous pensez à votre oncle, dit-il.

– C'est vrai.

– J'ai entendu dire qu'il avait été brûlé en essayant de sauver Laurence de Warrene.

– Il commence à aller mieux. Pourquoi le père Bede devrait-il remercier Dieu ?

– J'ai pas pour habitude d'écouter les clabaudages, affirma Cooper, pas plus que je les colporte, Maîtresse Merchet. Pourtant le père Bede m'a rappelé quelque chose que j'avais entendu raconter : que beaucoup de ceux qui ont vendu leurs biens en viager à St Leonard meurent opportunément au moment où l'hôpital a de gros problèmes financiers...

– Oui, c'est venu jusqu'à mes oreilles. Pourtant ça ne fait aucun doute que trois d'entre eux sont morts de la peste.

Malgré cette évidence qu'elle venait d'énoncer, Bess ne put s'empêcher de frissonner. Et le brouillard qui montait de la rivière et rafraîchissait l'air du soir n'était pas seul responsable.

– Matilda de Warrene, ça je vous l'accorde. Beaucoup ont été les témoins de ses souffrances. Et faut dire qu'elle était pas du genre costaud. Mais pour ce qui est de Will Franklin et de John Rudby... (Cooper fit une légère pause en penchant la tête sur le côté.) Qui les a vus malades, à part les sœurs laies de St Leonard, hein ? Et Laurence de Warrene ? Si vous voulez mon avis, son accident n'est pas normal, et je suis pas le seul à le penser. Quant à Walter de Hotter, c'est clair que lui, il est pas mort de la peste.

Bess le regarda droit dans les yeux. Il pensait manifestement ce qu'il disait. Elle était pourtant à peu près certaine qu'il ignorait que son oncle avait été victime lui aussi d'une agression.

– Les pensionnaires vivent trop longtemps, insista Cooper, l'hôpital ne s'y retrouve pas.

Bess sentit un nouveau frisson la parcourir. Une chose était incontestable : si son oncle Julian continuait de vivre, il allait coûter à St Leonard plus d'argent que ses biens leur en rapporteraient.

– Bon, il faut que j'y retourne, dit-elle. Dieu vous protège, John.

– Je regrette si je vous ai inquiétée. Mais faut pas vous en faire. Julian Taverner, c'est un sacré malin.

Bien plus malin que son ami Warrene. Vous tourmentez pas pour lui.

La patronne de la York Tavern trouva ces propos bien naïfs. Personne n'était entièrement à l'abri du mal.

Remuant ses doigts dans des bandages moins serrés, Julian Taverner s'émerveillait de l'amélioration qui résultait de l'application du nouvel onguent de Maîtresse Wilton, après seulement deux jours. Sa peau était encore sensible, mais déjà beaucoup plus souple. Et sa douleur à l'épaule n'était plus aussi vive grâce aux cataplasmes à base de moutarde également concoctés par l'apothicaire. Quant à ses violents maux de tête, la tisane que lui apportait sa nièce plusieurs fois par jour semblait en venir à bout d'une façon qu'il jugeait miraculeuse. Il allait devoir réfléchir à un moyen d'exprimer sa gratitude à Bess. La veille, ils avaient échangé des paroles plutôt vives et il le regrettait sincèrement. Elle n'avait pas mâché ses mots pour dire qu'elle souhaitait que Honoria garde ses distances, tandis que lui prisait fort son si joli minois.

L'ennuyeux, c'est que l'espèce de dévotion que lui manifestait Honoria n'allait pas sans soulever quelques complications ; pour la bonne raison que Julian appréciait aussi Anneys, dont l'attitude un peu austère et la compétence évidente le rassuraient. En outre, elle ne manquait pas de charme, malgré son visage ridé. Alors il ne voulait en aucun cas la rendre hostile à son égard. Et il était évident que, pas plus que Bess, elle n'appréciait les divertissantes visites de Honoria à son chevet ; en la voyant arriver, elle fronçait les sourcils d'une façon éloquente. Mais comment savoir si faire des efforts pour complaire à Anneys allait le mener quelque part ?

Une chose était certaine : ce matin même, il avait trouvé la présence d'Anneys dérangeante. Il était hanté par de pénibles souvenirs et tentait de les éloigner en priant, quand elle avait fait son apparition et posé son plateau chargé de diverses médecines sur la tablette placée près de son lit. Puis elle l'avait observé en hochant la tête.

– Vous priez avec beaucoup de ferveur, ce matin, Maître Taverner.

– Ah, si seulement je pouvais ne plus entendre cette femme qui tousse, avait-il rétorqué.

Anneys avait fait silence un instant et penché la tête pour mieux tendre l'oreille.

– C'est Maîtresse Catherine. La pauvre n'y peut rien.

– J'ai entendu ma mère tousser de la même façon.

Anneys s'assit à côté de lui.

– Qu'est-ce que vous voulez dire ? Que penser à votre mère vous démoralise ?

– Elle a fini par en mourir.

– Ah ! (Elle déplia un morceau de tissu et le secoua avant de l'étendre sur le lit. Puis elle y posa les remèdes dont elle avait besoin.) Et votre femme ? C'est vrai qu'elle s'est perdue en mer ?

Juste ciel ! Qui donc avait pu le lui dire ?

– Ma femme et ma fille unique.

– Vous en parlez comme si ça vous faisait encore beaucoup souffrir. Pourtant c'est arrivé il y a un sacré bout de temps, non ? J'ai cru comprendre que vous étiez pensionnaire à St Leonard depuis dix-neuf ans.

Il y a des chagrins qui mettent plus longtemps que

d'autres à s'estomper. C'est vrai qu'ils étaient morts avant la première épidémie de peste. Julian se retourna. Il détestait le tour que venait de prendre leur conversation.

– Quant à moi, je trouve qu'il est néfaste de se rappeler seulement les bons souvenirs, Maître Taverner. Dieu nous envoie des souffrances pour nous purifier. Il faut savoir les affronter.

– J'ai fait pénitence. Plus que vous ne pouvez l'imaginer. Et Laurence avec moi. Maintenant, je veux qu'on me laisse en paix.

Julian sentait ses yeux le picoter. Voilà le résultat de la curiosité malsaine de cette femme. Il n'allait tout de même pas éprouver la honte de pleurer devant elle.

Anneys lui dégagea l'épaule pour y appliquer le cataplasme de moutarde chaude. Tout en le fixant autour de l'articulation du mieux qu'elle le pouvait, elle demanda :

– Pénitence ? Tous les deux ? Et pour quel péché ?

– Je n'ai aucune envie de parler de ça.

– Il y avait un lien solide entre Maître Warrene et vous, insista-t-elle sans la moindre vergogne. Auriez-vous été frères d'armes, par hasard ?

– Non. J'ai jamais été soldat et lui non plus. Mais on a grandi tous les deux à Scarborough et, plus tard, on a travaillé ensemble.

– La taverne ?

– Non, Laurence n'a jamais travaillé dans une taverne. (Pourquoi diable fallait-il qu'elle pose autant de questions ?) Mais c'est pas juste que vous me demandiez tout ça. Moi je ne sais rien de votre passé.

– Oh ! il y a si peu à raconter, assura-t-elle. Je me

suis mariée. J'ai élevé trois enfants. Je suis devenue veuve et j'ai offert mes services à l'hôpital.

– Trois enfants ? Et vous n'avez eu envie de vivre avec aucun d'eux ?

– Non. (Anneys acheva de lui bander l'épaule, puis l'aida à s'asseoir pour pouvoir examiner la blessure qu'il portait à la tête.) Voilà, reprit-elle, je vous ai raconté toute ma vie. C'est drôle, j'étais persuadé que vous aviez tenu une taverne.

– C'est bien ce que j'ai fait, acquiesça le vieil homme.

– Mais vous venez de me dire que vous faisiez des affaires avec Maître Warrene, qui n'avaient aucun rapport avec une taverne.

– Vous refusez d'entrer dans les détails et c'est pareil pour moi, rétorqua-t-il sèchement pour couper court à l'interrogatoire de la sœur laie.

– Et pourquoi donc, Maître Taverner ? insista-t-elle.

Quand elle palpa le vilain hématome à la base de son crâne, il fit une affreuse grimace.

– Commencez donc par m'expliquer pourquoi vous détournez la conversation quand on parle de votre propre vie, dit-il.

– C'est simplement que j'ai rien d'intéressant à raconter. Aucun souvenir vraiment agréable. Et vous ? Pourquoi vous gardez un tel mystère autour de vos affaires avec Maître Warrene ?

– Parce que j'ai pas cessé de les regretter, et c'est pour ça que j'ai fait pénitence. Je vous ai déjà raconté que je me suis occupé des malades abandonnés pendant la première épidémie de peste qui a frappé le Nord.

– Oui, oui. J'ai pas oublié.

Ses mains s'activaient habilement, mais elle acheva de lui prodiguer ses soins en silence.

Julian lui en fut vraiment reconnaissant. À y regarder de plus près, elle n'avait pas un physique vraiment extraordinaire. Honoria était nettement plus agréable à regarder.

Lucie était sortie travailler dans le jardin avant d'ouvrir l'officine. Owen, qui l'observait depuis la fenêtre du premier étage, se demandait ce qu'il pourrait bien faire pour lui remonter le moral.

Juste à ce moment-là, Kate vint frapper à la porte de la chambre.

– Maîtresse Merchet souhaite vous parler, capitaine, annonça-t-elle.

– Elle est ici ?

– Pour sûr. Et à en juger par sa figure, c'est pas des bonnes nouvelles qu'elle vous apporte.

Effectivement, Owen trouva Bess en train de faire les cent pas dans le hall, les poings serrés, les joues écarlates, les yeux lançant des éclairs.

– Ils ont accusé Julian d'avoir mis le feu, pas vrai ? demanda-t-il au moment où elle se tourna vers lui.

Il avait croisé les bras et s'était appuyé au chambranle de la porte. Bess se planta devant lui.

– Qui ose propager un tel mensonge ?

Owen pointa un doigt vers elle.

– C'est de vous voir sur le point d'exploser qui vient de me fourrer cette idée dans la tête. Autrement, pourquoi seriez-vous tellement en colère ?

– En colère ? s'étonna la patronne de la York Tavern.

– C'est l'impression que vous donnez.

– Ben ça ! J'étais pourtant seulement en train de réfléchir.

Owen se décolla de la porte et, la prenant par le coude, il la conduisit jusqu'à la table placée devant les fenêtres qui donnaient au sud.

– Venez d'abord vous asseoir. Et ensuite, vous me direz quelles pensées peuvent vous agiter autant.

Bess se laissa choir sur le siège et croisa nerveusement les doigts.

– Pardonnez-moi de venir vous déranger à une heure pareille. Je sais que vous passez par des moments difficiles vous aussi.

Owen se pencha vers Bess au-dessus de la table, glissa une main sous les siennes et posa l'autre dessus. Il orienta la tête pour la fixer de son bon œil. Elle le regarda en souriant.

– Si l'intention est de me distraire de mes pensées, mon beau filou, c'est réussi.

– Tant mieux ! Je préfère ne pas assister à une explosion de colère dans ma maison. Mieux vaut s'expliquer tranquillement. Qu'est-ce qui vous préoccupe ?

– C'est gentil de vouloir m'écouter. J'ai besoin de votre avis.

Bess lui rapporta alors le récit que son oncle faisait de l'incendie de St Leonard et des attaques dont son ami Laurence et lui-même avaient été victimes. Elle lui décrivit aussi la nature des blessures qu'elle avait pu observer elle-même.

– En effet, cela ne ressemble pas à un accident.

Ce simple commentaire de la part de son ami le capitaine lui procura une satisfaction qui la poussa à frapper du poing sur la table.

– Pas plus que la mort de Walter de Hotter, c'est clair ! Et savez-vous ce que racontait John Cooper à la taverne hier soir ?

Elle le mit au courant.

– Des rumeurs. Vous ne devez pas y prêter attention. Les rumeurs nous mènent toujours sur la mauvaise piste.

– Alors comment puis-je trouver la bonne piste ? demanda-t-elle en levant les bras au ciel.

– Vous devez vous renseigner pour savoir si l'accident a eu un témoin. C'est le seul moyen d'arriver à la vérité.

– Mais comment ? Cuthbert me fait surveiller dès que je pointe le bout de mon nez à l'hôpital. Quelqu'un m'accompagne jusqu'au lit de mon oncle et je ne peux aller nulle part ailleurs.

– Il s'inquiète probablement des rumeurs que vous venez de me répéter, Bess.

– Oui-da ! Et il a raison de s'inquiéter. (Soudain, elle pencha gracieusement la tête sur le côté, laissant les rubans de son bonnet danser joyeusement, et elle lui adressa son plus charmant sourire.) Vous n'accepteriez pas de...

– Non, Bess. Je ne veux pas me mêler de cette histoire. De toute façon, vous ne tarderiez pas à vous énerver parce que vous me trouveriez trop lent. D'ailleurs, le talent que je puis avoir comme espion n'est rien comparé au vôtre.

Le visage expressif de Maîtresse Merchet hésitait entre un sourire et une grimace de dépit.

Le capitaine ne souhaitait pas se laisser engluer dans les problèmes de l'amie Bess. En l'état actuel des choses, il avait suffisamment de soucis lui-même : l'éloignement des enfants, la mélancolie de Lucie, l'absence de l'archevêque Thoresby et le perpétuel défilé des clients anxieux souhaitant se procurer les derniers remèdes inventés. En revanche, Bess avait davantage de temps libre : une épidémie de peste se traduisait par un nombre réduit de voyageurs et les citoyens de la ville, pour la plupart, évitaient les endroits publics. Mais l'amitié qui les liait l'obligeait à lui faire au moins une suggestion :

– Don Erkenwald se préoccupe de la même chose. C'est à lui que vous devriez vous adresser.

– Ça m'étonnerait que le petit Cuthbert me laisse faire.

– Ma très chère Bess, je pense que celui qui va vous empêcher de faire ce que vous avez décidé n'est pas encore né.

Barker, le portier de St Leonard, s'inclina en gardant le dos bien droit et plaça délicatement deux magnifiques gobelets de verre italien sur la table de l'économe.

Cuthbert les reconnut comme appartenant au service de verres ayant disparu de la maison du maître.

– Vous les avez trouvés au cours de vos recherches ?

Il avait ordonné de fouiller tout l'hôpital et toutes les maisons de la cité appartenant à St Leonard.

– Oui. Dans la chambre de Maîtresse Staines, *Domine*. (Barker s'essuya les mains à son pourpoint.) Et d'autres choses que j'ai pas jugé utile d'apporter, mais qu'ont rien à voir avec le trousseau d'une sœur laie, si vous voyez ce que je veux dire.

Le petit chanoine ferma les yeux, joignit les mains et se livra à un mouvement de balancier en pivotant sur ses talons. Honoria de Staines. Il avait donc été stupide de lui accorder sa confiance.

– De quelles « autres choses » s'agit-il, Barker ?

Voyant que le portier ne se décidait pas à répondre et avait même rougi, don Cuthbert insista :

– Vous voulez parler d'objets personnels ? Des dessous, peut-être ?

Barker acquiesça d'un signe de tête enthousiaste.

– Ouais, *Domine*. Des dessous de la soie la plus fine. Et aussi une guimpe en soie plus épaisse. Je me suis dit qu'il fallait vous prévenir, parce que ça paraît bizarre qu'une sœur laie possède des dessous pareils.

Évidemment. Une sœur laie, non. Mais une catin, oui.

– Et ces gobelets ? Où se trouvaient-ils dans sa chambre ?

– Cachés dans un coffre, emballés dans de vieux vêtements.

– Je vois. Vous n'avez rien trouvé d'autre ? Et rien non plus dans les autres chambres ? Ni dans l'enceinte de l'hôpital ?

– Rien du tout, *Domine*.

Cette femme allait faire de lui la risée des autres chanoines.

– Dieu vous protège, Barker. Vous avez fait du bon travail.

Après son départ, Cuthbert envoya quérir Honoria de Staines.

Quelques instants plus tard, elle entrait dans son parloir les mains pieusement jointes et regardant le sol.

– Don Cuthbert. Je suis déjà avertie de ce que vous avez trouvé.

C'était une petite femme dont la voix caressante ne trahissait pas la peur qu'elle devait pourtant éprouver.

– Est-ce que vous avez une explication à me fournir ?

– C'est pas du tout ce que vous croyez. Je suis coupable d'avoir trahi votre confiance, ça je l'admets. Mais je n'ai pas volé ces gobelets.

– Alors pourquoi les avoir si soigneusement dissimulés ?

– J'avais appris que des gobelets en verre italiens avaient disparu de la maison du maître. J'ai pensé que les sœurs laies qui partagent la maison avec moi allaient s'imaginer que les miens venaient de là.

– Il est clair qu'ils proviennent du même service.

Pour la première fois, Honoria leva les yeux pour rencontrer le regard de Cuthbert. De grands yeux ronds écartés qui faisaient penser à ceux d'une biche.

– Du même service ? Mais c'est impossible.

– D'où viennent les gobelets trouvés dans votre chambre ?

Elle fixa de nouveau le sol.

– Je les ai reçus en cadeau.

– Qui vous les a offerts ?

– Je préférerais ne pas le dire, *Domine*, répondit-elle d'une voix douce mais ferme.

– Il s'agit peut-être du voleur qui pille St Leonard. Honoria, il faut me dire son nom.

– Ça ne peut pas être lui, votre voleur. Ces gobelets lui appartenaient et il pouvait en disposer à sa guise. Il me l'a juré.

– Vous accepteriez de protéger cet homme au mépris de votre salut ? Vous savez que ceux qui pénètrent dans l'hôpital pour y commettre des violences ou voler sont excommuniés ?

Don Cuthbert crut la voir frissonner légèrement. Pourtant, la voix de Honoria était parfaitement posée quand elle dit :

– Dieu ne peut pas me punir pour quelque chose dont je suis innocente, *Domine*.

– Vous niez avoir volé les gobelets et pourtant vous venez de confesser avoir trahi ma confiance. Avez-vous couché avec des hommes depuis que vous avez prononcé vos vœux ?

La jeune femme se laissa tomber à genoux et posa son front sur le sol aux pieds du chanoine.

– Vos accusations ne sont pas fondées. Je suis innocente.

Don Cuthbert se recula vivement.

– Vous m'avez ridiculisé une fois, mais cela ne se reproduira pas, Maîtresse Staines. (Se redressant de toute sa petite taille, il se dirigea vers la porte en faisant des enjambées aussi grandes que le lui permettaient ses courtes jambes.) Barker ! cria-t-il.

9

Les soucis du maître

Ravenser ne s'autorisa qu'une seule nuit de repos chez son oncle l'archevêque, au manoir de Bishopthorpe. Accompagné de son escorte, il prit dès le lendemain la route d'York, où il allait devoir affronter ses responsabilités.

En chemin, ils rencontrèrent un groupe de pèlerins se dirigeant vers le mausolée de St John de Beverley : des individus loqueteux qui puaient déjà la mort à vingt pas. L'écuyer de Ravenser talonna vivement son cheval pour se placer entre eux et son seigneur et maître, mais sir Richard ordonna à Topas de rentrer dans le rang, tandis qu'il bénissait les pèlerins. Il était pourtant loin d'approuver leur démarche ; bien au contraire, il pensait que des gens dans leur état feraient mieux de rester chez eux au lieu de propager la pestilence, en particulier dans la cité de Beverley qu'il chérissait tout particulièrement. Car il paraissait évident que ces manants qui avaient vécu au milieu des victimes, s'étaient assis au chevet des mourants, avaient enterré ou brûlé leurs cadavres, transportaient l'air empoisonné avec eux. Il jugeait toutefois que ce n'était pas une raison suffisante pour leur refuser sa bénédiction. Tout de suite après, cependant, il se dépêcha de porter une boule d'ambre gris à son nez et, fièrement cambré sur son cheval, il piqua des deux. Tous les membres de son escorte paraissaient abattus par cette rencontre inopportune – principalement Douglas, son secrétaire, qui s'était mis à l'observer avec des yeux égarés, sa large main plaquée sur sa bouche et son nez.

Alors qu'ils approchaient des portes de la cité d'York, ils tombèrent sur un homme vêtu de peaux de bête qui s'agrippait fermement à une crosse de berger. Il était grimpé sur un rocher et avertissait tous les passants de la venue prochaine de l'Antéchrist qui se manifesterait par les agissements des guérisseurs.

– Ne cherche pas à te protéger de la colère de Dieu ! tonna-t-il.

Jamais Ravenser n'avait été aussi content d'apercevoir Micklegate Bar. Le portier sourit d'un air surpris en entendant les salutations amicales que lui adressait le maître de St Leonard. Mais, une fois à l'intérieur des remparts, le neveu de l'archevêque ne mit pas longtemps à constater que la peur qui avait saisi la population avait radicalement transformé l'atmosphère de la ville. Le pilori qui se dressait devant la Sainte-Trinité n'offrait aucun coupable à la vindicte populaire, et d'ailleurs les passants qui tous baissaient la tête n'y prêtaient pas la moindre attention. Les poissonniers installés sur le pont franchissant l'Ouse se protégeaient des émanations nocives en se couvrant le visage d'un morceau de tissu – ce qui ne les empêchait pas de crier pour attirer le chaland.

Leurs voix un peu étouffées remirent en mémoire à Ravenser un souvenir qui le fit presque sursauter en lui mettant les nerfs à vif : une vision parfaitement nette de sa mère qui l'obligeait à passer le plus vite possible devant un lépreux en train de demander l'aumône. Elle lui avait serré la main très fort et l'avait traîné de force. Il ne parvenait pas à se rappeler où cet événement avait eu lieu, mais il se souvenait parfaitement de sa propre frayeur quand il avait compris que sa mère était terrifiée. Est-ce que ce pénible incident s'était produit au cours de la première épidémie de peste, alors qu'il n'était encore qu'un enfant ? Était-ce pour cela qu'il venait de s'en souvenir ? Ou avait-il été ravivé par le masque de tissu des poissonniers ? Quand Dieu envoyait de telles visions, quelle leçon fallait-il en tirer ? Franchement mal à l'aise, il fit un grand signe de croix et poursuivit sa route en direction de St Leonard au milieu de ses hommes – en gardant les yeux baissés pour éviter d'avoir d'autres visions.

Conscient du trouble de son maître, Topas restait à son côté. Et sir Richard ne tarda pas à avoir besoin de lui. Au moment où la petite troupe coupait le coin ouest de la place St Helen, un homme fonça vers eux en courant, sans détacher ses yeux de Ravenser. Topas mit rapidement son cheval en travers pour lui couper le passage. Cependant, le neveu de l'archevêque avait eu le temps d'apercevoir l'emblème des orfèvres sur le pourpoint de l'homme et sur son bonnet. La guilde des orfèvres était riche et généreuse. Ravenser écarta Topas.

– Sir Richard, murmura son écuyer. Les temps sont difficiles. Ne faites confiance à personne.

Mais Ravenser était conscient de ses devoirs.

– Vous souhaitez me parler, Maître Orfèvre ?

L'homme enleva son bonnet et s'inclina respectueusement.

– Sir Richard, c'est un immense soulagement pour moi de vous voir arriver dans notre cité.

– Je vous remercie de votre accueil, répliqua Ravenser.

Il était furieux contre lui-même de ne pas se rappeler comment cet homme s'appelait. Il n'avait pas la mémoire des noms. Il savait pourtant qu'il était censé le connaître, car il se souvenait de son articulation confuse à cause d'un problème de mâchoire.

– Je ne cherche aucunement à vous flatter, sir Richard. Je suis heureux de vous voir et je vous serais reconnaissant de m'accorder un petit entretien.

Ravenser, qui continuait à chercher son nom, se demanda ce qu'il pouvait bien lui vouloir.

Conscient de son embarras, l'orfèvre ajouta :

– Je sais qu'après aussi longtemps vous ne pouvez pas vous souvenir de moi. Je m'appelle Edward Munkton. J'ai une boutique à Stonegate, et un jour vous...

– Ah, Maître Munkton, bien sûr. Le collier...

L'orfèvre avait dessiné un collier pour Ravenser. Un collier qu'il souhaitait offrir à sa mère. C'est vrai, il y avait longtemps. Et l'homme avait bien changé. Son visage naguère tout rond s'était buriné avec les années. Ses cheveux étaient devenus gris et clairsemés.

– Voyez cela avec Douglas, mon secrétaire. Il vous fixera un rendez-vous qui nous conviendra à tous les deux. Dans ma maison de St Leonard.

Il vit alors le sourire de Munkton s'évanouir. Et l'homme se mit à triturer nerveusement son bonnet de feutre en disant :

– Si vous pouviez m'accorder un instant immédiatement, je vous en serais très reconnaissant.

Ravenser regarda autour de lui d'un air surpris.

– Dans la rue ? demanda-t-il. Ce n'est pas très discret.

– Que Dieu me pardonne, sir Richard, mais en ce moment je préférerais ne pas trop m'approcher des malades, expliqua Munkton avec un regard fuyant.

Le neveu de l'archevêque pouvait comprendre son état d'esprit.

– Alors, je vous prie de vous dépêcher, acquiesça-t-il à contrecœur.

Ils s'écartèrent un peu de l'escorte, et Ravenser retira sa boule d'ambre gris de son nez pour bien montrer à l'orfèvre qu'il lui faisait entièrement confiance.

– C'est au sujet de don Cuthbert, commença Munkton dont l'haleine était parfumée au fenouil. Il est venu me voir il y a quelques jours et a exigé de vérifier mes livres de comptes.

Ce que Ravenser venait d'entendre le laissa tout ébaubi. Il avait du mal à en croire ses oreilles.

– Exigé de voir quoi ? demanda-t-il en clignant des paupières. (Il se demandait si l'orfèvre n'était pas devenu fou.) Cuthbert ?

Munkton, qui l'observait attentivement, retrouva le sourire.

– J'espérais que vous alliez exprimer un tel ébahissement, sir Richard. Je refusais de penser que vous aviez ordonné à votre économe de m'insulter de pareille façon.

– Bien sûr que je ne lui ai jamais donné de telles instructions ! se défendit le maître de St Leonard. Vous a-t-il dit pourquoi il agissait de la sorte ?

– En fait, oui. Il pensait que j'aurais pu acheter un calice volé à l'hôpital. Je lui ai rappelé que j'étais orfèvre et pas marchand. Et je lui ai dit qu'il lui suffisait de jeter un seul coup d'œil dans ma boutique pour comprendre que je n'avais pas besoin d'un calice supplémentaire.

Un calice volé ? Personne n'avait jugé bon de mentionner le fait à Ravenser. Mais enfin, un seul calice...

– Qu'est-ce qui a bien pu le pousser à vous soupçonner, Maître Munkton ?

– La chose même qui rend ses soupçons ridicules : la notoriété que j'ai obtenue en façonnant des calices.

Don Cuthbert était-il soudain devenu fou ?

– Vous devez m'excuser, car je n'étais absolument pas au fait de cette anicroche. (Et soudain, une horrible pensée traversa l'esprit de Ravenser :) Est-ce qu'il a insulté de la sorte d'autres membres de votre guilde ?

– Oui, plusieurs. Mais j'ai été sa première victime. Un honneur dont je me serais volontiers passé.

– Je veux bien vous croire. Comptez sur moi pour le réprimander comme il se doit, Maître Munkton. Vous recevrez des excuses, je peux vous le promettre.

– Je ne demande rien d'autre, sir Richard.

C'est l'esprit aussi fatigué que le corps que Ravenser passa sous la statue de saint Leonard pour pénétrer dans l'enceinte de son hôpital. Il eut l'impression d'y retrouver l'ambiance habituelle. Les employés paraissaient vaquer normalement à leurs occupations, et les orphelins jouaient en faisant beaucoup de tapage. Une fois prévenus, les domestiques de sir Richard entourèrent rapidement les voyageurs pour s'occuper des chevaux et des bagages. En traversant la cour pour gagner la maison du maître située derrière l'église, le regard de Ravenser fut attiré par les restes noircis d'une petite construction qui s'élevait devant le mur nord. Il constata aussi que le toit de la maison adjacente avait souffert. Et l'atmosphère était encore lourde d'une odeur de cendre humide.

– Il y a eu le feu ? demanda-t-il en s'arrêtant de marcher.

Il cherchait à se rappeler qui habitait là.

Après avoir conféré avec un domestique, Topas fut en mesure de lui répondre :

– Oui, sir Richard. C'était la maison de Laurence de Warrene. Votre partenaire aux échecs. Par malheur, il est mort au cours de l'incendie.

– Laurence de Warrene, répéta tristement Ravenser en plissant le front.

Il se risqua au milieu des ruines, en évitant les gravats calcinés, et ressortit dans le jardin recouvert de cendres qui se trouvait à l'arrière de l'ancienne habitation. Toutes les plantations qui avaient été piétinées sans aucun ménagement se trouvaient en piteux état. Et le maître de St Leonard parut s'apitoyer davantage sur ce jardin défiguré, parfait symbole de la vie et de la mort, que sur la destruction de la maison elle-même.

– C'était le domaine de Maîtresse Warrene, précisa-t-il d'une voix chagrinée. Elle en était très fière.

– La peste l'a emportée il y a une quinzaine de jours, dit Topas.

– Oui, je l'ai appris à Bishopthorpe. Mais personne ne m'a parlé de l'incendie. (Ravenser fit brusquement demi-tour.) Amène-moi immédiatement don Cuthbert, lança-t-il par-dessus son épaule, en se dirigeant d'un pas vif vers sa résidence.

Arrivé dans sa chambre à coucher, il se hâta d'enlever ses vêtements de voyage pour se débarrasser de la poussière de la route et, espérait-il, de l'odeur de mort qu'il devait transporter sur sa personne. Puis il se retira dans son parloir où un domestique avait pris soin de disposer du brandy et des fruits. Après avoir rempli un gobelet, il s'installa dans son fauteuil préféré et balaya la pièce des yeux avec satisfaction. C'était un endroit agréable – pas aussi luxueux, sans doute, que son grand salon de Beverley, mais confortable et bien éclairé. Le brandy ne tarda pas à apaiser le tiraillement des crampes provoquées par une longue chevauchée en pleine chaleur. Il ne disposa cependant pas de beaucoup de temps pour se remettre de ses fatigues : un domestique annonça l'arrivée de don Cuthbert.

– Fais quérir Douglas et dis-leur de venir me rejoindre ensemble, ordonna-t-il.

Peu de temps après, le minuscule chanoine au nez en bec d'aigle parut flotter dans la pièce, les mains fourrées dans ses manches. Il s'inclina devant Ravenser.

– *Benedicte*, sir Richard. Dieu s'est montré magnanime en vous envoyant à nous en ces temps difficiles. Votre présence va apporter un réconfort à tous ceux de St Leonard.

Cuthbert transportait avec lui une odeur de poutres consumées et d'humidité. Ravenser prit mentalement note de demander des feux de romarin dans ses appartements afin de dissiper les odeurs désagréables.

Douglas avait pris place près du maître de St Leonard pour enregistrer son entretien avec l'économe.

– J'ai reçu de regrettables informations sur vos récentes activités, Cuthbert.

Sous ses sourcils froncés, le petit chanoine afficha un sourire mielleux.

– Mes activités, sir Richard ?

– On m'a rapporté que vous aviez accusé des orfèvres de cette ville de vol.

Le rouge monta aux joues de Cuthbert.

– J'essayais simplement de me rendre utile. J'espérais pouvoir récupérer quelques-uns des objets volés avant votre arrivée.

Ravenser sentait venir la migraine, mais il l'ignora.

– Quelques-uns ? répéta-t-il d'une voix glacée.

Les yeux globuleux du chanoine étaient soudain dénués de toute expression, mais ses mains s'agitaient dans ses manches et il balançait légèrement le buste d'avant en arrière.

– J'espérais pouvoir vous épargner ces soucis jusqu'à la conclusion de mon enquête, sir Richard.

Pourquoi donc Erkenwald n'avait-il fait aucune mention de ces vols dans la missive qu'il avait jugé bon de lui adresser ?

– Alors, parlez-moi de votre enquête. (Cuthbert regarda de façon éloquente un fauteuil proche de lui.) Asseyez-vous ! approuva Ravenser sèchement.

Il avait en horreur la fausse humilité du chanoine. Il regarda Cuthbert sortir les mains de ses manches et arranger son habit avec des gestes élégants après s'être assis.

– *Deo gratias !* La journée a été longue.

Avec chaque mouvement, l'économe propageait cette odeur gênante de cendre humide. Où donc cet homme pouvait-il dormir ?

– Par où commencer ? murmura l'économe, comme s'il se parlait à lui-même.

– J'aimerais que vous me dressiez d'abord la liste des objets manquants.

– La liste, répéta Cuthbert en regardant autour de lui, comme s'il espérait voir surgir quelqu'un qui allait le délivrer de ce contraignant pensum.

– N'est-ce donc pas à vous qu'il faut s'adresser pour la connaître, don Cuthbert ? Vous êtes-vous dessaisi de vos fonctions d'économe au profit d'un autre valeureux chanoine ? ironisa Ravenser.

– Non, non, sir Richard. La liste... (Il glissa de nouveau ses mains dans les nids rassurants de ses manches et parut recouvrer son calme. Puis il se mit à énoncer :) Deux tapisseries, un calice d'or, une couverture de missel en argent filigrané sertie de pierres précieuses, un crucifix d'argent décoré de perles, plusieurs gobelets de verre italien, une nappe d'autel brodée, trois couvertures et une selle de cuir.

Les yeux du chanoine restaient maintenant fixés sur ses chaussures.

– Doux Jésus ! Comment un voleur a-t-il pu sortir de l'hôpital avec un tel butin sans se faire remarquer ? Nous sommes tellement nombreux à St Leonard que nous n'arrêtons pas de nous bousculer mutuellement.

Une fois encore, le visage de Cuthbert s'empourpra.

– J'avoue que je suis incapable de le dire.

Le lourd silence qui s'installa ensuite ne fut troublé que par le grattement de la plume de Douglas sur le parchemin. Grattement prolongé qui confirmait la longueur de la liste des objets volés. En dépit de toutes ses manies déplaisantes, Cuthbert possédait un esprit éveillé qui enregistrait le moindre détail.

– As-tu besoin de faire répéter quelque chose,

Douglas ? demanda Ravenser pour meubler le silence.

– Combien de gobelets ? questionna le secrétaire.

– Quatre, précisa Cuthbert d'une voix enrouée. (Puis, s'étant raclé la gorge, il ajouta :) J'en ai récupéré deux.

– Vraiment ? Alors vous avez trouvé le voleur ?

– Non, sir Richard. (Il posa une main à la peau blanche sur son cou marbré de taches rouges.) Mais j'ai fait enfermer Honoria de Staines pour recel de marchandises volées.

– Jésus ! Votre Marie-Madeleine repentie ? (Comment son oncle avait-il pu savoir qu'elle serait impliquée dans cette histoire ?) Et elle vous a avoué qui lui avait remis ces deux gobelets ?

– Non, elle refuse. Et elle persiste à dire qu'ils ne font pas partie de ceux qui ont été volés.

Alors est-ce que l'économe avait encore une fois agi trop précipitamment, comme avec les orfèvres ?

– Est-ce qu'ils sont identiques, Cuthbert ?

Considérant cette question comme une insulte, le petit chanoine pinça les lèvres.

– Sir Richard, je ne suis pas complètement inepte. Je peux affirmer qu'ils font partie du même service.

Ravenser commenta sa réponse d'un simple grognement. Après avoir réfléchi quelques instants, il dit :

– Il faudrait peut-être interroger cette jeune femme avec un peu plus de délicatesse que nous n'avez dû le faire. (Il s'interrompit pour dévisager l'économe qui paraissait de plus en plus mal à l'aise.) Vous dites qu'elle est enfermée ?

– Elle se trouve actuellement en prison.

Cela signifiait que tout le monde était maintenant au courant à St Leonard.

– Vous avez donc eu tort de lui faire confiance ?

Cuthbert se redressa de toute sa courte taille.

– Rien n'a encore été prouvé contre elle.

Pourquoi, au nom du ciel, ce chanoine était-il aussi entêté ?

– Je vais demander à une des sœurs de s'entretenir avec elle. Quand tous ces objets ont-ils disparu ?

– On a constaté la première disparition lors de la fête de St John de Beverley. Le calice d'or.

C'est-à-dire au début du mois de mai. Et si Erkenwald ne l'avait pas décidé à revenir à St Leonard, il aurait probablement continué de l'ignorer encore longtemps. Ravenser se leva et s'approcha de la fenêtre. Il contempla l'église pendant un moment et remarqua que le travail avait commencé pour l'installation d'un petit vitrail. Pourquoi les bienfaiteurs s'entêtaient-ils à faire des dons aussi peu fonctionnels ?

– Comment vous est venue cette idée de questionner les orfèvres ? En quoi auraient-ils pu vous aider ?

– On dit que les orfèvres acceptent parfois des objets volés qu'ils font fondre pour les transformer. Après, bien sûr, on ne peut plus les identifier comme étant des objets volés.

Ravenser se retourna pour examiner le chanoine des pieds à la tête.

– Je me demande vraiment si vous n'êtes pas soudain devenu fou, Cuthbert. Les orfèvres de la cité d'York sont membres d'une guilde. Une guilde dont ils seraient immédiatement exclus s'ils étaient pris à commettre la moindre malhonnêteté.

L'économe leva des mains implorantes.

– Sir Richard...

– Votre théorie est tout simplement ridicule. Vous allez devoir présenter des excuses.

– Sir Richard, je...

Ravenser le fit taire d'un geste impérieux.

– Le sujet est clos, trancha-t-il d'un ton sans réplique.

– Il y a autre chose, risqua néanmoins Cuthbert.

– Quoi, mon Dieu ?

L'économe le mit au courant de la condition dans laquelle se trouvait le corps de Laurence de Warrene et de la blessure similaire reçue par Julian Taverner.

Sans un mot, Ravenser se laissa tomber dans son fauteuil et se prit la tête entre les mains.

– Laissez-moi tous les deux, finit-il par ordonner.

– Mais, sir Richard, nous n'avons pas encore parlé des finances de St Leonard, protesta le chanoine.

– Voyez cela avec Douglas.

Le neveu de l'archevêque avait l'impression qu'on lui donnait des coups de marteau à l'intérieur du crâne. Des vols, la mort suspecte de Laurence de Warrene, la blessure de Julian Taverner, plus une sœur laie – à la fois voleuse et catin – en prison. Doux Jésus. Si le moindre écho de ces scandales se propageait à travers la cité, il n'obtiendrait jamais l'aide des citoyens riches. Alors comment allait-il pouvoir régler le problème des dettes de l'hôpital ? Surtout en étant perturbé par d'autres problèmes aussi graves, sinon plus. Il avait besoin d'aide. Surtout pas celle de don Cuthbert. Il était trop occupé à tenir les comptes et il venait de prouver son savoir-faire dans d'autres domaines. Pourquoi pas

Erkenwald ? Non, à la réflexion, quelqu'un venant de l'extérieur, à condition d'être discret, serait préférable. Archer. Oui, Owen Archer. L'espion de son oncle. Il serait capable de remonter les filières avec l'efficacité et la discrétion nécessaires. Et une femme comme Honoria de Staines le trouverait certainement plus à son goût comme confesseur que don Cuthbert. Oui, plus il y réfléchissait et plus l'idée lui paraissait bonne. Il avait grand besoin des services d'Archer. Sans perdre davantage de temps, il allait adresser une requête à John Thoresby en son palais de Bishopthorpe.

Alors que Ravenser s'était confortablement installé dans son parloir pour y attendre les effets bénéfiques des potions de Lucie sur son mal de tête, ses pensées se tournèrent vers la maison carbonisée située à l'opposé de sa propre cour. Dire que Laurence et Matilda de Warrene étaient tous les deux morts. Puisse Dieu leur accorder la paix éternelle ! C'était un couple si agréable : deux personnes entièrement dévouées l'une à l'autre, apparemment heureuses de leur sort, et dont il appréciait la présence. Il avait souvent joué aux échecs avec Laurence quand il pouvait jouir d'une soirée tranquille. Pendant leur partie, Matilda somnolait paisiblement auprès de la cheminée. À l'occasion, il invitait également Julian Taverner pour tenir compagnie à la dame, mais sa conversation était si bruyante que la concentration de Ravenser s'en trouvait grandement affectée.

Laurence et Julian. Si Ravenser les avait rencontrés l'un sans l'autre, il n'aurait jamais deviné que ces deux-là pouvaient être amis. Laurence était un homme calme et distingué, tandis que Julian déplaçait beaucoup d'air – mais ce n'était qu'un côté de sa personnalité. Laurence lui avait parlé des soins qu'il avait apportés aux malades lors de la première épidémie de peste, survenue peu de temps après la mort de sa femme. Julian avait jugé qu'il était de son devoir d'aider les mourants abandonnés par leurs familles, afin de faire pénitence.

– Faire pénitence pour quel motif ? se rappelait avoir demandé Ravenser. Était-il responsable de la mort de sa femme ?

– Doux Jésus, non. Il était un mari tout ce qu'il y a de dévoué. Non, il avait décidé de faire pénitence pour un péché beaucoup plus ancien. (Laurence s'était soudain tu et s'était mis à fixer l'échiquier d'un air pensif, pourtant ses yeux semblaient voir quelque chose bien au-delà.) Mais était-ce un péché ? avait-il fini par demander comme s'il se parlait à lui-même.

– Laurence, vous êtes assis en face d'un expert, question péché, avait plaisanté Ravenser, faisant sursauter son vis-à-vis.

– Pardonnez-moi, sir Richard. Je dois commencer à radoter.

– Vous aviez pourtant l'air tout à fait sérieux.

Laurence avait abandonné le pion qu'il s'apprêtait à déplacer et s'était laissé aller en arrière sur son siège.

– Allons, soumettez-moi le problème, insista sir Richard.

Laurence avait croisé les doigts et paraissait étudier ses mains. Au bout de quelques instants, il croisa enfin le regard de Ravenser.

– Peut-on commettre un péché sans le vouloir ?

demanda-t-il à voix basse. Et si personne d'autre que le coupable n'en souffre, est-ce que la faute existe ?

– C'est une énigme ? J'adore résoudre les énigmes ? Vous n'avez rien à ajouter ?

Laurence jeta un coup d'œil en direction de Julian qui se tenait assis sur l'extrême bord de son siège, comme s'il s'apprêtait à bondir sur son ami.

– Oh, si tu pouvais voir la tête que tu fais, mon vieux ! s'était exclamé Laurence. (Puis, se retournant vers sir Richard, il avait ajouté :) Vous pouvez constater, sir Richard, que Julian se méfie de mes divagations mystiques. Elles ont tendance à l'horripiler.

– Mystiques, dites-vous ? Alors vos questions étaient sérieuses ? Ce n'étaient pas des énigmes ?

Ravenser avait beau s'avouer déçu, il n'en entendait pas moins creuser un sujet qui l'intriguait au plus haut point. Fâcheusement, Julian était venu se joindre à eux et avait tout de suite pris le contrôle de la situation.

– Je vais le raccompagner chez lui, sir Richard, ou il risque de se ridiculiser avec d'autres énigmes. Il a dû abuser de votre excellent vin. Ça ne lui réussit jamais.

Et, si Laurence l'avait suivi sans émettre la moindre protestation, comme si la chose allait de soi, Matilda de Warrene avait paru aussi perturbée par l'incident que Ravenser lui-même.

Revenu au temps présent, il saisit sa coupe pour finir de la vider. Il était affligé à la pensée que les deux Warrene s'en étaient allés ; il n'arrivait pas à s'habituer à l'idée qu'il ne les reverrait plus avant d'aller les rejoindre. Et qui pouvait dire quand cela se produirait ? Est-ce que Dieu prévoyait de lui laisser le temps d'accéder à l'une des hautes fonctions que son oncle lui conseillait de guigner ? Gardien du Sceau ? Lord Chancelier ? Archevêque ? Ou ses fonctions actuelles représentaient-elles le summum de ce qu'il pouvait espérer dans la vie ? Sans compter que la reine étant en train de mourir et le roi charmé par sa maîtresse, la charge de Receveur de la Reine n'allait pas tarder à lui échapper.

Ravenser se leva pour remplir sa coupe. Ce faisant, il lui revint en mémoire que sa dernière partie d'échecs avec Laurence avait été interrompue, Matilda ayant éprouvé un malaise. Il se dirigea alors machinalement vers la table, placée dans un coin de la pièce, sur laquelle trônait son échiquier. Si seulement personne n'avait déplacé les pions ! Il fut très ennuyé de constater que l'échiquier ne s'y trouvait pas. Ah, ces maudits domestiques ! Il ne devrait pas oublier de dire à Douglas de leur interdire de changer les objets de place quand ils faisaient le ménage. Où pouvait bien être passé son jeu d'échecs ? Ravenser regarda partout dans le parloir sans le trouver. Et ses recherches lui permirent de remarquer l'absence d'une paire de flambeaux d'argent massif qui se trouvaient d'habitude sur la commode installée près de la porte. Pour quelle raison trouvait-il d'excellents serviteurs à Beverley et pas à York ? Était-ce dû à l'environnement hospitalier ? Est-ce que les valets avaient peur de se trouver en contact avec des malades ?

Quelle qu'en soit la raison, les domestiques à son service devaient recevoir une meilleure formation. Il fit appeler Douglas qui arriva rapidement, les épaules voûtées selon son habitude ; il donnait l'impression de chercher à dissimuler sa bedaine qu'une robe trop droite mettait par ailleurs en valeur.

Mis au courant, il fronça les sourcils d'un air désolé en regardant le plateau vide de la table.

– Je vais rassembler les domestiques pour leur faire la leçon, sir Richard. Vous pouvez compter sur moi.

– Parfait. En attendant, essaye donc de me trouver l'échiquier et les flambeaux.

Sans rien ajouter, Douglas salua Ravenser et se dirigea vers la porte. Ce dernier remarqua alors qu'il était en possession des livres de comptes.

– Attends un instant, Douglas. Tu en as terminé avec Cuthbert ? Alors ?

Quand son secrétaire se retourna vers lui, il avait le visage sombre.

– C'est bien pire que ce que nous imaginions, sir Richard.

– Par le sang du Christ ! Comment est-ce possible ? Laisse les livres ici, je te prie.

Douglas parut hésiter.

– Mais votre migraine, sir Richard ?

– Ma migraine devra s'en accommoder. Va maintenant. Trouve-moi l'échiquier et les flambeaux.

Après avoir déposé les registres qu'il tenait sous le bras sur la table accolée au fauteuil favori du maître de St Leonard, Douglas quitta la pièce.

Ravenser reprit sa place et tenta de calmer l'agitation de son esprit en vérifiant attentivement les comptes sans en sauter une ligne. Et nul doute qu'il finit par s'endormir, parce qu'il se réveilla en sursaut et vit Douglas penché sur lui. Il aperçut également un serviteur qui se tenait à quelques pas derrière lui.

– Qu'y a-t-il ? demanda sèchement Ravenser en essayant de rassembler ses idées.

– Les domestiques jurent qu'ils n'ont pas touché les objets qui ont disparu de votre parloir, sir Richard. Malheureusement, pas un seul d'entre eux n'arrive à se rappeler quand il les a vus pour la dernière fois.

Ah, oui. L'échiquier et les flambeaux d'argent. Maintenant Ravenser se rappelait. Il regarda le serviteur qui se tenait devant lui l'air tout penaud.

– Qui fait le ménage dans cette salle ?

– C'est moi la plupart du temps, Milord. Mais il peut arriver que ça soit Mary, précisa l'homme qui regardait le bout de ses pieds.

– Et vous n'avez pas remarqué l'absence de l'échiquier et des flambeaux ?

– Allons, Peter, l'encouragea Douglas d'une voix aimable. Montre à sir Richard ce que tu as trouvé.

– Je..., dit-il en manquant s'étrangler. (Après avoir toussé pour s'éclaircir la voix, il reprit :) J'ai fini par m'en apercevoir, Milord, parce que j'ai trouvé ce truc. (Il tendit une tour couleur ocre à Ravenser.) Ç'avait chu derrière la commode où c'que c'était resté coincé. C'est là que j'ai vu ce qui manquait, Milord. Mais j'ai rien retrouvé en fouillant toute la maison.

Ravenser prit la tour d'ivoire qu'il regarda pensivement.

– Cette histoire ne me plaît pas du tout, commenta-t-il.

– P'têtre ben qui z'ont été volés aussi, Milord. Comme le reste.

Le visage du dénommé Peter s'était crispé de dégoût en prononçant le mot « volés ».

Ravenser, lui, avait surtout noté son « comme le reste ». Ainsi les domestiques étaient au courant des autres vols. C'était à prévoir. Et il était impossible de compter sur leur discrétion.

– Tu peux disposer, Peter.

Après qu'il eut refermé la porte sur lui, sans perdre davantage de temps, Ravenser dicta à Douglas la requête qu'il souhaitait adresser à son oncle l'archevêque Thoresby.

– Le capitaine Archer, sir Richard ? Celui qui vous a aidé avec Dame Joanna Calverley[1] ?

– Lui-même. Envoie Topas à Bishopthorpe avec ce mémorandum. Et n'oublie surtout pas de lui dire d'attendre la réponse.

10

La supplique d'Alisoun

John Ffulford le boiteux avait décidé d'interrompre ses recherches pour retrouver sa nièce Alisoun. Il s'était écoulé une semaine depuis que le prêtre était venu lui rendre visite et, malgré tous ses efforts, John n'avait pas retrouvé la trace de la gamine. Elle s'était débrouillée pour s'esquiver avec

1. Voir *Le Dit de la nonne*.

sa jument avant qu'il ait eu le temps d'arriver à la ferme de feu son frère. Qui pouvait savoir où elle était partie ? Toutefois, elle avait abandonné la carriole derrière elle, ainsi que deux ou trois bricoles qui feraient certainement plaisir à sa femme. Alors ce matin, il était revenu avec son âne pour emporter le tout jusqu'à sa propre maison.

Et qui avait-il trouvé dans la grange ? Alisoun elle-même, en train de soigner une blessure que sa rossinante venait de se faire au garrot. Comment ne pas en conclure que Dieu lui en voulait ?

Maintenant, la fillette se tenait devant la carriole, bras croisés et yeux baissés. À la voir ainsi, les pieds nus, la robe en lambeaux, les cheveux emmêlés de brindilles, elle faisait irrésistiblement penser à un petit animal sauvage.

John le boiteux hocha pensivement la tête.

– Dieu me pardonne, mais si t'étais pas la fille de mon frère et tout ce qui me reste de ma famille, je t'abandonnerais ici, sale petite cabocharde. Depuis une semaine, tu nous fais tourner en bourrique, voilà quoi ! (Il jeta le sac rempli de vêtements et autres affiquets dans la carriole, puis attrapa sa nièce par l'épaule.) Allez, grimpe ou tu vas avoir affaire à moi, petit démon.

Ça, on pouvait pas dire, elle était exactement comme sa mère. Judith, l'épouse de son frère Duncan, avait toujours été une femme maussade et secrète. D'ailleurs, il avait entendu Duncan s'en plaindre plus souvent qu'à son tour. Il avait peur de la voir fourrer d'étranges idées dans le crâne de ses enfants – comme quoi ils méritaient mieux que leur sort actuel et qu'un jour ils pourraient mener la grande vie. Mais pour l'instant, le problème le plus urgent serait de parvenir à faire accepter à sa femme la présence de cette morveuse. Quand le prêtre était venu leur annoncer que toute la famille était morte sauf Alisoun, en leur disant qu'ils devaient faire quelque chose pour elle, Colet l'avait bien admis, mais elle ne se faisait tout de même pas à l'idée de leur nièce vivant avec eux.

– Comment a-t-elle pu être la seule à survivre, hein, mon mari ? En signant un pacte avec le diable, voilà comment. Elle lui a sacrifié la vie de tous les autres pour épargner la sienne. Et je te garantis qu'elle va faire la même chose avec nous.

Typique de la famille de Colet de mettre le diable à toutes les sauces. John lui avait demandé sa coopération au nom de Dieu.

Mais il lui fallait bien reconnaître que la gosse n'était pas facile.

– Ma jument ! lui rappela-t-elle.

– On enverra Rich la chercher le plus tôt possible. Elle a tout ce qu'il lui faut pour se nourrir. (Au milieu de son visage sale à l'air buté, les yeux d'Alisoun exprimaient toute la tristesse du monde.) Montre-toi raisonnable, petite. Personne n'a envie que cette jument crève. Elle a encore trop de valeur.

– Pourquoi tu l'attaches pas derrière la carriole ?

– Parce qu'elle est blessée et qu'elle nous retarderait. Et j'ai pas de temps à perdre. J'ai beaucoup trop de travail à terminer dans les champs. Ça fait sept jours que tu me retardes avec tes manigances, polissonne.

– Je pourrai t'aider.

– Tu m'aurais aidé davantage en venant chez nous

toute seule, au lieu de te cacher. Et maintenant tu continues à me casser les pieds avec ta jument. Imagine qu'elle s'échappe. Je pourrai jamais la rattraper, avec ma mauvaise jambe.

– Moi j'en suis capable, insista Alisoun.

– J'ai dit non. Et non, c'est non.

– Alors je vais attendre Rich ici, avec elle.

– Pas question que je te laisse dans cette grange toute seule une nuit de plus.

– Quelqu'un va la voler.

– Quoi ? Voler une haridelle dans une ferme où la famille est morte de la peste ? Non, Alisoun. Les gens auraient bien trop peur. Sans compter qu'ils ont sûrement tout aussi peur de toi. Bon, écoute, tu dois te forcer à faire meilleure figure ou ta tante va me maudire.

– Alors, laisse-moi donc chez moi.

– Mais enfin, regarde toi ! T'as que la peau et les os. T'as besoin de manger.

– Je mange.

– Pas assez.

– Qui peut manger assez ?

– Ah, tu vois bien que tu as eu faim. Allons, viens maintenant ! Rich viendra récupérer ta précieuse jument dans un jour ou deux.

– Ou deux ?

– Demain, c'est promis.

– Dieu te punira si c'est pas vrai.

John le boiteux fronça les sourcils. Elle était tellement petite et pourtant si déterminée à imposer sa volonté. Et par-dessus le marché, elle était persuadée que Dieu était de son côté.

– Tu crois ça ? Est-ce que Dieu réalise tous tes souhaits ?

Elle laissa tomber sa tête en avant et ses épaules osseuses se soulevèrent. Une larme se fraya un chemin à travers la crasse qui lui maculait le visage, laissant un mince sillon pâle.

– Non, hein, mon enfant ? ajouta son oncle d'une voix plus douce. Au contraire, Il t'a envoyé une dure épreuve. Viens, laisse Colet et John le boiteux te donner à manger et t'accueillir chez eux.

Alisoun releva la tête et croisa son regard. Le menton pointé en avant, elle demanda :

– Demain, hein ? Il viendra demain ?

– Oui, Alisoun, demain.

– Tu le jures ?

– Je le jure.

Ravenser traversa la cour de l'infirmerie. Il souhaitait présenter ses condoléances à Julian Taverner et tâcher de lui faire comprendre que mieux valait se montrer discret sur ce qui lui était arrivé pour ne pas gêner l'enquête. La matinée était restée fraîche malgré la dissipation du brouillard, et les nuages qu'il voyait se rassembler au nord promettaient de la pluie. Pluie qui serait une véritable bénédiction : elle empêcherait la poussière de voltiger et dissiperait – du moins Ravenser l'espérait-il – certaines vapeurs pestilentielles.

En passant devant les débris carbonisés de la maison des Warrene, il s'arrêta un moment pour penser à eux. Matilda, d'apparence toujours si calme et qui ne semblait jamais aussi heureuse que dans son jardin. Laurence, qui se conduisait en mari empressé, lui rappelant de se vêtir chaudement, la pressant de manger davantage. Ravenser se demanda s'ils se comportaient déjà de cette façon au début de leur mariage. Il se rendit de nouveau dans le jardin dévasté. Il y remarqua un rang de carottes parfaitement droit, dont les feuilles légères dansaient dans la brise. Tout n'était donc pas perdu. Il allait demander à Douglas de trouver quelqu'un pour cultiver ce jardin. Il pourrait ainsi fournir des légumes frais aux cuisines tout en constituant un mémorial idéal pour une si aimable femme.

Une fois arrivé à l'infirmerie, Ravenser trouva Julian Taverner assis dans son lit en train de contempler le mur opposé d'un air renfrogné. Son épaisse chevelure blanche lui encadrait le visage comme une pâle crinière de lion. Une crinière bizarrement taillée, à dire vrai. Le neveu de l'archevêque comprit tout de suite que ses cheveux avaient dû souffrir du feu d'un côté de sa tête, et qu'on en avait coupé les mèches abîmées. Sur son front et son menton, des cicatrices en voie de guérison traçaient néanmoins de belles balafres ; et un épais pansement protégeait la blessure qu'il avait derrière la tête. Ses mains emmaillotées paraissaient assez cocasses, mais une chose était certaine : Julian n'avait pas l'intention de jouer les victimes. Dans son visage ridé, ses yeux lançaient des éclairs.

– Qu'est-ce qui vous tourmente, Maître Taverner ? demanda aimablement Ravenser. Avez-vous à vous plaindre des soins que vous recevez ici ?

Les yeux furieux se tournèrent vers lui, mais le regard s'adoucit immédiatement.

– Sir Richard (Julian se pencha en avant et indiqua

le tabouret placé contre la cloison), je vous en prie, asseyez-vous, dit-il de sa grosse voix. Dieu vous bénisse d'être venu !

Ravenser approcha le tabouret du lit.

– Non, continua Julian, je n'ai pas à me plaindre des soins que je reçois ici.

– Mais vous aviez l'air tellement en colère quand je suis arrivé.

– C'était pour rien.

– Allons, dites-moi de quoi il s'agissait.

Le vieil homme parut hésiter.

– Oh ! je fais toujours une montagne de rien, vous savez bien.

– Vous avez légué vos possessions à St Leonard en échange de leurs soins ; alors vous avez le droit d'exprimer ce qui vous tourmente.

Les yeux de Julian s'adoucirent davantage.

– C'est la toux perpétuelle de Maîtresse Catherine qui me gêne. Vous l'entendez ?

Ravenser l'avait en effet remarquée dès son arrivée.

– Je suppose qu'elle vous empêche de dormir ?

– J'ai juste demandé si on ne pouvait pas l'installer ailleurs. Ou moi. C'était une simple requête, rien d'autre. Et pourtant, don Cuthbert a réagi comme si je demandais qu'on me serve mes repas dans de la vaisselle d'or, avec des danseuses pour me distraire pendant que je mangerais.

Ravenser ne voulait pas se laisser entraîner sur cette pente.

– En ce moment, vous savez bien que tout le monde est surmené à l'hôpital, déclara-t-il pour l'apaiser. Alors vous devez pardonner les éventuels accès de mauvaise humeur. Mais je vous promets de voir ce qui peut être fait.

– Je vous en serais très reconnaissant, sir Richard.

Ravenser examina ses pansements, qu'il trouva parfaitement propres.

– Et pour le reste, vous êtes satisfait ?

– Oui-da.

Grâce au ciel, ses doléances se résumaient à pas grand-chose.

– J'ai beaucoup pensé à Laurence, depuis que j'ai été informé de son décès. Il va me manquer.

Julian détourna rapidement son regard.

– Çà ! Il y a personne pour remplacer Laurence, grommela-t-il en essayant de masquer son émotion.

– Et le pauvre s'en est allé si peu de temps après le décès de Matilda. Vraiment, vous venez de passer par de bien dures épreuves.

Julian ne fit aucun commentaire.

– Je devrais tenter de vous remonter le moral, poursuivit Ravenser.

Mais en vérité, il ne lui venait rien à l'esprit qui fût susceptible d'égayer son vis-à-vis. Heureusement, Julian finit par rompre le silence embarrassant qui s'était installé entre eux :

– J'ai une requête à vous soumettre, sir Richard. En ces temps difficiles pour moi, ma nièce a su se montrer attentionnée et efficace. Alors je voudrais changer mon testament. Est-ce que votre secrétaire pourrait m'y aider ?

Un testament ? Il possédait donc d'autres biens que ceux qu'il avait vendus en viager à l'hôpital ? Ravenser ne put s'empêcher de se demander si St Leonard figurait en bonne place dans ce testament...

– Bien sûr. Je me ferai un plaisir de vous envoyer Douglas. Est-ce que je connais votre nièce ?

– Bess Merchet. Son mari et elle sont les propriétaires de la York Tavern.

Ravenser fut obligé de fermer les yeux pour dissimuler sa consternation. Bess Merchet ! Comment avait-il pu oublier, ne fût-ce qu'un bref instant, cette femme qui fourrait son nez dans toutes les affaires de la cité ?

– C'est ma nièce qui a réussi à convaincre don Cuthbert et don Erkenwald d'examiner Laurence avant qu'on le mette en terre. Elle voulait leur faire constater la blessure qu'il avait derrière la tête. Je suis certain que c'est ça qui l'a tué et non pas le feu.

En lui présentant son rapport, Cuthbert n'avait pas mentionné Bess Merchet.

– Je suppose que je peux faire confiance à Maîtresse Merchet pour ne parler de cette blessure à quiconque ?

Comme mû par un ressort, Julian redressa brusquement la tête.

– Elle est la première à savoir qu'il faut se montrer discret pendant une investigation, sir Richard. C'est une femme très maligne, ma nièce.

– Vous n'avez aucun soupçon sur la personne qui a pu vous attaquer ?

Maître Taverner dévisagea longuement Ravenser.

– Ça s'est passé beaucoup trop vite.

– Oui, évidemment. (Ravenser fit une pause. Il essayait de trouver un sujet de conversation moins épineux.) J'étais en train de penser à nos parties d'échecs, finit-il par dire. C'était un habile stratège,

Laurence. Et prudent, avec ça. Je me rappelle l'énigme qu'il m'a posée, un soir...

Les sourcils de Julian se rejoignirent et son front se plissa.

– Quelle énigme ?

– Il se demandait si on pouvait commettre un péché sans le vouloir, surtout si personne d'autre que le coupable n'allait en souffrir. Alors vous l'avez emmené quasiment de force, en disant qu'il allait se ridiculiser avec ses énigmes. (Les yeux de Julian se rivèrent à ceux de Ravenser avec une intensité que ce dernier trouva particulièrement incommodante.) Vous vous en souvenez ?

Le vieil homme acquiesça d'un signe de tête.

– Avez-vous raconté cette histoire à quelqu'un d'autre ici, à l'hôpital ?

Que croyait-il donc ? Que lui, Ravenser, était une pie bavarde, à l'image de sa nièce ?

– Non, répondit-il. À vrai dire, je n'en ai jamais eu l'occasion. Mais pourquoi ne devrais-je pas en parler ?

Julian se laissa aller en arrière sur ses oreillers et pressa une main bandée sur son front.

– Tout simplement parce que ça ne présente aucun intérêt, sir Richard.

Un bruit léger à l'entrée poussa Ravenser à tourner la tête. Une grande et belle femme venait d'apparaître, chargée d'un plateau d'onguents et de bandages.

– Dieu soit avec vous, sir, dit-elle d'une voix sourde.

Elle avait beau porter la robe sombre et dépouillée d'une sœur laie, accompagnée d'une guimpe empesée, elle retenait l'attention. Ravenser fouilla sa mémoire. Ah, oui, Anneys. La veuve.

– Est-ce que je vous gêne ? demanda-t-il.

– Excusez-moi, sir, mais l'heure est venue de changer les pansements de Maître Taverner.

– Où est passée Honoria ? voulut savoir ce dernier. C'est la deuxième journée qu'elle ne vient pas me voir.

Anneys baissa la tête comme si elle ne savait quoi répondre.

– Elle est retenue ailleurs, déclara le maître de l'hôpital.

Anneys lui jeta un coup d'œil reconnaissant. Avant de se retirer, Ravenser lui demanda d'envoyer quérir Douglas, dès que Maître Taverner serait prêt à le recevoir.

Au-dehors, plus la matinée avançait et plus le temps devenait brumeux. Ravenser leva le visage vers le ciel pour profiter de la fraîcheur. Il entendit une cloche sonner le glas quelque part dans la cité. Le maître de St Leonard inclina immédiatement la tête afin de dire une prière pour une autre victime de la peste. Puis, repensant à Laurence de Warrene, il fut obligé de songer que, même en période d'épidémie, il était toujours possible de mourir d'autre chose.

Il traversa lentement la cour, remarquant au passage les piteux rafistolages effectués sur les murs qui l'entouraient, ainsi que les trous dangereux qui s'étaient creusés dans le sol meuble. Dans l'un d'eux, rempli d'eau, il vit même un rat en train de s'ébattre joyeusement. Ravenser était consterné de constater l'état dans lequel se trouvait maintenant son hôpital.

Sa situation financière catastrophique ne pouvait pas en être la seule cause.

Des cheveux cuivrés débordant d'un bonnet empesé garni de rubans attirèrent soudain son regard. Il reconnut Bess Merchet en train de bavarder avec une des sœurs laies. Elle venait très probablement rendre visite à son oncle. Fort curieux de savoir ce que les deux femmes pouvaient avoir à se dire, il s'approcha d'elles.

– Maîtresse Merchet ! s'exclama-t-il d'un ton jovial. Dieu vous garde toutes les deux.

La sœur laie baissa timidement les yeux et murmura les salutations de rigueur. Bess le regarda franchement.

– Dieu vous protège, sir Richard. Je suis heureuse de vous voir. J'avais justement besoin de m'entretenir avec vous.

Ravenser balaya la cour d'un geste de la main.

– Ici, si cela vous convient.

– Oh ! je voulais pas dire aujourd'hui, non, une autre fois. Et dans un endroit plus discret. (Elle regarda la sœur laie.) Ne vous sentez pas visée, mais il y a trop de gens qui s'agitent dans le coin.

Ravenser se persuada qu'elle voulait se plaindre des soins accordés à son oncle. Et il tomba d'accord avec elle. Il n'avait soudain aucune envie qu'elle lui inflige ses jérémiades en public.

– Venez donc me rendre visite chez moi quand vous serez disposée à me parler, conclut-il.

Sur ces paroles, il bénit les deux femmes et se dirigea vers sa maison. Il espérait qu'un linge mouillé appliqué sur son front suffirait à combattre le mal de tête qui n'était pas entièrement parti. Il avait bien trop à faire pour pouvoir penser à se reposer.

Il avait presque atteint sa porte quand don Cuthbert lui barra la route.

– Sir Richard, pouvez-vous m'accorder un instant ?

Voilà une rencontre opportune, pensa le maître de l'hôpital.

– J'ai cru comprendre que Julian Taverner avait demandé à être installé ailleurs, rétorqua-t-il.

Le petit chanoine se dressa sur ses ergots.

– Il a osé vous faire appeler ?

– Non, c'est moi qui ai décidé d'aller le voir et j'ai tenu à savoir pourquoi il faisait si grise mine. Est-il donc si difficile d'accéder à sa demande ?

– L'infirmerie est surpeuplée, sir Richard, et cela risque d'empirer.

– Alors, il suffit de le lui expliquer avec courtoisie, Cuthbert.

– J'ai cherché une solution et je crois avoir trouvé. Une solution qui satisfera tout le monde. Il n'entendra plus trop de bruit et les autres sœurs laies arrêteront de se plaindre que Honoria et Anneys lui consacrent trop de temps.

– C'est quoi, votre solution ?

– Laisser Taverner regagner sa maison. Sa nièce vient s'occuper de lui tous les jours, il serait mieux chez lui.

– Elle vient ici tous les jours ?

L'économe se hérissa.

– Elle croit que nos remèdes sont de qualité médiocre et que la nourriture que nous offrons ne permet pas de recouvrer la santé. (Il renifla dédaigneusement.) C'est bien simple, elle a réussi à détruire l'harmonie qui régnait dans l'infirmerie.

– Vous êtes certain que l'état actuel de Julian Taverner lui permettrait de rester seul ?

– Son état est assez bon pour lui permettre de se plaindre sans arrêt.

Pourquoi donc Cuthbert jugeait-il bon de donner autant d'importance à un incident aussi banal ?

– Eh bien, s'il est d'accord, laissez-le donc rentrer chez lui. Il a un domestique, n'est-ce pas ?

– Bien sûr.

– Alors dites à ce domestique d'appeler une sœur laie au moindre problème. Anneys par exemple. Elle me donne l'impression d'être très compétente.

– Anneys, sir Richard ? Mais elle est notre meilleure...

– Vous m'avez entendu, le coupa sèchement Ravenser. Je veux que Julian Taverner pense qu'on fait le maximum pour lui.

Cuthbert acquiesça à contrecœur avant d'ajouter :

– Je souhaitais vous entretenir de Maîtresse Staines.

– Pour quelle raison ?

– Elle a demandé à parler à Maître Taverner.

– À quelle fin ?

– Elle refuse de le dire.

– Je me demande bien ce qu'il peut y avoir entre ces deux-là.

– Elle a naguère travaillé pour lui, sir Richard. Elle veut peut-être simplement lui demander un conseil.

Ravenser parut réfléchir.

– Installez cette femme dans la pièce qui possède

une fenêtre. Elle ressemble moins à une cellule de prison.

– Très bien, sir Richard.

– Et laissez Maîtresse Staines s'occuper à son travail quotidien pendant la journée. Elle ne retournera en prison que le soir pour y dormir. En observant ses allées et venues, nous apprendrons sans doute quelque chose.

Le visage fermé de Cuthbert exprimait une vive désapprobation. Il s'inclina tout de même devant le maître de l'hôpital après avoir fourré ses mains dans ses manches.

– Il sera fait comme vous le souhaitez, sir Richard.

– J'ose l'espérer, rétorqua sèchement ce dernier. Et maintenant, je vous prie de me laisser en paix.

Sur ces paroles, Ravenser battit en retraite dans l'agréable pénombre de sa demeure. Son pas était devenu soudain plus vif. C'est qu'il était plutôt fier de l'inspiration qu'il avait eue pour tenter de briser le silence défensif de Honoria de Staines.

11

Les pierres de Sherburne

Alisoun et sa tante Colet se tournaient autour avec méfiance ; chacune prenant le plus grand soin de ne jamais tourner le dos à l'autre.

– Comment t'es-tu débrouillée pour en réchapper,

hein ? avait demandé sa tante, en laissant tout juste à la gamine le temps de descendre de la carriole.

Alisoun se retourna vers son oncle.

– Je t'avais bien dit que j'aurais dû rester à la ferme. C'est clair qu'elle veut pas de moi ici, non ?

– T'as pas intérêt à me tourner le dos quand je te cause ! lança Colet d'une voix tonitruante.

John le Boiteux poussa sa nièce devant lui.

– Allons, petite, présente tes respects à ta tante.

Elle s'avança donc en traînant les pieds vers la femme blonde et corpulente dont les cils et les sourcils étaient si pâles qu'ils paraissaient transparents et lui laissaient le visage nu. Elle avait de grandes dents qui avançaient, et ses rares sourires se transformaient rapidement en rictus. Alisoun la trouvait franchement repoussante. Elle fit donc vœu sur-le-champ de ne pas prononcer une seule parole tant qu'elle serait dans la maison de sa tante.

Au bout de trois jours, Colet avait l'impression de devenir folle.

– Pas question que je supporte une telle impertinence chez moi !

– Qu'as-tu à te plaindre, femme ? Elle t'obéit en tout.

– Sauf qu'elle ouvre pas le bec. Comment je peux deviner ce qu'elle a dans la caboche ?

– De toute façon, ça te plairait sûrement pas, ce qu'elle a dans la caboche.

– C'est l'œuvre du Malin, que je te dis. Aucune enfant normale ne pourrait se taire aussi longtemps. Et cet arc, hein ? Qui lui a appris à s'en servir ?

– Mon frère Duncan. Une drôle d'idée, pour ça je suis d'accord avec toi.

– Tu vas me faire le plaisir de lui confisquer ce machin.

– S'il lui prend l'envie de nous viser, c'est ce que je ferai, femme. Mais pas avant.

– Tu veux que je te dise ? T'es pas seulement un mari boiteux, t'es un faible.

– Et surtout un fieffé imbécile de m'être marié avec une mégère comme toi.

Assise sur un banc placé près de la porte, Alisoun les écoutait se disputer. Elle était censée surveiller ses deux jeunes cousines tout en touillant une mixture répugnante – à base de miel, d'avoine et de lait – qui était censée préserver le teint de lys de sa tante. Dire que Colet avait osé médire des soi-disant grands airs de la mère d'Alisoun ! Quand avait-on vu une femme de fermier se préparer de tels emplâtres pour conserver une peau blanche et douce ? Est-ce qu'elle pensait être un jour présentée à la cour ? Et le pire, c'est que tandis qu'elle demeurait allongée tout l'après-midi avec ce mélange sur le visage, son infortunée nièce devait rester à l'éventer pour chasser les mouches attirées par le miel.

Ses jeunes cousines, qui venaient de s'empoigner par les cheveux, se mirent à hurler. Alisoun posa le bol pour aller les séparer. Une douleur vive lui traversa le bras droit et elle constata que sa main s'était engourdie à force de malaxer l'affreuse bouillie qui s'épaississait de plus en plus. Elle se dit intérieurement que personne ne pouvait blâmer ces enfants de se battre. Elles transpiraient à jouer au soleil et la chaleur les rendait irritables. Alisoun elle-même, pourtant un peu protégée par l'ombre que lui dispensait un arbre chétif, se sentait la tête vide à cause de la canicule. Et la senteur douceâtre qui s'élevait de la concoction de sa tante lui soulevait l'estomac. Elle ramena les deux fillettes vers la maison et leur permit de tremper un doigt dans l'infecte préparation pour le sucer. De quoi les occuper un petit moment.

Alisoun se réinstalla sur le banc, mit sa main en visière pour se protéger du soleil et regarda au loin. Mais aucun nuage de poussière n'annonçait l'arrivée de son cousin. Il y avait déjà trois jours que son oncle l'avait ramenée ici, et pourtant, Rich n'avait pas encore donné signe de vie. Ce matin-là, John le Boiteux avait perçu son anxiété en la voyant jeter des coups d'œil furtifs vers la porte, et il lui avait promis que son fils allait rentrer du marché le jour même. Il avait été retardé, mais serait là vers le milieu de la matinée et partirait immédiatement récupérer sa jument. Il était plus de midi et elle ne voyait toujours rien venir. En outre, Alisoun avait du mal à croire qu'à peine arrivé, le garçon accepterait de faire demi-tour pour aller chercher la pauvre bête dans sa ferme.

Elle décida donc de s'esquiver dès le coucher du soleil. Ce serait facile, car on lui avait préparé un lit de fortune dans un bâtiment annexe. Personne ne s'apercevrait de son absence avant le lendemain matin.

Sur la route de Bishopthorpe, Alfred, l'un des membres de la garde de l'archevêque, essayait de remédier au silence morose de son capitaine en jacassant comme une pie. Et il n'avait rien trouvé de mieux, comme sujet de conversation, que de psalmodier les noms des victimes de la peste à York, en y ajoutant ceux des moribonds qui n'en avaient plus pour longtemps. Owen ne l'écouta pas assez longtemps pour en être perturbé. Il savait que le dénommé Alfred s'inquiétait beaucoup d'un prurit apparu sous son bras et qui, selon lui, annonçait le pire. C'était d'autant plus inéluctable – toujours d'après lui – que, la nuit précédant l'apparition de ce prurit, il avait vu une étoile tomber du ciel ; comment ne pas croire ensuite que son sort était scellé ? Étant donné les faits, Owen pensait qu'il valait mieux le laisser fabuler si cela pouvait lui apaiser l'esprit – même s'il lui était difficile de comprendre en quoi parler de la peste et de ses victimes pouvait lui apaiser l'esprit.

Après qu'ils eurent franchi les portes de Bishopthorpe, Alfred pointa le doigt vers une silhouette qui se tenait près de la porte d'entrée du grand hall.

– Le frère Michaelo. Dehors dans la cour ? Assis au soleil ? Ça lui ressemble vraiment pas !

Le secrétaire de l'archevêque n'avait pas la réputation d'aimer le grand air. Alors que des palefreniers aidaient Owen et son compagnon de route à descendre de cheval, le frère Michaelo se leva et s'approcha d'eux. Son visage d'ordinaire impassible était le masque même du chagrin.

– *Benedicte*, frère Michaelo, dit Owen. J'espère que tout le monde est en bonne santé dans cette maison.

– *Benedicte*, capitaine Archer, Alfred. (En prononçant ces paroles de bienvenue, le moine s'inclina devant chacun d'eux à tour de rôle.) Je suis désolé d'avoir à vous apprendre que la mort est venue frapper ici. La peste a emporté la plus jeune fille de Maeve, la cuisinière.

Alfred se signa et se mit à toussoter nerveusement.

– Que Dieu lui accorde le repos éternel ! murmura Owen. Et tous les autres membres de la maisonnée vont bien ?

Il n'était pas d'humeur à s'attarder sur la mort d'une enfant. Kate, leur bonne, avait été prévenue le matin même du décès de son petit frère, et le chagrin de la pauvre fille l'avait complètement démoralisé. La sœur de Kate, Tildy, qui se trouvait à Freythorpe Hadden avec Gwenllian et Hugh, n'était pas encore au courant de la triste nouvelle.

– Jusqu'à aujourd'hui, Dieu n'a rappelé personne d'autre à Lui, déclara sentencieusement le frère Michaelo. Mais deux des enfants du jardinier sont également atteints. (Il se signa dévotement.) Monseigneur espère que vous saurez concocter quelque chose, avec les produits que nous avons ici en réserve, pour apaiser Maeve. Elle refuse de laisser quiconque la consoler.

– Quelques gobelets du brandy de Monseigneur devraient suffire. En ajoutant un peu de mélisse officinale pour son cœur. Et si vous avez aussi des racines de valériane, n'hésitez pas, cela la fera dormir. Rien de meilleur que le sommeil pour lutter contre le chagrin.

Michaelo regarda le sachet qu'Alfred se tenait sous le nez.

– Je vois que vous préférez les herbes. Ici, nous utilisons des boules d'ambre gris. Qu'est-ce que vous recommandez de préférence, capitaine ?

Même en proie à la tristesse, Michaelo continuait à être obsédé par sa petite santé. Pour une fois, Owen n'avait pas envie de s'en moquer.

– Honnêtement, je ne peux recommander ni l'un ni l'autre, frère Michaelo. Nous nous inquiétons quand nous nous trouvons parmi la foule... Mais à Bishopthorpe, au milieu de quelle foule s'est donc trouvée la petite fille de Maeve, hein ?

– Elle l'a emmenée avec elle à York, quand elle est allée récupérer certaines choses dans le palais de l'archevêque, précisa le moine, le visage sombre. Et elle en a profité pour la conduire à la messe à la cathédrale.

Machinalement, Alfred porta la main à son aisselle. À York, en tant que garde de l'archevêque, il était logé dans le casernement proche du palais.

Owen s'en voulait de s'être laissé entraîner dans cette conversation qui ne menait nulle part.

– Vous avez quitté York il y a déjà longtemps, frère Michaelo. Il n'y a plus aucune foule autour du palais ni autour de la cathédrale. Les gens ont plutôt tendance à s'enfermer chez eux, croyez-moi. Voudriez-vous informer Monseigneur que nous sommes arrivés ?

Avant de répondre, le moine scruta Owen pendant un bon moment.

– Vous avez l'air en bonne forme. (Puis il regarda Alfred.) Mais toi, tu m'as tout l'air d'avoir un problème. J'espère que tu n'apportes pas la peste à Bishopthorpe.

– Au nom du ciel ! Elle est déjà ici, la peste, grommela Owen. Alfred a une banale démangeaison causée par la chaleur. Et, puisque vous êtes si fasciné par la santé des autres, je vous précise que Maîtresse Wilton lui a donné une lotion pour l'apaiser.

Il était facile de lire dans le regard du frère

Michaelo qu'il ne croyait pas un seul mot de l'explication du capitaine. Et le malheureux Alfred pas davantage, bien sûr. Mais le secrétaire de l'archevêque renifla dédaigneusement et les fit entrer dans la maison.

Thoresby reçut Owen dans son parloir – habituellement une salle agréable et fraîche en été, grâce à ses fenêtres qui restaient ouvertes sur le jardin qui donnait lui-même sur la rivière. Mais aujourd'hui, la pièce était soigneusement calfeutrée, et son atmosphère rendue encore plus lourde par un brasero où se consumait du romarin. Ambre gris, romarin : de toute évidence, l'archevêque ne comptait pas uniquement sur ses prières pour le protéger de la peste. Le capitaine le trouva penché sur des documents. Au cours de l'année qui venait de s'écouler, ses cheveux avaient pris une teinte poussiéreuse. Quand il releva la tête pour adresser un petit signe à Owen, ce dernier remarqua les yeux, encore plus profondément enfoncés au creux des orbites, et les lèvres pincées.

– *Benedicte*, Archer.

Après l'avoir salué aussi laconiquement, Thoresby se replongea dans ses papiers. Owen, qui était habitué de longue date aux façons de faire de l'archevêque, ne s'en offusqua pas.

– *Benedicte*, Monseigneur. J'espère que vous avez été satisfait de l'état dans lequel vous avez retrouvé Bishopthorpe.

– Comme d'habitude.

Il fallait y mettre beaucoup de bonne volonté pour parvenir à se montrer plaisant avec Thoresby.

– Et comment avez-vous trouvé la reine Phillippa, Monseigneur ?

– Au plus mal. Sa fin est proche.

– Puisse Dieu avoir pitié d'elle, dit Owen en se signant.

L'archevêque laissa échapper un grand soupir et indiqua au capitaine de prendre place sur la chaise qui lui faisait face, de l'autre côté de la petite table qui lui servait de bureau.

– Vous avez fait le nécessaire pour Maeve ?

Owen s'installa, croisa les bras et inclina la tête.

– J'ai donné quelques conseils à Michaelo, Monseigneur.

Il jeta un coup d'œil indiscret aux documents qui lui parurent être des requêtes.

– Maeve est une bonne chrétienne, déclara l'archevêque. (Il frappa alors dans ses mains, et un domestique sortit d'un coin obscur de la pièce.) Emporte tous ces plis sur mon bureau. (Tandis que le jeune homme rassemblait les parchemins épars, le prélat poursuivit :) Je prie Dieu pour que les autres enfants de cette pauvre femme ne succombent pas à leur tour. (Il fit signe à son serviteur de leur verser du vin, puis se laissa aller en arrière sur son fauteuil qui avait tout d'un trône et plaça ses bras sur les larges accoudoirs.) Et dans votre famille, Archer, tout le monde se porte bien ?

– Oui, Monseigneur, grâces en soient rendues à Dieu ! Nous avons tous été épargnés jusqu'à présent.

Il n'échappa pas à Owen que les mains du garçon qui servait le vin tremblaient. Il n'en fut point surpris. La peste avait fait son entrée dans le manoir et ses occupants se demandaient qui serait sa prochaine victime.

– Nous avons envoyé les enfants à la campagne, chez le père de Lucie, continua Archer.

Thoresby pris sa coupe en main et parut se perdre dans sa contemplation.

– Je pense que c'est une décision judicieuse, finit-il par dire. Même si le fait d'être à la campagne n'a pas épargné ce manoir. Simon, le jardinier, a deux enfants malades. Qui peut dire s'ils auraient été plus en sécurité à York ? Mais j'utilise si rarement le palais que j'ai en ville qu'il paraissait plus pertinent d'installer Simon ici. Et avec tous ses enfants, il...

Owen regarda vers les volets clos et imagina le magnifique jardin au-delà.

– Le nombre d'enfants n'a rien à voir. La vie de chacun d'eux est précieuse.

– Simon paraît réagir courageusement.

– Les décès se suivent avec une telle rapidité.

– C'est toujours comme cela lors d'une épidémie. (Thoresby tendit sa coupe vers la lumière et continua de l'examiner.) En tant que maître apothicaire, Lucie doit être très occupée.

– Pour sûr ! À chaque nouvelle épidémie de peste, les gens deviennent plus inventifs. Hier, un riche marchand a éparpillé des diamants écrasés tout autour de son lit pour que la mort se coupe les pieds et ne puisse pas s'approcher de lui.

– Et moi qui ai toujours imaginé la mort portant des bottes.

– Moi, je la voyais plutôt en sandales.

L'archevêque avala une grande gorgée de vin.

Owen trouvait cette conversation à bâtons rompus tout à fait déconcertante. Cela ne ressemblait absolument pas au comportement habituel du prélat. À la recherche d'une explication, le capitaine finit par en conclure que l'archevêque retardait le moment de lui annoncer une mauvaise nouvelle. Il était cependant bien forcé de jouer le jeu.

– Et en ce qui vous concerne, Monseigneur, vous vous portez bien ?

– Assez bien, Archer.

Ce n'était absolument pas l'avis du capitaine. Le regard de Thoresby, d'habitude si vif, paraissait éteint.

– Je suis venu au manoir aussi souvent que je l'ai pu, dit Owen qui en avait l'entière responsabilité en l'absence de l'archevêque.

– Je sais que vous avez fait le maximum, Archer, que vous êtes digne de la confiance que je place en vous.

Il accompagna ces paroles d'un sourire, et ses yeux rencontrèrent celui d'Owen. Owen n'avait jamais aimé le sourire de Thoresby.

– Monseigneur, je doute que vous m'ayez convoqué uniquement pour me complimenter à propos de mon travail.

– C'est vrai. Je vais devoir vous charger d'une autre tâche. Vous allez m'accompagner au cours d'un petit périple. (Owen serra fortement les dents.) Jusqu'à mon manoir de Sherburne.

Ce manoir de Sherburne se trouvait au sud de Leeds, à une bonne journée de cheval d'York.

– Pourquoi désirez-vous aller à Sherburne ? demanda Owen.

– Pour y trouver les pierres nécessaires à l'achèvement de la chapelle de la Vierge. La carrière d'ici n'a plus rien à donner.

– Je suis au courant, mais je croyais que Michaelo et le maître maçon en cherchaient une autre.

– Ils n'ont rien trouvé dont la qualité soit suffisante.

– Et il y a une carrière dans le domaine de Sherburne ?

Les yeux de l'archevêque se réduisirent à deux fentes, comme s'il pensait que le capitaine se moquait de lui en faisant exprès de ne pas comprendre.

– Non, il n'y a pas de carrière à Sherburne. J'entends démolir le château lui-même. Les pierres sont parfaitement taillées et d'excellente qualité.

Owen fixa Thoresby en silence. Il se demandait en quels termes il devait s'adresser à un archevêque qui avait perdu la raison. Ce dernier laissa échapper un petit ricanement ironique, mais son visage n'affichait pas le moindre sourire.

– Vous trouvez mon projet irréaliste ?

Complètement irresponsable, oui.

– Irréaliste est un euphémisme, Monseigneur. (Et Owen décida de ne plus mâcher ses mots.) Je pense que c'est pure folie, et je me demande quelles peuvent être vos motivations. Vous êtes peut-être fatigué de ce manoir, mais avez-vous pensé au prochain archevêque d'York ? Il pourrait ne pas apprécier ce vandalisme injustifié.

Au fur et à mesure qu'il parlait, le capitaine voyait les joues de Thoresby se dégonfler et son teint devenir de plus en plus rouge.

– Vous parlez de vandalisme, Archer ?

– Pour édifier une telle demeure, il a fallu les efforts conjugués de beaucoup d'hommes qui y ont mis tout leur cœur. Et vous voudriez la démolir pour vous construire un tombeau, alors que bien d'autres alternatives s'offrent à vous ?

Owen était lui-même surpris par sa véhémence.

– Non, Archer, je n'ai aucune alternative. Les carrières les plus proches sont de piètre qualité, et celles qui conviendraient sont bien trop éloignées. Le coût du transport serait prohibitif. Sans compter qu'il n'est pas facile de recruter des ouvriers en pleine épidémie de peste. Je tiens à terminer la chapelle de la Vierge cette année. Avant la fête de saint Martin, le 11 novembre.

Le capitaine ferma l'œil un instant pour tenter de se calmer. Mais son esprit restait très agité. Même en détruisant Sherburne pour en utiliser la pierre, l'archevêque ne pouvait pas espérer que les maçons parviendraient à accomplir ce tour de force. Et pourquoi cette soudaine hâte ? Est-ce que Thoresby croyait sa mort si proche ?

Comme s'il lisait dans ses pensées, l'archevêque précisa :

– J'ai fait le vœu de terminer la chapelle de la Vierge cette année en échange de sa protection pour les citoyens d'York. Sa protection contre cette épidémie de peste.

Owen le regarda franchement.

– Si c'est l'unique raison, il est malheureusement un peu tard, Monseigneur. Au cours des deux derniers mois nous avons enterré plus d'une centaine de citoyens d'York.

Le visage de Thoresby se ferma et ses yeux parurent encore plus tristes.

– Autant de morts ? Vraiment, je l'ignorais,

assura-t-il d'une voix éteinte. Espérons que j'en sauverai un plus grand nombre encore.

Possible. Mais Owen n'allait pas abandonner Lucie à un moment pareil. Sous aucun prétexte. Et surtout pas pour se rendre complice d'une telle folie.

– Je vous prie de me pardonner, Monseigneur, car on a besoin de moi à la maison. Et la population étant imprévisible en ces temps difficiles, ma place est en ville pour protéger vos biens. Surtout le 1er août, pour la fête de Lammas.

– Vous savez pertinemment qu'il n'y aura pas de fête de Lammas cette année. Mes revenus vont d'ailleurs en pâtir, et c'est une raison supplémentaire d'utiliser les pierres que je possède. Donc, vous allez m'accompagner à Sherburne.

– Mais pourquoi ? De quelle utilité puis-je vous être là-bas ?

– Dois-je comprendre que vous questionnez mes ordres ?

– Enfin, Monseigneur, ce que vous me proposez ne correspond pas davantage aux fonctions de votre capitaine qu'à celles de votre intendant.

Thoresby abattit bruyamment ses deux mains sur la table et se leva dans le même mouvement. Il se pencha alors vers Owen et colla pratiquement son visage contre le sien. Il se dégageait de lui une odeur puissante, faite d'un mélange d'ambre gris, de romarin, de vin et de sueur – ce qui était tout à fait inhabituel chez un homme qui aimait tellement prendre des bains.

– Vous allez m'obéir ! tonna-t-il.

Owen n'avait jamais eu peur du tonnerre.

– Il m'est impossible d'abandonner ma femme et

son officine pendant si longtemps, Monseigneur, déclara-t-il posément. Surtout pas en pleine épidémie de peste. Les clients se bousculent et je dois l'aider dans la mesure du possible.

– Elle a bien un apprenti ?

– Il travaille lui aussi beaucoup, Monseigneur, mais il y a tellement à faire.

– Vous vous êtes pourtant débrouillé à venir jusqu'ici.

– Ce n'est pas la même chose que partir pour plus longtemps, sans avoir la possibilité de faire un saut pour voir comment ils vont.

– Vous êtes à mon service, souligna Thoresby qui n'ignorait pas combien le capitaine abhorrait cette formulation.

– Tant que je l'accepterai, Monseigneur.

Ils se regardèrent mutuellement avec la même hargne. Le silence entre eux parut s'éterniser. Puis, tournant le dos au capitaine, l'archevêque se dirigea vers un autre coin de la pièce. Il lança soudain par-dessus son épaule :

– Que savez-vous des ennuis survenus à St Leonard ?

Qui avait remporté cet assaut verbal ? Owen doutait que ce fût lui. Néanmoins, comme il n'entendait pas céder sur Sherburne, il ne pouvait pas être le perdant.

– Je sais que Walter de Hotter a été poignardé et étranglé dans sa maison alors qu'il venait tout juste de quitter l'infirmerie. Que deux victimes d'un incendie portaient d'étranges blessures et que l'un d'eux est mort. Qu'un calice d'or, une couverture de missel en argent et quelques gobelets italiens ont disparu. C'est-à-dire que je ne sais que ce que tout le monde sait à York.

– Les vols sont plus importants que cela. Bien plus importants. (De nouveau quelques instants de silence.) Mon neveu va être rappelé dans le Sud, dès que l'épidémie de peste sera terminée.

Owen eut soudain l'impression qu'une pluie d'aiguilles lui frappait l'œil droit. Il venait de prendre conscience qu'il était en train de tomber dans un piège.

– Oui, bien sûr. Sir Richard occupe des fonctions importantes à la chancellerie et dans la maison de la reine. Alors je suppose qu'il lui reste peu de temps à accorder à l'hôpital.

– Sans doute, mais il serait fort marri d'avoir à repartir sans que l'harmonie n'ait été restaurée dans l'établissement.

– J'ai entendu dire que son économe menait une investigation.

L'archevêque revint vers lui en arborant une vilaine grimace.

– Don Cuthbert ? Ce chanoine offense toutes les personnes à qui il adresse la parole. Il n'est absolument pas qualifié pour mener cette tâche à bien.

– Je pense en effet qu'il vaudrait mieux faire appel à don Erkenwald. Surtout qu'il se préoccupe de ces déplorables événements depuis le début.

– Je préfère, moi, qu'un homme qui se trouve à mon service s'en charge.

L'archevêque éleva la voix en prononçant « à mon service » et regarda Owen droit dans l'œil.

– Qu'est-ce que j'ai à voir là-dedans ? se défendit ce dernier.

– Vous souhaitez demeurer à York. J'accepte votre requête, à la condition que vous aidiez mon neveu à rétablir l'harmonie à St Leonard.

– Avec tout le respect que je vous dois, Monseigneur, laissez-moi vous dire que vous n'avez aucun droit de disposer de mes services comme espion pour le compte de l'hôpital.

– Vraiment ? Il se pourrait que Maîtresse Wilton pense différemment.

Owen se creusa la tête pour essayer de comprendre ce que l'archevêque pouvait bien sous-entendre. Est-ce que Lucie avait eu l'occasion de s'entretenir récemment avec lui ?

– Que voulez-vous dire ? s'étonna-t-il.

Avant de répondre, Thoresby s'installa posément dans son impressionnant fauteuil épiscopal et s'agrippa aux accoudoirs en souriant d'un air chafouin, pour le plus grand agacement du capitaine.

– Je crois me rappeler que Maîtresse Wilton a entravé les efforts que nous faisions pour découvrir la vérité au sujet de l'empoisonnement de mon pupille[1]. Mon Dieu ! comme tout cela semble déjà loin... Bref, malgré son attitude répréhensible, je suis intervenu auprès de la guilde afin qu'elle puisse vous épouser, tout en gardant la position qui était la sienne en tant que veuve de Nicholas Wilton. Nous sommes bien d'accord ?

Bien que soulagé d'apprendre que Lucie ne l'avait trahi en aucune façon, Owen n'en bouillait pas moins intérieurement.

– Je m'imaginais que le travail que j'ai fourni

1. Voir *La Rose de l'apothicaire*.

depuis six ans vous avait largement récompensé de vos bienfaits, Monseigneur.

Thoresby laissa échapper un petit rire ironique.

– C'est vous qui avez été bien payé, Archer. (Il se pencha en avant en fermant les yeux. Ses doigts crispés sur les accoudoirs de son siège ressemblaient aux serres d'un oiseau de proie.) Pourquoi refusez-vous de venir en aide à mon neveu ? scanda-t-il.

– Vous savez parfaitement, Monseigneur, qu'il ne s'agit pas de cela.

– Ah, non ?

L'archevêque prétendait être surpris. C'étaient des moments tels que celui-ci qui empêchaient le capitaine de l'aimer. Et pourtant Thoresby était le parrain de ses deux enfants.

– Lorsque je me trouvais à Beverley, sir Richard a été un hôte attentionné. Je n'ai absolument rien à lui reprocher.

– Je suis heureux de vous l'entendre dire. De son côté, il a appris à vous faire confiance.

Owen se dit soudain qu'il s'égarait probablement. L'idée de lui confier la responsabilité d'enquêter à St Leonard ne venait sans doute pas de Thoresby, qui se contentait de transmettre une requête de son neveu. Il tenait à en avoir le cœur net :

– Sir Richard m'a fait demander ?

– Sir Richard vous a fait demander.

Maudit soit-il, pensa le capitaine.

– En vérité, j'ignore combien de temps il me serait possible de consacrer à une telle besogne, Monseigneur. Avec tous les clients qui viennent chercher des médications à l'officine, il reste peu de temps au cours de la journée pour les préparer. Nous devons donc le faire tôt le matin et tard le soir. Il m'incombe aussi de travailler dans le jardin. Autant de besognes qui s'ajoutent au travail d'intendant dont vous m'avez chargé. Et j'ai aussi un autre sujet d'inquiétude.

– Ah ? Et de quoi peut-il bien s'agir ?

Owen mit l'archevêque au courant de la perte que venaient de subir Tildy et Kate.

– En acceptant d'emmener les enfants à Freythorpe, Tildy nous a fait promettre de la prévenir si quelqu'un de sa famille succombait.

Thoresby se versa un peu de vin.

– Puisque je me rends à Sherburne, Freythorpe est sur mon chemin. Je vais donc m'y arrêter pour la mettre au courant. Et je pourrai voir mes filleuls par la même occasion.

Le capitaine se demanda s'il devait se montrer reconnaissant envers Thoresby pour son altruisme ou s'inquiéter des véritables motivations du prélat.

– Monseigneur, c'est beaucoup de dévouement de votre part. Peu de gens s'offriraient à aller porter ce genre de nouvelle.

– Vous voyez ? Vous n'avez plus aucune raison de ne pas vous mettre à enquêter à l'hôpital.

Owen sentit un flot de bile lui envahir l'estomac.

– Je crois que vous aimez bien nous utiliser comme des pions, Monseigneur.

– Allons, Archer, soyez beau joueur. À mon âge, c'est un des rares plaisirs qui me reste. Car il m'en reste bien peu. Vous êtes encore trop jeune pour le savoir, mais je vous assure qu'un jour...

– Vous n'avez jamais eu la moindre intention de m'emmener à Sherburne.

L'archevêque haussa un sourcil sans répondre.

Plus tard, après qu'ils eurent partagé un repas, Thoresby mentionna Honoria de Staines.

– J'avais pourtant mis Richard en garde. Cette femme n'a pas sa place à St Leonard.

– Pourquoi me parlez-vous d'elle ? s'étonna le capitaine.

– Deux des gobelets manquants ont été retrouvés dissimulés dans sa chambre. Elle prétend qu'ils lui ont été offerts, mais se refuse à dire par qui. Voyez ce que vous pouvez tirer d'elle.

– À en croire sa réputation, les gobelets sont certainement les présents d'un de ses amants.

– Alors pourquoi s'obstine-t-elle à dissimuler son nom ?

Owen se posait la même question. Toutefois, vu l'état d'esprit dans lequel il se trouvait, il refusait d'abonder dans le sens de l'archevêque.

– Vous est-il si difficile d'imaginer qu'une telle femme puisse se montrer loyale, Monseigneur ?

Thoresby ne se donna pas la peine de lui répondre, il se contenta de laisser échapper un soupir agacé.

– Et pendant que vous poserez des questions, essayez donc de savoir pourquoi don Cuthbert s'est fait son champion.

Owen prit le temps de vider sa coupe avant de s'exprimer :

– Vous voulez me fourrer dans un drôle de guêpier, Monseigneur.

– Je vous laisse le choix : Sherburne ou St Leonard.

– Je pense que le moment venu, j'irai tout droit au ciel.

Le capitaine repoussa son siège loin de la table et se leva.

– Ce moment-là est suffisamment éloigné, je l'espère, pour vous donner l'occasion de commettre encore quelques péchés, railla Thoresby.

Owen se signa.

– Honoria de Staines n'est pas la seule à faire naître des rumeurs, affirma-t-il. Et autre chose : comment dois-je considérer sir Richard ? Est-il au-dessus de tout soupçon ?

L'archevêque parut soudain s'intéresser au bol de fruits placé devant lui. Il mit un temps infini à choisir une pêche.

– Personne n'est au-dessus de tout soupçon, Archer. Mais reconnaissez que mon neveu serait parfaitement inepte de demander votre aide s'il avait quelque chose à cacher. Un conseil, cependant : surveillez vos arrières. Je ne voudrais pas vous perdre bêtement.

Le capitaine l'observa en silence. À l'aide d'une petite dague, il découpait posément sa pêche en quartiers en souriant d'un air satisfait.

À table, Lucie gardait les yeux baissés sur sa nourriture tandis qu'Owen lui faisait le récit détaillé de son entrevue avec l'archevêque. Thoresby n'avait pas tort de penser qu'elle éprouvait bien plus de scrupules que son mari à offenser le prélat. C'était un homme puissant, et son état de prince de l'Église ne l'empêchait pas d'avoir des accès de fureur qu'il n'essayait pas toujours de réprimer. Toutefois, en quoi pourrait-il leur nuire ? Et impossible d'oublier combien il était également capable de se montrer gentil... Mais, à ses yeux, le point le plus important était l'amour envers elle qu'Owen avait exprimé par son refus.

– Tu ne me regardes pas. Tu es en colère ?

Surprise par la question, Lucie releva brusquement la tête. Jasper l'observait lui aussi, mais de façon plus discrète que son mari dont l'œil-d'Oiseau restait rivé sur elle.

– Doux Jésus, comment peux-tu t'imaginer que je suis en colère, mon chéri ? (Elle se leva en lui tendant la main.) Allons faire un tour dans le jardin.

Les buissons et les arbres bruissaient agréablement dans la brise du soir. Lorsqu'ils passèrent devant la haie de romarin, Owen dit :

– Ça me rappelle que l'archevêque avait fait allumer un feu de romarin dans son parloir. Par une journée aussi chaude !

Lucie lui pressa la main.

– Comme tu l'as dit toi-même ce matin, nous avons tous tendance à nous conduire comme des enfants. C'est la peur, consciente ou pas, qui agit sur nos nerfs.

– Cette épidémie est heureusement moins grave que les deux précédentes.

– Une mort est une mort, Owen.

– Oui, hélas. Mais pour revenir à Thoresby, il est pire qu'un enfant. Détruire un beau manoir pour en utiliser les pierres.

– Moi, franchement, je ne suis pas choquée. Il agit dans un noble dessein.

– Si je comprends bien, tu trouves que j'ai tort ?

– Peut-être, oui, quand tu critiques son projet avec

autant d'acrimonie. Mais pas quand tu affirmes que j'ai besoin de toi, mon chéri.

– Et que penses-tu de ma future implication dans les intrigues de St Leonard ?

– Je ne vois personne qui soit plus capable que toi de les débrouiller. (Owen demeura silencieux.) Parce que toi, tu vois quelqu'un d'autre ? insista Lucie.

– Pourquoi crois-tu qu'il veuille faire étape à Freythorpe ? demanda-t-il en changeant de sujet.

Le capitaine avait toujours tendance à attribuer des motifs cachés à l'archevêque. Il n'avait pas toujours tort.

Lucie lui prit les deux mains dont elle embrassa les paumes tour à tour, puis elle fixa son œil valide.

– Pourquoi te poser toutes ces questions ? Essaye donc simplement de lui en être reconnaissant. Il se montre toujours très fier de Hugh et de Gwenllian, tu le sais. S'il y a le moindre problème là-bas, nous en entendrons parler très vite.

Elle lisait dans son regard qu'il ne partageait pas sa confiance. Et de nouveau, elle se sentit taraudée par un affreux doute.

Alisoun arriva à la ferme longtemps après le coucher du soleil. Elle éprouva une grande joie en retrouvant, dans l'enclos, sa jument en train de dormir sous les étoiles. La gamine lui fit avaler une grande cuillerée de la concoction de sa tante dont elle avait apporté une bonne quantité avec elle. Elle se promit de brosser l'animal le lendemain matin et d'appliquer de l'onguent sur sa blessure. La bête se mit à hennir doucement en voyant son amie s'éloigner : un son qui berçait agréablement la solitude de la fillette. Rien à voir avec le chant des grillons qui faisait apparaître les lieux encore plus désertés. Le chœur des grillons était un son qu'Alisoun associait toujours aux sorties qu'elle faisait dans l'obscurité quand elle avait besoin de se soulager.

En entrant dans la cour, elle eut soudain l'impression qu'elle n'était plus seule. Elle n'avait vu personne ni entendu aucun bruit, mais son père lui avait appris à tenir compte du picotement qu'elle ressentait parfois sur la nuque. Quelqu'un était venu dans l'intention de les dévaliser, elle en était certaine. Ou pire, pour s'approprier la ferme. Précisément la chose qu'Alisoun redoutait le plus. Son oncle avait eu grand tort de l'obliger à le suivre chez lui en laissant les lieux à l'abandon. Elle se tint parfaitement immobile, observant attentivement la grange et le cottage, espérant apercevoir la lueur d'une lanterne qui lui indiquerait la position de l'intrus. Pourtant, elle eut beau attendre patiemment, rien ne vint percer l'obscurité. Se faisait-elle des idées ? Elle était pourtant bien la seule à pouvoir parcourir la ferme dans le noir.

Pouvait-il donc s'agir d'une visite des morts ? Alisoun se signa rapidement. Puis elle se rassura en se disant que sa famille disparue n'avait vraiment aucune raison de lui vouloir du mal. Mais se trouver face à face avec ceux qui s'en étaient allés dans l'au-delà... Ils seraient forcément différents. Elle préférait ne plus y réfléchir. L'idée que la mort les aurait transformés la terrifiait. Est-ce que seulement elle pourrait les reconnaître ? Et eux, sauraient-ils encore qui elle était ?

La petite sentit que son estomac allait lui jouer des tours. Elle s'obligea à donner un autre cours à ses pensées et continua de scruter l'obscurité. Et c'est alors qu'elle la vit. Une flamme vacillante dans le grenier de la grange.

C'était quoi, cette lumière, hein ? Son estomac continuait de faire des nœuds. Qui sait si les esprits des morts n'étaient pas enveloppés de lumière ? Et les anges ? Sûrement qu'ils dégageaient une clarté ? Comme les étoiles ?

Alisoun secoua la tête pour chasser les chimères et considéra la lueur d'un œil nouveau. Elle en était presque certaine, les anges – ces êtres purs – ne pouvaient rayonner que d'une lumière blanche. Et une lumière qui ne vacillerait pas, parce qu'ils incarnaient la perfection. Ce qu'elle voyait dans la grange, c'était la flamme d'une lanterne ou d'une bougie. Donc aucun doute n'était permis, il s'agissait bien d'un intrus. Après avoir respiré deux ou trois fois profondément pour se calmer, la gamine prépara son arc et une flèche et s'avança furtivement vers la grange. Elle trouva un battant du portail entrouvert, ce qui allait lui permettre de se glisser discrètement à l'intérieur. Rien ne lui garantissait cependant que l'inconnu n'allait pas s'apercevoir immédiatement de sa présence. Elle s'arrêta avant d'entrer pour réfléchir à ce qu'elle avait de mieux à faire. Elle était incapable de prédire ce qui pourrait se passer au cas où l'individu qui se trouvait là laisserait échapper sa chandelle. Le cas ne s'était jamais produit. Son père n'était pas assez benêt pour emporter une lanterne dans le grenier, où la moindre étincelle pouvait mettre le feu à la bâtisse.

Alisoun risqua d'abord un œil et se recula vivement. Son cœur battait la chamade. Il lui apparut clairement que Dieu étendait sa protection sur elle. Si elle s'était aventurée de l'autre côté du portail sans vérifier d'abord, l'homme l'aurait tout de suite vue. Il se tenait assis tout en haut de l'échelle, les pieds posés sur le premier barreau, balançant une lanterne dans une main et regardant du côté de l'entrée. L'avait-il entendue ? Elle en doutait. Elle avait fait le moins de bruit possible, et les adultes entendent mal – à part ceux qui se sont appliqués à exercer leur ouïe : les soldats et les chasseurs, par exemple. Et Alisoun n'ignorait pas que l'homme qui se trouvait là-haut n'était ni l'un ni l'autre. Du moins en était-elle à peu près certaine. Parce que, en réalité, elle ne savait pas quelle était son occupation. Ni même qui il pouvait être. Tout ce qu'elle avait pu apprendre sur lui, c'est que sa mère faisait tout pour garder les visites de ce triste sire secrètes.

Il s'était presque écoulé une quinzaine de jours depuis qu'Alisoun avait hélé le pêcheur sur la rivière, ce qui lui avait valu la visite du capitaine et de la vieille. Les gens ne savent pas tenir leur langue. L'un d'eux avait dû parler des décès survenus dans sa famille. Et peut-être même tous les trois. Cette fois, Alisoun se sentait vraiment malade. Cet homme avait dû apprendre leur mort à tous, ignorant sans doute qu'elle-même avait survécu. Ou bien, s'il le savait, il s'imaginait qu'elle avait été recueillie par des parents.

La fillette se le représenta en train de fureter dans la maison, dans la grange, arpentant les champs. Et cette pensée lui déplaisait fortement. Elle n'avait jamais aimé ce quidam. Elle haïssait l'idée qu'il avait touché ce qui lui appartenait. Et elle le haïssait, lui.

Elle allait lui décocher une flèche. Mais c'était

impossible tant qu'il tenait sa lanterne à la main, parce qu'il risquait de la lâcher dans le foin, et la grange brûlerait. Elle se prépara donc à attendre le moment opportun.

Attendre lui était pénible. Les grillons semblaient de plus en plus bruyants et elle avait l'impression que le ciel nocturne descendait de plus en plus bas au-dessus de sa tête. Elle essayait de ne pas penser à sa proie afin de ne pas alimenter sa colère – tirer en étant en colère risquait de lui faire manquer sa cible. Elle se força à évoquer les deux qui étaient venus enterrer sa famille. Le borgne et cette vieille chouette qu'elle avait déjà vue chez elle quand sa mère avait donné naissance à son frère et à sa sœur. Alisoun n'avait retenu qu'une chose de ses visites : les horribles souffrances de sa maman. Surtout après la naissance de son frère. Sa mère avait pourtant assuré que la Vieille de la Rivière était une sage-femme en qui l'on pouvait avoir confiance... Et cependant elle était restée si faible après la naissance de Tom, et il avait été un bébé chétif, difficile. La gamine en avait conclu que la vieille femme avait empoisonné sa mère ou lui avait jeté un sort. Toutefois, Alisoun était montée examiner le grenier, après que le capitaine et la sage-femme eurent ramené la carriole et la jument, une fois l'enterrement terminé. Jusqu'à leur départ, elle était restée cachée dans le bois, persuadée qu'ils avaient grimpé là-haut pour fouiller. Et pourtant elle avait tout trouvé à sa place. C'étaient donc d'honnêtes gens, elle était bien forcée de l'admettre.

Perdue dans ses pensées, la petite n'en entendit pas moins un bruit dans la grange. Elle vérifia son arc et se glissa à l'intérieur. Sa patience était enfin récompensée. L'homme avait posé la lanterne sur le rebord du box de la jument et fouillait dans le foin en lui tournant le dos. Parfaitement éclairé, il constituait une cible autrement facile que ses lapins de garenne habituels. Elle décocha sa flèche et lui toucha la jambe juste en dessous du genou. L'intrus trébucha en poussant un juron. Elle tenait déjà une deuxième flèche prête en attendant qu'il lui fasse face. Cette fois, elle l'atteignit dans le bras. Ou était-ce l'épaule ? Elle se sauva à toutes jambes, sans chercher à éclaircir ce dilemme.

La lune éclairait le village silencieux. Un chien courut vers Alisoun en hurlant. Pendant un bref instant, son cœur battit à tout rompre. Puis elle se rappela que le chien la connaissait, lui avait même léché la main quand elle était passée par là avec son oncle, quelques jours auparavant. Et de fait, en arrivant près d'elle, il cessa d'aboyer pour se mettre à renifler. Et à renifler encore. Puis, toujours reniflant, il tourna autour d'elle avec précaution. Plusieurs fois. Ses cercles devenaient de plus en plus étroits. Et il n'en fallut pas moins de cinq pour qu'il se souvienne enfin d'elle. Il se tint alors sur son passage et émit un seul aboiement en remuant la queue pour attirer son attention. Espérant calmer son agitation, la fillette s'empressa de s'accroupir pour le caresser.

– Qui va là ? Répondez ! cria un homme depuis le seuil de sa porte.

Alisoun releva la tête. Pouvait-il la voir ? La lune s'était cachée derrière des nuages, l'empêchant d'identifier la forme vague qui se tenait devant sa maison. Tant mieux, parce qu'il ne pouvait pas l'apercevoir davantage.

– Allons, viens, mon garçon. Dépêche-toi ! Arrive ici ! cria l'homme.

Le chien hésita un peu, puis courut le rejoindre en aboyant.

Ce fut le moment choisi par Alisoun pour filer. Elle savait qu'après avoir rejoint son maître, l'animal allait lui faire comprendre qu'il fallait le suivre jusqu'à elle.

Elle arriva à l'église avant le chien, entra et referma la porte contre laquelle elle s'appuya, complètement exténuée. Elle avait enfin trouvé un sanctuaire. L'intrus ne pourrait pas venir la chercher ici. Elle allait pouvoir dormir tranquillement et, le lendemain matin, elle prierait Dieu de lui pardonner d'avoir blessé cet homme. Elle était sur le point de s'endormir, quand elle sentit un courant d'air passer sous la porte mal ajustée au seuil de pierre. Et si la journée avait été chaude, le sol pavé restait froid et humide. Elle se traîna péniblement vers un coin plus abrité et plongea tout de suite dans le sommeil.

12

Délire

Alisoun se réveilla le cœur battant. Les mauvaises odeurs générées par l'épidémie de peste empuantissaient l'air. L'esprit confus, elle regarda autour d'elle. La lumière de la lune brillait faiblement aux fenêtres et éclairait vaguement l'autel. La mémoire lui revint tout d'un coup. Elle se trouvait dans l'église du village. C'est là qu'elle était venue chercher refuge après avoir blessé l'intrus dans la grange.

Mais quelle pestilence ! Elle n'avait rien senti de tel lorsqu'elle était arrivée. Frissonnant de peur et de froid, Alisoun se tâta les aisselles, l'aine, derrière les genoux, la gorge, derrière les oreilles – c'est-à-dire tous les endroits où les membres de sa famille avaient vu apparaître des bubons. Mais elle ne détecta rien. Grâces en soient rendues au Tout-Puissant !

Alors d'où pouvait provenir cet atroce remugle ? Il y avait peut-être eu un enterrement le jour même et la puanteur s'était incrustée dans le lieu saint ? Non, c'était impossible si le prêtre n'avait pas été changé : jamais le père John n'aurait donné la permission, à un quelconque de ses paroissiens, d'apporter le cadavre d'une victime de la peste dans son église. Il ne cessait de répéter, à qui voulait l'entendre, que ce serait profaner la maison de Dieu.

Alisoun se leva et regarda autour d'elle, mais sans distinguer parfaitement, car étant donné la hauteur des vitraux, la clarté de la lune n'atteignait pas le sol. Lentement, en se glissant le long du mur nord, elle se dirigea vers l'extrémité est de l'église. Au fur et à mesure qu'elle s'éloignait, la puanteur diminuait. Finalement, l'air qu'elle respira était davantage chargé de relents de pierres humides et d'encens refroidi que de pestilence. Elle s'assit donc le dos au mur pour essayer de dormir encore un peu.

À l'aube, un rat curieux la réveilla en lui reniflant

la cheville. Elle lui décocha un coup de pied et se redressa en serrant son baluchon contre elle. L'odeur nauséabonde qui lui emplissait les narines faillit la faire suffoquer. Une fois encore, elle palpa son corps à la recherche de bubons et, ne découvrant aucune trace de l'horrible maladie, adressa une vibrante prière de remerciements à Dieu. Mais d'où pouvait bien provenir cette puanteur ?

Elle se leva, clignant des yeux dans la pâle lumière du matin, et prit conscience du bourdonnement des mouches qui attirèrent son attention vers la porte ouest de l'église ; celle par laquelle elle était entrée la veille. Un enfant et un vieillard manchot gisaient nus sur les dalles, à l'endroit où on les avait jetés sans la moindre cérémonie. Le nez du vieux s'écrasait contre la pierre, et le bras de l'enfant était coincé sous lui. Il se dégageait une odeur atroce de leurs corps en décomposition.

Alisoun remonta lentement toute l'aile pour gagner le chœur de l'église, en regardant bien partout pour voir s'il n'y avait pas d'autres cadavres. Malgré la violente panique qui l'avait envahie, elle prit le temps de s'agenouiller et de faire un grand signe de croix en passant devant l'autel, avant de chercher la porte de la sacristie. Porte qui refusa tout d'abord de s'ouvrir et contre laquelle elle frappa à coups redoublés avec l'énergie du désespoir. Elle n'obtint aucune réponse, mais le battant finit par céder sous les heurts et s'ouvrit en grand. Elle se retrouva dans une pièce fort sombre ; toutefois, une haute lucarne laissait passer un rai de lumière qui éclairait vaguement un couple enfoui sous une pile de vêtements. L'homme, que le bruit avait réveillé, écarquilla les yeux.

– Qui va là ? cria le père John d'une voix ensommeillée.

– Quoi ? Il y a quelqu'un ? couina la femme qui se redressa vivement, sans se soucier d'exposer ses seins nus.

Après avoir hésité un bref instant, Alisoun passa rapidement à côté d'eux. Ils ne lui prêtèrent pas attention, occupés qu'ils étaient à remettre leurs vêtements. Quant à la fillette, une seule chose l'intéressait : pouvoir s'échapper de là. Mais il faisait si sombre qu'elle ne distinguait pas la porte. Elle eut alors l'idée de se laisser tomber à quatre pattes pour essayer de percevoir un courant d'air. Et l'idée était bonne.

Une lumière se mit soudain à vaciller. Une lanterne aveuglée venait d'être rouverte, et le père John, sa soutane enfilée n'importe comment, clignait des yeux en essayant de percer l'obscurité. Une villageoise tenait la lanterne à bout de bras ; elle avait remonté sa robe pour dissimuler sa nudité.

Avant qu'ils aient eu le temps de réagir, Alisoun ouvrit la porte qui donnait sur l'extérieur et s'élança en courant à travers le cimetière humide de rosée.

Sans ralentir, elle se laissa aller à maudire tous les hommes : des voleurs, des menteurs et des fornicateurs. Elle ne tarda pas à se retrouver dans les champs entourant le village. Un chien se mit à aboyer – peut-être celui de la nuit précédente –, mais elle continua de courir. Elle devait récupérer sa jument et fuir cet endroit maudit. Mais où pouvait-elle aller ? S'il était impossible de trouver asile dans une église, alors où ?

Alisoun se laissa tomber dans l'herbe et contempla le champ déserté. Elle avait regardé partout : dans la grange et ses environs immédiats. Elle s'était époumonée à appeler. Aucun doute, la jument avait été volée. Et elle savait qui l'avait prise. Ainsi que la selle. Il fallait qu'elle parte à sa poursuite, qu'elle le retrouve, et qu'elle achève le travail qu'elle avait commencé.

Mais pour l'instant elle se sentait incapable de bouger ; elle restait là à contempler le champ vide, en se demandant ce qu'elle avait bien pu faire pour que Dieu veuille la punir de la sorte.

Dame Constance escorta Honoria dans la salle d'attente de l'infirmerie. Elle avait trouvé la jeune femme en train de laver le sol. Afin d'être plus à l'aise, celle-ci avait fourré le bas de son voile dans le décolleté de sa robe et retroussé ses manches, dévoilant ses bras minces. Tout en lui faisant une révérence respectueuse, elle n'hésita pas à dévisager Owen d'un air curieux. Ce dernier avait oublié à quel point elle était jolie. Les racontars dont elle était sans cesse l'objet avaient sans doute quelque peu terni l'image qu'il gardait d'elle.

– Le capitaine Archer souhaite s'entretenir avec vous, Honoria, dit Dame Constance. Il représente Son Éminence l'archevêque. Tâchez de vous montrer respectueuse.

Deux frères lais entrèrent à la hâte dans la salle d'attente et regardèrent l'étrange trio d'un air étonné.

– Est-ce que nous pourrions parler dans un endroit plus tranquille ? s'enquit Owen.

Dame Constance joignit les mains et détourna le regard en paraissant réfléchir.

– Il y a la prison. Vous pourriez vous entretenir dans la cellule de Honoria avec un garde à la porte.

– Vous pensez qu'elle pourrait m'échapper, Dame Constance ?

Le visage de la nonne s'empourpra.

– Pensez à sa réputation, capitaine Archer ! Je ne laisserais même pas le Saint-Père seul dans une pièce avec elle.

Owen parvint à dissimuler le sourire qu'avait fait naître cette déclaration et fit signe à Honoria de lui indiquer le chemin. On permettait pourtant à Alice Perrers, dont la réputation n'était plus à faire, de rester seule dans une pièce avec un homme. Quels pouvoirs extraordinaires attribuaient-ils donc à Honoria ?

Une fois dans sa cellule, la jeune femme offrit à Owen le siège placé près de la fenêtre. Elle-même s'assit sur le rebord de son lit et rabaissa ses manches. Elle posa ensuite les mains sur ses genoux dans une pose pleine de retenue, sans pouvoir toutefois dissimuler la curiosité contenue dans son regard. Regard qui s'attardait sur la cicatrice balafrant le visage du capitaine.

– J'ai entendu dire que c'était la maîtresse d'un jongleur qui vous avait fait ça.

– C'est l'exacte vérité. Et moi, j'ai entendu dire que vous possédiez des vêtements et des gobelets bien trop dispendieux pour que vous ayez pu les acheter vous-même.

Barker, le portier, l'avait mis au courant pour les effets de soie.

La jeune femme grimaça, mais sans baisser les yeux.

– Vous avez l'esprit vif, capitaine Archer.

– J'essaie pourtant de ne pas laisser mon esprit m'entraîner loin de mon but.

– Et quel est-il ?

– Découvrir la vérité au sujet de certains décès et de plusieurs vols qui ont eu lieu à St Leonard.

Honoria inclina légèrement la tête et un pâle sourire flotta sur ses lèvres.

– Et vous pensez que j'en détiens la clef ?

Beaucoup trop maligne, pensa Owen.

– Pourquoi avez-vous dissimulé ces gobelets ?

Un rire surpris.

– Enfin, c'est évident, capitaine. Vous êtes au courant de ce qui m'est arrivé. Précisément ce que j'avais peur qu'il arrive si quelqu'un les voyait.

– Vous auriez pu vous confier à don Cuthbert, qui jusque-là avait toujours pris votre défense.

Cette fois-ci, elle inclina la tête en soupirant :

– Vous avez parfaitement raison. Je me suis aperçue trop tard de ma maladresse. Et quand Dame Constance nous a demandé si nous n'avions pas remarqué quelque chose d'anormal, je n'ai toujours rien dit.

– Votre silence ne constituait pas vraiment un mensonge.

Elle croisa son regard.

– Vous avez vous-même entendu ce que Dame Constance pense de moi. Et c'est pareil pour toutes les autres nonnes. En réalité, elles ne pensent aucun bien des sœurs laies qui n'ont aucune éducation et n'ont pas encore prononcé leurs vœux définitifs. Quant à moi...

Elle hocha tristement la tête.

– Don Cuthbert pense différemment.

– Avant, oui. Maintenant, j'en doute.

– Vous auriez pu essayer de le convaincre. Ç'aurait tout de même été préférable à votre situation présente.

– Je ne voulais pas causer d'ennuis à quelqu'un qui m'a toujours traitée avec bienveillance. Don Cuthbert n'aime pas beaucoup Maître Taverner.

– Taverner ?

– C'est lui qui m'a donné ces gobelets. Bien avant que ceux qui se trouvaient dans la maison de sir Richard disparaissent. Vous pouvez lui poser la question.

Si son intention était de surprendre le capitaine, c'était parfaitement réussi.

– Julian Taverner vous a donné les gobelets ?

– Il y a quatre ans. En cadeau de mariage.

Si Owen avait jamais su qu'elle était mariée, cela lui était sorti de la tête.

– Alors, vous êtes veuve ?

– Un an après notre mariage, mon mari est devenu soldat. À la vérité, j'ignore si je suis veuve ou pas.

– Vous n'avez eu aucune nouvelle ?

Honoria fit non de la tête.

– Je pense qu'il est vivant. Je suis sûre que je le sentirais, s'il était mort. Alors, j'attends.

– Pourquoi sœur laie ?

– Je suis d'abord restée chez mon frère, et sa jeune femme n'appréciait pas ma présence.

– C'est qui, Julian Taverner, pour vous ?

– J'étais servante dans sa maison quand il habitait en ville. Il m'a dit qu'il me considérait comme sa fille. Il s'est montré très gentil avec moi.

Owen se demandait jusqu'à quel point il s'était montré gentil. Comme si elle avait lu ses pensées, elle ajouta :

– Est-ce que vous vous demandez s'il a couché avec moi, capitaine ?

Il jugea qu'il méritait l'embarras dans lequel il se trouvait soudain placé.

– Vous avez voulu protéger sa réputation.

– Comme je vous l'ai déjà dit, il a été bon avec moi.

– Et pourtant, finalement, vous me le livrez.

– Je sais que vous êtes un ami de la nièce de Maître Taverner. Alors, je pense que je peux vous faire confiance.

Owen eut l'impression qu'il s'agissait d'une réponse soigneusement préparée à l'avance.

– Vous vous plaisez donc tellement en prison ?

– Vous ne me croyez pas ?

– Vous passez pour une femme qui aime son confort.

– Vous me jugez incapable d'être loyale ?

– Je vais considérer ce que vous m'avez dit, Maîtresse Staines.

Bess posa son tablier sur le comptoir et se précipita à la suite du messager. Son oncle était malade. Très malade. Et il la faisait demander. Au diable ces fichus chanoines de St Leonard. Ils avaient dû le laisser quitter l'infirmerie beaucoup trop tôt. C'était précisément pareilles négligences qui alimentaient la conversation de John Cooper.

Elle trouva Julian trempé de sueur dans son lit et se plaignant d'une soif atroce. Pourtant, il repoussait le bol d'eau que Nate, son vieux serviteur, tentait de lui porter aux lèvres.

– Va chercher Anneys ! cria Bess au messager qui l'avait accompagnée chez son oncle.

– Je l'ai déjà envoyée chercher, dit Nate, mais elle n'a pas pu venir. Elle était occupée avec un enfant malade.

– Alors Honoria.

– Impossible de la trouver.

– Doux Jésus ! Alors va dire à Anneys que Maître Taverner est en train de mourir. Ça devrait suffire à la convaincre.

Le messager sortit en toute hâte.

– J'ai été...

– Économise le peu de souffle que Dieu t'a laissé, mon oncle. J'ai dit ça pour la décider à venir. Maintenant, essaye de boire un peu d'eau. (Elle demanda ensuite à Nate d'aller quérir le frère Wulfstan à l'abbaye St Mary.) Tu penses bien que je ne le ferais pas venir si je jugeais que tu étais en train de mourir.

C'était pourtant le sentiment qu'elle éprouvait.

Ce qui effrayait Bess, alors qu'elle tenait le bol d'eau près des lèvres de son oncle, c'étaient les battements désordonnés de son cœur. Elle les entendait aussi distinctement que si elle avait pressé son oreille contre sa poitrine.

– Mon oncle, insista-t-elle. Tu dois essayer de t'allonger et de te calmer. Pense à ton cœur.

Il battit des paupières et s'essuya les yeux comme si la sueur l'empêchait de voir.

– Bess ?

– Je suis ici.

– Est-ce qu'il... (Il hocha la tête en essayant de reprendre sa respiration.) Est-ce qu'il est vivant ?

– Qui ?

Julian cligna de nouveau des yeux et y porta encore une fois ses mains bandées. Au moment où Bess s'apprêtait à prévenir son geste, il les laissa tomber à ses côtés.

– Ils sont morts pour lui. Est-ce que c'était pas suffisant ?

Il s'exprimait en un murmure, mais il paraissait soudain plus cohérent.

– Qui est mort ? Et pour quelle raison ?

Sa tête eut un sursaut et il continua de battre des paupières comme s'il ne parvenait plus à les contrôler.

– Bess ?

Ses yeux injectés de sang ne paraissaient pas pouvoir se fixer sur elle.

– Tu n'arrives pas à me voir, mon oncle ?

Il fit l'effort de se tourner vers le son de sa voix en plissant douloureusement le front.

– Il faut te méfier.

– De qui ?

L'une de ses mains emmaillotées se dressa brusquement et frappa l'épaule de sa nièce. Elle lui saisit le poignet pour le faire tenir tranquille, car il risquait d'aggraver ses brûlures.

– J'ai été empoisonné, tu le vois bien, non ?

Julian parvint à se libérer d'elle et tenta de sortir de son lit, mais il était si faible qu'elle n'eut aucun mal à l'obliger à se recoucher et à s'appuyer à ses oreillers. L'effort qu'il venait de fournir l'avait laissé épuisé. Il resta complètement immobile, ne respirant plus que faiblement et par saccades.

Bess avait depuis longtemps abandonné l'idée communément répandue que quelqu'un infligeait la peste à ses ennemis en empoisonnant les puits. Tous ceux qui buvaient l'eau du même puits n'attrapaient pas la maladie. Elle pensait aussi qu'une personne capable de haïr à ce point serait forcément consumée par sa propre haine.

– Essaye de te détendre, mon oncle. Cesse de penser que tu as été empoisonné. Calme-toi. Je suis près de toi pour t'aider.

Elle remplit alors un récipient de vinaigre pour y tremper les mains, afin d'empêcher la sueur nocive de son oncle de pénétrer par les pores de sa peau. Elle examina ensuite le corps de Julian sans y découvrir le moindre bubon. Il ne toussait pas non plus. Il n'en était pas moins brûlant de fièvre, sa peau était rouge et sèche, sa vue paraissait faiblir, et il passait par des états alternés d'inconscience et de panique. Toutefois, seule la fièvre était un point commun avec la peste. Était-il possible qu'elle se trompât du tout au tout sur la nature de sa maladie ?

– Que s'est-il passé, oncle Julian ? demanda-t-elle d'une voix douce. Pourquoi parles-tu de poison ?

Le vieil homme hocha la tête. Il parvint à diriger vers elle son regard angoissé, tenta de calmer les spasmes de sa respiration et finit par articuler :

– La pénitence... pas suffisant. D'abord Laurence... puis moi. (Il hocha de nouveau la tête.) Il a attendu si longtemps... ou elle.

Bess s'interrogeait encore sur la signification de ses paroles quand elle le vit se redresser brusquement, porter les mains à son cœur, puis à sa gorge, comme s'il cherchait à l'ouvrir pour avoir de l'air. Elle se jeta sur lui pour l'empêcher de bouger aussi frénétiquement et tentait d'attraper un drap tombé par terre quand Owen fit son apparition. Il l'aida à restreindre les mouvements désordonnés du vieillard.

– Que se passe-t-il donc ? demanda le capitaine après que Julian se fut enfin apaisé.

Bess s'apprêtait à le lui dire quand Anneys arriva en compagnie du messager.

– C'est vrai qu'il est mourant ?

Impressionnée, Bess se signa.

– Vous entendez son cœur ? Qu'est-ce qui peut bien le faire battre comme ça ?

Anneys se laissa tomber sur un tabouret. Elle avait l'air misérable.

– Oh ! mon Dieu, si jamais il mourait je ne pourrais que me blâmer.

– Mais pourquoi donc ? Vous avez fait ce que vous pouviez pour lui.

– J'ai hésité quand il avait besoin de moi. (Comme si elle était la seule à s'occuper de Julian, ne put s'empêcher de penser Bess.) J'espère que mes médications n'ont pas été sans le moindre effet.

Julian commença à se plaindre. Les deux femmes s'approchèrent promptement de lui.

– Bess ?

– Je suis près de toi, mon oncle. Et Anneys aussi.

– Que Dieu me pardonne !

– Tiens, avale un peu d'eau.

Sa nièce souleva sa tête fiévreuse, et la sœur laie approcha un bol d'eau.

– Son cœur bat si fort.

– C’est exactement ce que je viens de vous dire, rétorqua Bess sèchement. Allons, oncle Julian, bois un peu d’eau fraîche.

Mais au lieu d’obtempérer, il ferma les yeux et laissa rouler sa tête sur le côté. Bess le laissa aller contre les oreillers. Et après avoir été secoué par un grand frisson, il cessa de respirer. L’horrible martèlement s’était également interrompu.

Anneys poussa un cri. En état de choc, Bess s’agenouilla près du lit et fixa silencieusement son oncle. C’était un homme robuste. Ses blessures ne mettaient pas sa vie en danger. Alors pourquoi était-il mort ? Elle pressa l’oreille contre sa poitrine. Le silence.

Owen s’agenouilla près de son amie et ferma les yeux de Julian.

– Il est retourné auprès de Dieu.

– Maîtresse Merchet ? Je suis venu aussi vite que possible. (Le moine qui venait d’arriver se pencha au-dessus de Bess ; l’inquiétude plissait son visage juvénile.) Je suis Henry, l’assistant du frère Wulfstan. J’ai fait aussi vite que j’ai pu.

– Que Dieu vous bénisse d’être venu ! dit-elle. Mais vous arrivez trop tard, mon oncle vient juste de mourir.

– S’est-il confessé ?

– Je n’ai pas eu le temps d’envoyer quérir un prêtre. Tout s’est passé beaucoup trop vite.

– Son âme ne s’est peut-être pas encore envolée. (Le frère Henry se pencha sur le vieil homme mort et cria son nom. Ne recevant aucune réponse, il regarda sa nièce.) Souhaitez-vous que je prononce les prières ?

– Je vous en serais très reconnaissante, répondit-elle sincèrement, car elle n'aimait pas particulièrement les chanoines de l'hôpital.

Le frère Henry entonna donc la prière des morts et donna l'extrême-onction à Julian.

– Il faut l'enterrer très vite, déclara Anneys quand le moine s'écarta du lit de mort. Nous devons le préparer.

La sœur laie avait recouvré tout son calme et secouait déjà un drap propre.

– Pourquoi une telle hâte ? Il n'est pas mort de la peste, que je sache. Il n'y a donc rien à craindre, assura Bess.

– Moi, je crois que c'était la peste. Et vous aussi. Sinon pourquoi auriez-vous utilisé ce bol de vinaigre ?

Bess jeta un coup d'œil à Owen qui secoua la tête. Elle se força donc à retenir sa langue.

– Je vais mettre don Cuthbert au courant de ce qui vient d'arriver, dit-il en se dépêchant de sortir.

Alors que Bess arrivait sur la place St Helen, le bonnet de travers, et entièrement imprégnée de l'odeur de la transpiration de son oncle, les violents battements de son cœur résonnaient encore dans ses oreilles. Quel horrible secret avait bien pu provoquer une telle issue ? Empoisonnement. Pénitence. Il a attendu si longtemps. Tout cela n'avait rien à voir avec la peste. Est-ce que par malheur le pauvre homme avait raison ? On l'aurait empoisonné ? Elle avait vu suffisamment de gens mourir de la grande mortalité pour savoir que les victimes partaient de bien des façons, mais jamais comme son oncle.

– Bien le bonjour, Maîtresse Merchet. Est-ce que ça va ?

Bess n'avait pas remarqué Alice Baker, plantée devant l'officine de Maîtresse Wilton et l'observant attentivement.

– Pardonnez-moi, je ne vous avais pas vue. Mon esprit s'était envolé au loin.

– Vous paraissez bien fatiguée.

– Que Dieu me vienne en aide, car je le suis, Maîtresse Baker.

Alice Baker hocha la tête d'un air réprobateur.

– Je constate que vous n'avez aucune protection.

– Je vais y remédier tout de suite.

Après avoir adressé un bref signe de tête à la femme, Bess pénétra chez l'apothicaire.

Lucie, occupée à servir un client, leva tout de même les yeux et put constater l'état dans lequel se trouvait Bess.

– Jasper ! appela-t-elle. (Le garçon franchit immédiatement le rideau de perles.) Veuillez m'excuser, Maître Tyler. Je dois m'occuper d'une amie que je vois toute chamboulée. Jasper va finir de vous servir.

Et elle fit signe à Bess de la suivre dans l'arrière-boutique.

En lisant autant d'inquiétude dans les yeux de Lucie, Bess s'effondra sur une chaise en sanglotant.

Lucie lui tapota gentiment le dos, comme elle le faisait pour réconforter Gwenllian. Elle devinait pourtant que Bess avait une raison sérieuse de s'écrouler de la sorte, car elle n'était pas portée sur l'hystérie. Après qu'elle se fut un peu calmée, l'apothicaire lui versa deux doigts de brandy.

– Tenez, buvez vite.

Sans se faire prier davantage, rejetant la tête en arrière, Bess l'avala d'une seule traite. Elle respira ensuite profondément et ferma les yeux en serrant bien fort les paupières.

– Je sens le lit de mort, dit-elle en reniflant sa main.

Sa voix se brisa et elle recommença à pleurer, mais moins convulsivement cette fois.

Lucie attendit de nouveau qu'elle se calme et la resservit.

– Le lit de mort de qui ? demanda-t-elle.

Bess but et laissa échapper un hoquet, avant de répondre :

– Mon oncle Julian. Il vient de mourir. J'arrive pas à y croire.

– Comment est-ce possible ? Je suis bien certaine qu'il n'est pas mort de ses blessures.

– Si vous saviez comme il a pu souffrir.

Sentant venir d'autres larmes, Bess s'épongea rageusement les yeux.

Lucie s'assit à son tour et passa les bras autour des épaules de son amie.

– Racontez-moi tout.

Avec force hoquets, d'autres larmes, et trois doses supplémentaires de brandy, Bess parvint à décrire toute l'horreur des derniers instants de Julian.

– Anneys a dit que c'était la peste, et elle a tort. J'en suis tout à fait sûre. Et le visage de votre mari indiquait clairement qu'il en doutait lui aussi.

D'après la description des symptômes, Lucie ne pouvait qu'être d'accord avec elle.

– Owen était venu le voir ?

– J’ignore pourquoi, mais heureusement qu’il s’est trouvé là. Seule, je n’aurais jamais pu le faire tenir tranquille.

Lucie était curieuse d’apprendre de la bouche de son mari ce qu’il en pensait. Pour autant qu’elle puisse en juger d’après la description de Bess, les symptômes n’indiquaient pas du tout une maladie. Toutefois, elle n’en toucha mot à son amie : son dessein était de l’apaiser, non de la perturber davantage.

– Quelquefois, une blessure à la tête peut être source de problèmes longtemps après l’accident. Une attaque n’est pas rare.

– Accompagnée d’une telle transpiration et d’une telle soif ?

– Je pense que c’est possible.

– Pourtant il me semble que le problème, c’était son cœur, pas sa tête.

– C’est envisageable. Il a été blessé et a subi la perte de son meilleur ami. De quoi lui affaiblir le cœur.

– Avouez que vous essayez de me réconforter.

– C’est en effet ce que j’essaye de faire. Je ne peux pas deviner ce qui l’a anéanti en si peu de temps.

Bess tapota la main de Lucie et se leva en soupirant et en se massant les reins.

– Je me sens un peu requinquée maintenant. Je vais pouvoir apprendre la nouvelle à Tom sans l’alarmer.

Ce même soir, alors qu’Owen disposait des petits tas d’herbes médicinales sur des carrés de toile que

Lucie cousait ensuite, ils discutèrent de la mort de Julian Taverner.

– Tu ne peux pas croire qu'il est mort d'une attaque, à la suite de sa blessure à la tête, affirma Owen. Pas après un délai aussi long.

– J'ai proféré le premier mensonge qui m'est passé par la tête, avoua-t-elle, et je commence à en avoir des remords. Je ne tenais pas à lui dire ce que je pensais vraiment.

– Et moi, je peux le savoir ?

– Il a prétendu qu'on l'avait empoisonné. Et je suis à peu près sûre de ne pas me tromper : seule une dose mortelle de belladone pourrait provoquer une mort aussi affreuse.

Owen acquiesça d'un signe de tête en lui tendant le dernier petit carré.

– J'ai pensé exactement la même chose.

Lucie cousit pensivement le dernier sachet qu'elle ajouta aux autres entassés dans un panier. Elle s'approcha ensuite de la fenêtre pour y chercher un peu d'air frais.

– Cette histoire me perturbe, mon chéri. À cause de l'enquête que tu dois mener à l'hôpital. Mais Julian l'a suggéré. Et si on ajoute l'assassinat de Walter de Hotter, les attaques, les vols...

Owen vint la rejoindre et glissa ses bras autour d'elle.

– Qu'est-ce qui peut bien se cacher sous tout ce qui se passe à St Leonard ?

Lucie lui pressa les mains.

– Quoi que ce soit (elle se retourna dans ses bras), tu vas devoir te montrer très prudent, mon chéri.

– Pourquoi n'as-tu pas fait part à Bess de tes soupçons ?

– Tu devines quelle aurait été sa réaction. Et ta tâche va être assez ardue sans l'avoir elle aussi dans les jambes.

– Tu es bien bonne d'y avoir pensé. Quel est donc le fil qui peut les relier, hein ? Walter, Laurence, Julian, les vols...

– Est-ce que tu as vu Ravenser ?

– Demain. Aujourd'hui, j'avais prévu de parler avec Edward Munkton et Honoria de Staines.

– Ah, Honoria ! Tous ceux qui viennent à la boutique ont quelque chose à dire sur elle. Et ce n'est jamais gentil.

– Elle prétend que c'est Julian Taverner qui lui a donné les gobelets. Comme cadeau de mariage.

– Alors que Bess la détestait tellement ? Qu'est-ce que Julian a dit de ça ?

– Il est mort avant que je puisse lui poser la question.

Lucie se signa.

– Crois-tu qu'elle puisse être une voleuse ou une meurtrière ?

– L'un ou l'autre. Les deux. Ou rien de tout ça. Je ne sais toujours pas quoi en penser.

– Julian a parlé d'un homme qui s'était enfui en courant de la maison en flammes de Laurence.

– Tu penses au mari disparu de Honoria ? demanda Owen.

Faire intervenir un mari jaloux était bien une idée de femme.

– Elle est en prison depuis plusieurs jours, souligna Lucie.

– Oui, mais elle peut vaquer à ses occupations pendant la journée et aller partout dans l'hôpital.

– Peut-être Bess va-t-elle se rappeler que Julian a donné les gobelets à Honoria ?

– Je me demande ce qu'elle était pour lui, dit Owen d'un air songeur.

– Je suis certaine que Bess a son opinion là-dessus.

13

Doléances de Bess

La maison du maître de St Leonard, simple bâtisse en bois de construction, était cependant vaste et possédait plusieurs fenêtres vitrées. À peine Bess eut-elle frappé qu'un homme rondelet, vêtu d'une robe de clerc fort sobre, lui ouvrit la porte. Elle jugea au premier coup d'œil qu'il ne s'agissait pas d'un simple domestique. Elle ajusta son bonnet à rubans et annonça son intention de s'entretenir avec le maître.

Le clerc avait l'air sincèrement attristé.

– Dieu soit avec vous, Maîtresse Merchet ! Votre oncle était un brave homme. Puisse-t-il reposer en paix !

– J'entends bien faire tout ce qu'il faudra pour qu'il puisse reposer en paix, rétorqua Bess. Et j'ai besoin de voir votre maître.

– Sir Richard se repose. Je pense que demain serait plus...

– Pas demain, non. J'ai parlé avec votre maître il y a quelques jours, et il m'a invitée à passer le voir quand je le voudrais. Et comme vous le voyez, je suis ici aujourd'hui.

– Mais vu les circonstances, Maîtresse Merchet...

Ravenser venait juste d'officier aux funérailles de Julian.

– Mon oncle a gagné le repos éternel. Moi je serai incapable de me reposer avant d'avoir parlé à sir Richard.

En soupirant, le clerc l'invita à attendre dans l'entrée. Il disparut par un passage en ogive et, indistinctement, Bess entendit un « entrez » prononcé d'un ton rébarbatif, quelques mots murmurés, et puis plus rien. Elle jeta un coup d'œil autour d'elle, remarqua quelques sacs abandonnés dans le hall qui n'avaient pas encore été ouverts. Très bien. Sir Richard méritait d'être dérangé pour avoir négligé son oncle comme il l'avait fait. Elle s'était efforcée de se montrer polie avec lui en public, mais en tête-à-tête, elle entendait bien lui exprimer sa façon de penser sans la moindre fioriture. Elle lui fournirait aussi matière à réfléchir. Elle s'approcha des sacs et se pencha pour en palper le cuir. Souple. Coûteux. Évidemment. Le bruit courait que les ambitions de sir Richard rivalisaient avec celles de son oncle Thoresby. Il devait recevoir moult prébendes – en dehors de ses fonctions à la chancellerie et dans la maison de la reine –, pour pouvoir s'offrir un cuir d'une telle qualité. Bess s'empressa de regagner la porte d'entrée en entendant des pas s'approcher.

Le clerc s'inclina respectueusement, mais son regard exprimait clairement sa désapprobation.

– Sir Richard va vous recevoir. Je vous prie de me suivre.

Faisant demi-tour sur les talons, il repartit par où il était venu.

Bess lui emboîta le pas avec une sombre détermination.

Quand Richard de Ravenser se leva de son fauteuil et s'avança vers elle pour l'accueillir, elle se fit la réflexion que sa ressemblance avec son oncle était bien plus frappante aujourd'hui qu'elle ne l'était la première fois qu'ils s'étaient rencontrés, plusieurs années auparavant. Les lèvres du maître de l'hôpital étaient cependant bien plus minces que celles de l'archevêque. Des lèvres sévères. Cet homme ne devait pas savoir profiter de la vie comme elle soupçonnait son oncle de l'avoir fait dans sa jeunesse.

– Maîtresse Merchet, j'imagine que vous êtes venue me voir au sujet de la mort prématurée de votre oncle. Je puis vous assurer que nous étions sincèrement persuadés qu'il s'était assez bien remis pour pouvoir rentrer chez lui.

Ravenser conduisit Bess jusqu'à une chaise à dossier droit placée près d'une petite table sur laquelle trônaient un flacon de vin et deux coupes.

Tout à fait civilisé. Ce n'était pas tout le monde qui traitait une aubergiste de la sorte.

Le maître de St Leonard fit signe à un domestique, qui avait silencieusement remplacé le clerc, de verser du vin.

– Vous voulez bien boire avec moi ?

– J'en serais très honorée, sir Richard.

Avant de boire, Bess huma le contenu de sa coupe et nota le puissant bouquet. Le palais de Ravenser différait de celui de son oncle Thoresby qu'elle connaissait bien. En effet, ils échangeaient souvent des tonneaux de l'ale fabriquée par Tom contre des barriques en provenance de l'excellent cellier que l'archevêque possédait à Bishopthorpe. Mais elle fut rassurée en le goûtant : le vin qu'on venait de lui verser était tout à fait correct.

– Pardonnez-moi d'avoir oublié de prévenir Douglas de votre éventuelle visite.

– Je pense que c'était mieux ainsi. Prévenu à l'avance, il aurait eu le temps de fourbir ses arguments contraires.

– Je tiens à vous assurer que, s'il a fait preuve de mauvais gré, c'était sans intention de vous offenser. Il sait que la chaleur a été la cause d'une de mes migraines et il pense que je dois me reposer.

En regardant Ravenser porter la coupe de vin à ses lèvres, Bess constata avec intérêt que sa main tremblait : il n'était pas victime d'un mal de tête ordinaire. Elle remarqua aussi la grâce étudiée avec laquelle il goûtait son vin et la délicatesse de tous ses gestes que ses vêtements élégants ne faisaient que souligner. En réalité, il tenait sans doute beaucoup plus de son oncle qu'elle ne l'avait cru jusqu'à ce jour. Il la regarda à son tour d'un air un peu narquois.

– Pardonnez-moi, mais vous ressemblez tellement à Monseigneur l'archevêque.

– Beaucoup le disent, en effet. Si seulement, outre ses traits, je pouvais avoir sa grande sagesse.

Un commentaire destiné à la rendre moins

vindicative, Bess en était consciente, mais elle ne s'en laissait pas conter si facilement.

– Sa sagesse ? Eh bien peut-être pas, en effet. Car était-il sage de faire quitter l'infirmerie à mon oncle si tôt ? Vous est-il venu à l'esprit que sa mort pourrait être la conséquence directe de votre hâte à récupérer son lit ?

Une vive rougeur colora brusquement le teint pâle du maître de St Leonard.

– Maître Taverner continuait de bénéficier de nos soins. Sa maison n'est pas loin de...

– Oui-da. Pourtant, juste avant sa fin, quand son domestique a envoyé chercher Anneys, elle n'est pas venue. C'est seulement quand je lui ai fait dire que l'oncle Julian était mourant qu'elle a répondu à la convocation.

Ravenser pressa ses mains sur ses tempes en fermant les yeux.

– Maîtresse Merchet...

– Seriez-vous intéressé d'apprendre que mon oncle est mort persuadé qu'on l'avait empoisonné ?

Les paupières se relevèrent sur des yeux écarquillés.

– Comment ?

– Empoisonné. C'est ce qu'il a dit.

– Par qui ?

Elle n'était pas encore prête à lui avouer qu'elle l'ignorait.

– Votre économe n'a cessé de harceler Julian, vous savez. Il voulait apprendre pourquoi Maître Warrene était retourné dans sa maison au lieu de surveiller le feu. Don Cuthbert pensait ouvertement que c'était parce qu'il avait pu y dissimuler les objets volés à

St Leonard. Que pensez-vous de ça ? Tourmenter mon oncle, blessé et en deuil, avec pareilles billevesées !

Ravenser laissa retomber ses mains sur ses genoux et parut se plonger dans leur contemplation. Voyant qu'il ne faisait aucun commentaire, Bess poursuivit :

– Il se passe beaucoup de choses, ici, dont vous n'êtes pas informé, sir Richard. Je réalise que vous êtes un homme important à Westminster. Mais vous devriez apprendre à connaître vos gens. Laurence, un voleur ? (Bess hocha la tête avec dérision.) Un homme possédant assez de biens à vous donner en viager pour que l'hôpital prenne soin de lui et de sa femme ? Et à propos de ces vols, qu'en savez-vous au juste ?

Sans lever les yeux et en restant parfaitement immobile, Ravenser répondit :

– Nous étions en train de parler de la mort de Julian Taverner. Qu'est-ce que ces vols ont à voir avec lui ?

– Qu'est-ce qu'ils avaient à voir avec son ami Laurence ?

– Je vais parler à don Cuthbert au sujet de ses accusations.

– Et Honoria de Staines ? Soi-disant que vous l'avez mise aux arrêts. Qu'est-ce qu'elle a à raconter à ce sujet ?

– Cela ne vous concerne en rien, Maîtresse Merchet. Mais ce que je peux vous dire, c'est que je compte bien aller au fond des choses et découvrir la vérité.

Bess décida d'ignorer le ton irascible qu'avait adopté sir Richard pour lui répondre.

– Le jour de l'incendie, mon oncle et Laurence de Warrene ont été attaqués. Avez-vous la moindre idée de l'identité de leur assaillant ? Qui dit que ce n'était pas le voleur ? Alors, est-ce qu'il ne serait pas judicieux de le retrouver, ce voleur ? Est-ce que je vais être obligée de...

Le maître de St Leonard leva la main pour interrompre le flot de ses récriminations.

– Maîtresse Merchet, j'aimerais vous assurer que je fais tout mon possible afin d'apprendre ce qui s'est passé dans cet hôpital. Mais avant de vous révéler quoi que ce soit, j'exige que vous me promettiez de n'en rien dire à personne.

Donc, en dépit de sa courtoisie première, il la tenait bien pour une aubergiste ordinaire portée sur les commérages.

– La condition sociale d'une personne ne la rend pas plus ou moins discrète, sir Richard.

Ravenser se pressa de nouveau les tempes.

– Pardonnez-moi ma maladresse. Je voulais simplement signifier qu'au point où nous en sommes, garder le secret est primordial.

– Il sera sans doute temps de s'inquiéter de ça quand vous saurez effectivement quelque chose.

– Et je compte bien savoir quelque chose très rapidement. L'archevêque Thoresby a accepté que le capitaine Archer vienne m'aider à mener l'enquête.

– Vraiment ?

Sur le moment, Bess ne sut trop ce qu'il fallait en penser. D'un côté, personne n'était plus qualifié qu'Owen pour aboutir à un résultat concret, et elle ne pouvait que se montrer satisfaite. Mais d'un autre, le seul fait que l'archevêque ait accepté de se priver des services de son capitaine et intendant indiquait assez clairement qu'il se passait quelque chose de vraiment grave à St Leonard. Sans parler du fait que Lucie n'allait pas apprécier du tout l'implication de son mari dans cette sinistre histoire. Est-ce qu'elle allait lui en faire endosser la responsabilité ? Tout de même, charger Owen des investigations montrait que sir Richard avait vraiment l'intention d'agir.

– J'ai l'impression que St Leonard est maudit, à présent.

D'une voix étouffée, Ravenser déclara :

– Je n'irais pas jusque-là, Maîtresse Merchet. *Maudit* est un terme exagéré. Je souhaite simplement découvrir la vérité. Maintenant, je dois vous prier de m'excuser. Il se produit un martèlement dans ma tête qui ne va pas tarder à noyer tous les sons venus de l'extérieur. Je vous présente mes excuses, au nom de St Leonard, pour la mort de votre oncle. En admettant que nous en soyons responsables.

Bess se leva et fit une petite révérence. Elle avait encore beaucoup de questions, mais le maître de l'hôpital était visiblement en piteux état.

– Que Dieu vous réconforte, sir Richard ! Vous pourriez envoyer un domestique chercher une potion chez Maîtresse Wilton ?

– J'ai déjà une de ses merveilleuses concoctions, Maîtresse Merchet. Elle m'attend dans ma chambre. Que Dieu vous garde !

Ravenser l'accompagna courtoisement jusqu'à la porte qu'il ouvrit pour elle. Douglas se précipita pour le soutenir et l'aider à s'éloigner. Puis il revint rapidement vers Bess qu'il suivit jusque dans la cour poussiéreuse de la maison.

– Je ne pensais certainement pas que ma visite allait le rendre malade.

– Sir Richard avait besoin de repos, après l'enterrement. Le soleil brûlant... Si vous aviez bien voulu suivre mon avis...

– Alors, dans ce cas, c'est moi qui aurais attrapé la migraine. Dieu soit avec vous !

14

Complexité

À la demande pressante de Lucie, dès l'aube, Owen arpentait les rues désertes d'York pour aller rendre visite à Magda Digby. Le soleil n'était pas levé depuis longtemps et il fallut réveiller le portier. Il savait que la Vieille de la Rivière n'allait pas tarder à commencer sa journée, afin d'aller visiter les malades en détresse en dehors de la ville, dans la campagne environnante. Owen voulait lui parler à propos de la mort de Julian Taverner, avant sa rencontre prévue avec Ravenser un peu plus tard.

– C'est peut-être Bess qui devrait lui raconter ce qui s'est passé ? avait suggéré Lucie.

– Ouiche ! Et si Magda pense elle aussi qu'il a été empoisonné, tu imagines la suite !

Lucie avait quitté des yeux le récipient où elle malaxait lentement un onguent au-dessus d'une flamme réduite et croisa le regard de son mari à qui elle adressa un sourire grimaçant.

– Tu as raison. Mes efforts pour cacher ce que je pensais à Bess auraient été vains et elle finirait par te rendre fou en se mêlant de l'enquête.

– Exactement. Et grâce à monseigneur Thoresby, j'ai déjà bien assez de problèmes comme ça.

– N'essaye pas de me faire croire que tu ne jubiles pas à la pensée de résoudre l'énigme de St Leonard.

– Tu crois vraiment que je vais la résoudre ? Pour l'instant je me contenterais de pouvoir comprendre ce qui s'est véritablement passé.

– Par où vas-tu commencer ?

– Avant de me décider, j'aimerais savoir si Magda a entendu parler de quelque chose qui pourrait me mettre sur une piste. J'ignore comment, mais le moindre potin concernant York lui arrive tout de suite aux oreilles.

En attendant le bon vouloir du portier, il se mit à penser à Honoria de Staines, que tellement de gens soupçonnaient. La mort de Julian l'empêchait de se forger une opinion sur elle. Lucie avait raison : il devait demander à Bess ce qu'elle savait de ce supposé cadeau de mariage. Et aussi s'il avait existé une animosité entre le mari de Honoria et Taverner. Voilà un entretien qu'il redoutait.

– Il fait à peine jour, ronchonna une voix au-dessus de sa tête. Qui va là ?

– Le capitaine Archer en mission pour l'archevêque.

Un juron, le silence, puis un bruit de clefs. Bientôt, la lourde porte s'ouvrit en grinçant de vives protestations. Le portier n'était guère plus aimable.

– Elle pouvait pas attendre un peu, cette mission ? grommela-t-il.

– Non.

– Alors que Dieu vous protège, capitaine !

Dan fit un pas en arrière pour laisser sortir Owen. En passant devant lui, ce dernier se rappela soudain ce que Lucie lui avait dit deux ou trois jours auparavant.

– Et votre petite fille ? Elle s'est remise ?

Silence. Owen se tourna franchement vers lui et le vit essuyer son visage tout plissé de sommeil à sa manche.

– Puisse-t-elle reposer en paix, ajouta-t-il dans un murmure.

Il se remit en route en se maudissant d'avoir réveillé un homme qui avait tellement besoin de dormir. Dan et sa femme avaient d'autres enfants, mais la petite Angelique, la plus jeune, était leur préférée : une petite fille blonde à la voix douce, à peine plus âgée que Gwenllian. Quand il fut certain de n'être plus en vue de la porte, il se signa et dit une prière pour ses propres enfants.

Il vit de la fumée s'échapper par le trou pratiqué dans le fond du navire viking renversé qui servait de toit à Magda. Elle n'était donc pas encore partie. La vieille femme se montrait toujours très prudente avec le feu, même si une grande étendue d'eau boueuse isolait son modeste logis, édifié sur un rocher planté au milieu des marécages, des maisons qui s'agglutinaient autour de l'abbaye St Mary. Owen frappa. Alors qu'il attendait qu'on lui réponde, il lui sembla entendre un hennissement tout proche. S'avançant jusqu'au coin de l'humble bâtisse, il se trouva nez à nez avec un cheval.

– Alors ma beauté, c'est donc toi qui vas transporter Magda aujourd'hui ?

– Ouvre un peu mieux l'œil ! cria cette dernière depuis le seuil. Tu ne reconnais pas la haridelle de Maîtresse Ffulford ?

– Franchement, non. Je ne l'avais pas reconnue.

– C'est parce que l'enfant l'a bien soignée.

Passant la main à travers la crinière, Owen découvrit un emplâtre gluant près du garrot.

– Une blessure ?

– Ouais, mais ça va se réparer. Entre donc.

Owen se pencha pour ne pas heurter le linteau.

– La fille est ici ?

– Non, seulement l'animal.

– Son oncle a vendu la bête quand il a pris la gamine chez lui ?

Magda retroussa sa jupe de patchwork pour s'asseoir sur un tabouret près du feu, puis elle ramassa un bol et une cuillère.

– Tu peux jouer aux devinettes toute la journée si tu veux, c'est pas Magda qui va t'en empêcher. Mais quelles sont les bonnes réponses ? Elle est incapable de le dire. As-tu rompu ton jeûne ?

– Oui, mais je ne dirais pas non à une chope d'ale.

Il lui fit le récit de sa rencontre avec le portier.

– Sers-toi tout seul. Tu sais où Magda garde son ale.

Elle continua de mâchonner son petit déjeuner pendant un moment. Owen vint s'installer sur une natte de jonc posée près du feu et, la tête rejetée en arrière, il avala la moitié de sa chope de bière en une seule gorgée.

– Qu'est-ce qui t'amène chez Magda aux aurores, Œil-d'Oiseau ?

Il lui parla de la tâche qu'on lui avait confiée à l'hôpital.

– Je me demande si la mort de Julian Taverner a quelque chose à voir avec les vols.

– Taverner. Ouais. Magda a appris sa mort. C'est pas la peste ?

Tandis qu'Owen décrivait les symptômes qui avaient précédé la mort et lui rapportait les paroles du vieil homme, Magda branlait le chef d'un air entendu.

– De la belladone, hein ? Pas vraiment étonnant. Taverner était homme à avoir des ennemis.

– Des ennemis à l'intérieur de l'hôpital ?

– Ça, l'ami, c'est à toi de le découvrir. (Magda reposa son bol et attrapa un gobelet pour boire.) Mais écoute bien ce que je vais te dire : l'auberge de Taverner était petite, comparée à la York Tavern, et pourtant il possédait des choses de valeur et a pu se faire accepter comme pensionnaire à St Leonard. Les Merchet étaient donc tellement riches ?

– Il était contrebandier. (Owen termina son ale.) Mais à Scarborough, tout le monde l'est peu ou prou.

La vieille femme hurla de rire.

– Pour généraliser, les hommes se posent là ! Un grand nombre, c'est pas tout le monde.

– Bon, je te l'accorde. Alors disons qu'il y avait tellement de contrebandiers à Scarborough que je ne vois pas pourquoi Julian Taverner serait le seul à avoir des ennemis.

– Magda a une règle. Un homme qui n'a pas d'ennemis ne pense pas qu'on l'a empoisonné. Mais tu finiras par découvrir la vérité.

– J'aimerais bien savoir comment on lui a administré le poison. C'est Bess, les sœurs laies et sa vieille servante qui s'occupaient de lui. Personne d'autre. Et il était protégé par les murs de l'hôpital. Comment diable a-t-on pu arriver jusqu'à lui ?

– Ah, tu as du pain sur la planche.

Magda reposa son gobelet et s'étira en se levant de son tabouret.

– Tu sais que Honoria de Staines passe ses nuits dans la prison de St Leonard ?

– Ouais. Parce qu'elle était en possession de soie et de gobelets trop coûteux pour sa condition.

Magda attrapa une besace suspendue à un portemanteau et alla la poser sur sa table de travail. Owen la suivit.

– Je me demande s'ils ont eu raison de l'accuser. Elle a passé beaucoup de temps avec Julian Taverner, non ?

Tout en remplissant sa besace avec des simples, Magda dit :

– Avant de se marier, Honoria a été employée comme servante chez lui pendant deux ans. Alors forcément qu'elle a passé beaucoup de temps avec lui.

– Ils étaient amants ?

– Et c'est pour cette raison qu'elle l'aurait empoisonné ?

Magda retourna près du feu devant lequel elle s'accroupit.

– Que sais-tu de son mari disparu ?

– Elle était amoureuse de lui. J'ai bien cru qu'elle finirait par s'empoisonner elle-même, à force de vouloir à tout prix lui donner un enfant.

– Elle est stérile ?

Magda hocha la tête en éparpillant les braises pour les recouvrir de cendre.

– Tellement d'hommes et jamais enceinte ? Son mari l'a accusée, battue, mais, en définitive, c'est les mauvaises langues qui ont envenimé leur union. Elle ne le reverra jamais.

– Tu ne crois pas qu'il soit revenu pour se venger ?

La vieille femme laissa échapper un de ses rires tonitruants.

– Tu es donc si peu avancé dans ton enquête que tu te raccroches à une bêtise pareille ? (Elle se releva en ignorant la main secourable qu'Owen lui tendait.) Maintenant tu prends la porte. Il est grand temps que Magda commence sa journée.

Elle ferma sa besace et la jeta sur son épaule d'un geste vif.

Quand le capitaine retrouva la pâle lumière du jour, la jument l'accueillit par un hennissement.

– Où l'as-tu trouvée ?

– Attachée devant une hutte en ruine. Des gens m'ont dit qu'un inconnu l'avait abandonnée quand une charrette qui s'est renversée lui a fait peur.

– Tu les as crus ?

– Oui, ils étaient pas assez malins pour voler un cheval. Alors, Magda les a interrogés sur l'étranger. Une robe de clerc. Blessé au bras et à la jambe, et souffrant trop pour être capable de calmer la jument.

– Et il n'est pas revenu la chercher ?

– Non.

– Mais comment se fait-il qu'elle se trouve maintenant chez toi ?

– Magda leur a expliqué qu'ils s'attireraient de gros ennuis en essayant de la vendre.

– Qu'est-ce que tu vas en faire ?

– Grimper sur son dos et remonter le long de la rivière.

– Tu t'inquiètes pour la gamine ?

Le visage de la vieille femme se renfrogna.

– Tu as tes soucis et Magda a les siens, Œil-d'Oiseau.

Tom Merchet abandonna le travail qu'il était en train de faire en voyant entrer Owen dans la taverne à peine éclairée.

– Des nouvelles de mon filleul ?

Tom partageait avec l'archevêque l'honneur d'être le parrain de Hugh.

– Non, mais j'espère en avoir bientôt. Monseigneur Thoresby va passer chez le père de Lucie pour prévenir la malheureuse Tildy de la mort de son frère.

– C'est bien obligeant de sa part. On trouve peu de messagers sur les routes par les temps qui courent.

– C'est bien vrai. Est-ce que Bess est ici ?

– Dans la cuisine. Le cuisinier n'est pas en état de travailler. Mais il s'est seulement brûlé la main. Il va déjà mieux grâce à l'onguent que Lucie lui a donné. Ma femme m'a dit que tu allais venger Julian ?

– Vierge Marie ! La rumeur s'est donc déjà...

Tom fit taire Owen d'une grande claque dans le dos.

– Tu n'as pas à t'en faire. Elle ne m'a rien raconté de tel. (Son visage rond était largement épanoui.)

Mais elle m'a tout de même appris que tu allais aider sir Richard à y voir un peu plus clair dans ce sac d'embrouilles.

– Je vais au moins essayer, oui. Je dois d'ailleurs le voir au milieu de la journée. Et avant, j'aimerais m'entretenir avec Bess de son oncle.

– S'il s'agit de bavarder, c'est pas elle qui va se faire prier.

Owen s'assit en face de Tom et passa la main sur le coin de la table que l'aubergiste était en train de poncer.

– Que s'est-il passé ?

– Oh ! la table a pris un coup de banc.

– Ainsi que le client qui y était assis ?

– Ouais, mais il survivra. Et son agresseur a payé largement pour couvrir les dégâts.

Fort heureusement, Tom Merchet était un gars costaud. Un aubergiste n'avait jamais trop de muscles.

– Dis-moi donc ce que tu sais de Julian Taverner.

Tom continua de poncer pendant un moment en essayant de rassembler ses pensées.

– Il était propriétaire d'une auberge à Scarborough. Au port. Le Cygne, que ça s'appelait. Et comme tous les hommes de Scarborough, il aimait beaucoup les bateaux qui s'échouaient pendant les tempêtes.

Les ressentiments que Tom nourrissait contre les citoyens de Scarborough n'étaient pas étrangers au fait que Bess gardait de tendres souvenirs de son premier mari, commis dans cette ville.

Pourtant, ses propos étaient sans doute proches de la vérité. Magda avait elle aussi suggéré que l'auberge de Julian n'était pas sa seule source de revenus.

– Il vidait les coques éventrées ?

Sa question provoqua l'hilarité de Tom.

– J'en suis à peu près persuadé. Sans cesser de s'occuper de son auberge. Mais quand sa femme et sa fille se sont noyées au cours d'une tempête, il a changé du tout au tout. Il s'est bizarrement accusé de leur mort, alors qu'il était bien loin du lieu de l'accident. Et quand un orage éclate sans prévenir, les plus avertis peuvent s'y laisser prendre. Après, il a pas cessé de répéter que c'était sa punition. Et quand l'épidémie de peste s'est déclarée à Scarborough, il a décidé de faire pénitence en allant s'occuper des moribonds.

– Pénitence pour quoi ?

– Il s'en est jamais expliqué. Une maîtresse, peut-être ? Quoi d'autre ?

– Alors, mon mari. Encore en train de médire ?

Bess venait d'apparaître dans l'ouverture de la porte qui donnait sur la cuisine.

– Tu as une meilleure réponse ? demanda-t-il sans se démonter.

Bess vint s'asseoir avec eux.

– Alors, Owen, c'est vrai ? Vous avez offert d'aider sir Richard ?

– Offert ? Certainement pas ! Monseigneur l'archevêque m'en a donné l'ordre.

– Pour moi, ça fait vraiment aucune différence. Je suis bien heureuse que vous preniez les choses en main. Je vais enfin pouvoir me reposer l'esprit. Et puisque Julian est mort, je peux rien espérer de mieux.

– J'ai bien peur de vous décevoir.

– J'en crois rien. Vous êtes bien trop madré pour ne pas arriver à vos fins.

– Vous ne serez donc pas surprise si je fourre mon nez dans les petites affaires de l'oncle Julian, hein ? Connaissez-vous quelques-uns de ses vieux copains, du temps où ils se livraient à la contrebande ?

Bess accusa le coup.

– De la contrebande ? Qui vous a parlé de ça ?

– Je me suis laissé dire qu'il menait la belle vie à Scarborough, Bess.

– Si le Cygne est une belle auberge aujourd'hui, elle marchait encore mieux quand mon oncle s'en occupait.

– Vous avez tous les deux une belle taverne, mais serait-ce suffisant pour vous faire accepter comme pensionnaires à St Leonard, hein ?

– Non. Mais vous seriez avisé de chercher ailleurs. John Cooper savait ce qu'il disait en parlant des morts suspectes à l'hôpital.

Owen balaya la rumeur d'un geste.

– Oui, j'en ai eu des échos. Ce ne sont que ragots dangereux et sacrilèges, Bess. Veillez à ne pas les propager. Et surtout, personne ne doit savoir quel rôle je joue dans cette sordide histoire.

– Tu sais que tu peux te fier à nous, assura Tom.

Quant à Bess, elle ne fit aucun commentaire, mais son attitude offensée suffit à rassurer Owen sur ce point précis.

– Il y a quelque chose qui me trotte dans la tête et que vous pourriez certainement m'aider à comprendre, Bess.

– Oh ? Et qu'est-ce que ça peut bien être ?

– Honoria de Staines.

– Quoi ? Cette espèce de traînée ? brocarda-t-elle.

Owen lui rapporta sa conversation avec Honoria, sans préciser qu'elle avait eu lieu le jour même de la mort de Julian.

– Des gobelets de verre italien ? (Bess fit non de la tête.) Je savais que mon oncle se conduisait comme un vieux fou avec elle, mais tout de même, des gobelets de verre italien !

– Vous n'avez pas assisté à son mariage ?

– Certainement pas ! J'aurais eu bien trop honte. À l'époque, j'étais persuadée qu'elle allait donner naissance à un enfant « prématuré » qui aurait le nez et les yeux de mon oncle. Sans parler des cheveux épais de la famille.

Owen nota au passage que la stérilité de Honoria n'était pas de notoriété publique.

– D'après vous, il l'aurait donc mise dans son lit ?

– Je pense que c'était plutôt le contraire. C'est elle qui a dû l'aguicher.

– Vous en avez la preuve ?

– C'est tout simplement sa nature, mon ami. Mais pourquoi ces questions ? Quel est le rapport avec le décès de mon oncle ?

– Aucun, à ce que je crois. C'est simplement à cause des gobelets trouvés en sa possession. Ils sont similaires à ceux qui ont été volés dans la maison de sir Richard.

– Ah, mais cette femme n'a pas besoin de voler. Elle gagne de l'argent en restant couchée sur le dos, vous pouvez me croire.

– Lors du mariage, votre oncle a servi de témoin. C'était un ami du marié ?

– Au contraire. Il trouvait qu'ils étaient pas assortis du tout.

– Alors ils se détestaient ?

Le visage de Bess se ferma.

– Mon cher ami, il n'a pas cocufié ce jeune homme, si c'est ce que vous voulez savoir.

Il apparaissait clairement à Owen que, dans ce domaine, il ne pouvait pas faire crédit à Bess.

Quand le frère Wulfstan sortit dans la rue, après une longue veille au chevet d'une nouvelle victime de la peste, la lumière du jour – même si elle n'était pas très vive dans cette rue étroite – lui brûla les yeux.

John Tyler, qui venait de subir plusieurs deuils, le héla du seuil de sa maison :

– Avez-vous besoin d'un bras pour vous conduire ?

Le frère Wulfstan fit non de la tête et, d'un geste de la main, il tenta de balayer les inquiétudes que l'homme éprouvait à son égard.

– Occupez-vous plutôt des vôtres, Maître Tyler. (Ce dernier avait perdu sa femme et un bébé, mais devait encore prendre soin d'un fils et d'une fille.) Vous avez été courageux de rester avec eux jusqu'à la fin. Ce n'est pas le fait de tous.

– Dieu vous bénisse, frère Wulfstan ! cria une voix nasillarde venue d'un coin d'ombre.

Wulfstan s'arrêta et plissa les yeux pour essayer de mieux y voir.

– Dieu vous ait en Sa sainte garde. Est-ce que je peux faire quelque chose pour vous ?

Il vit bientôt un quidam s'approcher de lui en boitant.

– Je suis blessé, annonça-t-il.

Le vieux moine ne put s'empêcher de penser qu'une blessure allait le changer agréablement des horribles stigmates de la peste.

– Venez avec moi jusqu'au parvis de l'église, conseilla-t-il. Je pourrai y voir plus clair.

Ils parcoururent donc la ruelle jusqu'à l'espace découvert.

– Mettez votre main là, dit l'inconnu, en la guidant jusqu'en haut de son bras. C'est affreux ce que ça me brûle.

Après avoir déposé par terre son sac contenant diverses préparations et des bandages, Wulfstan palpa la blessure.

– Votre manche m'empêche de me rendre compte. (La flèche n'avait provoqué qu'une toute petite déchirure dans le tissu.) Vous allez m'accompagner à St Mary pour pouvoir enlever votre robe. Là, je pourrai nettoyer votre blessure et la panser.

L'homme hocha la tête.

Le moine avait remarqué que ses vêtements sentaient fortement la sueur de cheval. Il examina attentivement son visage, mais fut pourtant incapable de lui donner un nom.

– Vous êtes étranger à York ?

– Ouais. J'ai été attaqué sur la route.

– Mais comment se fait-il que vous sachiez mon nom ?

– J'ai entendu quelqu'un vous appeler quand vous êtes sorti.

C'était vraisemblable.

– Pourquoi n'êtes-vous pas allé directement à St Mary ?

C'était une question de trop. L'homme se pencha vivement pour se saisir du sac de remèdes du frère Wulfstan. Le vieux moine tenta de le lui arracher des mains, ce qui était un geste futile de sa part. D'une simple petite poussée, son voleur le fit choir et il resta sur le sol à essayer de reprendre son souffle. Quand il parvint enfin à se mettre à genoux, il ne vit plus aucun signe de son attaquant. Dieu ! qu'il se sentait chaviré. Et comme son cœur battait la chamade. Il se prit la tête dans les mains et resta agenouillé assez longtemps pour laisser s'apaiser les battements désordonnés qui résonnaient dans sa poitrine et lui donnaient l'impression de suffoquer. Quand il fut à peu près certain de pouvoir conserver son équilibre, il se risqua à se lever et à s'en aller. Il se sentait parfaitement idiot.

Une fois encore la matinée s'annonçait calme dans l'officine de l'apothicaire. Lucie s'apprêtait d'ailleurs à envoyer Jasper travailler dans le jardin quand une silhouette sombre s'encadra dans la porte. L'homme était courbé par l'âge et paraissait peu solide sur ses jambes. Elle ne reconnut pas immédiatement l'infirmier de St Mary, mais Jasper laissa tomber la poudre qu'il était en train de mesurer et se précipita vers le frère Wulfstan qu'il conduisit jusqu'à un siège.

– Va chercher le brandy dans l'arrière-boutique ! lui cria Lucie en s'agenouillant près de son vieil ami. (Elle s'empressa de tamponner les égratignures qui lui zébraient les joues et le front.) Est-ce que vous êtes tombé ?

– Oui. Et j'ai aussi perdu mon sac.

– Vous allez prendre un peu de brandy pour vous remettre, puis vous expliquerez à Jasper où vous l'avez laissé tomber.

– Et après, je vous raccompagnerai à l'abbaye, déclara le jeune garçon en tendant une coupe de brandy à Wulfstan.

Les mains du vieux moine tremblaient tellement qu'il fut incapable de la prendre. Lucie vit que sa main gauche était ensanglantée. En lui approchant la coupe des lèvres, elle demanda :

– Vous avez essayé d'amortir votre chute avec les mains ?

Wulfstan but sans répondre.

À le voir si faible et désarmé, l'apothicaire sentit les larmes lui monter aux yeux. Il avait voulu trop en faire, c'était évident. Ses forces le trahissaient. Elle était pourtant sûre que Dieu ne pouvait pas exiger un tel sacrifice d'un homme qui avait consacré toute sa vie à aider son prochain. Quand elle reposa la coupe vide, Wulfstan ferma les yeux et sourit faiblement.

– Je vous en prie, ne vous inquiétez pas pour moi. Je veux simplement rester assis un petit moment pour rassembler mes esprits. Le frère Henry ne doit pas me voir dans cet état.

– Il faut vous reposer, insista Lucie. Venez vous étendre sur la couche qui se trouve juste derrière ce rideau.

15

Rapport de forces

Ravenser était assis avec les deux coudes appuyés sur les bras de son fauteuil et les mains jointes sur la poitrine. Une attitude vraisemblablement copiée sur celle de son oncle, pensa Owen. Mais après s'être laissé aller à s'adresser à sir Richard comme il avait coutume de le faire avec l'archevêque, la réaction de ce dernier fut si inattendue que le capitaine dut convenir que cette ressemblance était bien trompeuse. Toutefois, si Ravenser différait effectivement de son oncle, c'était d'une manière subtile. Pour l'instant, il exprimait son désaccord à Owen avec la plus extrême courtoisie.

– Je pense personnellement que vous perdez votre temps en essayant de relier les vols aux décès de Hotter, Warrene et Taverner.

Si son interlocuteur avait été l'archevêque, il se serait sans doute exprimé d'une façon plus brusque, mais pas sans avoir pris le temps de la réflexion.

– De si nombreux problèmes se posant en même temps, et qui seraient entièrement dissociés les uns des autres... cela me paraît relever d'une coïncidence bien improbable, sir Richard. Même si je n'ai pas encore réussi à établir une chronologie, pas plus que je n'ai découvert quel était le premier incident avéré. Mais toutes ces péripéties accablantes en un laps de temps assez court, dans un seul établissement...

Un brusque mouvement du buste, un bref signe de tête, comme s'il y voyait clair enfin. Puis un hochement de tête plus marqué. Une décision.

– Je vous fais confiance, capitaine. Et je m'efforcerai de ne pas me mettre en travers de votre chemin. Agissez à votre guise. Je suis heureux de vous avoir à mes côtés. D'ailleurs, comme vous devez le savoir, c'est moi qui ai demandé votre aide. Et j'ai dû insister. Quand j'ai exposé mes desiderata à mon oncle, il n'a pas manifesté beaucoup d'engouement pour y accéder. Il avait, de fait, d'autres projets pour vous.

Voilà donc un point désormais établi : il était exact que Ravenser avait sollicité son aide.

– Je n'en doute pas. Monseigneur l'archevêque prend beaucoup de plaisir à organiser ma vie pour moi.

Sir Richard laissa échapper un rire surpris.

– Vous... (Il secoua la tête de droite à gauche.) Je ne suis pas habitué à entendre parler de mon oncle de cette façon.

– Loin de moi l'idée de me montrer irrespectueux. C'est un grand homme.

– Mais également un homme difficile quand il est de mauvaise humeur. Ce qui, depuis quelque temps, lui arrive fréquemment.

– Il m'a confié que la santé de la reine se détériorait rapidement.

Ravenser inclina la tête d'un air affligé.

– Oui, et la disparition de la reine Phillippa sera une grande perte pour le royaume, j'en ai peur.

– Et aussi pour Monseigneur l'archevêque.

– Surtout qu'il a mal digéré le fait que Maîtresse Alice Perrers ait donné naissance à une fille.

– Quoi ? Notre roi Edward a encore engendré une bâtarde ?

– Peut-être pas. On insiste beaucoup sur le fait qu'elle a été baptisée du nom de Blanche. C'est-à-dire dire probablement d'après l'aimable Blanche de Lancastre. (La femme tant aimée de John de Gaunt était passée de vie à trépas au cours de l'automne précédent.) Et si tel est le cas, pourquoi ? Est-ce que Lancastre n'en serait pas le père ?

Owen grimaça un sourire.

– À n'en pas douter, Maîtresse Perrers a un certain goût pour le pouvoir.

Ravenser, lui, ne paraissait pas avoir envie de sourire.

– Et Lancastre du goût pour les belles femmes. Mais je doute qu'il ait mis la Perrers dans son lit.

– Mais Monseigneur, lui, admet que c'est possible ?

Pour sa part, Owen n'éprouvait aucun mal à l'imaginer. Il pensait que peu de femmes dans le royaume pouvaient rivaliser en beauté avec Alice Perrers.

– Oui, il le croit tout à fait possible. Et cela le rend furieux. C'est qu'il espérait obtenir l'aide du duc afin de débarrasser la cour d'Alice Perrers...

– Je pense qu'au contraire, en raison de la fin prochaine de la reine, le roi doit dépendre de plus en plus de Maîtresse Perrers.

Selon son habitude, Ravenser se massait les tempes.

– Dieu ferait mieux de purger cette cour, où règne une telle ignominie, plutôt que la cité d'York.

Donc, il n'approuvait pas l'intérêt de Thoresby en la matière. Owen se dit qu'il était temps de revenir à l'affaire en cours.

– Combien de personnes savent que je vais vous seconder dans cette investigation, sir Richard ?

– Don Cuthbert, l'économe. Lui avez-vous été présenté ?

– Oui, je le connais, acquiesça Owen avec une mimique éloquente.

Ravenser marqua le coup.

– C'est un excellent homme, je puis vous en assurer. Et il a accepté de suivre vos instructions pour vous assister. Dans le cadre du règlement de l'hôpital, bien évidemment.

– Bien évidemment.

– Don Erkenwald est également au courant. En fait c'est lui qui m'a alerté sur ce qui se passait ici. D'où ma prompte venue.

– C'est un excellent homme. Ce sont donc les deux seuls qui ont été informés de ma mission ?

Cette question arracha un profond soupir à Ravenser.

– Et en dehors de l'hôpital, il y a Maîtresse Merchet. Je n'avais pas d'autre moyen de lui démontrer que je ne prenais pas ses propos à la légère, quand elle prétendait que son oncle avait été empoisonné.

– Je vous approuve entièrement. Il n'y a donc que les trois que vous venez de citer, plus vous et moi ?

– C'est cela même. Et j'aimerais que personne d'autre ne soit mis dans la confidence.

Est-ce que cet homme était simplet ?

– Je ne vois pas comment cela serait possible, sir Richard. Ma présence dans l'établissement ne va pas passer inaperçue. Et garder le secret redoublerait la difficulté de ma tâche.

Il comprit tout de suite à son expression que Ravenser considérait que ce problème ne le concernait pas. En cela, il était bien semblable à son oncle.

– Peut-être que si vous ne parliez que des vols ? suggéra-t-il.

– Et comment pensez-vous que vont réagir les gens quand je vais leur demander s'ils n'ont rien remarqué d'anormal, le jour de l'incendie de la maison de Warrene ? Ou si Walter de Hotter s'était disputé avec quelqu'un avant de se faire agresser ?

Le neveu de l'archevêque pianota nerveusement sur les bras de son fauteuil en cogitant.

– Peut-être que si nous inventions davantage de vols ? Par exemple quelque chose qui aurait disparu de la maison de Laurence de Warrene ? Et aussi de la maison de Hotter ?

– Je ne pense pas qu'il soit avisé de mentir. En outre, la maison de Laurence ayant brûlé jusqu'au sol..., fit remarquer Owen en laissant sa phrase en suspens.

Le visage de Ravenser s'empourpra légèrement, et il tenta de dissimuler son embarras en demandant d'un ton brusque :

– Je crois savoir que vous avez rencontré Maîtresse Staines ?

Owen se demandait justement pourquoi le maître de St Leonard n'avait pas encore mentionné le cas de la sœur laie.

– C'est exact. Et je voudrais vous demander un petit éclaircissement. Pourquoi l'enfermer la nuit et la laisser vaquer à ses occupations durant la journée ?

– Parce que je me suis dit qu'il serait peut-être possible d'apprendre quelque chose en observant ses allées et venues, en voyant avec qui elle parle...

– Mais admettez qu'elle soit dangereuse...

– Il lui est impossible de quitter l'hôpital.

– Permettez-moi de vous faire remarquer que certaines personnes sont mortes à l'intérieur des murs de l'hôpital, sir Richard.

La respiration de Ravenser se fit sifflante.

– J'en suis parfaitement conscient, capitaine. Mais ni vous ni moi ne croyons que Maîtresse Staines est une meurtrière, n'est-ce pas ? Elle guigne simplement les richesses de ses prochains. Comment explique-t-elle les gobelets en sa possession ?

– Elle dit que Julian Taverner les lui a offerts en cadeau de mariage, il y a quatre ans. Mais le pauvre homme est mort avant que je puisse lui demander de me le confirmer.

– S'ils étaient à elle, j'aimerais savoir pourquoi elle les dissimulait si soigneusement.

– À cette question, que je n'ai pas manqué de lui poser, elle m'a répondu qu'elle avait entendu parler des gobelets disparus et qu'elle était persuadée qu'on ne la croirait pas. À juste titre, je pense. Dame Constance n'en fait pas mystère, elle la trouve bien trop rusée.

– Que suggérez-vous que nous fassions ?

– Au cours des derniers jours, avez-vous appris quoi que ce soit en observant ses mouvements ?

– Pour autant que je le sache, rien du tout. Vous souhaitez que je la libère ?

– Pas encore.

– Bien, acquiesça Ravenser. Donc, comme je vous

l'ai déjà dit, je vais rester dans l'ombre en vous autorisant à mener vos investigations comme vous l'entendrez. Peu m'en chaut. Je souhaite simplement que vous puissiez arriver à un résultat le plus rapidement et le plus discrètement possible. Et je tiens à souligner que si trop de détails de cette sombre affaire parvenaient aux oreilles des citoyens d'York, c'en serait fait de la réputation de St Leonard. Et sans la bonne volonté des bourgeois de cette ville, il nous faudrait mettre la clef sous la porte.

– Si je comprends bien, sir Richard, vous souhaiteriez que j'en aie terminé avant même de commencer ?

– Je me suis exprimé maladroitement, pardonnez-moi. Mais je préfère être franc avec vous. C'est un honneur pour moi d'être le maître de cet hôpital. Je pense que vous êtes conscient qu'il s'agit de la plus importante institution de ce genre en dehors de Londres ?

– Je sais que c'est ce qu'on prétend.

Ravenser se redressa de toute sa taille.

– Il ne s'agit pas d'un on-dit. C'est tout à fait exact. Et être à la tête d'un tel établissement qui soulage les malades, les vieux, les délaissés... Je n'ai pas besoin de vous préciser que ce genre de responsabilité octroie à un homme une certaine respectabilité. Mais, en général, là où il y a beaucoup à gagner, il y a aussi beaucoup à perdre. Si l'hôpital devait faillir à sa mission...

Sans terminer sa phrase, Ravenser tourna le buste vers la fenêtre et laissa le silence mettre en exergue ses dernières paroles.

Owen l'examina attentivement en se demandant

si, oui ou non, il préférait voir l'archevêque assis à sa place dans ce fauteuil. C'est qu'il percevait, chez le neveu, un goût du secret avec lequel l'oncle ne s'embarrassait pas. Ou ne s'embarrassait plus depuis longtemps. Même s'il n'avait pas hésité à exposer crûment ses vrais motifs de sauver l'hôpital, Ravenser n'en restait pas moins un dissimulateur.

Et il devait affabuler quelque peu.

– Sir Richard, pourquoi l'hôpital pâtirait-il à un tel point de ces vols et de deux ou trois décès suspects de pensionnaires, qu'on lui impute à tort ou à raison ?

Avant de répondre, le maître de St Leonard saisit sa coupe de vin et se mit à boire lentement, sans cesser d'étudier Owen par-dessus le rebord. L'une des pratiques avérées de son oncle, qu'il avait dû adopter après en avoir été lui-même la cible.

– Les dettes, capitaine. Et quand il y a des dettes, il faut trouver des donateurs. L'archevêque m'avait promis les recettes de la fête annuelle prévue en août ; mais, hélas, comme vous le savez, les circonstances tragiques font qu'elle n'aura pas lieu. (Le maître de St Leonard reposa sa coupe et se pencha en avant.) Et pour couronner le tout, don Cuthbert a trouvé moyen d'insulter les orfèvres, une guilde dont je pouvais espérer de généreux dons. Naturellement, grâce aux méchantes rumeurs qui amplifient tout, le mécontentement va gagner les autres citoyens aisés susceptibles de nous secourir. Sans compter que j'ai eu une ennuyeuse controverse avec le défunt maire et que le nouveau semble en avoir été avisé. C'est bien simple, la débâcle nous guette.

– Et la possibilité qu'il y ait un meurtrier dans vos murs ne vous affecte-t-elle point ?

L'emploi du temps de la Vieille de la Rivière n'était jamais définitivement établi. Des gens qui la croisaient pouvaient lui parler d'un ami malade ; son regard s'arrêtait sur une plante étrange poussant dans la forêt ou sur les berges du fleuve ; elle rencontrait un animal blessé sur une piste... Et jamais elle n'hésitait à réorganiser sa journée en conséquence. Ceux qui espéraient sa visite savaient bien qu'il fallait la prendre quand elle avait décidé de venir – mais ils savaient aussi qu'elle viendrait, même si c'était longtemps après le coucher du soleil. On racontait d'ailleurs à qui voulait l'entendre qu'elle y voyait mieux la nuit qu'un chat.

C'était déjà le milieu de l'après-midi quand Magda fit prendre à la jument la piste conduisant à la ferme des Ffulford. Elle n'avait aucune raison particulière de penser que la gamine s'y était réfugiée, sauf que cela lui paraissait dans l'ordre naturel des choses. Il serait bien temps ensuite de se rendre chez son oncle si elle trouvait la ferme déserte. Après avoir mis pied à terre, elle attacha la haridelle à une branche, hors de vue de la grange. Elle avait choisi un endroit où l'herbe poussait dru, pour l'inciter à pâturer tranquillement. La sage-femme continua son chemin à pied.

Tout était tranquille, mais quelqu'un l'observait, elle en était certaine. Après avoir fait le tour de la cour et visité les divers appentis, elle dirigea son regard vers le lieu où elle devinait une paire d'yeux. Une silhouette sombre, plaquée contre la grosse branche d'un chêne, lui prouva qu'elle ne s'était pas trompée. L'enfant s'était cachée dans l'arbre pour suivre discrètement les progrès de son exploration.

Mais de l'endroit où elle se trouvait, Alisoun ne pouvait apercevoir sa jument.

Magda entra alors dans la maison pour s'assurer que la fillette avait de quoi manger, et elle ne put s'empêcher d'admirer son habileté. Il n'avait pas échappé à l'œil exercé de la vieille femme qu'elle venait s'approvisionner dans les réserves que contenait encore le cottage, mais en prenant bien soin de marcher dans l'ombre le long des murs pour laisser le sol poussiéreux, comme si les lieux étaient complètement abandonnés.

La sage-femme se rendit ensuite dans la grange et lutta un bon moment avec la porte avant de parvenir à l'ouvrir. Elle vérifia le foin, pensa à en faire tomber davantage du grenier à l'intention de la jument, puis changea d'avis en se rappelant que c'était un endroit qu'Alisoun considérait comme en dehors des limites autorisées. Elle lui laisserait donc le soin d'attraper du fourrage pour nourrir son animal. Elle en était parfaitement capable.

Assurée de la présence de l'enfant et ayant vérifié qu'elle avait de quoi manger, Magda alla récupérer la jument pour la conduire dans son box. En ressortant au soleil, la vieille femme laissa échapper un long soupir. Elle avait trouvé bien agréable d'avoir une monture pour la journée. Toutefois, elle jugeait que si Dieu lui avait donné des pieds, c'était dans un dessein précis.

En passant sous l'arbre dans lequel se dissimulait Alisoun, Magda marqua une pause et scruta la frondaison en mettant sa main en visière. Apercevant un pied sale, elle cria :

– Magda t'a rapporté ce qui t'appartient ! Tu ne

devrais pas prêter ton cheval à un inconnu, mon enfant, même s'il est blessé. Tu sais où habite Magda, sous le bateau viking. Tu peux toujours la trouver là.

Sa mission accomplie, la vieille femme reprit le chemin qui la conduirait chez elle.

Owen tenait le chevalier d'un rouge sombre au creux de sa main et le soupesait.

– Très bel ivoire. Lourd. Comment aurait-on pu subtiliser un tel échiquier sans que les domestiques le remarquent ? Difficile à croire. Où se trouvait-il ?

Ravenser s'était retiré dans ses appartements à cause d'un nouvel accès de migraine. C'était donc Douglas qui assistait le capitaine. En réponse à sa question, le clerc rondouillard lui désigna un coffre placé près d'une fenêtre, de l'autre côté de la pièce.

– Là-dessus, mais à l'extrémité la plus éloignée de la fenêtre, précisa-t-il.

– Oh ! je n'imagine pas qu'on ait pu le voler par la fenêtre. Il aurait fallu beaucoup trop de temps au voleur pour attraper les pions un par un. Il se serait obligatoirement fait remarquer.

– Oui, bien sûr, acquiesça Douglas en baissant le nez.

Owen n'avait pas eu la moindre envie de l'embarrasser. Au contraire, il appréciait beaucoup l'attitude du secrétaire de sir Richard. Jusqu'à présent, l'homme n'avait pas cherché à lui raconter de sornettes. Il s'efforça donc de dissiper ce léger embarras :

– Vous devriez vous estimer heureux de ne pas avoir à vous préoccuper de tels détails.

– Je pense au contraire que se montrer observateur

est une qualité qui peut être utile dans de nombreux domaines.

– Où se trouvaient les flambeaux ? demanda alors le capitaine.

– Près de la porte, répondit Douglas.

Et il indiqua du doigt une étagère fort commodément placée pour y déposer ou y prendre une lumière en entrant dans la pièce ou en la quittant.

– Pouvez-vous également me montrer où les autres objets ont été volés ?

– Quelques-uns seulement. Pour certains, il faudra faire appel à l'économe. Les couvertures, par exemple. Mais je peux vous indiquer l'emplacement des objets volés dans l'église.

Après les vêpres, don Cuthbert se rendit dans son jardin. Le matin même, il avait pu voir dans l'allée centrale deux rats noirs dont les museaux se tortillaient de plaisir devant des pommes tombées qui auraient dû être ramassées avant d'attirer ces abominables bestioles. Cuthbert avait ordonné à un domestique de chercher les fruits qui pouvaient aussi se cacher parmi les légumes du potager. Au moment où il s'approchait, il remarqua une silhouette vêtue d'une robe foncée qui s'éloigna de lui en toute hâte. Il en suffoqua presque d'indignation. Espérait-elle ne pas avoir été reconnue ? Très probablement, elle avait passé tout l'après-midi à fainéanter. Il pénétra dans le jardin les poings serrés, prêt à l'affrontement.

Mais à sa grande surprise, après qu'il l'eut interpellée, ce fut la sœur laie Anneys qui se tourna vers lui. Elle serrait contre elle un ballot sombre et paraissait étrangement mal à l'aise. Ce qui était bien normal. Les sœurs laies n'avaient jamais été invitées à se promener dans son jardin.

– *Benedicte*, don Cuthbert.

– *Benedicte*, puis-je vous demander ce qui vous a amenée à pénétrer dans le jardin de l'économe ?

Elle lui montra alors le ballot qu'elle tenait, et il put constater qu'il s'agissait d'une sacoche de cuir.

– C'est simplement que j'ai remarqué ceci en passant. Gisant au milieu de l'allée. J'ai cru que quelqu'un venait de le perdre, mais je n'ai vu personne.

Il tendit machinalement la main.

– Très bien, je vais m'en charger. Maintenant, si vous voulez bien...

Anneys ne l'entendait pas de cette oreille. Refusant de lui confier sa trouvaille, elle se recula d'un pas.

– Il n'y a rien là-dedans qui puisse vous être d'aucune utilité.

– Vous vous êtes permis d'ouvrir cette sacoche ?

Elle accueillit ce grief qu'il lui faisait par un sourire censé le désarmer.

– Pour un bon motif, je puis vous en assurer. C'était uniquement pour découvrir à qui elle appartenait.

– Et alors ? Elle appartient à qui ?

– Cette sacoche ne contient que des remèdes et des pansements. Il est donc possible qu'elle ait été perdue par Maître Saurian, le médecin.

– Maître Saurian s'est empressé de fuir la cité au premier signe d'une épidémie de peste. Mais, de toute façon, même si ce n'était pas le cas, il n'aurait rien à faire dans mon jardin. Pas plus que vous-même.

Cuthbert nota enfin quelques signes de gêne chez son interlocutrice. Anneys haussa les épaules en ayant l'air d'admettre son ignorance.

– Quelqu'un de l'infirmerie ? risqua-t-elle.

– Je n'ai pas le temps de jouer aux devinettes, trancha sèchement Cuthbert en se dressant sur ses ergots.

Toutefois, à son plus grand dépit, même quand il essayait de ne pas perdre un pouce de sa taille, cette satanée bonne femme le dépassait d'une tête. Peu importe. C'est lui qui disposait de l'autorité. Il tendit donc de nouveau la main.

– Remettez-moi cette sacoche, exigea-t-il, et allez reprendre tout de suite votre travail.

– Mais...

– Il n'y a pas de mais qui tienne !

La femme lui laissa donc prendre la sacoche et s'empressa d'obtempérer.

Des médicaments, avait-elle dit. Un peu plus tôt, Cuthbert avait remarqué le capitaine Archer en compagnie du secrétaire du maître de St Leonard. Était-ce lui qui avait égaré cette sacoche en fouinant dans son jardin ? L'idée de l'espion borgne en train de chercher vainement sa sacoche ne déplaisait pas à l'économe. Sir Richard avait eu tort d'engager quelqu'un d'extérieur à l'hôpital pour résoudre cette vilaine affaire. Cet homme n'avait pas sa place à St Leonard et aucun droit d'interroger les chanoines et les nonnes. Pas plus que les sœurs et les frères lais. Alors sa sacoche, Cuthbert se dit qu'il pouvait la mettre dans un endroit sûr... et puis l'y oublier.

16

Des personnages répugnants

Le frère Wulfstan se réveilla avec les idées confuses. Est-ce qu'il avait changé son lit de place ? La fenêtre devrait se trouver au-dessus de sa tête et non en face de lui. Et d'ailleurs sa cellule n'était pas aussi vaste. Il referma les yeux et se palpa la tête. Souvent, lorsqu'il se sentait brûlant de fièvre, il avait l'impression que son crâne se rétrécissait ou que la pièce dans laquelle il se trouvait s'agrandissait. C'était une sensation qu'il éprouvait depuis sa plus tendre enfance. Cela remontait donc à bien longtemps. Pourquoi parvenait-il à se souvenir de ce détail, mais pas à se rappeler s'il avait déplacé son lit ou pas ? Puis il se persuada rapidement de deux choses : il n'avait pas de fièvre et sa fenêtre ne se trouvait pas au bon endroit.

– Frère Wulfstan ? (Une voix douce et gentille. Une voix de femme.) Frère Wulfstan ? Vous êtes réveillé ?

Il rouvrit les yeux. Lucie Wilton se tenait penchée au-dessus de lui, le visage plissé par l'inquiétude.

– Pourquoi est-ce que ma fenêtre s'est déplacée ? demanda-t-il.

Il vit la jeune femme froncer les sourcils. De toute évidence, elle trouvait le fait étrange, elle aussi.

– Je savais bien que c'était pas normal, dit le vieux moine.

Lucie lui prit une main entre les siennes et la pressa affectueusement.

– Vous vous trouvez dans l'arrière-boutique de mon officine. Essayez de vous rappeler, vous êtes tombé dans la rue.

Tombé dans la rue ? Il n'avait aucun souvenir de... Ah, si ! L'inconnu. Il ferma l'autre main et sentit la peau qui avait déjà du mal à se tendre.

– Oui, bien sûr. Et j'ai tenté de protéger ma chute avec la main.

Lucie acquiesça d'un signe de tête.

– Vous vous êtes aussi fait une estafilade à la joue.

Et son genou droit était douloureux.

– Il en voulait à ma sacoche de médecines.

Lucie plissa le front.

– Il ?

– L'inconnu.

Elle se retourna vers quelqu'un placé derrière elle. Jasper apparut.

– Voulez-vous que je vous aide à vous asseoir ? demanda-t-il.

– Merci, fils. Je voudrais bien, oui.

Le garçon était costaud, heureusement, car le frère Wulfstan se sentait tout raide et avait bien du mal à plier son corps au niveau de la taille. Il accompagna ses efforts de nombreux gémissements qui inquiétèrent Lucie. Le pauvre homme s'était probablement meurtri la moitié du corps dans sa chute. Quand Jasper le laissa doucement aller en arrière, il se sentit bien, le dos calé par de moelleux coussins. Tellement confortable qu'il se demanda si ce n'était pas un péché.

Lucie vint rapidement s'installer dans une chaise à côté de lui, et lui tendit un bol de bouillon au parfum délicieux.

– Voulez-vous que je vous aide ?

Ce n'était certainement pas une façon très digne de manger, mais il accepta en pensant qu'il aurait encore plus honte d'en renverser partout. Cette bonne soupe le revigora et finit de lui éclaircir l'esprit.

– On vous a donc attaqué ?

Le lui avait-il déjà confié ? C'était fort vraisemblable. Peut-être même en dormant ? Henry n'arrêtait pas de lui répéter qu'il parlait pendant son sommeil.

– Cet inconnu n'avait pas l'intention de m'attaquer. C'est que je lui ai posé trop de questions.

– Dieu nous vienne en aide si cette réaction sauvage devient une réponse acceptée à la curiosité !

Lucie versa du vin dans une coupe, y ajouta un peu d'eau et la tendit au frère Wulfstan. Ce dernier fut bien content de constater que sa main tremblait beaucoup moins. Elle était redevenue aussi ferme qu'elle le serait jamais à son âge. Voyant que Lucie serrait les mâchoires d'un air décidé, Wulfstan se lança dans un récit détaillé de l'incident dont il avait été victime. Bientôt, un onguent apaisant recouvrit son genou qui fut ensuite proprement bandé. Et juste à temps. Simon, le palefrenier des Merchet, attendait déjà à la porte avec une carriole attelée d'un âne pour le raccompagner à St Mary.

– Mais je n'ai pas besoin de cet attelage ! protesta le moine.

Comment pourrait-il justifier le fait de rentrer en

tel équipage, sans alarmer le frère Henry et l'abbé Campian ?

– Ne vous inquiétez pas. Il va vous laisser près de la poterne, dit Lucie. Je n'entends pas vous traiter comme un enfant, mon vieil ami ; mais tout de même, la prochaine fois que vous irez en ville, promettez-moi d'emmener un assistant.

– Je suis certain que son intention n'était pas de me blesser.

– C'est pourtant ce qu'il a fait.

– Je vais prier pour lui.

Arrivé sur le seuil de la porte, le vieil infirmier fit une nouvelle rencontre tout à fait déconcertante. Magda Digby, cette païenne de sage-femme, qui s'apprêtait à entrer dans l'officine. Wulfstan n'ignorait pas qu'Owen et Lucie travaillaient souvent en collaboration avec Maîtresse Digby, et il voulait bien l'admettre. Toutefois, un homme d'Église ne pouvait pas accepter ses mœurs de mécréante. Mais on lui avait dit que, comme lui, elle portait secours aux victimes de la peste.

– Tu es tombé, infirmier ?

– C'est exact, Maîtresse Digby.

Lucie raconta en quelques mots à Magda ce qui s'était réellement passé.

– Tu dis un homme blessé ? Une robe de clerc ? Puant le cheval ?

La vieille femme hocha la tête d'un air entendu. Ses yeux étaient vifs et, malgré son âge, elle se tenait le dos bien droit. Wulfstan ne put s'empêcher de l'admirer. D'après ce qu'il en savait, elle était bien plus âgée que lui-même.

– Je ne peux pas faire attendre ce garçon davantage, dit-il en désignant la carriole.

Mais Lucie observait Magda avec intérêt.

– Cet homme a croisé votre route ?

– Pas personnellement, mais Magda a entendu parler de lui. Qu'est-ce que tu avais dans ton sac ? demanda-t-elle au moine.

– Du vinaigre, des linges propres, de la tisane pour faire transpirer, un couteau pour inciser les bubons. Quoi d'autre ? (Wulfstan réfléchit quelques instants.) De l'huile consacrée, de l'eau bénite, un crucifix... (Il hocha la tête.) À vrai dire, je ne sais pas exactement.

– C'est lourd à porter, infirmier. Tu n'as donc pas d'assistant ?

– Je n'en veux pas.

La sage-femme tira une poche de sous ses nombreuses jupes chamarrées et en sortit une petite bouteille.

– Voilà un tonique pour les vieux os, infirmier. Tu dois reprendre des forces pour le travail qui t'attend.

Wulfstan eut un moment d'hésitation. On disait grand bien des remèdes de la bonne femme, mais est-ce qu'elle ne récitait pas des incantations païennes en concoctant ses préparations ?

– Il n'y a rien de nocif là-dedans pour ton âme chrétienne, laissa tomber Magda.

Wulfstan joignit les mains et lui adressa un petit salut.

– Pardonnez-moi. (Il accepta la fiole.) Dieu vous bénisse, Maîtresse Digby !

Quant à lui, il était certain que Dieu lui pardonnerait.

Alors qu'Owen était agenouillé dans la chapelle de l'infirmerie – il tentait de rassembler ses pensées et priait Dieu de l'éclairer –, il entendit un bruit de pas qui s'approchait. Puis le bruit cessa, et les pas s'éloignèrent en toute hâte. Une réaction à sa présence qu'Owen trouva intéressante. Il s'empressa de suivre le bruit de pas en prenant bien soin de rester dans l'ombre – ce qui était facile, car le soleil du soir n'atteignait pas les murs entourant la cour. Le capitaine eut tôt fait de reconnaître don Cuthbert, chargé d'un paquet de la taille d'une couverture. Et son intérêt s'éveilla encore plus en le voyant disparaître dans une remise accotée au mur opposé. Il en émergea quelques instant plus tard les mains vides. Son comportement rappelait fâcheusement celui d'un voleur, mais était-ce croyable ?

Owen avait prévu de rencontrer l'économe le lendemain, mais les circonstances le firent changer d'avis. Il s'apprêtait à quitter l'endroit où il se tenait discrètement quand quelqu'un surgit derrière lui.

– Capitaine Archer ?

Owen fit brusquement demi-tour.

– *Benedicte*, capitaine.

Il vit qu'il avait affaire à la sœur laie Anneys. Il présuma qu'elle sortait du bâtiment tout proche où elle s'était occupée des petits orphelins. Il s'inclina légèrement devant elle.

– Dieu soit avec vous !

– Et avec vous, capitaine ! Est-ce que vous souhaitiez voir les enfants ?

– Non, en réalité, je viens de sortir de la chapelle

et je me suis demandé où ces marches allaient me conduire.

Et surtout, où elles avaient conduit don Cuthbert dont, par votre faute, je viens de perdre la trace ! ragea-t-il intérieurement.

– J'ai entendu dire que vous possédiez le don de vos compatriotes pour le chant, capitaine. Vous savez que les enfants adorent chanter.

Owen trouvait l'attitude hardie de cette femme en totale contradiction avec l'humble fonction qui était la sienne. Il eût été facile de la prendre pour la nonne qui présidait aux destinées de l'orphelinat.

– Pour le moment, je n'ai malheureusement pas de temps à consacrer à des passe-temps aussi agréables, se défendit-il. Mais vous-même, auriez-vous quelques instants à m'accorder ?

– Maintenant ? Non, désolée. Je dois m'occuper des enfants, car l'une des sœurs est malade.

– La peste ?

Anneys se signa.

– C'est la première sœur atteinte. Puisse Dieu lui venir en aide !

– Elle soignait les enfants malades ?

– Oui. Et c'est moi qui vais le faire désormais.

– Que Dieu vous ait en Sa sainte garde !

– J'accomplis ce devoir sans crainte. J'ai veillé une autre victime, Maître Taverner, et je ne suis pas tombée malade pour autant.

Devait-il lui apprendre que Julian n'était pas mort de la peste ? Est-ce que cela en valait la peine ? Owen avait lui-même enterré des gens fauchés par l'horrible maladie et il était encore en bonne santé.

– Alors, pourrons-nous parler demain ?

Anneys acquiesça d'un signe de tête.

– Les enfants se reposent avant les vêpres. Je pourrais vous voir sur le parvis de la cathédrale ? Je passe souvent par là-bas.

– Comptez sur moi, j'y serai.

La laissant retourner à ses occupations, Owen revint sur ses pas et remonta les marches. Il se sentait mal à l'aise, à la pensée que don Cuthbert l'avait peut-être aperçu en train de discuter avec Anneys. Et si l'économe était un voleur, il n'ignorait plus que le capitaine l'avait pris en filature. D'autant qu'il avait été informé des véritables raisons de sa présence dans les murs de l'hôpital. Vraiment, la sœur laie était intervenue bien malencontreusement.

Il ne lui avait pas échappé qu'Anneys n'avait pas hésité un seul instant à lui fixer un rendez-vous pour le lendemain. Elle n'avait pas paru se soucier d'en demander préalablement la permission. Il était évident qu'elle ne jouait pas le rôle de servante depuis très longtemps.

Le soleil était couché, et les ruelles étroites de la cité redevenaient sombres et fraîches. C'était la réflexion qu'Owen se faisait en se hâtant de regagner son domicile. La lampe allumée près de la porte de l'officine lui permit de se repérer de loin. En le voyant entrer, Kate se précipita vers lui depuis l'autre extrémité du couloir.

– Capitaine ! on s'est inquiété en ne vous voyant pas arriver. Je vais chercher votre dîner.

Il trouva Lucie et Magda assises à la grande table du hall, devant un flacon de brandy et une coupe de fruits. Jasper s'était installé sur le banc placé près de la fenêtre pour réparer une chaussure.

Owen repensa à la visite matinale qu'il avait rendue à la sage-femme, et à la jument attachée près de sa chaumière improvisée.

– Alors, Magda, es-tu allée jusqu'à la ferme des Ffulford ?

– Assurément.

La sage-femme lui raconta comment les choses s'étaient passées, tandis qu'il se servait un brandy et le dégustait.

– Et tu crois que la fillette s'y trouve en sécurité ?

– Je le crois. C'est une petite futée.

Pendant qu'Owen faisait honneur à son dîner, Lucie lui parla de l'agression dont le vieil infirmier avait été victime.

– Mon Dieu, où va-t-on ? L'homme qui a volé la jument d'Alisoun a ensuite attaqué le frère Wulfstan pour lui prendre son sac de remèdes ? As-tu prévenu le bailli ? (Il put lire sur le visage de sa femme qu'elle n'en avait rien fait.) Je suis occupé à temps complet à l'hôpital. Je n'ai pas un seul instant pour parcourir les rues à la recherche de cet homme !

Lucie le fixa puis dit en baissant les yeux :

– J'informerai le bailli demain matin. J'ai également eu beaucoup à faire.

Owen en était parfaitement conscient. Il lui saisit la main.

– Pardonne-moi. Loin de moi l'idée de te donner un ordre.

Lucie hocha la tête sans rien répondre.

– Quelqu'un d'autre est couché avec des bubons à St Leonard, annonça-t-il pour changer de sujet.

Magda leva les yeux de sa coupe de brandy.

– Un enfant ?

– Non. La sœur qui les soignait à l'infirmerie, justement.

– Tu viens de rappeler à Magda qu'elle a encore quelque chose à faire. (La Vieille de la Rivière repoussa son tabouret et se leva.) Un enfant m'attend.

– Quand donc trouves-tu le temps de te reposer ? s'étonna le capitaine.

– Je me reposerai quand l'épidémie de peste sera terminée.

Kate accompagna Magda jusqu'à la rue.

Le lendemain matin, Owen s'arrêta chez le bailli Geoffrey avant de se rendre à l'hôpital St Leonard. Ce dernier se frotta rudement le front et secoua la tête, avant de dire d'un ton incrédule :

– Le vieil infirmier ? Il ne devrait même pas se risquer à sortir de St Mary, si vous voulez mon avis. Les rues sont vides, les maisons sont vides, alors forcément, les salopards en profitent. (Il envoya un jet de salive dans un coin pour souligner sa pensée.) Il y a une vingtaine d'années, dans les mêmes malheureuses circonstances, on avait condamné les portes et les fenêtres de toutes les maisons abandonnées. Mais cette fois-ci, c'est la pagaille. Les gens s'en vont. Reviennent. Par crainte de Dieu ils enterrent leurs morts. Puis se sauvent de nouveau. Impossible de s'y retrouver.

Owen n'avait pas vraiment envie d'en entendre davantage.

– Bon, il faut que j'y aille.

– On m'a dit que vos enfants étaient chez sir Robert ?

– Oui, on a cru que c'était plus prudent.

Geoffrey hocha pensivement la tête.

– Ah, on vit de bien pénibles moments, capitaine. Et les vilains se gênent pas pour en profiter. Alors les vieillards fragiles ne devraient pas mettre le nez dehors.

Owen ne se donna pas la peine d'émettre un commentaire. Un cloche sonna le glas alors qu'il remontait Blake Street. Il fut surpris d'y prêter encore attention.

17

La résolution d'Alisoun

C'est une Magda bien fatiguée et fort déçue qui regagnait son logis vers le milieu de la matinée, mouillée par une pluie d'été heureusement presque tiède. Elle venait de passer la nuit entière au chevet d'une enfant malade. Et lorsque, satisfaite d'avoir réussi à inciser deux bubons, elle s'apprêtait à continuer, la mère le lui avait défendu expressément :

– Enfin, quoi, vous ne l'entendez pas crier ? Je suis sûre que vous aggravez son mal !

Si Magda ne pouvait pas inciser les cinq énormes bubons, alors oui, en inciser deux seulement aurait été une torture bien inutile pour la misérable petite créature. Mais la mère ne voulut pas se laisser convaincre. Elle refusait de comprendre qu'il fallait d'abord souffrir pour espérer guérir.

Toutefois, Magda ne se laissa pas aller au découragement. Le découragement rend faible, et le moment était mal choisi pour se laisser accabler par le poids des ans. Elle allait manger et se reposer un peu. Et il lui faudrait être en état de repartir le plus vite possible.

Magda ne fut pas très contente de voir la haridelle des Ffulford attachée devant sa porte et Alisoun assise sur le banc placé sous l'auvent.

– Quel vent t'a amenée jusqu'ici, ma fille ?

Le petit visage tanné disparaissait presque sous des mèches de cheveux rebelles.

– Tu m'as ramené la jument. Moi, je peux me cacher de la famille, mais elle, elle peut pas passer inaperçue.

Alisoun se mit alors à se mordiller les lèvres et attrapa le rebord de son tablier déchiré avec des doigts dégoûtants.

– Si je comprends bien, tu veux la mettre en pension chez moi ?

– Je te laisserai la monter.

Magda hurla de rire.

– Tu n'as pas l'air d'imaginer ce que ça me coûterait de nourrir ton animal, si loin de tes pâtures. Et toi ? Où comptes-tu aller, jeune maquignonne ?

– J'ai besoin qu'on m'accompagne dans la cité. Si j'y vais toute seule, on va croire que je suis une mendiante, ou que j'ai volé la jument.

– Ah pour ça, c'est à peu près certain. Allons, ma fille, demande-moi vite ce que tu veux me demander.

La gamine laissa tomber son menton contre sa poitrine et continua à triturer l'ourlet de son tablier en silence. La pluie éclaboussait le rocher près duquel elle se trouvait, et elle n'allait pas tarder à être trempée.

Tout comme Magda, d'ailleurs.

– On ferait mieux de rentrer.

Alisoun se leva en disant :

– Est-ce que tu m'aiderais à franchir une porte ?

La vieille femme posa la main sur les cheveux emmêlés de la petite fille.

– Il faudrait, d'abord, que tu t'arranges un peu mieux que ça !

– Oh, quelle importance ?

– Si tu commençais par me dire ce que tu veux aller faire dans la cité, hein ?

Magda, qui lui tenait la porte grande ouverte, remarqua qu'elle jeta un coup d'œil inquiet du côté de son animal, mais en ayant surtout l'air de s'intéresser à la sacoche qui pendait contre son flanc.

– Ta jument ne risque rien, ici. Alors rentre ou reste dehors, mais décide-toi vite.

La porte se refermait derrière la sage-femme quand Alisoun la retint prestement. Une fois à l'intérieur, elle observa curieusement les racines et les plantes suspendues un peu partout pour sécher, les rangées de jarres sur des étagères, les alcôves fermées par des rideaux.

– Pourquoi il faut que je te mette au courant de mes affaires ?

Avant de répondre, Magda prit place sur un tabouret près du feu et le tisonna pour le ranimer.

– T'es pas obligée.

La gamine s'était rapprochée du feu et regarda la vieille femme jeter des herbes dans un bouillon.

– Tu as faim ?

– Un peu.

Magda lui désigna un tabouret du menton.

– Assieds-toi.

Alisoun obéit sans se faire prier, mais elle se posa sur le bord du siège, comme si elle se tenait prête à bondir pour s'enfuir.

– Est-ce que tu pourrais me conduire jusqu'à Bootham Bar ?

Le Vieille de la Rivière se leva en émettant une espèce de grognement, se versa une petite coupe de vin mouillé d'eau, et se rassit pour touiller sa soupe.

– Tu comptes me payer de mes services comment ?

– Te payer ?

La sage-femme se vida du vin dans la bouche et l'avala en rejetant la tête en arrière.

– Les malades ont besoin de Magda. Et tu m'as donné aucune bonne raison qui pourrait me convaincre de les abandonner le temps qu'il faudra pour te servir d'escorte.

Elle reposa sa coupe, puis versa du bouillon dans un bol qu'elle tendit à la gamine.

– Alors, dis-moi. Qu'est-ce que tu demandes ? s'enquit Alisoun en reniflant le contenu de son bol.

– De quoi peux-tu te séparer ? Voilà la question.

La petite fille s'immobilisa alors que la cuillère avait presque atteint ses lèvres.

Magda attendit patiemment.

– Tu peux avoir ma jument, laissa-t-elle échapper

juste avant d'enfourner goulûment la cuillerée de soupe.

Elle se brûla un peu, mais ne s'en dépêcha pas moins de continuer.

La vieille femme resta silencieuse tout le temps qu'il lui fallut pour vider son bol. Alors, la gamine insista :

– Est-ce que tu acceptes ?

– Tu crois faire un cadeau à Magda en lui offrant une créature si coûteuse à nourrir ?

– J'ai cru que c'était généreux.

Le rire tonitruant de la sage-femme fit sursauter Alisoun.

– Généreux, oui-da ! Bien trop généreux. T'as donc rien d'autre à m'offrir qui soit plus approprié au service que je te rendrais ?

– Non, j'ai rien d'autre.

– Alors qu'est-ce que c'est que ce ballot attaché à ta jument ? Il y a rien là-dedans que tu pourrais me donner ?

– Ça, c'est rien, se défendit la gamine.

– Magda a encore des yeux pour y voir.

Après avoir reposé son bol, l'enfant gagna prestement la porte.

– Je vais me débrouiller toute seule. J'arriverai bien à me faufiler.

– Et surtout, emmène ta jument. Magda n'en a pas besoin.

Alisoun se glissa dehors. La vieille prit du pain bis, le trempa dans son bouillon et le happa à grand bruit avec délice. Au bout de quelques instants, la porte se rouvrit.

– Ça, est-ce que ça suffirait ?

La gamine restait plantée sur le seuil en montrant une nappe pliée.

– Tu as des pieds, non ?

Alisoun s'approcha. La sage-femme reposa son bol afin de pouvoir palper le tissu. Et ses doigts, pour calleux qu'ils fussent, n'en apprécièrent pas moins les broderies délicates au fil d'or. Le ridicule d'offrir un objet aussi précieux pour une courte promenade lui apparut tout de suite. Mais elle tenait à donner une bonne leçon à l'enfant, à lui apprendre qu'il ne fallait rien espérer obtenir pour rien.

– Ouais. Ça peut aller.

La porte d'entrée fortifiée de Freythorpe Hadden était une construction en clayonnage enduit de torchis, beaucoup plus apte à impressionner au premier abord qu'à soutenir une attaque. On y accédait en franchissant d'abord un pont de pierre qui faisait le gros dos au-dessus d'un ruisseau. Un jeune homme se tenait fermement planté dessus et barrait le passage de sa hallebarde.

– Passez votre chemin, nous ne recevons aucun visiteur.

Lorsqu'il reconnut les livrées, son expression devint beaucoup plus hésitante.

Gilbert, qui chevauchait en tête, s'arrêta tout près de lui.

– Va dire à ton maître que John Thoresby, archevêque d'York, lui apporte des nouvelles de la ville.

Le garçon s'inclina devant le prélat qui s'était approché à son tour.

– Monseigneur.

Thoresby lui adressa un léger signe de tête.

– *Benedicte*, mon fils.

– Pardonnez-moi, Monseigneur. J'ai reçu l'ordre d'interdire l'entrée à tout le monde, mais je suis certain que sir Robert ne pensait pas à vous.

Il redressa sa hallebarde pour dégager le passage, et la petite compagnie franchit la porte. Le garçon, qui s'était hâté d'enfourcher son cheval, piqua des deux pour aller les annoncer.

Quant à l'archevêque Thoresby, il trouvait plutôt réconfortantes les sages précautions prises par sir Robert.

Freythorpe Hadden était une vaste construction de pierre et de poutres massives, à un seul étage, mais pleine de coins et de recoins, et surmontée d'une tour à une extrémité. Dame Phillippa, la sœur de sir Robert D'Arby, qui lui servait aussi d'intendante, les attendait à l'entrée du passage voûté conduisant à la porte principale de la demeure. Elle avait beau être âgée, elle se tenait droite comme un i. En voyant Thoresby mettre pied à terre et s'avancer, elle s'adressa par-dessus son épaule à quelqu'un qui se trouvait placé derrière elle. Quand son regard revint se poser sur l'archevêque, il put y lire beaucoup d'anxiété.

– Monseigneur, dit-elle en faisant la révérence de rigueur. C'est un grand honneur que de pouvoir vous accueillir à Freythorpe.

– *Benedicte,* Dame Phillippa. J'apporte quelques cadeaux à mes filleuls et de bonnes nouvelles de leurs parents qui se portent bien.

– Dieu en soit remercié ! s'exclama Phillippa en faisant un grand signe de croix. J'ai éprouvé de telles craintes quand on m'a annoncé votre arrivée.

– Malheureusement, je n'apporte pas de bonnes nouvelles à tout le monde. Je dois annoncer à la servante de Maîtresse Wilton que son plus jeune frère a succombé à la maladie.

Phillippa porta une main à sa bouche, l'autre à son estomac, et ferma les yeux le temps d'une courte prière. Elle fit ensuite demi-tour pour conduire Thoresby et sa suite dans le hall où des domestiques étaient en train de disposer du vin et de quoi se sustenter.

– Je vous en prie, Monseigneur, prenez quelques rafraîchissements pendant que je rassemble la maisonnée.

Elle quitta la pièce en laissant une odeur de médication dans son sillage.

Thoresby ne se fit pas prier pour s'installer confortablement et reporta toute son attention sur les mets et la boisson. La petite troupe, qui avait chevauché sous un soleil accablant et avalé pas mal de poussière, apprécia tout particulièrement la fraîcheur du hall et le réconfort du vin. Une jeune femme ne tarda pas à venir les rejoindre. Elle tenait dans ses bras le petit Hugh, toujours aussi rouquin, et un garçon qui avait à peu près l'âge de Gwenllian s'accrochait à sa jupe.

Le frère Michaelo, qui la connaissait, précisa à l'archevêque :

– C'est Tola, la petite-fille de la sage-femme Magda Digby. Et son fils Nym.

Tildy, le visage cadavérique, les suivait d'un pas hésitant en portant un autre bébé.

– Maîtresse Tildy, dit l'archevêque en inclinant courtoisement la tête.

Elle était si pâle que, par contraste, la tache de vin

qui lui marquait la joue gauche paraissait s'être mise en colère.

– Monseigneur, dit-elle d'une voix éteinte, on m'a dit que vous aviez des nouvelles pour moi.

Une servante la débarrassa du bébé.

Aussi gentiment qu'il était possible de le faire, l'archevêque la mit au courant du deuil qui venait de la frapper. Quand il la vit se cacher le visage derrière ses mains, il l'invita tout de suite à se retirer.

– Au début, il vaut encore mieux être seul avec son chagrin, commenta-t-il.

Tola parut se demander si elle devait suivre son amie pour la consoler ou ne pas bouger.

– Restez ici, ordonna Thoresby. J'ai envie de voir mon filleul. (Il regarda derrière elle.) Et aussi Gwenllian, ajouta-t-il en voyant sir Robert D'Arby faire irruption dans la pièce en la tenant par la main.

Tous les deux étaient poussiéreux et rouges d'avoir fait de l'exercice.

– Pardonnez-moi de ne pas avoir été là pour vous recevoir comme il convient, Monseigneur. Bienvenue à Freythorpe Hadden.

– C'est vous qui devez m'excuser de ne pas avoir annoncé ma visite, sir Robert. Vous allez tous bien ?

Les sourcils gris de sir Robert se rejoignirent et il inclina la tête.

– La peste a épargné cette famille, mais elle a emporté mon intendant et le prêtre du village, qui me servait aussi de chapelain.

Thoresby fit signe au vieux chevalier de venir s'asseoir avec lui à la table. Gwenllian en profita pour rejoindre les autres enfants.

Sir Robert prit place en face de l'archevêque et demanda à un domestique de lui verser du vin.

– Qu'est-ce qui vous amène dans le Sud, Monseigneur ?

Il étancha sa soif tandis que Thoresby l'informait de ses projets.

– Est-il vraiment nécessaire de démanteler ce si joli château ? demanda Dame Phillippa qui était discrètement venue s'installer près d'eux.

– La chapelle de la Vierge sera encore plus belle.

Sir Robert hochait la tête d'un air dubitatif. S'en apercevant, l'archevêque l'encouragea à formuler son opinion :

– Vous souhaitez dire quelque chose ?

Malgré ses cheveux blancs et son dos voûté, le vieux chevalier ne faisait jamais mystère de ses véritables sentiments. Il redressa la tête et haussa légèrement une épaule, comme pour dire : « N'oubliez pas que c'est vous qui l'avez voulu. »

– D'où vont venir les ouvriers, Monseigneur ? Jusqu'à ce que l'épidémie de peste soit enfin terminée, ils vont rester calfeutrés derrière leurs volets clos.

– Vous pensez qu'ils ne tiendraient pas compte d'une convocation de leur archevêque ?

– Je pense que la peste les effraye bien davantage que la colère de n'importe quel mortel.

– Je pourrais offrir des indulgences à ceux qui voudront bien accomplir ce travail.

– Mmoui. Ça pourrait décider ceux qui se sont résignés à mourir.

Thoresby se laissa aller en arrière sur son siège et parut s'absorber dans le contenu de sa coupe. Il se disait que le vieil homme pourrait bien avoir raison.

Phillippa changeait fréquemment de position sur son banc et jetait des regards inquiets autour d'elle.

– Monseigneur, mon frère parle toujours trop hardiment de sujets auxquels il ne connaît rien.

– En ce cas précis, il est tout à fait possible qu'il dise la vérité, déclara Thoresby. Mais ne croyez pas que je vais blâmer sir Robert si sa prophétie s'avérait exacte. Et maintenant, parlez-moi plutôt de mes filleuls. Est-ce qu'ils vont aussi bien qu'ils en ont l'air ?

Dame Phillippa fit un rapport tout à fait favorable que l'archevêque écouta attentivement, car il devrait le répéter à Owen et Lucie.

Au moment où il passait sous la statue de saint Leonard, l'attention du capitaine Archer fut attirée par une enfant en train de converser avec Dame Beatrice, la sœur responsable des orphelins. Tout près d'elles, un domestique tenait une jument par la bride en la flattant de la main pour la faire tenir tranquille. La gamine portait une robe confectionnée dans les morceaux de tissu dont Magda se servait pour tester ses teintures. Alisoun Ffulford et sa jument. Juste ciel, qu'est-ce qu'elle venait faire à l'hôpital ? Et habillée par la sage-femme, encore.

Il finit par conclure qu'il avait tout intérêt à ne pas s'en mêler.

18

Une énigme

Avec Simon, le palefrenier de la taverne, comme garde du corps en armes, Bess Merchet partit de Bootham Bar en direction du nord, et traversa la forêt de Galtres pour gagner Easingwold. Elle avait remis ce voyage jusqu'au jour où un vent vif venu du nord avait balayé les miasmes dangereux. Certains disaient que le vent soufflant du sud apportait la peste ; alors tant que cela avait été le cas, elle avait pris soin de rester abritée derrière les remparts de la cité qui, à ce qu'elle croyait, offraient une bonne protection. Tom, qui avait l'esprit de contradiction, lui fit remarquer que si les murailles offraient une telle protection, la théorie du vent du sud était forcément fausse, parce que des personnes qui n'avaient pas mis le nez hors de la ville n'auraient pas dû mourir. Comme si Bess pouvait croire que Dieu n'avait que le vent du sud pour exprimer son divin courroux ! Mais, toutefois, elle n'était pas assez idiote pour faire fi de la moindre théorie qui lui paraissait vraisemblable.

Une fois arrivée dans le village d'Easingwold, il lui fut facile de trouver l'échoppe de Peter de Hotter. En s'en approchant, elle le vit assis sous un auvent, au milieu de rouleaux de tissus de qualités diverses. N'ayant pas le moindre client, il était occupé à réparer un tabouret.

– Dieu soit avec vous, Maître Hotter !

L'homme leva les yeux vers elle en faisant la grimace à cause du soleil qui l'aveuglait.

– Est-ce que je vous... (Son visage s'éclaira soudain.) Maîtresse Merchet, qu'est-ce qui a bien pu vous pousser à abandonner la ville ? Cette belle journée ? La pensée de fuir la maladie en venant à la campagne ?

– En réalité, c'est vous qui m'amenez ici. (Elle se pencha pour lui dire en confidence :) Je voudrais vous parler de la mort de votre père.

Peter posa l'outil qu'il tenait à la main sur le tabouret, puis se leva pour placer le tout sur le comptoir. Il était trapu et très étoffé, à peu près de la même taille que Bess. Ses yeux qui fixaient les siens ressemblaient à deux points sombres pleins de méfiance sous ses sourcils clairs.

– Et en quoi est-ce que la mort de mon père vous intéresse ?

Bess jeta un coup d'œil autour d'elle.

– N'avez-vous point un apprenti qui pourrait surveiller votre échoppe afin qu'on puisse aller parler dans un endroit plus discret, où personne ne pourrait nous écouter ?

Visiblement, le marchand ne l'entendait pas de cette oreille. Il se contenta de répéter :

– En quoi est-ce que ça vous intéresse ?

– Eh bien, je pense que vous ne voyez aucun inconvénient à évoquer la mémoire de votre cher papa.

– Aucun. Mais ce que j'aimerais savoir, c'est pourquoi il vous est apparu si urgent de venir parler de lui avec moi, au point d'abandonner votre taverne et de vous risquer à traverser la forêt de Galtres. Avouez que, par les temps qui courent, peu de gens penseraient à occuper de la sorte une belle journée d'été.

Son ton amer indiquait assez clairement qu'il faisait de mauvaises affaires. Peter avait l'habitude de se montrer bien plus aimable dans la cité. Bess décida sur-le-champ de changer de méthode d'approche.

– Mon oncle, qui était lui aussi à la charge de St Leonard, vient de mourir récemment.

L'attitude de Peter ne se modifia pas sensiblement. Il se contenta de constater :

– Alors, avec lui, ça en fait six.

– Exact.

Il hocha la tête, puis se retourna vers le comptoir pour reprendre le tabouret et se rassit.

– Mon père a surpris un cambrioleur. Sa mort n'a rien à voir avec celle des autres.

– Je remarque tout de même que ça vous empêche pas de comptabiliser les morts.

– J'ai entendu des rumeurs, comme beaucoup de gens. Des commérages sans fondement, si vous voulez mon avis. Les chanoines ont toujours fait tout ce qu'ils pouvaient pour soigner mon père. Il m'est impossible de penser du mal d'eux.

– Soi-disant que rien n'a été volé dans sa maison ? C'est tout de même bizarre s'il a vraiment été tué par un cambrioleur, non ?

– Notre discussion s'arrête là, Maîtresse Merchet. Maintenant, soit vous achetez quelque chose, soit vous partez.

Bess tâta les étoffes poussiéreuses dont les bordures s'effilochaient.

– Vous devriez rouvrir la boutique que vous avez à York, Maître Hotter. Même avec l'épidémie de peste, on y fait de meilleures affaires qu'ici.

Peter poursuivit sa réparation.

– J'y reviendrai quand je l'aurai décidé, Maîtresse Merchet.

Un homme aussi discourtois ne méritait aucune rétribution. Bess repartit les mains vides. Et furieuse d'avoir risqué sa santé et perdu sa matinée pour rien. Elle commençait à comprendre pourquoi Owen en voulait à l'archevêque de l'obliger à se livrer à ce genre d'investigation.

Ravenser fit une boule de la lettre de son oncle en se laissant aller à égrener un chapelet de jurons. Pour quel genre d'idiot l'archevêque le prenait-il donc ? *Occupe-toi de tes affaires... Ne néglige pas ta réputation et celle de ta famille... La confiance que la reine place en toi... Fais tout ce qui sera en ton pouvoir pour aider Archer dans son enquête... Règle cette sombre affaire au plus vite, la reine a besoin de toi...*

Que Thoresby juge bon de lui prodiguer de tels conseils, à lui qui tenait les cordons de la bourse de la reine... Après avoir occupé la même fonction pour la reine Isabella ! Pourquoi serait-il donc venu à York et aurait-il demandé l'assistance du capitaine s'il n'avait pas été conscient qu'il fallait tout faire pour éviter de ternir le nom des Ravenser.

Et cependant... Il s'était réveillé au beau milieu de la nuit avec le souvenir de quelque chose qu'il avait oublié de dire à Archer. Il fit mander Douglas au plus vite.

Une chope d'ale à la main, Owen faisait les cent pas dans le jardin de Ravenser. Il venait juste de perdre un temps précieux avec les domestiques du maître de l'hôpital, qui s'étaient avérés incapables de se souvenir de la présence d'un intrus, d'un visiteur inattendu, enfin de quiconque aurait eu la possibilité de repartir discrètement avec l'échiquier et les flambeaux. Ils n'avaient absolument rien remarqué d'anormal, ce qui, d'après Douglas, était typique de tous les domestiques. Si Magda s'était trouvée à sa place, elle aurait bien ri en entendant une déclaration aussi péremptoire. Owen, lui, se contenta de réclamer de l'ale pour s'humecter la gorge avant de passer à l'étape suivante qui – du moins l'espérait-il – lui apporterait davantage d'éclaircissements. Il avait l'intention de visiter l'appentis où il avait vu don Cuthbert entrer. Quand Douglas l'avait trouvé en train de marcher de long en large dans le hall, il l'avait invité à se promener dans le jardin.

Le jardin de Ravenser était discrètement entouré de murs aussi hauts que le capitaine. Des allées sablées, bordées d'herbes aromatiques, couraient autour d'une pelouse parsemée de bosquets de rosiers soigneusement entretenus. En passant entre deux charmilles identiques, Archer s'aperçut de la présence de Ravenser qui paraissait nettement plus en forme que la veille. Peut-être cette impression était-elle due à sa houppelande d'un bleu foncé et à son haut-de-chausses vert ? Le capitaine trouva ces vêtements un peu trop élégants pour le maître de l'hôpital.

– *Benedicte*, capitaine. Un heureux hasard vous a conduit jusque dans mon jardin.

– *Benedicte*, sir Richard. C'est la frustration et non la chance qui a guidé mes pas jusqu'ici, j'en ai peur.

Ravenser laissa échapper un soupir forcé pour faire mine de compatir.

– Oui, mes serviteurs ne vous ont été d'aucun secours, à ce qu'on m'a rapporté. Mais figurez-vous que je vais peut-être pouvoir soulager votre déception. J'ai oublié de vous mettre au courant d'un fait qui vient seulement de me revenir en mémoire. J'en suis confus.

– Je suis avide d'apprendre une information utile.

– Je ne peux vous promettre qu'elle sera utile, je vous en laisse juge. Nous ferions peut-être mieux de nous asseoir ?

Owen accepta l'invitation. Le neveu de l'archevêque venait d'éveiller sa curiosité, et la bière l'avait déjà mis de meilleure humeur.

Ravenser fourra les pans de sa houppelande dans sa ceinture avant de s'asseoir. Il prit le temps ensuite de regarder fièrement autour de lui.

– Un beau jardin, n'est-ce pas ? Je me suis laissé dire que vous cultiviez vous-même un jardin de plantes médicinales que des apothicaires venaient étudier ?

– Oui. C'est en réalité l'œuvre du premier mari de ma femme. Mais elle continue à recevoir des graines et des pousses du continent.

– La tisane contre la fièvre de Maîtresse Wilton n'a pas sa pareille dans tout le royaume.

Owen savait que le maître de St Leonard parlait d'expérience. Et il était leur meilleur client pour tout ce qui pouvait apaiser la migraine. Lors de chacun de ses passages en ville, il en commandait de grandes quantités.

– Je lui rapporterai vos propos, elle en sera fière. Mais qu'est-ce donc que vous aviez à me dire ?

Ravenser sourit.

– Je vois que vous êtes pressé de poursuivre vos investigations. Je serai bref. C'est au sujet de Laurence de Warrene. Chaque fois que je me suis trouvé en résidence à St Leonard, j'ai joué aux échecs avec lui.

Il poursuivit en racontant à Owen la soirée au cours de laquelle Laurence lui avait soumis une énigme, puis il lui fit part de l'inquiétude de Julian Taverner à la pensée qu'il avait peut-être raconté cette histoire à quelqu'un.

Peut-on commettre un péché sans le vouloir ? Et si personne d'autre que le coupable n'en souffre, est-ce que la faute existe ? Owen n'avait jamais entendu ce genre d'énigme. Elle ne rimait pas, et quelle pouvait bien en être la réponse ?

– Pourquoi appelez-vous cela une énigme ?

– Comment l'appelleriez-vous ?

– De simples questions.

Ravenser secoua la tête.

– À vrai dire, Laurence paraissait se soucier assez peu de mon opinion sur le sujet. En outre, je suis un collectionneur d'énigmes et je sais qu'elles se présentent sous des tas de formes différentes.

Un collectionneur d'énigmes ? Owen se demanda s'il était par hasard en train de rêver. Il fallait être bien désœuvré pour tuer le temps à collectionner des énigmes.

– Oui, reprit-il. Si Laurence s'était soucié d'avoir mon avis, il m'aurait posé une question beaucoup plus directe. Nous passions des soirées tout à fait détendues.

Pensant avoir appris tout ce qu'il avait à lui dire,

Owen commençait à se lasser de cette conversation avec Ravenser.

– Merci de m'avoir fait cette confidence, sir Richard. Verriez-vous un inconvénient à ce que je jette un coup d'œil dans la remise qui se trouve derrière le foyer des enfants ?

Le maître de St Leonard pinça les lèvres comme s'il cherchait à s'empêcher de sourire.

– Ne me dites pas que vous soupçonnez l'un des enfants ? Ou bien Dame Beatrice ?

– J'ai vu votre économe y entrer hier soir avec un paquet et en ressortir les mains vides. Et son attitude était celle de quelqu'un qui ne souhaite pas se faire surprendre.

Ravenser parut soudainement soucieux.

– Il arrive à don Cuthbert de prendre des initiatives regrettables, mais il est parfaitement honnête, capitaine. Je pense pouvoir en répondre. (Il resta quelques instants silencieux.) Tout de même, pourquoi utiliser une remise si éloignée de sa cellule ?

– Voilà exactement ce que j'aimerais découvrir.

– Alors, je vous en prie. N'hésitez pas.

La requête du capitaine Archer parut agiter beaucoup Dame Beatrice, au visage si doux.

– Vous craignez d'y trouver un produit dangereux ? Doux Jésus. (Elle se signa.) Est-ce que je dois rassembler les enfants dans la cour ? demanda-t-elle en retrouvant quelque peu ses couleurs.

– Je suis sûr qu'il n'y a pas lieu de s'alarmer. Les enfants n'ont rien à voir là-dedans et ils ne courent aucun danger. Est-ce que vous utilisez vous-même cette remise ?

– Oui, oui. Très certainement. Pour y ranger les possessions des enfants, des jouets offerts à l'hôpital...

La nonne laissa sa phrase en suspens et se mit à observer ses mains jointes.

– Alors vous me permettez de...

Dame Beatrice hocha la tête sans lever les yeux.

– Cette étrange enfant. Qu'est-ce que nous allons bien pouvoir faire d'elle ?

– Excusez-moi, mais en ce qui concerne la remise... ?

– Oh, pardon ! Mais c'est que vous êtes susceptible de nous aider en ce qui la concerne. Elle affirme qu'elle vous connaît.

– Qui donc ?

– Alisoun Ffulford.

Il lui était déjà sorti de l'esprit qu'ils les avaient rencontrées toutes les deux près de l'entrée de l'hôpital le matin même.

– J'ai enterré sa famille, c'est tout. Elle vous donne du fil à retordre ?

– Elle souhaite rester ici. Don Cuthbert a donné sa permission, mais à regret.

– Elle a pourtant un oncle et une tante.

– Elle refuse de vivre avec eux.

– Pour sûr, c'est une enfant qui sait ce qu'elle veut.

– Que le ciel me pardonne ! Mais je suis obligée de l'admettre, elle est encombrée d'un lourd sac de toile qui contient je ne sais quoi, et elle refuse catégoriquement de me laisser le ranger dans la remise.

– Je suis bien certain qu'il contient, entre autres, un arc et un carquois de flèches.

La brave religieuse parut dévastée par cette information.

– Et pourquoi une petite fille aurait-elle une telle arme en sa possession ?

– Pour se défendre, tout simplement.

– Et de qui, au nom du Seigneur ?

– Me permettez-vous de fouiller la remise, ma sœur ?

– Oh, naturellement ! Je vous fais perdre votre temps alors que vous êtes si occupé. Allez-y, je vous en prie.

– Seriez-vous assez aimable pour m'accompagner ? Je pense que vous verriez plus rapidement que moi s'il s'y trouve quelque chose qui ne devrait pas s'y trouver.

– Mais bien sûr.

Quand ils pénétrèrent dans le sombre appentis, Owen ouvrit le volet de la lanterne qu'il tenait à la main. Ce qu'il découvrit faillit le pousser au désespoir. Si l'endroit était petit, il s'y entassait des caisses et des tonneaux depuis le sol jusqu'au toit, ainsi que des ballots d'étoffe ou de cuir, et même quelques dépouilles d'animaux. Puis il se ressaisit rapidement. Vu sa petite taille, où don Cuthbert pouvait-il avoir dissimulé son paquet ?

Comme si elle avait entendu sa question silencieuse, Dame Beatrice se fondit dans l'obscurité et réapparut armée d'une échelle.

– Recherchez-vous quelque chose de la taille de ces caisses ou de ces tonneaux ? demanda-t-elle, soudain très efficace.

– Non. C'était de la taille d'une couverture pliée. Il pourrait s'agir d'un sac.

Après avoir appuyé solidement son échelle, la nonne redressa les épaules, rassembla ses jupes dans une main et partit explorer les hauteurs.

– Essayez de me rattraper si je tombe, capitaine. Mon Dieu, toutes ces toiles d'araignée ! Saint Antoine, je t'en prie, guide-moi. (Owen levait sa lanterne et elle balayait le capharnaüm du regard.) Ah, dit-elle enfin. Voilà quelque chose que je ne connais pas. (Elle lui tendit une pesante sacoche de cuir.) Est-ce que ceci pourrait être l'objet de votre quête ?

Avant de répondre, le capitaine posa la trouvaille sur le sol afin de l'ouvrir plus commodément. Il y découvrit les remèdes, les bandages, le crucifix, les bougies... Le sac dérobé au frère Wulfstan ? Comment avait-il pu arriver jusqu'ici ?

– C'est très possible, ma sœur. Je crois que saint Antoine nous a été d'un grand secours.

Dame Beatrice était prestement redescendue et brossait ses jupes.

– Bien rares sont les jours où je ne peux pas compter sur lui, commenta-t-elle.

Il fallait maintenant découvrir comment don Cuthbert était entré en possession de cette sacoche et pourquoi il avait jugé bon de la dissimuler dans cette remise.

Owen trouva le petit économe dans la nef de l'église. Il jeta un coup d'œil au sac de cuir, émit un petit bruit méprisant, puis releva ses yeux globuleux pour regarder le capitaine.

– C'est bien le genre de sac qu'on vous imagine en train de porter.

– Ah, mais il n'est pas à moi. Il appartient à

l'infirmier de St Mary. On a agressé le pauvre moine pour le lui voler.

– Ce sac a été volé ?

– C'est comme je vous le dis. Et vous comprendrez que je me demande pourquoi vous avez voulu le dissimuler dans la remise des enfants.

Les doigts délicats de don Cuthbert parurent se livrer à un petit ballet et il se dressa sur la pointe des pieds.

– Dès le début, j'ai pensé qu'elle allait nous attirer des ennuis.

Ses dents pointues s'exhibaient dans un sourire.

– Elle ?

L'économe essaya de percer des yeux la pénombre qui les entourait avant de se pencher vers le capitaine pour lui confier :

– Anneys. L'une de nos sœurs laies. Je l'ai trouvée dans mon jardin en possession de cette sacoche.

Anneys. La femme qui l'avait empêché de poursuivre sa filature de don Cuthbert.

– Elle vous l'apportait ?

– Pas du tout. Bien au contraire. J'ai dû exiger qu'elle me la remette.

– Et ensuite, vous êtes allé la cacher dans cet appentis.

– Comment pouvez-vous le savoir ?

– Tout simplement parce que je vous ai suivi.

Et Anneys ? Est-ce qu'elle l'avait suivi elle aussi ? Owen s'était imaginé qu'elle sortait du réfectoire des enfants, mais était-ce bien le cas ?

– Pourquoi l'avez-vous cachée ?

– Vous savez mieux que moi combien les remèdes peuvent être dangereux s'ils sont mal administrés.

J'ai pensé qu'il valait mieux les mettre hors de portée de quiconque tant qu'on n'aurait pas découvert à qui ils appartenaient.

– Pourtant Anneys travaille à l'infirmerie, si je ne m'abuse ?

Cuthbert se tint parfaitement immobile.

– Les sœurs laies travaillent là où on a besoin d'elles. Mais il est exact qu'Anneys est appréciée à l'infirmerie. Elle est calme et ses mains ne tremblent jamais.

– Elle est donc habituée à administrer des médicaments !

Le capitaine observait avec intérêt l'économe qui devait bien admettre que sa logique était fautive. Un petit plissement du front et des yeux fuyants.

– Oui, elle est habituée à administrer des médicaments.

– Alors qu'est-ce qui vous a poussé à penser que ceux contenus dans ce sac pouvaient constituer un danger entre ses mains ?

Cuthbert glissa ses mains dans ses manches et fixa le sol.

– Vous allez me juger bien mal, capitaine. Tant pis pour moi. Je vois bien que je ne suis pas de taille à vous celer quoi que ce soit et je vais donc vous avouer la vérité. Je vous ai envié, quand sir Richard m'a appris que vous alliez l'aider à résoudre la sombre énigme de St Leonard. Alors quand j'ai vu cette sacoche, j'ai présumé que c'était la vôtre, et je l'ai cachée. Pour vous contrarier.

La franchise de cette surprenante déclaration les força à rester silencieux tous les deux pendant un petit moment. Ils restaient plantés l'un en face de l'autre, sans oser se regarder directement. Owen s'appuyait légèrement contre un pilier et dirigeait son regard vers le chœur obscur de l'église. Cuthbert s'était perdu dans la contemplation du sol et se balançait légèrement d'avant en arrière en faisant pivoter ses petits pieds. Et pourtant, Owen trouvait que le silence qui s'était établi entre eux paraissait traduire une certaine fraternité. Il finit par dire :

– Merci de m'avoir mis au courant. Vous m'avez empêché de me lancer sur une fausse piste.

Comme il le faisait souvent, Cuthbert se dressa sur la pointe des pieds avant de reprendre une attitude normale.

– Je souhaite aider le maître, capitaine.

– Dame Beatrice m'a informé que vous aviez accepté une nouvelle enfant : Alisoun Ffulford.

– Ah, oui. L'orpheline.

– Mais il lui reste un oncle et une tante.

– Sa mère a grandi chez nous, capitaine. Et la fillette m'a dit que, juste avant de mourir, elle lui avait conseillé de venir chercher refuge ici. Comment aurais-je pu renvoyer cette petite ? Mais soyez assuré que j'informerai sa famille de ce qu'elle devient.

– Maîtresse Ffulford était orpheline ?

– Je ne me rappelle plus tous les détails, capitaine. Mais oui. Elle était d'ailleurs encore pensionnaire ici lorsqu'elle s'est mariée.

Intéressant.

– J'aimerais m'entretenir avec Anneys.

– Souhaitez-vous que je la fasse convoquer immédiatement ?

– Je vous en serais reconnaissant. Et pendant que nous l'attendrons, pourriez-vous me décrire les blessures que vous avez observées sur Maître Taverner et Maître Warrene ?

Anneys possédait un regard audacieux et une attitude pleine d'aplomb. De nouveau, Owen eut du mal à l'imaginer dans un rôle de servante. Mais elle était venue le rejoindre très vite et avait remercié fort courtoisement don Cuthbert de les laisser seuls pour parler. Owen avait pris soin de laisser le sac de Wulfstan bien en évidence. Et il vit la sœur laie l'observer avec intérêt.

– Vous avez déjà vu cette sacoche ?

Elle se retourna vers lui.

– Capitaine, il est évident que don Cuthbert vous a informé qu'il m'avait trouvée avec ce sac dans son jardin.

Cette femme était maligne.

– En effet.

– Et il ne m'a pas crue quand je lui ai dit que je l'avais aperçue en passant par hasard.

– Comme ça ? Vous n'avez vu personne à côté ?

– Je n'ai vu personne.

– Don Cuthbert m'a dit que vous aviez fait des difficultés pour lui remettre cette sacoche.

– Bien sûr. Il ne travaille pas avec les malades, lui. Je jugeais qu'il valait mieux l'emporter à l'infirmerie.

Une explication vraisemblable. Il s'apprêtait à la laisser partir quand il pensa à un détail qu'il avait à cœur d'éclaircir.

– Je crois que la place d'un frère lai ou d'une sœur laie n'est pas exactement dans le jardin de l'économe. Comment se fait-il que vous vous y trouviez ?

Les mains jointes, la tête inclinée, elle expliqua :

– Je venais de veiller un enfant qui est en train de mourir, capitaine. Pas de la peste. D'une fièvre du cerveau. Je ne peux pas vous décrire le chagrin qu'on éprouve à voir un si petit être s'approcher inexorablement de la mort. (Elle se tut quelques instants.) J'ai eu envie de me promener dans un endroit agréable. Et je voulais être seule. Je suis entrée dans le jardin.

Elle leva les yeux vers lui. Des larmes roulaient sur ses joues.

– Que Dieu soit avec vous !

Owen trouvait difficile de penser à son travail en s'approchant de la poterne de l'abbaye St Mary. Il n'avait qu'une envie : partir pour Freythorpe Hadden au triple galop et s'assurer de son œil à lui que ses enfants étaient en bonne santé et contents de leur sort. Il laissa la sacoche de frère Wulfstan au portier avec un message qui demandait au vieil infirmier d'en vérifier le contenu et de lui faire savoir s'il manquait quelque chose, et quoi.

Ensuite, l'idée lui passa brusquement par la tête d'entrer dans la cathédrale. Une fois à l'intérieur, il alla s'agenouiller devant l'autel de la Vierge et pria avec ferveur pour sa famille : Lucie, Hugh et Gwenllian. Soir après soir, sa femme était épuisée après une dure journée de labeur ; et pourtant, lorsqu'elle pouvait enfin se mettre au lit, elle dormait mal tellement elle était tourmentée au sujet des enfants. Owen se disait avec angoisse que son état de faiblesse risquait de provoquer une mélancolie qui la rendrait vulnérable à la maladie.

Après que la prière lui eut apaisé l'esprit, il sortit

de l'immense sanctuaire pour rentrer chez lui. Tout en cheminant, il se demandait de quelle façon mettre bout à bout les renseignements qu'il avait glanés, et comment deviner ce qui pourrait lui être utile dans son enquête. Quelque chose l'intriguait tout particulièrement : comment un étranger à l'hôpital avait-il pu arriver jusque dans le jardin de don Cuthbert ? Anneys était-elle en train de suivre l'économe elle aussi ? Pourquoi le petit chanoine avait-il refusé de la croire ? Et pourquoi Alisoun Ffulford tenait-elle tant à s'installer à St Leonard ?

Kate accueillit le capitaine à la porte de la maison et lui annonça que Gilbert l'attendait dans le jardin pour lui donner des nouvelles des enfants.

Gilbert dîna avec Owen et Lucie qui l'assaillirent de questions sur Gwenllian et Hugh. Malheureusement, il était bien en peine de répondre à la plupart d'entre elles. Après son départ, Owen demanda à Lucie de l'accompagner au jardin.

Alors qu'ils marchaient le long des allées, il lui fit le récit de sa journée, en espérant qu'elle serait plus apte que lui à démêler cet imbroglio.

L'histoire des énigmes parut l'amuser.

– Tu as appris quelque chose sur Ravenser que tu ignorais, tu n'as pas perdu ton temps. Mais ce qui me déconcerte le plus, c'est le cas de cette enfant. Il semble que Dieu veuille que vos chemins se croisent.

– Ou le diable.

– Est-elle donc si peu attachante ?

– Tu ne trouves pas étrange qu'ils l'aient acceptée sans un parrain solvable, sans le moindre petit don à l'hôpital ?

– Tu as dit qu'elle avait un paquet dont elle refusait de se séparer.

– Tu crois que c'est pour payer sa pension ?

– C'est possible, non ? Elle a peut-être vendu la jument ?

Owen s'arrêta de marcher et prit sa femme dans ses bras.

– Tu es tellement fatiguée, et voilà que je t'accable de mes problèmes.

– Pas du tout, mon chéri. Cette histoire d'énigme m'a même divertie. (Puis, changeant de sujet, elle ajouta :) Tu ne trouves pas que notre maison est beaucoup trop calme en ce moment ?

Kate, qui commençait à s'inquiéter à leur sujet, les trouva dans le jardin bien après le coucher du soleil. Le capitaine s'était appuyé le dos contre un arbre et Lucie dormait profondément, la tête posée sur ses genoux.

19

Trop de coïncidences

Au moment où le soleil disparaissait derrière l'imposante masse formée par l'abbaye St Mary et les autres établissements religieux s'élevant au-delà de l'hôpital, Dame Beatrice supervisait l'alignement parfait de six rangées de paillasses sur lesquelles allaient être disposés couvertures et oreillers. Le jour de son arrivée, Alisoun avait commencé par se demander où dormaient les enfants. Elle avait d'abord bêtement cru qu'ils bénéficiaient de cellules individuelles comme les moines, avant de découvrir que la grande salle qui les abritait servait aussi de réfectoire et de dortoir. Et, en incluant les coins les plus éloignés, isolés par des rideaux, c'était aussi l'infirmerie et le lieu réservé aux ablutions des petits pensionnaires de St Leonard. C'est d'ailleurs dans ce dernier endroit qu'Alisoun avait été conduite en priorité lors de son arrivée. La Vieille de la Rivière n'avait pas été la seule à trouver qu'elle puait. Du moment qu'on lui avait permis de garder son paquet près d'elle, elle n'avait émis aucune objection.

Il avait fallu une grande heure à Dame Beatrice et aux sœurs laies qui l'assistaient pour calmer l'agitation des enfants et les mettre au lit. Maintenant, le paquet d'Alisoun se trouvait à ses pieds, dissimulé sous la couverture. Personne ne pourrait y toucher sans la réveiller. Toutes les chandelles avaient été éteintes, sauf celles qui se trouvaient près des portes. Dame Beatrice et les sœurs s'étaient retirées, excepté une qui restait assise sous un lumignon à l'autre bout de la pièce. Petit à petit, les chuchotements de ses compagnes et autres bruits divers s'éteignirent, et Alisoun plongea directement dans un rêve.

Il faisait déjà nuit, une fraîche nuit de printemps. Alisoun était couchée dans son propre lit avec les bébés. Sa mère se tenait sur le seuil de la porte, les mains crispées sur les coudes, comme quand elle était soucieuse. Elle essayait de percer l'obscurité, guettant l'arrivée de son père qui tardait beaucoup à revenir du marché. Elle finit tout de même par rentrer dans la maison, d'un pas lent – comme quelqu'un qui a le cœur trop lourd –, et se dirigea tout droit vers Alisoun et les bébés. Alisoun se réveilla et vit le visage de sa mère penché sur le sien. Un visage mouillé de larmes. Elle tenta de saisir la main de sa mère, mais celle-ci secoua la tête en se reculant.

Alisoun se réveilla sur l'étroite paillasse, glacée sous la mince couverture qui la grattait. Il n'y avait plus de bébés dans son lit pour lui tenir chaud. Son regard fut attiré par la lumière qui vacillait près de la sœur dont la tête dodelinait, puis elle découvrit brusquement une silhouette plantée au pied de son grabat.

– Maman ?

Elle n'eut pas le temps de reconnaître la personne qui se tenait là, car cette dernière s'empressa de faire demi-tour et de se fondre dans l'obscurité. Alisoun étendit lentement les jambes pour toucher son paquet avec ses pieds. Rien. Elle plongea sous sa couverture pour fouiller, puis tâta le sol tout autour... Son paquet avait bel et bien disparu.

Bien sûr, c'était encore lui. La silhouette était bien trop grande, il ne pouvait pas s'agir de sa mère. D'ailleurs, sa mère était morte.

Comment avait-il pu découvrir qu'elle se trouvait à l'hôpital St Leonard ? Est-ce qu'il l'avait suivie ? C'était plutôt la Vieille de la Rivière qui l'en avait informé ! Alisoun s'en voulait d'avoir fait confiance à cette sage-femme païenne. Elle s'en voulait d'avoir été aussi bête.

Maintenant, il était en possession de ses trésors. Du moins de quelques-uns. Ceux qu'elle n'avait pas enterrés. Le visage d'Alisoun était brûlant, ses yeux noyés de larmes. La vieille l'avait trahie. Elle ne pouvait se fier à personne.

Les fleurs mortes à couper, les églantines à ramasser pour préparer du sirop, la menthe... Lucie s'activa dans le jardin jusqu'au milieu de la matinée. Owen, lui, aida Jasper à ouvrir l'officine et à servir les clients. Il faisait bien volontiers ce cadeau à sa femme, pour la remercier de l'avoir écouté si patiemment la veille malgré sa fatigue. La chatte de Lucie, Melisende, lui tenait compagnie, reniflant les plantes qu'elle venait de tailler, se roulant dans l'allée sablonneuse et, de temps à autre, venant glisser la tête entre ses mains pour mendier une caresse. Le chat tigré roux de Jasper, Crowder, les observait l'air de rien depuis le rebord d'une fenêtre. Il faisait de plus en plus chaud et, gagnée par la fatigue, Lucie essayait de ne pas se laisser envahir l'esprit par l'image de ses enfants.

– Ça donne soif de travailler par un temps pareil.

– Magda !

La vieille femme s'accroupit dans l'allée près de Lucie, qui ne l'avait pas entendue s'approcher, et gratta les longues oreilles de Melisende.

– Depuis combien de temps m'observez-vous ? l'interrogea Lucie.

– Assez longtemps pour voir ton cou et ton front rougir. Tu n'as donc pas de travail à faire à l'ombre ?

Pour que Magda se présente chez eux si tôt après sa dernière visite, son motif devait être important.

– Venez, l'invita Lucie en rassemblant ses outils de jardinage. Nous allons boire quelque chose de frais à la cuisine. Ensuite je devrai aller remplacer Owen dans l'officine.

Une fois installées, elles attendirent que Kate aille chercher de l'eau dans le cellier. Magda avait étendu la nappe brodée sur la table.

– Une nappe d'autel ? Et c'est la petite Ffulford qui vous l'a donnée ?

Lucie pensa tout de suite à la nappe volée à St Leonard, mais comment aurait-elle pu se trouver en possession de cette gamine ?

La sage-femme la replia en en prenant le plus grand soin.

– Alisoun me l'a donnée pour que je l'aide à pénétrer dans la cité. Tu m'apprends que c'est une nappe d'autel ; faut dire que je trouvais bien que ça ressemblait à un truc d'église.

– Vous devez rester encore un peu pour en parler à Owen. Il est peut-être au courant de quelque chose.

Owen se frottait la cicatrice qui disparaissait sous son bandeau. Douglas lui avait décrit la nappe avec assez de détails pour qu'il la reconnaisse – notamment le calice délicatement brodé au fil d'or. Ce nouveau développement de l'affaire ne lui plaisait pas du tout.

– Dans quelle histoire est-elle allée se fourrer, cette morveuse ?

Magda leva les yeux au ciel.

– En réalité, elle m'a pas dit grand-chose. Tu avais déjà vu cette nappe ?

– Je suis à peu près certain qu'il s'agit de celle qui a été volée à St Leonard.

La vieille femme laissa échapper un petit ricanement.

– Une enfant qui ne peut pas franchir une porte de la cité toute seule n'a pas pu commettre des vols à l'hôpital.

– Je suis d'accord avec toi. Mais comment cette nappe d'autel a-t-elle pu arriver entre ses mains, hein ? Et pourquoi a-t-elle voulu aller se placer sous la protection de St Leonard ?

– C'est ça qu'elle était allée chercher en ville ? s'étonna Magda en fronçant les sourcils. (Elle tendit la nappe soigneusement pliée au capitaine.) Peut-être que son oncle et sa tante ont eu peur d'elle ? C'est que tout le monde est mort dans sa famille, sauf Alisoun. Alors ils doivent se demander pourquoi et croire que c'est l'œuvre du diable. Les imbéciles voient souvent le mal là où il y a le bien.

– Je dois la montrer à don Cuthbert, dit Owen en acceptant la nappe.

– Montre-toi patient avec cette enfant, Œil-d'Oiseau.

Cuthbert leva la nappe dans ses mains qui ressemblaient à des pattes d'araignée.

– Alisoun Ffulford, dites-vous ?

– Elle-même.

L'économe approcha le tissu de ses yeux globuleux pour examiner le délicat travail de broderie.

– Je suis tout à fait certain qu'il s'agit bien de la nôtre, capitaine. (Il replia la nappe qu'il tendit à Owen et, se dressant sur la pointe des pieds en fourrant les mains dans ses manches, il se livra à son mouvement de balancier habituel.) Que pensez-vous que cela signifie ?

Owen eût souhaité être en mesure de lui répondre.

– Avez-vous pu trouver des renseignements sur sa mère ?

– Sa pension était payée par une riche famille du Yorkshire qui souhaitait rester anonyme. En réalité, deux enfants avaient été confiés à St Leonard, mais l'autre, un garçon, est mort des fièvres.

– Judith Ffulford et ce garçon étaient donc issus d'une famille riche ?

– Permettez-moi d'en douter, capitaine. Les gens riches prennent soin des leurs.

– Eh bien, ils ont payé largement pour ces deux enfants, non ?

– Assez largement.

Owen sentit sous son bandeau une démangeaison annonciatrice d'ennuis.

– Où se trouve Alisoun en ce moment ?

– Vous voulez l'interroger à propos de cette nappe ?

– Cela va de soi !

Toutes vêtues des mêmes robes non teintes, des petites filles assises sagement sur des tabourets écoutaient une sœur laie leur raconter une histoire sur le Christ et saint Christophe. Quelques gamines un peu plus âgées étaient installées dans la cour, près de la remise, et peinaient sur leurs travaux de couture. Owen ne repéra pas Alisoun immédiatement au milieu de ces filles en train de tirer l'aiguille. Dame Beatrice fut obligée de la lui désigner du doigt. Son teint paraissait moins basané maintenant qu'elle avait été débarbouillée. Un foulard retenait ses cheveux, ses jambes étaient couvertes, ses pieds chaussés.

– Vous avez eu vite fait de la transformer.

Dame Beatrice se laissa aller à grimacer.

– En apparence, certainement. Mais que Dieu me pardonne, il est impossible de trouver trace de son âme. (Elle frappa dans ses mains.) Alisoun !

Owen reconnut alors les yeux marron pleins de défiance qui se levèrent vers la sœur. Elle se força à sourire, mais son sourire disparut instantanément quand elle aperçut Owen à quelques pas de la religieuse.

– Le capitaine Archer a besoin de te parler. Dépêche-toi.

Le ton brusque de Dame Beatrice, si peu en rapport avec ses manières douces habituelles, n'invitait pas aux atermoiements. La fillette posa son morceau de tissu et les suivit sagement. Dame Beatrice les conduisit jusqu'à une petite pièce jouxtant la chapelle où elle les laissa seuls.

Owen sortit la nappe d'autel de son sac.

– C'est bien toi qui as donné ça à Magda Digby ?

Alisoun s'était assise et avait entortillé ses jambes aux pattes de sa chaise. Elle fixait la nappe d'un air ébaubi. Puis elle leva des yeux pleins de colère vers Owen.

– Elle était à moi. Pour en faire ce que je voulais.

– Don Cuthbert n'est pas d'accord avec toi. Il dit qu'elle a été volée dans l'église de St Leonard.

Pendant un bref instant, les yeux marron trahirent une certaine confusion.

– Il ment.

Owen croisa les bras et s'appuya au mur. Il se tut,

attendant que le silence mette l'enfant mal à l'aise. Elle commença effectivement à se tortiller sur sa chaise.

– Est-ce que je peux retourner à ma leçon ? finit-elle par demander.

– Non.

– Mais qu'est-ce que vous me voulez ?

– Je veux savoir où tu as trouvé cette nappe d'autel.

– Dans les affaires de ma mère.

– C'est ta mère qui a volé la nappe ?

– Non ! Comment pouvez-vous dire une chose pareille ?

Alors Owen se pencha vers elle et rapprocha son visage du sien.

– Parle-moi de l'homme qui a volé ta jument.

– Qu'est-ce que ça a à voir avec la nappe ?

– Aujourd'hui, c'est moi qui pose les questions.

La gamine se mordilla nerveusement un ongle.

– Vous croyez que l'homme qui a volé ma jument a aussi volé la nappe ?

– C'est ce que tu crois ?

– Comment je pourrais le savoir ?

Sa voix était montée dans l'aigu de façon fort déplaisante. Mais Alisoun avait beau être troublée, elle s'entêtait de plus en plus. Elle n'était pas sans rappeler à Owen sa fille Gwenllian, quand elle se trouvait confrontée à une bêtise qu'elle venait de commettre. Il se leva de son banc.

– Excuse-moi de t'avoir fait perdre ton temps. J'espérais pouvoir découvrir si l'homme qui t'a volé ta jument est bien celui qui a attaqué le vieil infirmier de St Mary pour lui voler sa sacoche de remèdes.

C'est à l'intérieur de l'hôpital qu'on a retrouvé la sacoche.

– Donc il est bien venu ici !

Owen attendit la suite patiemment. Alisoun hésitait. Finalement elle se décida :

– Maman a appris à broder ici. Elle brodait des nappes pour l'église du village.

– Celle que je t'ai montrée appartenait à St Leonard.

Silence.

Le capitaine hocha la tête d'un air déçu.

– Dieu te protège, dit-il en sortant de la pièce.

Il croisa Anneys dans l'escalier.

– Je vais m'occuper d'elle, dit-elle d'une voix essoufflée. Allons, viens, Alisoun.

La gamine se tenait immobile sur le seuil. Elle tortillait une mèche de ses cheveux qui avait réussi à s'échapper de son foulard et fixait le bout de ses pieds. Owen se dit qu'elle se montrerait sans doute plus bavarde lors de leur prochaine rencontre.

Geoffrey, le bailli, ouvrit la porte de la maison de Walter de Hotter.

– Qu'est-ce que vous cherchez exactement, capitaine ?

– Quelque chose qui paraîtrait ne pas être à sa place, répondit Owen. Où est-ce que Walter était étendu ?

Le bailli indiqua l'endroit près du tabouret renversé. Owen remarqua tout de suite les taches de sang.

– Est-ce que les portes étaient entrebâillées ?

– Pas celle de la rue. Mais celle qui donnait sur le jardin, oui.

Owen se rendit alors dans le jardin, une étendue vaguement ovale où les mauvaises herbes étaient en train d'étouffer les fleurs plantées autour d'un poirier. L'arbre allait probablement survivre, mais nombre de plantes étaient déjà mortes par manque d'eau. Cette vision attrista le capitaine.

– Le fils de Walter est à Easingwold, dit alors le bailli, comme pour expliquer le triste état dans lequel se trouvait le jardin.

– Oui, je l'ai entendu dire. (Owen revint dans la maison.) Passez-moi la lanterne.

Geoffrey ouvrit le volet, mais garda la lumière à la main.

– Je tiens à vous accompagner, capitaine.

– Vous n'avez pas confiance en moi ?

– C'est pas ça ! Je veux vous voir faire pour apprendre.

Il y avait sans doute une meilleure méthode pour apprendre que regarder un homme réfléchir, mais Owen était persuadé de la sincérité du bailli.

– Eh bien, nous allons parcourir la maison en notant tout ce que nous voyons.

C'était une demeure confortable. Des coussins aux tons passés tapissaient les bancs qui entouraient la table. Sur les murs, une alternance de rayures et de ronds de couleur ocre dansaient sur un fond jaune paille. Dans la commode, deux cuillères d'argent étaient nichées au milieu des cuillères de corne. Parmi d'autres objets coûteux, un couteau à manche de nacre, trois plats d'étain et une chope d'argent. Une autre commode, dans la chambre, en haut de l'échelle, contenait plusieurs draps finement brodés, une lourde couverture de laine et deux oreillers bourrés de plumes. Le tout bien rangé et parsemé de sachets d'herbes odoriférantes. Les murs et les rideaux du lit étaient peints de fleurs blanches. À un crochet fixé au mur pendait une cape fourrée de castor et une belle ceinture de cuir à boucle d'argent.

– Un voleur aurait trouvé ici des choses intéressantes à emporter, commenta Owen alors qu'ils redescendaient dans la pièce principale. Et des choses de valeur qu'il aurait pu facilement dissimuler sur sa personne.

– Ouais. Et pourtant, la femme de son fils a rien trouvé qui manquait.

Owen retourna dans le jardin pour réfléchir à ce qu'il venait de constater. Machinalement, il se mit en devoir d'arracher les mauvaises herbes. C'était devenu chez lui une seconde nature. Et il se rendit rapidement compte qu'il n'avait pas perdu son temps. Au centre du carré qu'il venait d'éclaircir, un petit espace était nu, et la terre tassée comme après avoir été retournée. Il trouva une petite bêche dans la cabane de jardin et se mit à creuser au centre de l'endroit suspect. Où il ne trouva rien. Il refit une tentative en partant du bord, et sa bêche heurta quelque chose de dur.

– Voyons ce que nous avons là, murmura-t-il en dégageant le reste de la terre avec ses mains.

Il venait de trouver l'un des pions en ivoire du jeu d'échecs.

Émoustillé par la trouvaille du capitaine, Geoffrey se laissa tomber à genoux et, après s'être emparé de la bêche, se mit à creuser à son tour.

– J'ai quelque chose ! s'exclama-t-il, tout joyeux.

Et il déterra une tour blanche.

Encouragé par ce succès, les deux hommes continuèrent à fouailler la terre. En vain.

– Pourquoi est-ce que Walter aurait enterré ces pions ? se demanda le bailli à voix haute.

Owen se remit sur ses pieds.

– Pas Walter. Son meurtrier. Si je ne me trompe pas.

– Mais pourquoi ?

Le capitaine s'intéressait aux deux maisons qui bordaient le modeste jardin. L'une avait deux fenêtres aux volets clos donnant sur le jardin, la seconde une seule.

– Rentrons, suggéra-t-il au bailli.

Une fois à l'intérieur, il s'installa sur l'un des bancs garnis de coussins et disposa les deux pièces sur la table.

Geoffrey s'installa en face de lui et enleva son chapeau pour se gratter pensivement le crâne.

– Vous avez eu peur qu'on puisse nous entendre ?

– Quand on joue à ce petit jeu, il vaut mieux ne prendre aucun risque.

Geoffrey examina les deux pions en connaisseur.

– Ça provient d'un beau jeu d'échecs. J'aimerais bien les voir tous.

– Avec un peu de chance, ce sera possible.

– Ah, bon ? Qu'est-ce donc qui vous trotte par l'esprit, capitaine ?

– Que, quand il y a trop de coïncidences, il n'y a plus de coïncidences.

– C'est une devinette ? demanda Geoffrey en fronçant les sourcils.

– Pas du tout. Réfléchissez. Walter de Hotter a passé deux jours à St Leonard après s'être démoli le genou. Sa maison était vide. Supposez que quelqu'un qui venait de cambrioler l'hôpital l'ait vu à l'infirmerie... et que, certain que sa maison serait vide, il soit venu enterrer son butin dans son jardin ? Quand il est revenu le récupérer – soit parce qu'il avait trouvé un acheteur ou une meilleure cachette –, il a été surpris par le pauvre Walter...

– Alors, ça veut dire que le voleur se trouve souvent à l'hôpital ?

– Je le crois.

– Est-ce que cet échiquier venait de disparaître au moment de sa mort ?

– On ne s'est pas aperçu de sa disparition jusqu'à l'arrivée de sir Richard. Mais il ne faut pas oublier que Walter faisait de fréquents séjours à l'hôpital. Le voleur peut avoir enterré son butin pendant une autre de ses absences.

– Mais alors, Walter aurait dû remarquer que la terre avait été retournée.

– L'homme avait creusé un trou profond, et sans doute avant les plantations de printemps, quand la terre était nue. Peut-être même tout juste retournée.

– Le voleur va peut-être revenir chercher les pièces qui lui manquent ?

– Si seulement vous disiez vrai. Pourriez-vous disposer d'un homme pour surveiller la maison ?

– Je vais me débrouiller à trouver quelqu'un. Comptez sur moi.

– Parfait. (Owen se leva pour aller à la porte donnant sur le jardin, et Geoffrey s'empressa de lui emboîter le pas.) Vous voyez cette maison qui a une fenêtre donnant sur le jardin de Walter ? Vous savez qui habite là ?

– La veuve Darrow et son fils handicapé.

– Et dans celle d'à-côté, avec deux fenêtres ?

– Maître Saurian, le médecin.

– Tiens donc...

20

Le secret d'Alisoun

Quand les ombres du soir commencèrent à s'étendre sur le jardin, Lucie reposa son ouvrage et proposa à Owen de sortir.

– Je n'en puis plus de ce silence dans la maison. Viens, marchons un peu. Et tu pourras me raconter où tu en es avec cette fillette et la nappe d'autel.

Elle l'entraîna le long de l'allée qui serpentait entre la lavande et la santoline. Toutefois, à ce moment précis, le charme qui se dégageait de leur jardin n'agissait pas sur son mari. Lui aussi trouvait les soirées trop calmes. Il passa un bras autour des épaules de Lucie et l'attira tout contre lui.

– Si on envoyait chercher Hugh et Gwenllian ?

Pendant quelques instants, Lucie se contenta d'appuyer sa tête contre son épaule sans répondre.

– Comme ce serait merveilleux si les choses étaient aussi simples, finit-elle par dire. Mais pas plus tard qu'aujourd'hui, j'ai appris la mort de trois enfants dans la cité même. Et on raconte que des animaux succombent dans les champs qui entourent la ville. Non, je crois que le moment serait très mal choisi pour les faire revenir.

– Je n'ai pas entendu parler des animaux.

– Raconte-moi plutôt ta journée. Il ne sert à rien de ressasser les drames engendrés par cette épidémie de peste. Bien au contraire.

Owen lui narra donc son entrevue infructueuse avec Alisoun, puis lui parla des trouvailles faites dans le jardin de Walter de Hotter.

– Saurian, le médecin, passe beaucoup de temps à l'hôpital, pas vrai ?

– Oui, et il adore les cancans. Il serait ravi de te raconter tout ce qu'il sait, s'il se trouvait en ville. Mais quand l'épidémie de peste a touché York, il s'est empressé d'accompagner le maître de Davy Hall jusqu'à son manoir à la campagne.

Très commode dans le cas où on souhaiterait se faire oublier pour des raisons inavouables.

– Comment marchent ses affaires ? Tu es au courant ?

– Comment marchent... (Lucie laissa sa phrase en suspens et se tourna vers son mari.) Tu crois sincèrement que ça pourrait être lui le voleur ?

– Et toi ? Tu penses que c'est envisageable ?

La question lui arracha un petit rire.

– Seulement s'il est incroyablement avide d'argent et stupide. Et quid de cette famille du Yorkshire qui payait la pension de Judith Ffulford ? Leur nom n'est vraiment mentionné nulle part ?

– Ils payaient assez largement pour préserver leur anonymat.

– Alors, ces gens ne pouvaient pas habiter York, car quelqu'un se souviendrait encore d'eux.

– Je n'ai pas fini d'interroger tous ceux qui travaillaient déjà à l'hôpital à cette époque.

Lucie se pencha pour caresser Melisende qui se frottait à ses chevilles en ronronnant.

– Si j'étais toi, je ne perdrais pas mon temps avec ça. Je ne pense pas que ces enfants aient été éloignés de leur foyer parce qu'ils causaient un embarras à un titre ou à un autre.

Owen dut s'avouer qu'il ne voyait pas très bien ce que sa femme voulait dire par là.

Cette fois-ci, dans son rêve, Alisoun sut qu'elle devait se réveiller, que ce n'était pas sa mère qui se penchait au-dessus d'elle. Elle entrouvrit les yeux, le cœur battant à tout rompre. La silhouette se tenait au pied de son lit improvisé. La fillette se força à rester parfaitement immobile, allant jusqu'à retenir sa respiration. Était-ce encore lui ? Elle eut l'impression que la silhouette se gondolait, à cause d'un courant d'air qui faisait vaciller la chandelle de la sœur laie qui les gardait. Mais il s'agissait de quelqu'un de grand enveloppé dans une robe sombre à capuchon. En réalité, ç'aurait pu être n'importe quel membre de l'hôpital : un chanoine ou un frère lai, une nonne ou une sœur laie. Ou encore l'homme de la ferme sous un déguisement. Et Alisoun penchait pour cette dernière hypothèse. Car qui d'autre avait une raison de vouloir l'effrayer ? Il voulait se venger des souffrances qu'elle lui avait infligées. Et en outre, il cherchait à mettre la main sur les trésors qu'elle avait pris soin d'enterrer.

Alisoun ferma les yeux, puis les rouvrit tout juste assez pour percevoir un mouvement entre ses cils.

Et pendant qu'elle attendait, immobile et pleine d'appréhension, elle se mit à prier avec ferveur.

Enfin, celui ou celle qui l'observait se décida à bouger. La gamine rouvrit les yeux en grand pour voir un dos qui s'éloignait. Elle se laissa glisser silencieusement sur le sol et rampa après la silhouette qu'elle distinguait tout juste. Ce n'était pas facile de se frayer discrètement un chemin à travers les rangées de paillasses. Elle finit par la perdre de vue complètement, mais elle était certaine que la personne qu'elle tentait de suivre avait emprunté la porte ouvrant sur l'escalier de la chapelle. Elle se redressa un peu afin d'avancer plus vite. Elle entendit effectivement un bruit de pas dans l'escalier et s'élança à son tour pour escalader les marches inégales. Malheureusement, elle se prit le pied dans l'ourlet de sa robe.

Owen était encore attablé devant son petit déjeuner, composé de pain et de fromage, quand Kate ouvrit la porte à un envoyé de l'hôpital St Leonard. La voix du garçon qui le demandait parvint jusqu'à lui. Tout de suite persuadé qu'il allait apprendre une mauvaise nouvelle, il se hâta à la rencontre du messager.

– Dieu soit avec vous, capitaine ! Dame Beatrice vous prie de venir dès que possible. Alisoun Ffulford a été blessée.

– Qu'est-ce que ça a à voir avec moi ?

– Dame Beatrice vous supplie de vous dépêcher.

Quand Owen arriva à St Leonard, il fut confronté à un véritable chaos. Une fillette s'était évanouie en jouant et avait tout de suite été transportée à l'infirmerie. Mais effrayés par l'incident, les autres enfants criaient en s'accrochant aux jupes des sœurs laies. Jusqu'à Dame Beatrice elle-même qui était encombrée d'une grappe de gamines.

– *Benedicte*, capitaine, haleta-t-elle. Vous pouvez aller dans la salle que vous connaissez près de la chapelle. Alisoun vous y attend.

Elle se pencha ensuite vers les enfants qui s'agrippaient à sa robe.

Owen fut surpris de voir don Cuthbert sortir de la salle en question pour l'accueillir.

– Que faites-vous ici ? demanda-t-il.

– Toutes les sœurs sont occupées avec les enfants. Et après ce qui est arrivé la nuit dernière, Dame Beatrice a jugé avec raison qu'Alisoun devait être protégée.

Il trouva Alisoun assise au milieu de la pièce, la tête baissée, les bras serrés autour d'elle. À première vue elle ne portait aucune blessure.

– Que s'est-il donc passé ? Qu'a-t-elle bien pu faire ?

Cuthbert la regarda avant de répondre :

– C'est à elle de vous le raconter, capitaine. Tout ce que je sais, c'est qu'on l'a trouvée au pied de l'escalier de la chapelle un peu avant l'aube, avec une grosseur derrière l'oreille qui a d'abord été prise pour un bubon. (Il se signa rapidement.) Mais, grâce au ciel, ce n'est qu'un hématome. La petite affirme qu'elle a voulu suivre quelqu'un qui l'avait réveillée et que, dans sa hâte, elle a trébuché sur les marches.

– Quelqu'un l'a réveillée ?

– Elle dit que quelqu'un se penchait sur elle quand elle s'est réveillée. Une personne qui a tout de suite pris la fuite. Une histoire bien fantastique.

– C'est coutumier chez les enfants. Pourquoi m'a-t-on envoyé chercher ?

– C'est elle qui vous a demandé.

Owen se demanda pour quel péché Dieu le punissait.

– Alors, je suppose que vous devriez nous laisser seuls tous les deux.

Cuthbert se dirigea vers la porte.

– Pourriez-vous rester à l'extérieur ? demanda Owen. Je voudrais être sûr que personne ne va nous entendre.

– Avec plaisir.

Le capitaine s'approcha de la fillette, qui n'avait pas levé les yeux vers lui depuis son arrivée ; elle fixait obstinément le plancher.

– Alisoun ?

Toujours sans le regarder, elle prononça d'un air boudeur :

– Dame Beatrice dit que je dois vous faire confiance.

– Ah, bon ? (Il approcha un banc près d'elle et s'y assit en croisant les bras.) Et est-ce que tu as l'intention de l'écouter ?

Elle respira profondément avant de laisser échapper un soupir.

– J'ai blessé l'homme qui a volé ma jument.

– Ah ! Et qu'est-ce que tu as d'autre à m'apprendre ?

Comme si une écluse venait de s'ouvrir, la petite

fille raconta ce qui s'était passé quand elle s'était enfuie de la maison de son oncle et avait trouvé l'homme dans sa grange.

– Je l'ai touché au bras et à la jambe, je crois.

– Avec ton arc ?

Elle hocha la tête.

– Et après je me suis sauvée.

Owen resta un moment silencieux, essayant d'imaginer ce qui aurait pu arriver à la gamine si elle avait mal visé. Mais quel était le rapport avec sa chute dans l'escalier ?

Le silence s'éternisant, elle finit par le regarder en face.

– Hier, vous me posiez plein de questions.

Il découvrit son œil au beurre noir.

– Que s'est-il passé, hier soir ?

– J'ai trébuché dans l'escalier.

– Mais ton œil ?

– Je suis tombée en avant, c'est facile à comprendre tout de même.

– Quelqu'un est venu te voir au dortoir ?

– Il veut se venger.

– Es-tu en train de me dire que c'est l'homme que tu as blessé qui était ici la nuit dernière ?

– Et aussi la nuit d'avant. Je le hais.

Il fallait un peu de temps à la haine pour se développer.

– Alors, c'est quelqu'un que tu connaissais déjà ?

– Est-ce que la Vieille de la Rivière lui a dit que j'étais ici ?

– Je suis sûr que non.

Alisoun soupira de nouveau, regarda ses mains qui trituraient le tissu de sa robe.

– Il m'a pris mon sac.

Sans doute celui qu'elle refusait d'abandonner, d'après Dame Beatrice.

– Quand ?

– La nuit d'avant. Je l'avais mis sous mes pieds. Il l'a volé pendant que je dormais. Puis il est resté à me regarder. Et il est revenu hier soir.

– As-tu réveillé tes camarades ?

– Non.

– Pourquoi ?

– Ce trésor, c'était mon secret.

Owen préférait revenir plus tard sur cette histoire de trésor.

– Tu n'as pas appelé à l'aide ?

– J'ai d'abord pensé que c'était ma mère. Et la nuit dernière, j'ai essayé de le suivre.

– Essayé ?

Elle pencha la tête, souleva ses cheveux pour lui montrer une bosse derrière son oreille.

– Je vous ai déjà dit que j'étais tombée !

– Tu es tout à fait certaine qu'il s'agissait bien de lui ?

Où diable pouvait-il se cacher ? Owen brûlait d'impatience de se mettre à fouiller le moindre recoin de l'hôpital, mais il lui semblait plus avisé de s'assurer d'abord qu'Alisoun disait la vérité. Sans vouloir délibérément mentir, elle avait pu rêver. Toutefois, l'un de ses commentaires lui donna une idée...

– C'était quoi, ton trésor ?

– Une couverture de missel en argent.

– Comment pouvais-tu être en possession d'un tel objet ?

Soudain redevenue boudeuse, la fillette baissa le nez.

– C'était un des trésors que maman cachait dans un coffre dans la grange.

Owen se rappelait parfaitement leur première rencontre ; elle ne se dissimulait pas à cause d'eux, elle gardait la grange.

– Cachait ? De qui donc avait-elle peur ?

– De tous ceux qui pourraient les voler.

– C'étaient des cadeaux de ton père ?

Alisoun secoua vivement la tête sans répondre.

– Parle-moi de ces trésors, insista le capitaine. Il y avait quoi encore ?

Sans trop se faire prier, Alisoun lui décrivit la plupart des objets volés à l'hôpital : les flambeaux d'argent, les tapisseries, le calice d'or, le crucifix d'argent serti de perles, la selle de cheval...

– Doux Jésus !

– J'ai tout enterré, sauf les tapisseries et la selle, avant de partir chez mon oncle.

– Et la nappe d'autel brodée ?

– C'était dans mon paquet. Elle me servait d'oreiller.

– Et dans ton paquet, il y avait aussi les tapisseries et la selle ?

Elle fit non de la tête.

– Juste la couverture de missel.

– Alors les tapisseries et la selle, tu en as fait quoi ?

– L'homme qui est venu voler mon paquet les a prises aussi.

– Tu les avais apportées à St Leonard ? Dame Beatrice ne m'en a rien dit.

– Non, il les a volées à la ferme.

– Le jour où tu l'as blessé ?

– Oui, acquiesça-t-elle.

– Qui est cet homme ?

Elle dessina quelque chose de mystérieux sur le sol de la pointe du pied.

– Je connais pas son nom.

– Et ces trésors, ils venaient d'où, d'après toi ?

– Je sais pas.

– Mais comment se fait-il qu'ils se trouvaient en possession de ta maman ?

– Je sais pas.

– Alors comment peux-tu être sûre que ce n'était pas des cadeaux de ton papa ?

– Parce qu'elle les cachait. Il savait pas qu'elle avait toutes ces jolies choses.

– Mais elle te les a montrées, à toi ?

Alisoun secoua de nouveau la tête sans répondre.

– Je comprends.

Owen se demandait si elle savait que tous ces trésors avaient été volés à l'hôpital, mais il jugea préférable de ne pas aborder le sujet dans l'immédiat.

– Pourquoi ne voulait-elle pas montrer ces objets à ton père ?

– Il disait à maman qu'elle était une menteuse quand elle parlait de son père à elle.

– Sans doute parce qu'elle avait été abandonnée à l'hôpital St Leonard ?

– C'est sa mère qui l'a abandonnée.

Étrange logique, pensa Owen. Comment seule sa mère pouvait-elle l'avoir abandonnée ?

– Comment avait-elle appris qui était son père ?

– Elle m'a jamais raconté.

– Et tu ne lui as jamais demandé ? (Le capitaine

trouvait cette allégation bien peu probable.) Que disait-elle de lui ?

– Qu'il était riche. Qu'elle était destinée à avoir une meilleure vie que celle qu'elle menait à la ferme.

– Est-ce que ta maman a jamais prononcé le nom de son père ? Son nom de famille ?

Elle fit une fois encore non avec la tête.

Peut-être que la maman avait inventé cette histoire pour faire rêver la fillette ? Mais cela n'expliquait pas comment elle recelait le produit des vols.

– Pourquoi avais-tu pris la couverture de missel avec toi ?

– J'ai cru qu'à St Leonard ils allaient me demander quelque chose pour ma pension.

– Est-ce que tu as déjà entendu dire qu'il y avait eu des vols à l'hôpital ?

– Vous voulez dire qu'il a pris d'autres choses ? Pas seulement mon paquet ?

– Qu'est-ce qui est la vérité, dans tout ce que tu viens de me raconter ?

– Tout !

– Alors que veux-tu que je pense d'une femme de fermier qui possède tant d'objets précieux ?

– Ils étaient à mon grand-père et cet homme veut les récupérer.

– Comment a-t-il été mis au courant, cet homme ?

Alisoun s'essuya le nez en haussant les épaules.

– Tu m'as raconté une histoire à dormir debout, petite.

– Vous me croirez, quand il m'aura tuée ? s'écria-t-elle, les yeux pleins de colère.

– Calme-toi. Tu prétends que tu as enterré les trésors. Tu accepterais de me dire où ?

– Vous iriez les déterrer.

– Et tu ne penses pas que ce serait la meilleure chose à faire ?

– Ils sont à moi.

– Ce n'est pas certain.

– Maman était pas une voleuse ! Je vous déteste !

Owen se leva. Il devinait qu'Alisoun ne lui dirait rien de plus aujourd'hui. Mieux valait la laisser réfléchir encore.

– On va fouiller l'hôpital pour retrouver cet homme. En attendant, il faudra qu'une sœur laie reste tout le temps auprès de toi.

– Alors je voudrais que ce soit Anneys. Elle est gentille avec moi.

Quand Owen quitta la salle, il constata que le secrétaire de Ravenser avait pris la place de don Cuthbert.

– L'économe était trop pressé pour attendre ?

– C'est moi qui lui ai proposé de le remplacer, capitaine. J'ai trouvé ceci, qui pourrait vous intéresser.

Et c'est l'air fort content de lui que Douglas tendit un parchemin à Owen.

Il s'agissait d'une liste de dons faits à St Leonard. Le capitaine regarda en premier lieu la signature. Les signatures, à vrai dire : Laurence de Warrene et Julian Taverner.

– Lisez la liste, l'encouragea Douglas.

Parmi bien d'autres objets, on y trouvait tous ceux qui avaient été volés récemment à l'hôpital.

– Je suis certain que ce document va prendre une grande importance dans l'affaire qui nous concerne

– même si j'ignore encore laquelle, je l'avoue. Comment l'avez-vous découvert ?

– Un souvenir m'est revenu en mémoire. Une phrase prononcée un jour par sir Richard, après une partie d'échecs que Maître Warrene venait de gagner. Je l'ai entendu dire : « Il est bien normal de vous voir gagner sur votre propre échiquier, avec vos propres pions. » Alors, quand je me suis rappelé que c'était Maître Warrene qui avait offert l'échiquier à l'hôpital, j'ai pensé qu'il valait peut-être la peine de vérifier s'il n'avait pas fait d'autres dons. Et j'ai fini par tomber sur cette liste.

Qu'est-ce que tout cela pouvait bien signifier ?

– Pourquoi sir Richard ne m'a-t-il pas parlé de ces dons ?

– Parce que, très probablement, il devait les ignorer.

– N'empêche qu'il était au courant pour l'échiquier.

– Il jouait régulièrement aux échecs avec Maître Warrene. Voilà pourquoi. Vous pouvez vérifier : cette liste a été dressée avant que sir Richard ne devienne le maître de l'hôpital St Leonard.

21

Plus que de l'amitié

Grimpé en haut d'une échelle pour réparer un volet sorti de ses gonds, Tom Merchet s'arrêta dans son travail pour observer un homme qui traversait lentement la place St Helen. Tout courbé, et visiblement épuisé, il traînait avec peine une charrette à bras surchargée. Il portait une légère tunique par-dessus son haut-de-chausses, et Tom avait beau être loin de lui, il parvenait à distinguer des taches de sueur à l'encolure et sous ses bras. On pouvait voir, entassés au petit bonheur dans son chariot, de la literie, plusieurs chaises, des pots – dont l'un chut bruyamment quand une roue s'accrocha dans une tombe en bordure du cimetière St Helen. Quelqu'un fuyant une maison où se terraient des victimes de la peste ? Quand l'homme voulut caler sa charrette à bras pour courir après son pot, une chaise se mit à glisser à son tour ; alors, n'écoutant que son bon cœur, Tom se laissa glisser au bas de son échelle pour aller lui donner un coup de main. Il bloqua le pot avec son pied avant qu'il puisse dévaler Coney Street. Au moment où il le tendit à l'homme essoufflé, il reconnut l'ancien domestique de Julian Taverner.

– Alors, Nate. Tu voudrais quitter York sans dire au revoir ?

Avant de répondre, Nate attrapa la chaise sur le point de tomber, la posa par terre et se laissa tomber dessus avec un soupir. Il extirpa ensuite un linge souillé de sa tunique et s'épongea le front avec. Ses mains aux articulations enflées tremblaient.

– Je suis trop vieux pour tout ça, Tom Merchet ! J'espérais bien mourir au service de mon maître. Mais maintenant qu'il s'en est allé, qu'est-ce que je vais pouvoir faire ?

Une question cruciale, pensa Tom.

– Est-ce que Julian t'a laissé un peu d'argent ?

Le vieux Nate prit le temps de se moucher à grand bruit.

– Oh, oui ! Le maître m'a laissé de quoi. Pas étonnant, parce que c'était un brave homme, Maître Taverner, ça on peut pas dire. Et y m'a donné aussi tous ses meubles. Mais où je vais les mettre, hein ? J'ai nulle part où aller. Qui voudrait engager quelqu'un d'aussi vieux et voûté que moi ?

Le tavernier réfléchit silencieusement à la question. Ils avaient suffisamment de personnel, d'autant qu'ils n'avaient pas accepté de pensionnaires depuis le début de l'épidémie de peste. Quant au bar, seuls les clients connus y avaient droit ; et encore, seulement ceux qui n'avaient pas de malades chez eux. Résultat, les affaires n'étaient pas brillantes ; pas assez bonnes en tous les cas pour engager un extra. Et il fallait aussi tenir compte du fait que le vieil homme avait vécu à St Leonard... est-ce qu'il ne risquerait pas d'être contagieux, des fois ? En réalité, pas plus que Bess, finit-il par admettre en son for intérieur. Elle était restée avec son oncle jusqu'à la fin et ne paraissait pas en avoir été affectée le moins du monde. D'ailleurs, il était peut-être exact que Julian n'était pas mort de la peste.

– Tu pourrais te reposer chez nous, Nate. Au moins le temps de réfléchir à ce que tu vas pouvoir faire.

Le gros nez de l'homme rougit comme une pivoine et ses yeux tristes s'humidifièrent.

– C'est le Seigneur qui vous guide, Tom Merchet. J'oublierai jamais ce que vous faites pour moi.

Tout en l'aidant à pousser sa charrette dans la cour

de la taverne, Tom se demandait quelle allait être la réaction de sa femme.

Les mains posées sur les hanches, tapant du pied, le moins qu'on puisse dire, c'est que Bess n'était pas contente.

– C'est pas de la peste que j'ai peur, Tom Merchet. Nate est vieux, voilà ce qui m'inquiète. Cet homme ne va pas trouver à se placer facilement, tu le sais comme moi. Et alors quoi ? On va lui donner une chambre à vie ? S'occuper de lui jusqu'à ce qu'il s'éteigne ?

– Au nom du ciel, femme. J'ai pas tellement d'années de moins que lui. Est-ce que je suis bon à rien ?

Bess jeta un coup d'œil par la fenêtre de son parloir et vit Simon qui aidait Nate à décharger ses possessions.

– Non, mais tu as vu l'état de ses mains ? Et comme il tremble ? Toi, mon mari, tu es en bonne santé. Et pas lui. Voilà la différence.

– Tu dois ça à ton oncle.

– Je dois rien du tout à mon oncle. Tu as le cœur trop tendre, Tom Merchet, ça finira par nous perdre.

Elle se rassit à la table où elle était en train de faire des comptes et reprit sa plume. Tom se pencha vers elle.

– Alors qui de nous deux va l'en informer ?

Bess releva brusquement la tête. Elle ouvrait des yeux ronds comme s'il venait de proférer une énormité.

– L'informer de quoi ? Il est chez nous, maintenant, va bien falloir faire avec. Arrête donc de tout compliquer, tu veux ?

Se penchant encore plus, Tom lui embrassa le haut du front.

– T'inquiète pas pour lui. Nate est un homme qui a envie de s'occuper. Il va pas nous encombrer.

Bess tapota la main de son mari.

– Il me rappelle mon oncle Julian, voilà quoi. Mon oncle que j'ai négligé. Qui reposera en paix seulement quand son assassin sera remis à la justice. Il faut que je m'en occupe.

– Et ton voyage à Easingwold, c'était bien pour ça, non ?

– Beau résultat, ma foi !

– Tu en as parlé avec Owen ?

– Ouais, et j'aurais mieux fait de me taire. Il m'a rabrouée de belle manière.

– J'en crois pas un mot. Owen est pas du genre à rabrouer les gens. Qu'est-ce qu'il t'a dit exactement ?

– Qu'il pourrait pas réparer la bêtise que j'avais commise, voilà quoi.

Tom écarquilla les yeux.

– Il a vraiment dit ça ? (Bess renifla et attendit qu'il lui exprime sa sympathie.) Eh bien tu dois en tirer la leçon, femme. Te mêle plus de son enquête.

Le malotru !

– J'en étais déjà venue à prendre cette décision toute seule, mon mari.

Bess s'arrêta de travailler en voyant Owen pénétrer dans la taverne en fin d'après-midi.

– Qu'est-ce qui vous amène ? s'enquit-elle.

– Je ne pensais pas qu'un jour je trouverais cet endroit vide à pareille heure.

– Mon ami, je doute que tu sois venu voir

comment marchent nos affaires, intervint Tom. Il y a du nouveau ?

– En réalité, je voudrais encore vous poser quelques questions sur Julian Taverner et Laurence de Warrene.

– Ah ?

Le ton sur lequel s'exprimait Owen ne disait rien de bon à Bess.

– Aucun domestique ne peut nous entendre ?

Bess fit non de la tête.

– Ils ont tous à faire. (Elle s'approcha de lui.) Alors, au nom du ciel, parlez ! Qu'avez-vous donc appris ?

– Vous êtes au courant des vols survenus à l'hôpital ?

– Bien sûr, rétorqua-t-elle d'un ton impatient. Comme tout le monde à York ou presque.

– Mais savez-vous que tous les objets volés avaient été offerts à St Leonard par Julian et Laurence ? Un calice d'or serti de pierres précieuses, une couverture de missel en argent garnie de gemmes, une selle de cheval décorée de feuilles d'or...

– Julian et Laurence ? (Bess se laissa tomber sur un siège.) Ils avaient des choses pareilles à donner ? Pour payer leur pension ?

Son oncle ne lui avait jamais laissé soupçonner qu'il possédait de tels trésors.

– Non, c'était en plus du reste. Des cadeaux. Warrene et lui ont précisé : « pour expier nos péchés ».

Bess ferma les yeux pour tenter de dissimuler sa déception. Penser qu'au lieu de lui laisser ces objets il les avait offerts à St Leonard. Ne s'était-il jamais demandé ce que Tom et sa nièce auraient pu en faire ? Non, mais quel vieil ingrat ! (Un grand soupir.) Tom, sers-nous quatre bières. Owen devrait parler avec Nate.

Owen les regarda à tour de rôle.

– Le domestique de votre oncle ?

– Il habite ici en attendant de retrouver du travail. Tom va aller vous l'appeler.

– J'ai l'impression d'être moi-même un domestique, murmura ce dernier en posant les quatre chopes et un pichet sur la table. Tu veux peut-être aussi que j'aide Simon à décharger sa charrette, femme ?

Bess leva les yeux au ciel.

– Je vois pas qui d'autre pourrait le faire.

Essoufflé et en sueur, Nate prit place sur le banc et s'empara goulûment de sa chope d'ale qu'il se mit en devoir de vider d'un seul trait.

– Si tu bois comme ça, tu vas voir ta tête, le prévint Bess.

– C'est que je meurs de soif, Maîtresse Merchet. J'ai chargé la charrette tout seul, puis je l'ai traînée de St Leonard jusqu'ici. Et le soleil tape, je peux vous le jurer.

– J'ai jamais vu beaucoup de soleil dans Blake Street, murmura Bess. (Elle espérait que pendant son séjour chez eux, il n'allait pas leur boire leur fonds de commerce.) Je te présente le capitaine Archer. Il aide le maître de l'hôpital à trouver la solution d'un problème.

Le vieil homme tourna son attention vers Owen.

– Ah, les vols et tout le reste, hein ? (Il se permit même un clin d'œil complice.) Mon maître et son ami qui sont morts si soudainement. Et y a eu aussi ce pauvre Walter de Hotter. (Il resta un instant silencieux à branler du chef.) À l'hôpital, les choses se passent pas comme elles devraient se passer, ça c'est clair. J'ai déjà entendu parler de vous, capitaine. Et je sais qu'à St Leonard, y en a beaucoup qu'espèrent que vous allez y mettre le holà.

– Je dois avouer que je suis encore bien loin de pouvoir le faire, Nate.

Bess pouffa de rire dans sa chope en entendant son ami s'exprimer avec une telle modestie.

– C'est pas le peu que je sais qui pourra beaucoup vous aider, capitaine, affirma Nate.

– Vous étiez auprès de votre maître quand il est tombé malade. Qui venait vous aider ?

– Honoria, mais elle pouvait pas rester longtemps parce qu'elle avait d'autres tâches. Quand elle a vu comme il faiblissait, elle a envoyé chercher Anneys. Et puis on a fait prévenir Maîtresse Merchet.

– Est-ce que Honoria ou Anneys lui ont donné des remèdes ?

– Non. Enfin, juste ceux que Maître Taverner prenait déjà.

Bess voulut tout de suite mettre les choses au point.

– Son mal de tête était passé, Nate. Il a plus rien pris à partir du premier jour où il est rentré chez lui.

Nate secoua la tête en signe de protestation.

– Il buvait quelque chose pour reprendre des forces et guérir plus vite, Maîtresse Merchet. Et je peux vous dire que ça puait drôlement. C'est pour ça que je risque pas de l'oublier.

Owen se tourna vers Bess.

– Lucie vous avait donné quelque chose pour lui ?

Elle comprit tout de suite où il voulait en venir.

– C'est vrai. Mais rien qui sente mauvais, je peux vous l'assurer.

Il croyait que son oncle avait été empoisonné. Sainte Marie Mère de Dieu.

Mais après avoir poussé un soupir éloquent, Owen changea de sujet.

– Nate, quand il est arrivé à St Leonard, votre maître avait de l'argent et des objets précieux. Et je doute que ce soit sa taverne qui ait pu lui rapporter autant.

– Ah, vous avez raison. Il gagnait beaucoup d'argent en dehors de la taverne, comme tous ceux qu'habitent près de la mer du Nord. Ils auraient été bien bêtes de pas en profiter, hein ?

Bess détestait le tour que prenait la conversation.

– Donc, il faisait de la contrebande ?

Nate tordit dédaigneusement le nez.

– Il aurait jamais eu le temps de partir sur un bateau ! Non, le maître attendait que la mer lui apporte les marchandises, voilà quoi.

– Quand les bateaux venaient s'éventrer sur les rochers au cours d'une tempête ?

– Exactement. Y a pas une personne sur cette côte qu'en faisait pas autant. Le malheur des uns, comme on dit... Mais ils étaient trop nombreux pour engranger beaucoup de profits. Alors le maître et ses amis ont eu une meilleure idée. Ils ont dévalisé les grottes où les contrebandiers planquaient leurs marchandises. Et qui aurait pu les dénoncer, hein ? Des voleurs accusant d'autres voleurs ?

Nate manqua s'étrangler de rire. Bess paraissait trouver l'histoire nettement moins amusante.

– Ils prenaient néanmoins des risques, constata Owen.

– Pour sûr. Et même qu'un de leurs associés y a laissé la vie. C'est comme je vous dis. Après ce sale coup du sort, ils ont été plus prudents. Et quand la femme et l'enfant de Maître Taverner sont morts en mer à leur tour... (Nate hocha tristement la tête)... personne a pu enlever au maître l'idée que c'était pas une punition infligée par Dieu. Mais pourquoi Dieu choisirait de punir des innocents, hein ? J'aimerais bien qu'on me le dise.

– Est-ce que votre maître a eu d'autres enfants ?

Nate en eut le hoquet.

– Des bâtards, vous voulez dire ? C'est des bâtards que vous cherchez ? Ça, je pourrais pas vous dire. C'était pour sûr un homme à femmes. Même sur ses vieux jours. Mais je lui ai jamais posé la question et il en a jamais parlé.

Le vieil homme ricana de nouveau en secouant la tête.

Quant à Bess, elle se demandait jusqu'à quel point son oncle faisait confiance à Nate.

– Qu'est-ce qui l'a poussé à s'installer à St Leonard ?

Le vieux reprit son sérieux.

– En vérité, j'en sais rien. Mon maître avait le goût du secret, capitaine. Tout ce que je peux vous dire, c'est qu'on a visité pas mal d'endroits, qu'il s'est renseigné, et qu'il a fini par choisir St Leonard.

– Qui a-t-il dépouillé à Scarborough ?

– Les grandes familles de contrebandiers. Des gens à qui l'argent manquait pas. Faut dire qu'il était honnête à sa façon.

Bess tendit sa chope à Tom qui venait juste de reprendre sa place auprès d'elle. Il lui adressa un sourire ironique et attrapa le pichet qui se trouvait à côté de lui.

– Alors, tu en apprends de belles sur ton oncle Julian ?

– Voler ses voisins. J'aurais jamais cru ça de lui. À vrai dire, j'arrive pas à y croire.

– Son associé, dit Owen en s'adressant à Nate, celui qui est mort. Vous vous rappelez son nom ?

Le vieil homme ferma les yeux, pressa une main noueuse contre son front, laissa échapper un sifflement à travers ses dents cassées, avant de dire :

– C'était il y a si longtemps. Une chose que j'ai pas oubliée, c'est qu'ils l'avaient surnommé le « salopard ». Faut dire qu'y se conduisaient pas toujours comme des gentlemen.

Voilà au moins une affirmation qui ne surprenait pas Bess.

– Est-ce que Laurence de Warrene était impliqué là-dedans ?

– Plutôt deux fois qu'une. C'est même lui qu'avait les idées. Il était sacrément futé, Maître Warrene. Sa femme était pas vraiment d'accord avec tout ça. Et Maîtresse Taverner non plus.

– Ils sont morts tous les quatre maintenant, rappela Owen. Qui d'autre pourrait se rappeler cette époque ?

Nate fixait sa chope vide.

– Ça, j'ai pas la moindre idée si un de la bande est encore en vie.

Tom lui versa de l'ale.

– Une de ses femmes ? suggéra-t-il. Il arrive qu'un

homme confie à une femme ce qu'il ne dirait à personne d'autre.

– Oh, je dis pas ! Le maître a pu le faire.

Nate rejeta la tête en arrière et avala sa bière aussi vite que la première fois.

– Et une fois à St Leonard, il continuait à avoir des maîtresses ?

– Pour sûr, qu'il recevait des femmes. Mais qui elles étaient, j'en sais fichtre rien.

– Je vous remercie, dit Owen en se levant. Et je vous demande de ne parler de cette conversation à personne.

– Comptez sur moi, capitaine.

Quand il tourna son œil-d'Oiseau vers elle, Bess se redressa instinctivement. Son oncle Julian, un voleur. Qu'allait-il penser d'elle, maintenant ?

– Je dois fouiller l'hôpital et retourner à la ferme des Ffulford, précisa Owen. Je n'ai pas le temps de m'intéresser aux maîtresses de votre oncle Julian. Auriez-vous le temps de vous en occuper ?

Le cœur de Bess fit un grand bond dans sa poitrine.

– Vous me demandez de vous aider ?

– Vous savez bien que j'ai toujours dit que c'était vous que l'archevêque aurait dû engager comme espionne.

– C'est encore plus vrai que tu peux le penser, murmura Tom.

Bess refusa de prêter la moindre attention aux élucubrations de son mari.

– Vous voulez bien sortir avec moi ? demanda-t-elle à Owen. Il y a un petit détail que j'aimerais vous entendre préciser. (Elle le conduisit dans la cour en empruntant la porte de la cuisine.) Vous croyez que mon oncle a bien été empoisonné, c'est ça ? (À la façon dont elle le vit serrer les mâchoires, elle comprit qu'il était mécontent qu'elle ait deviné ses intentions.) Est-ce que, par hasard, vous me prendriez pour une idiote ? Dites-moi la vérité, vous me confiez une tâche pour ne pas me trouver sur votre chemin, hein ?

– Bess, je vous en prie ! J'espérais vous éviter un chagrin jusqu'à ce que je puisse être sûr de ce que j'avançais. Oui, je pense très possible que Julian ait été empoisonné. Mais j'ai vraiment besoin de votre aide. Vous comprenez bien qu'il y a peu de gens à qui je puisse faire confiance dans cette affaire ?

Elle dut admettre qu'il avait l'air sincère, que la façon même dont il s'exprimait paraissait sincère...

– Lucie a tout de suite pensé au poison, pas vrai ?

– C'est vrai.

– Et vous voulez que je vous aide ? Malgré mon fiasco à Easingwold ?

– Je regrette mes paroles à ce sujet.

Bess lui tapota la main.

– C'est oublié. Mais j'accepterai de vous aider seulement si vous jurez de ne plus me faire de cachotteries.

– Je le jure, Bess.

Il faillit s'étrangler en prêtant le serment qu'elle exigeait de lui, mais il était bien obligé d'en passer par là.

Plus tard dans la soirée, alors qu'Owen aidait Lucie à suspendre des plantes médicinales pour les faire sécher, elle lui demanda s'il avait parlé de la fameuse énigme à Bess.

– Tu crois donc que c'est important ?

Sa femme lui tendit une brassée de brins de menthe.

– Tu ne trouves pas qu'il y a un rapport avec ses activités douteuses ? *Et si personne d'autre que le coupable n'en souffre, est-ce que la faute existe ?* Il a volé, mais il n'a volé que des gens coupables.

– Oui, mais que fais-tu de la première partie : *Peut-on commettre un péché sans le vouloir ?*

– Par négligence ? J'avoue que cette partie de l'énigme m'intrigue. N'empêche que tu devrais en parler à Bess. Surtout maintenant que tu l'as enrôlée pour t'aider. Tu ne dois rien lui cacher.

– Tu trouves que je suis idiot d'avoir demandé son aide ?

– Au contraire, tu aurais été idiot de ne pas le faire. Parce que, de toute façon, elle n'aurait pas pu s'empêcher d'enquêter de son côté. Je suis certaine que tu y as pensé. Mieux vaut lui confier quelques tâches que de l'avoir sans arrêt dans les jambes. (Lucie montra le grand panier vide.) Ouf ! C'est terminé. Pourquoi n'irais-tu pas boire une dernière pinte d'ale avec Bess ? Elle a sans doute déjà concocté un plan.

La place St Helen était particulièrement calme quand Owen sortit de l'officine. Aucune cloche ne sonnait le glas, personne n'était agenouillé dans le cimetière près d'une tombe fraîchement creusée. Si seulement il était possible d'en conclure que l'épidémie de peste tirait à sa fin et qu'il allait pouvoir faire revenir ses enfants.

Il n'y avait pas foule à la York Tavern, une douzaine de clients tout au plus. Et ils étaient étrangement calmes. Lors de son arrivée, ils l'avaient regardé, mal à l'aise, puis avaient repris leurs murmures, les épaules penchées en avant, les yeux fixés sur leurs chopes.

Il avait trouvé le tavernier près de la porte, le visage rouge et luisant de sueur, les jambes solidement plantées au sol, les bras musculeux nus jusqu'au dessus du coude et croisés sur son estomac. Il donnait l'impression de quelqu'un qui se tient sur ses gardes.

– Il y a un problème, Tom ?

– Il y a eu. Ma femme est dans la cuisine pour soigner l'œil de Simon.

– Un client indésirable ?

– Exactement. Un étranger qui avait l'air mauvais et qui puait. À en vomir. À mon avis il est malade. Je l'ai envoyé à l'hôpital.

– Mais il a flanqué un œil au beurre noir à Simon ? (Leur palefrenier était grand et costaud et savait se battre.) Cet homme malade avait une telle énergie ?

– C'est son ami qui s'en est pris à Simon. (Tom parut se détendre.) Mais ils sont partis. Tu es venu boire une bière ?

– Je suis venu parler à Bess.

– Alors, tu as besoin de boire, conclut Tom en allant chercher la chope d'Owen qu'il emplit d'ale mousseuse. Voilà qui va te soutenir un peu. Comme je te l'ai déjà dit, elle est dans la cuisine.

– Surtout, tu m'appelles si jamais il revient, Tom.

– Tu peux y compter. Mais mes tripes me disent qu'on les reverra pas. C'est vraiment une sale période, quand un tavernier doit refuser un client qui a de l'argent dans ses poches.

– On n'a pas entendu les cloches, ce soir. C'est plutôt bon signe, non ?

– Il faut l'espérer, mon ami.

Assis le dos appuyé au mur, Simon tenait une compresse appliquée contre son œil. Bess invita Owen à la suivre dans son petit parloir jouxtant la cuisine.

– Là, on sera pas dérangés. Je vois que Tom a pensé à vous donner à boire.

Le capitaine entra tout de suite dans le vif du sujet :

– J'ai oublié de vous dire quelque chose. Une énigme posée par Laurence à sir Richard, au grand dam de votre oncle qui voulait l'empêcher de parler.

– Une énigme ? Et quel est l'intérêt de garder une énigme pour soi ?

– Heureusement, sir Richard a fini par s'en souvenir.

– Et vous croyez que ça peut nous aider ?

Owen reposa sa chope.

– Je n'y comprends goutte. Lucie pense que ça peut avoir un rapport avec leurs activités clandestines.

Il lui récita l'énigme.

Bess, qui s'était servi un petit brandy, porta son verre à son nez et le huma en réfléchissant.

– De quelle façon peut-on commettre un péché sans le vouloir ? J'ai l'impression que Laurence voulait juste faire son malin. C'est qu'il se prenait pour quelqu'un, vous savez.

– Réfléchissez encore là-dessus. Il vous viendra peut-être une idée.

– J'espère. En attendant, demain matin, je vais voir Nell, la blanchisseuse.

Voilà qui améliora sur-le-champ l'humeur d'Owen.

– Lucie m'avait bien dit que vous auriez déjà concocté un plan.

Alisoun avait eu tort de venir à St Leonard. Personne là ne s'intéressait à elle. Traités à la façon d'un troupeau de moutons, les enfants étaient constamment priés de se taire, comme si le son de leurs voix dérangeait les sœurs, dérangeait Dieu. Pourquoi sa mère lui avait-elle prôné de venir ici, si jamais elle avait besoin d'aide ? Pourquoi avait-elle toujours conservé une prédilection pour ce fichu hôpital St Leonard ? Alisoun, elle, gardait un meilleur souvenir de la période où elle avait dû se cacher. Elle avait eu froid et faim, il est vrai ; et sans bétail ni récolte, sa situation n'aurait fait qu'empirer à l'approche de l'hiver – son oncle avait tout emporté chez lui, soi-disant pour plus de sûreté. Mais elle aurait pu s'entraîner à l'arc, observer les oiseaux, s'asseoir près de la rivière pour écouter les cris des bateliers, dormir quand elle avait sommeil, manger quand elle avait faim, sans jamais être grondée.

Alors, une fois encore, elle dressa un plan pour s'évader. Elle partirait pendant la nuit. Elle avait bien un peu peur de se faire repérer par le portier qui serait peut-être tapi dans l'obscurité, mais c'était bien plus effrayant de rester allongée sur sa paillasse en redoutant une attaque à tout moment. Elle avait déjà tenté l'expérience de vouloir franchir la porte au milieu de la journée, avec désinvolture, comme si elle se baladait au hasard, mais le gardien avait eu tôt fait de la renvoyer d'où elle venait. Sans qu'elle lui demande quoi que ce soit, il avait promis de ne pas en toucher mot à Dame Beatrice – une bienveillance surprenante de sa part –, mais il ne l'en avait pas moins empêchée de sortir. Elle en avait donc conclu qu'il lui faudrait se sauver de nuit. Au cours de sa tentative avortée, elle avait repéré une plus petite ouverture dans le portail, avec un loquet facile à manœuvrer. De l'intérieur seulement. Puisqu'on ne pouvait pas l'ouvrir de l'extérieur, elle espérait que le portier ne prenait pas la peine de la fermer à clef. Elle prévoyait de l'entrouvrir à peine, et de se glisser dans la rue quand il serait en train de somnoler.

Alisoun se faufilait entre les rangées de paillasses sur la pointe des pieds. La façon dont certaines de ces filles ronflaient et puaient n'était pas croyable. Vivement qu'elle s'éloigne de ce cloaque et retrouve le bon air de la nuit. Et comme elle avait envie de sentir la saine odeur de la sueur d'un cheval. Malheureusement, elle avait confié sa jument à l'hôpital et ignorait comment la récupérer.

La peur faillit la faire trébucher, quand une voix murmura dans l'obscurité :

– Qui va là ?

Une voix de femme. Alisoun continua de marcher comme si elle n'avait rien entendu. Mais la femme la saisit par le bras d'une poigne solide.

– Pourquoi quittes-tu le dortoir ?

Il s'agissait probablement de l'une des sœurs, et elle se satisferait d'une réponse banale.

– J'ai besoin de me soulager.

La femme entraîna soudain Alisoun dans la

lumière de la lune, et elle reconnut la sœur laie Anneys.

– Ne me raconte pas d'histoires, tu es en train de te sauver.

La gamine hésita. Elle avait tout de suite jugé cette femme différente des autres. Pouvait-elle croire qu'elle allait accepter de l'aider ? Prudence, tout de même.

– Pourquoi est-ce que je voudrais partir ?

– Je t'ai observée. Tu es malheureuse à St Leonard.

– C'est vrai, j'ai eu tort de venir ici. J'ai des parents. Cet endroit est fait pour les enfants qui n'ont personne.

– Et tu comptes pouvoir franchir la porte avec ta jument ?

– Non, je suis forcée de la laisser ici.

– Je pourrais te l'amener à la Water Gate.

– Pourquoi accepteriez-vous de m'aider ?

– Quel est l'intérêt de te forcer à rester ?

– Le portier m'a empêchée de sortir quand j'ai voulu essayer.

– Tout le monde ne pense pas pareil.

– La Water Gate est barricadée.

– J'ai emprunté une clef.

Anneys se montrait soudain beaucoup trop coopérative pour qu'Alisoun puisse lui faire confiance.

– Qu'est-ce que vous attendez de moi ? s'enquit-elle, méfiante.

– Peut-être que Dieu m'a demandé de te protéger. Viens, on ne peut pas rester ici. Quelqu'un va finir par nous entendre.

– Vous comptez partir avec moi ?

– Moi aussi, je commence à en avoir assez de cet endroit.

22

Un limier et un samaritain

La journée de Bess commença plus tôt que d'habitude et, par voie de conséquence, celle de Tom aussi. Elle l'avait réveillé pour lui donner des instructions précises au sujet des servantes, du cuisinier et de son aide, sans oublier le palefrenier Simon.

– Je compte sur toi pour qu'ils fassent correctement leur travail, Tom. Moi, je dois sortir.

Tom, qui avait du mal à se réveiller complètement, se frottait les yeux.

– Quelle est ton intention ? Demander à toutes les femmes d'York si elles ont couché avec ton oncle Julian ?

Qu'est-ce qui lui prenait depuis quelque temps ? Quelle mouche avait bien pu le piquer ?

– Tu verras bien, Tom Merchet. Je saurai te prouver que je suis pas la femme idiote pour laquelle tu me prends.

– Au nom du ciel, Bess, je plaisantais. J'avais pas la moindre intention de te vexer.

– Taratata ! Je sais que tu trouves Owen peu raisonnable de m'avoir demandé de l'aider. Mais je le répète, tu verras bien. Et c'est à moi que tu rendras des comptes si je trouve pas tout dans un état impeccable en rentrant.

– Si on peut plus plaisanter maintenant ! Bon, je promets de plus recommencer. Tu es contente ?

– Ce qui est dit est dit, mon mari.

– Si j'avais pu deviner que seconder Owen allait te mettre dans un tel état, je l'aurais supplié d'y renoncer.

Comme si on lui avait demandé son avis ! Les hommes s'imaginaient toujours qu'ils étaient les maîtres du monde.

Ils prirent leur petit déjeuner en silence. Bess revêtit ensuite, non pas sa plus belle robe, mais une des plus élégantes ; puis elle se coiffa de l'un de ses bonnets à rubans. Dès qu'elle fut prête, elle partit voir Nell, une femme qui travaillait comme blanchisseuse à l'hôpital assez régulièrement ; parce qu'une femme qui lave les vêtements et la literie des autres a la possibilité de remarquer beaucoup de détails. C'est d'ailleurs de cette façon que Nell avait souvent pu apprendre à Bess des choses sur ses voisins.

Alors qu'elle avançait en pressant le pas, elle croisa l'annonceur public en train de crier une bonne nouvelle, pour une fois : toute une journée s'était écoulée sans que l'on compte une seule victime de la peste dans la cité. Grâces en soient rendues à Dieu ! Pouvaient-ils enfin espérer voir rapidement disparaître ce fléau ? Elle fourra de bon cœur deux pennies dans la main de l'homme.

Nell habitait une chaumière de torchis dans une ruelle débouchant dans Lop Lane. Entouré de constructions beaucoup plus hautes, son modeste logis restait toujours sombre. Dans le minuscule potager qui le précédait, une poule en train de gratter le sol se mit à fixer Bess d'un œil rond soupçonneux. De toute évidence, cette visiteuse trop matinale ne lui inspirait aucune confiance et elle caqueta bruyamment sa désapprobation. Bess trouva la blanchisseuse au coin de la maison. Elle s'apprêtait à faire sortir sa vache par le portail de derrière.

– Bonjour, Nell. Vous l'emmenez pâturer ?

La femme portait une robe toute ravaudée et un bonnet taché par la traite du matin. Son visage paisible afficha tout de suite un air inquiet :

– Bess Merchet ? Quels ennuis vous amènent ici de si bon matin ? J'en ai pourtant déjà eu ma part, je vous assure.

– Racontez-moi.

La blanchisseuse leva une main rouge et crevassée qu'elle posa sur son épaule opposée, comme pour se protéger elle-même.

– Le bébé de mon fils est mort avant-hier, et maintenant c'est sa fille qu'est brûlante de fièvre.

Mon Dieu, quel lourd chagrin à supporter.

– L'aboyeur nous donne un peu d'espoir, Nell. Personne n'est mort hier.

– Je crois pas que c'est ça qui va sauver ma petite-fille. (Ses yeux s'emplirent de larmes.) La peste est une malédiction sur ma famille.

Bess pensa intérieurement qu'elle aurait sans doute pu trouver autre chose à dire. La blanchisseuse avait toutes les raisons du monde de trouver que la peste était une malédiction qui la visait personnellement. La dernière épidémie avait emporté son mari, celle-ci un petit-enfant et probablement un deuxième dans pas longtemps.

– Je vais vous accompagner avec la vache, proposa Bess.

Les champs où elle paissait se trouvaient juste à l'extérieur des remparts. Bess décida de prendre tout son temps pour arriver à ses fins.

Alors qu'elles avançaient avec l'animal le long d'une rue tranquille, Nell poussa un grand soupir :

– C'est la vérité qu'il y a moins de morts que les deux premières fois, mais c'est pas ça qui empêche ceux de ma famille de disparaître un par un. (Elle se tamponna les yeux avec sa manche et respira profondément plusieurs fois.) Pardonnez-moi. Je suis pourtant pas quelqu'un qu'a l'habitude de se plaindre, vous le savez. Et j'ai pas l'intention de commencer aujourd'hui. Vous m'avez pas encore dit ce que vous attendez de moi, Bess.

– Si vous m'aidez, vous aurez ce soir de l'ale à volonté, Nell.

La blanchisseuse regarda Maîtresse Merchet pardessus la vache qui marchait pesamment.

– Je suis désolée pour votre oncle. Est-ce que ça a quelque chose à voir avec lui ? Mais ma pauvre, j'ai pas mis les pieds à l'hôpital depuis un mois. Alors forcément, je sais rien des circonstances de sa mort. (Elle tapota l'encolure de sa vache pour l'encourager à franchir Petergate.) Ah, on peut dire que c'était un brave homme, Maître Taverner.

– Et un homme passionné, si j'en crois ce qu'on m'a raconté.

Bess vit soudain une lueur amusée briller dans les yeux fatigués de la blanchisseuse.

– Oui, ça, on peut dire. Et j'avoue que j'étais

jalouse de toutes ses femmes. Parce qu'il a jamais eu envie de moi.

Ce qui n'était pas vraiment surprenant. Nell était une femme lourde de corps et d'esprit qui faisait penser à la bête qu'elles conduisaient dans les champs. Elle était pourtant dotée d'un visage sur lequel le temps n'avait pas eu de prise, et elle possédait presque toutes ses dents.

– Est-ce que mon oncle avait une maîtresse à l'hôpital ? demanda Bess.

– Oui, c'est un bruit qui courait. Une des servantes. Ou plutôt une sœur laie. Mais qu'est-ce qu'elles sont d'autre que des servantes qui savent pas se tenir à leur place, hein ?

Nell renifla d'un air méprisant.

Bess en conclut que les sœurs laies devaient se montrer impatientes avec la blanchisseuse. Et comme elle les comprenait. Si jamais elle était forcée elle-même de l'employer, elle aurait du mal à se retenir de la secouer.

– Mais on parlait surtout de quelqu'un qui appartenait pas à l'hôpital, ajouta Nell.

– Vous savez qui ?

– Soi-disant qu'y s'agirait de Felice Mawdeleyn. Mais je fais que répéter ce que j'ai entendu. Je pourrais pas en jurer.

Son oncle avait bon goût. Difficile de dire le contraire.

– Coquine de Felice. Comment a-t-elle pu se débrouiller pour cacher cette liaison à Will ?

– On raconte que Will Mawdeleyn a perdu plus que sa jambe quand ce cheval est tombé sur lui.

– Vraiment ? Alors ça expliquerait. Mais dites-moi, Nell, connaissez-vous quelqu'un qui pourrait me renseigner sur les femmes qui rendaient visite à mon oncle ?

– Je vois que Barker, le portier.

– Vous êtes une bien brave femme, Nell. Venez à la taverne quand vous voudrez. Je m'occuperai personnellement de vous.

Elles avaient atteint les prés communaux. Aucun arbre, pas la moindre construction pour leur cacher le soleil dont la chaleur les pénétrait. Par une telle journée, il était assez facile d'oublier l'épidémie de peste.

Nell inclina la tête.

– Vous êtes très gentille. Parce que, ce que je viens de vous raconter, n'importe qui aurait pu le faire.

– Mais j'ai pas confiance en tout le monde comme j'ai confiance en vous, Nell. Vous au moins, vous passez pas tout votre temps à cancaner.

– Dame, c'est que j'ai autre chose à faire, dit la blanchisseuse en poussant sa vache vers la rivière où l'herbe était plus haute.

Au milieu de Spen Lane, près de l'église St Andrew, le frère Wulfstan remarqua une croix rouge sur une bâtisse faisant partie du patrimoine immobilier de l'abbaye St Mary. Il s'agissait d'une maison qu'il croyait vide mais, en ces temps d'épidémie, cela ne voulait rien dire. Bien des logis abandonnés servaient de refuge à ceux qui fuyaient leurs propres parents malades. D'autres fois, c'étaient les malades eux-mêmes qu'on y laissait mourir seuls après avoir forcé les volets. Et ils devaient encore s'estimer heureux qu'on se soit donné la peine de leur trouver un toit.

Après une longue nuit passée à veiller une enfant mourante, dont la mère était trop terrorisée pour pouvoir la réconforter, le vieil infirmier se sentait fourbu, ses yeux le brûlaient, sa langue était enflée, et il ne rêvait que d'une seule chose : s'asseoir sur un banc à l'ombre dans son jardin pour siroter du vin coupé d'eau et parfumé de feuilles de menthe. Mais s'il y avait un mort à l'intérieur de cette habitation, il devait entrer prier pour lui et prendre des dispositions pour le faire évacuer. Avec Gog et Magog [1] en liberté dans le pays, il ne pouvait pas refuser son aide à ceux qui en avaient besoin. Quelle horreur cela avait dû être, lors de la première épidémie, quand la moitié des habitants de la ville étaient morts. La moitié des moines aussi, mais eux n'avaient pas été abandonnés à leur triste sort, ni jetés à la rue ; ils avaient été veillés jusqu'à la fin.

Wulfstan s'emplit plusieurs fois les poumons du peu d'air frais qu'il put respirer dans la rue, afin de se préparer à la puanteur qui se dégageait d'une victime de la peste. Pressant un sachet d'herbes odoriférantes sous son nez, il poussa la porte d'entrée qui n'était pas verrouillée.

Des rais de lumière pénétraient timidement dans la pièce principale par les interstices des volets, et

1. Gog et Magog : référence biblique. La littérature rabbinique traite Gog et Magog comme un double personnage représentant Satan dans son combat final contre le peuple de Dieu. Dans le folklore britannique, ils représentent les survivants de la race de géants annihilée par Brutus, le fondateur de la Grande-Bretagne. *(NdT)*

l'on y voyait voltiger la poussière. Pressé de s'enfuir, un rat passa sur le pied du moine et disparut dans la rue. Le vieil infirmier clignait des yeux pour accoutumer son regard à la pénombre et, ne distinguant toujours rien, retira son sachet parfumé pour renifler. L'affreux remugle lui emplit immédiatement les narines, provoquant une quinte de toux. Il y avait là un mort ou quelqu'un qui n'allait pas tarder à mourir. Mais il ne se trouvait pas dans cette salle. Une échelle conduisait à une pièce mansardée. La seule pensée de l'escalader rendait ses pauvres os encore plus douloureux. Mais il n'avait pas le choix. Il allait d'abord pousser les volets pour laisser entrer un peu d'air. En entendant du bruit, quelqu'un appela faiblement du premier étage :

– Qui est là ?

– Que Dieu soit avec vous ! répliqua Wulfstan. Je suis le frère infirmier de l'abbaye St Mary et je suis ici pour vous porter secours.

– Laissez-moi plutôt mourir.

– Est-ce que vous avez de l'eau, là-haut ?

Un rire amer.

– Les voisins n'ont pas l'habitude d'apporter des provisions quand ils voient une croix rouge sur une maison.

Pressant les deux mains contre ses reins pour soulager sa douleur, le vieil infirmier sortit par la porte de derrière. De l'autre côté de la cour, il explora la cuisine. D'un pichet sans couvercle, à demi rempli, se dégageait une odeur d'eau croupie. À éviter. Au-dessous de la table, il découvrit une bouteille de vin. Du vin devenu aigre, mais qui lui serait précieux pour mixer un onguent en cas de besoin. Il fourra donc la bouteille dans son sac. De retour dans la maison, il escalada lentement l'échelle, manquant s'étouffer tellement l'odeur devenait plus intolérable à chaque nouveau barreau qu'il gravissait.

– Je suis un pécheur, mon père.

La soif et la fièvre rendaient la voix de l'homme particulièrement rauque.

Wulfstan parvint enfin en haut de l'échelle, mais la respiration lui manquait pour pouvoir répondre. Il tint le sachet d'herbes contre son nez et resta immobile en attendant de ne plus voir la pièce tourner autour de lui. Un grand moment plus tard, il passa derrière le paravent qui cachait le malade à sa vue. La pièce du premier étage était également vaste, et dotée de fenêtres qui ouvraient à l'arrière de la maison. L'homme était entièrement nu et recroquevillé sur un tas de paille souillée. Une souris reniflait ses vêtements posés sur un tabouret. Le moine la chassa d'un coup de pied. L'infection spécifique de la peste se mêlait à l'odeur d'urine et de sueur. Un mélange difficilement endurable. Le vieil infirmier s'approcha du moribond.

– C'est pour vous qu'on a mis une croix sur la porte ?

– Non. Mais c'est pour ça que je suis entré dans cette maison. Je me suis dit qu'au moins là on me dérangerait pas.

– Et puis vous êtes tombé malade ?

L'homme leva son bras, révélant un bubon de la taille d'un œuf.

– Il y en a un qui a éclaté tout seul.

D'où l'insupportable pestilence.

– Remerciez Dieu. C'est un bon signe, mon fils.

L'homme se recroquevilla encore plus, tournant le dos à Wulfstan.

– J'ai pas besoin qu'on me raconte des mensonges.

– Ce ne sont pas des mensonges. Certains malades dont les grosseurs éclatent finissent par guérir.

Le moribond tourna la tête, et une lueur d'espoir apparut dans ses yeux rouges et humides.

– Vous dites la vérité ?

– Je n'ai aucun raison de mentir. (Le vieil infirmier posa la main sur le front du malade. Il avait la fièvre, mais elle n'était pas assez forte pour mettre sa vie en danger.) C'était douloureux quand le bubon a éclaté ?

– C'était plus douloureux avant.

– C'est arrivé quand ?

– À l'aube.

La maladie était peut-être déjà dans une phase régressive. Wulfstan remarqua un autre bubon à l'aine, presque aussi gros que celui à l'aisselle.

– Soulevez l'autre bras.

Wulfstan ne vit plus qu'une petite boule noire insignifiante.

– Vous croyez que vous pourriez supporter que j'incise le bubon qui a éclaté et aussi les autres ?

L'homme ferma les yeux.

– Est-ce que ça me sauverait ?

– Si Dieu le veut.

– Et s'Il le veut pas ?

– Ça risque de hâter votre fin.

Haletant, l'homme hésita un bref instant avant de lancer :

– Allez-y.

Le vieil infirmier remarqua alors une plaie sur l'un

de ses bras, qui laissait échapper du pus et était brûlante au toucher.

– Qu'est-ce que c'est ?

– Une salope m'a mordu. Et ici aussi, ajouta-t-il en levant légèrement une jambe pour montrer la blessure qu'il avait à la cuisse.

Sans paraître choqué, le moine la palpa en disant d'une voix posée :

– Je ne crois pas qu'il s'agisse de morsures.

– Pardonnez-moi, mon père.

Wulfstan le fixa. Le malade le regardait avec les yeux d'un animal apeuré. Le vieil homme se souvint enfin de lui.

– Ces deux blessures seraient guéries si vous aviez accepté de m'accompagner à St Mary. Pourquoi avez-vous préféré prendre le sac plutôt que de laisser l'homme qui sait se servir des médecines qu'il contient vous soigner ?

– Vous allez m'abandonner, maintenant ?

– Bien sûr que non. (Wulfstan ouvrit son sac et en sortit une petite fiole de brandy.) Quel est votre nom ?

– Pourquoi ?

– Simplement pour pouvoir vous appeler d'une façon ou d'une autre.

– John.

Wulfstan était persuadé que ce n'était pas là son vrai nom, mais quelle importance ?

– Il n'en reste pas beaucoup, John, mais finissez-le.

Tandis que le malade buvait, le moine s'agenouilla pour prier Dieu de lui donner suffisamment de force, une main sûre et une bonne vue. Et il lui demanda de guérir cet homme, si son heure n'était pas venue, afin qu'il puisse se repentir.

– J'ai laissé votre sac dans un endroit sûr.

Tout entier concentré sur la pénible tâche qui l'attendait, Wulfstan se contenta de lui adresser un petit signe de tête et s'agenouilla avec difficulté près de lui. Il tira alors son couteau de sa gaine de cuir.

– Restez aussi immobile que vous le pourrez, mon fils. Ça va être douloureux, mais ce sera encore pire si vous bougez.

Il commença par ouvrir le bubon qui avait éclaté tout seul. John ne put retenir un hurlement. L'infirmier s'assit sur ses talons et regarda s'écouler le sang putride. Il s'essuya méticuleusement les mains avec un chiffon propre pour les débarrasser du poison visqueux. Puis, dans une soucoupe, il versa un peu de vin sur de la poudre de ciguë et malaxa le tout. Ensuite, à l'aide d'un coin de son chiffon, il appliqua le mélange sur le bubon qu'il venait d'inciser.

– Pour calmer la douleur, dit-il. (Il plia ensuite le chiffon pour former une compresse.) Maintenez ça en place avec votre autre main.

La respiration de l'homme était difficile. Wulfstan espérait qu'il n'était pas en train de le tuer. Il avait assisté à la mort de si nombreux malades, qu'il avait vraiment envie d'en voir un survivre. Au bout de quelques instants, il demanda :

– Êtes-vous prêt pour l'autre bras ?

L'homme acquiesça d'un signe de tête.

L'infirmier marmonna de nouveau une prière avant de faire glisser la lame de son couteau sur le bubon. Rien. Il n'avait pas appuyé assez fort. La sueur qui lui coulait dans les yeux l'aveuglait. Il s'essuya, dit une nouvelle prière et fit un autre essai. La lame s'enfonça dans la peau, et le poison noir jaillit avec force tandis que John hurlait. Wulfstan se releva laborieusement pour aller respirer à la fenêtre. Il voyait les toits des maisons danser devant lui et, sentant ses jambes céder sous lui, il dut s'agripper de toutes ses forces déclinantes au rebord de la croisée. Il était trop fatigué. Il aurait dû rentrer à l'abbaye. Mais s'il parvenait à sauver cet homme...

John continuait de gémir. Wulfstan se retourna vers lui et se rapprocha de sa paillasse en se tenant au mur.

– Pardonnez-moi, mon fils.

– Je suis prêt, murmura le malade.

– Je vais inciser le bubon que vous avez à l'aine et je préparerai l'onguent pendant qu'il se vide.

Cette fois-ci, l'incision se fit beaucoup plus facilement. Bien sûr, la paille sur laquelle reposait John était maintenant saturée par le poison. Il fallait enlever cet homme d'ici, mais pour l'emmener où ? Et, de toute façon, ce n'était pas lui, Wulfstan, qui allait pouvoir s'en charger : la tête lui tournait et ses jambes ne voulaient plus le porter.

C'est les mains tremblantes qu'il mixa l'onguent et en enduisit les bubons percés.

– Il faut que je vous laisse, maintenant, mais je vais revenir. Ou bien l'un de mes frères.

– Je voudrais me confesser et prier avec vous.

– J'ai besoin de me reposer. Je vous promets que quelqu'un va venir.

– Vous avez jamais eu l'intention de me sauver.

– Que Dieu me vienne en aide, John, je suis malade.

L'homme lui tourna le dos.

Wulfstan parvint à gagner l'échelle. Mais comme il n'arrivait pas à la tenir solidement avec son sac à la main, il n'hésita pas à le laisser tomber au rez-de-chaussée. C'était plus facile sans ce fardeau, pourtant ses genoux menaçaient de céder sous lui à chaque barreau. Quand il finit par arriver en bas, il avait oublié le sac. Après avoir ouvert la porte d'entrée, il fut obligé de reculer d'un pas. La lumière vive lui brûlait les yeux et lui tirait des larmes, si bien qu'il n'y voyait rien. Alors il préféra rester sur place dans la pénombre. Il s'assit le dos appuyé au mur. Nul doute qu'un petit somme allait le remettre d'aplomb.

23

Une journée réservée à la diplomatie

Owen trouva la maison du médecin solidement barricadée, avec des planches clouées sur les fenêtres du rez-de-chaussée. Il avait espéré pouvoir y jeter un coup d'œil, afin de vérifier si quelqu'un ne s'y était pas discrètement installé pour épier les mouvements de Walter de Hotter. Mais non, les planches étaient toujours solidement fixées. Il décida donc de se rendre à l'hôpital pour questionner Honoria sur la potion nauséabonde ingurgitée par Maître Taverner le jour de sa mort – à en croire Nate.

Mais, sur le moment, la vision de l'aumônier en

train de faire office de portier lui fit oublier tout le reste. Owen l'avait déjà vu se mêler aux mendiants, mais c'était la première fois qu'il le trouvait en train de garder la porte de l'hôpital St Leonard.

– *Benedicte*, don Erkenwald. Où est donc passé Barker ?

À la vérité, le rôle de cerbère convenait parfaitement à l'aumônier musclé et balafré. Il paraissait même davantage à sa place dans la guérite que parmi les mendiants.

– Il participe aux recherches, répliqua le chanoine, l'air grave.

Intrigué pour de bon, Owen demanda :

– Et qu'est-ce qu'on cherche donc ?

– Deux membres de notre communauté ont disparu au cours de la nuit, précisa Erkenwald en se laissant tomber sur un banc avec un grand soupir. (Il adopta une position plus adéquate pour un soldat que pour un ecclésiastique.) La situation ne fait qu'empirer.

– Qui a disparu ?

– Anneys, une de nos sœurs laies, et une gamine de l'orphelinat, Alisoun Ffulford. Le messager ne vous a donc pas expliqué pourquoi sir Richard vous faisait mander en toute hâte ?

– Il faut croire que j'étais déjà parti quand il s'est présenté chez moi. J'espérais pouvoir fouiller la maison de Maître Saurian, mais elle est barricadée de tous les côtés.

Le chanoine renifla dédaigneusement.

– Et vous pouvez être sûr qu'elle va le rester jusqu'aux premières gelées. Le médecin a fui la ville à la première alerte.

– En effet, c'est ce que je me suis laissé dire.

– Je l'ai toujours pris pour un pleutre.

– Certaines personnes sont incapables de travailler au milieu des morts.

Erkenwald regarda Owen du coin de l'œil.

– Un médecin ? Pouah ! Mais je vous en prie, allez vite retrouver sir Richard, il vous attend avec impatience.

Tout en traversant la cour, Owen se demandait ce que pouvait bien cacher cette double disparition, et si elle annonçait une nouvelle catastrophe. Est-ce que la personne qui épiait Alisoun était passée à l'action ? Mais que venait faire Anneys dans cette histoire ?

Un domestique introduisit le capitaine dans le parloir du maître de l'hôpital St Leonard. Sir Richard ne s'y trouvait pas seul, mais en compagnie de don Cuthbert, de Dame Constance et de Dame Beatrice. Il se leva pour l'accueillir, un geste bien inhabituel chez lui. L'expression de son visage paraissait faire écho aux préoccupations d'Owen.

– J'ai demandé qu'on surveille toutes les portes de l'hôpital, et les frères lais ont commencé à fouiller les lieux sous la conduite de Barker. Mais je suis bien persuadé que l'homme est déjà parti avec la femme et la petite fille.

– Baker n'a rien remarqué la nuit dernière ?

Ravenser regarda Dame Constance.

– Anneys habite dans la maison des sœurs laies sise en ville. S'il l'a vue sortir, il n'a rien trouvé là d'anormal. Et il ne se souvient pas d'avoir vu passer une enfant, répondit Dame Constance.

– Et on n'a encore trouvé aucune trace de cet homme mystérieux ?

Don Cuthbert secoua la tête.

– Ils cherchent depuis les matines et n'ont trouvé trace d'aucun étranger à l'hôpital.

– Quand et comment est-ce que vous vous êtes aperçue de ces disparitions, Dame Constance ?

– Eh bien, Alisoun n'était pas dans son lit ce matin, et nous ne l'avons trouvée dans aucun des endroits où elle était susceptible d'aller. Puis les sœurs laies sont arrivées sans Anneys. Mais il lui arrivait souvent d'être en retard.

– Vous l'avez cherchée ?

– Où donc ? Nous n'en avions pas la moindre idée.

Et moi non plus, pensa Owen. Mais ce n'était pas le genre de déclaration qu'il avait envie de faire à haute voix.

Ravenser renvoya alors don Cuthbert, Dame Constance et Dame Beatrice qui n'avaient plus rien à leur apprendre. Après leur départ, le maître de St Leonard se mit à tambouriner nerveusement avec les doigts sur les accoudoirs de son fauteuil.

– La situation est pire que lorsque vous avez commencé votre enquête, capitaine Archer. J'aimerais comprendre pourquoi.

En cet instant, il ressemblait encore plus à son oncle l'archevêque que d'habitude. Et il produisit le même effet sur Owen.

– Est-ce que je vous ai caché quoi que ce soit, sir Richard ?

– Pas à ma connaissance, non.

– Est-ce que vous-même m'avez dissimulé quelque chose ? Qu'en est-il de votre dispute avec William Savage ? Est-ce que les détails peuvent m'aider dans mon enquête ?

Le visage de Ravenser s'empourpra. Thoresby, lui, ne rougissait jamais.

– Vous présumez... (Il secoua la tête.) Non. Mais vous avez raison, je vous ai attaqué sans le moindre motif.

– Et William Savage ?

Il parut soudain très important à sir Richard d'ordonnancer les objets qui se trouvaient placés devant lui sur une table.

– Savage ? C'est tout à fait simple. J'ai refusé de prendre la mère de sa femme à St Leonard quand elle est devenue veuve. Et pourtant, il avait l'intention de se montrer généreux. La discussion s'est envenimée et nos paroles à tous les deux ont dépassé notre pensée.

– Par exemple ?

Ravenser cessa de déplacer les objets qui se trouvaient devant lui et regarda Owen en fronçant les sourcils.

– Vous croyez que cela peut avoir de l'importance ?

– Comme vous venez de le dire si justement, la situation ne fait qu'empirer. Alors, de toute évidence, il me manque des pièces importantes du puzzle.

Un bref signe de tête de la part du maître de St Leonard.

– Savage a mentionné nos difficultés financières, les pensionnaires qui mouraient opportunément, et il a couronné le tout en m'informant d'une nouvelle rumeur selon laquelle Honoria de Staines couchait avec ceux qui étaient encore vivants.

– Une rumeur ou un fait établi ? Je me le demande.

Avec qui est-elle censée coucher ? Il n'a pas cité de noms ?

L'anxiété de Ravenser paraissait croître à vue d'œil.

– Vous croyez donc que c'est important ?

– Oui. Jusqu'à preuve du contraire.

– Il n'a nommé personne en particulier. C'est pourquoi j'ai pensé qu'il racontait n'importe quoi.

– Mais pourquoi a-t-il piqué une telle colère ?

– Je l'ai accusé de vouloir caser sa belle-mère chez nous parce qu'il avait peur qu'elle régente son foyer. Elle est connue pour être très autoritaire et méchante.

– Doux Jésus ! Même son éminence aurait fait preuve de davantage de tact.

– Mon oncle ne se serait jamais mis dans cette situation, capitaine.

Owen admit que sir Richard avait raison sur ce point.

– Avez-vous oublié de me dire autre chose ?

– Non, je vous ai ouvert mon âme. Alors essayez d'en tirer profit.

– Sachez faire preuve de patience, sir Richard, dit Owen en se levant.

– Si je me montre impatient, c'est parce que je dois regagner le Sud au plus vite. La reine décline rapidement. Mais je déteste l'idée de partir avant d'être certain que la réputation de l'hôpital St Leonard ne risque rien.

– Alors, priez afin que cette journée m'apporte ce que je cherche.

En traversant la cour, Owen rencontra don Erkenwald. Les mains sur les hanches, il avait toujours l'allure d'un militaire malgré sa robe et ses sandales.

– Ils ont fouillé la plus grande partie de l'établissement, capitaine. Pas la moindre trace d'un étranger.

– Savoir ça ne nous avance pas à grand-chose. Ce serait le dernier des imbéciles s'il avait tranquillement attendu ici.

– Les sœurs laies ont mentionné que la maison qui jouxtait la leur était déserte parce que touchée par la peste.

– Sans doute, mais malheureusement ce n'est pas la seule.

– Vous avez raison. Par quoi voulez-vous commencer ?

– Par un entretien avec Honoria de Staines. Vous savez où elle se trouve ?

– Dans la salle des enfants. Elle veille ceux qui sont malades. Et ensuite ?

– Si je n'apprends rien d'elle, j'ai l'intention d'aller visiter une ferme.

– J'aimerais bien avoir une excuse pour vous accompagner.

– Comment vous débrouillez-vous avec une bêche ?

– Très bien, assura Erkenwald avec un large sourire. Mais ça n'est pas quelque chose d'exceptionnel.

– Je vous demanderai peut-être aussi de prendre une arme.

– Et vos hommes ?

– Ils seront occupés à passer la cité au peigne fin. J'apprécierais beaucoup de pouvoir compter sur votre aide.

Le chanoine acquiesça d'un signe de tête.

– Passez me chercher quand vous serez prêt à partir.

Wulfstan se réveilla en sentant une présence près de lui. Puis il entendit une voix d'enfant qui criait :

– Venez voir ici. C'est çui-là qu'on cherche ?

Une femme ne tarda pas à se pencher sur le vieil infirmier.

– Vous avez sauvé mon fils, dit-elle. Je vais faire tout ce que je pourrai pour vous.

– Priez pour moi, murmura le moine.

Quelqu'un d'autre le souleva et le transporta dans un endroit vivement éclairé. Les yeux de Wulfstan ne pouvaient pas s'ouvrir devant la Lumière Divine, mais son cœur était empli de joie à la pensée d'être proche du moment où il allait recevoir sa récompense céleste.

Quand Bess arriva à St Leonard, Barker avait repris sa faction près de la porte.

– Je suis la nièce de Julian Taverner, annonça-t-elle d'emblée pour lui rafraîchir la mémoire.

Le portier épousseta le dessus d'une chaise et lui offrit de s'asseoir, avant de commenter :

– Ah, Maître Taverner. Voilà un homme que tout le monde respectait. Il s'entendait bien avec des gens de tous les milieux.

Bess garda le regard baissé pour déclarer :

– C'est bien vrai. N'empêche qu'il m'a chargée d'une mission embarrassante.

Après avoir débité sa phrase soigneusement préparée, elle releva les yeux en simulant un air gêné. Elle crut voir le nez bulbeux de son vis-à-vis frémir.

– Ah, bon ?

– Alors qu'il était sur le point de s'éteindre, il m'a dit : « Jure-moi que tu prendras soin d'elle. »

– Qui ça ?

Bess leva les bras au ciel.

– C'est justement là tout mon problème. Il est mort avant d'avoir pu me dire de qui il s'agissait. À mon avis, il devait s'agir de... de sa maîtresse. Alors vous comprenez que je dois me renseigner avec discrétion. Je voudrais pas risquer de salir la réputation d'une brave femme. (D'après sa physionomie, Barker était entièrement gagné à sa cause.) Je tiens pourtant à respecter ses dernières volontés et faire ce qu'il faudra. Alors j'ai réfléchi et je me suis dit que vous étiez le seul à pouvoir m'aider. Vous voyez forcément toutes les allées et venues... Oh ! je sais bien qu'on vous aurait pas confié ce travail si vous n'étiez pas discret. Mais être discret, ça veut pas dire qu'on remarque rien, pas vrai ?

Le portier se redressa de toute sa taille.

– Ça, vous avez raison de dire que c'est délicat, Maîtresse Merchet. Mais vous êtes une bien brave femme de vouloir respecter ses dernières volontés. J'en connais beaucoup qui se donneraient pas autant de peine. Le problème, c'est que votre oncle, c'était un beau parleur qui savait attirer les femmes.

– Je sais, je sais. Mais il y en avait peut-être une qu'il voyait plus que les autres ?

– Ça pourrait être que Felice Mawdeleyn. Et dernièrement, il y avait une sœur laie. Mais l'histoire avec Maîtresse Mawdeleyn a duré longtemps.

– Vous voulez dire la femme de Will Mawdeleyn ?

– Elle-même. (Il hocha la tête.) Will aurait dû la corriger quand elle filait pas droit. Ça les fait réfléchir.

Bess se mordit la langue. Elle avait plus urgent à faire que de se disputer avec ce portier obtus.

– Et vous avez bien mentionné une des sœurs laies, Barker ? Vous savez laquelle ?

Connaissant l'attachement de Honoria pour son oncle, Bess avait uniquement posé la question pour tester la véracité des renseignements que lui fournissait le portier. Elle n'avait pas l'intention d'agir sur de simples rumeurs. Barker plissa le front en se massant une épaule.

– Je devrais pas en dire davantage, Maîtresse Merchet. Felice Mawdeleyn est sûrement la femme que vous cherchez.

C'était fort probable. Felice était du genre à provoquer des confidences. Oui, plus elle y réfléchissait et plus elle se disait qu'il devait bien s'agir d'elle. Néanmoins...

– Vous savez que vous pouvez me faire entière confiance, Barker. Je serais bien la dernière à vouloir étaler les turpitudes de mon oncle sur la place publique.

– Ouais, je vous crois. C'était Anneys. Celle qu'a disparu.

Bess faillit acquiescer d'un signe de tête, tellement elle était certaine à l'avance de ce qu'il allait dire. Il lui fallut quelques instants pour réaliser qu'il ne lui avait pas donné la réponse qu'elle attendait.

– Anneys ? Pas Honoria de Staines ? ne put-elle s'empêcher de s'étonner.

– Anneys, pas Honoria. Il aimait beaucoup Honoria, mais comme une fille.

– Comment pouvez-vous en être sûr ?

Il poussa un long soupir légèrement agacé.

– Un homme peut deviner comment un autre homme fonctionne, laissa-t-il tomber.

– Et vous dites qu'Anneys a disparu ?

– Ouais. La nuit dernière. Avec la petite Ffulford.

Voilà qui allait tenir Owen occupé pour la journée. Au moins.

– Bien le merci, Barker. Vous m'avez été d'un grand secours. Passez nous voir à la taverne et on saura s'occuper de vous.

Alors qu'elle s'éloignait de l'hôpital, elle fouilla sa mémoire pour essayer de se rappeler tout ce qu'elle savait sur Felice Mawdeleyn. D'Anneys, elle ignorait tout ou presque. Mais, de toute façon, Anneys, c'était désormais le problème d'Owen.

Owen trouva Honoria de Staines en train de plier du linge devant une alcôve fermée par un rideau dans la salle des orphelins. En le voyant entrer, elle le salua d'un signe de tête en plaçant un doigt sur ses lèvres. Puis, faisant glisser le rideau, elle lui montra trois enfants endormis.

– Dieu soit avec vous, capitaine Archer ! Qu'attendez-vous de moi aujourd'hui ?

Il choisit de commencer par le plus déplaisant :

– Pardonnez-moi, Maîtresse Staines, mais je voudrais savoir si le défunt maire Savage disait la vérité en prétendant que vous couchiez avec les pensionnaires de l'hôpital.

Le visage de la jolie jeune femme s'empourpra.

– William Savage a dit ça ? (Elle frappa du plat de la main la couverture qu'elle venait de plier.) C'est donc de cette façon qu'il souhaitait se venger ?

– Se venger ?

– D'accord, parlons de William Savage, capitaine. (Elle posa la couverture sur la table et prit tout son temps pour aplatir le moindre petit pli. Quand elle se retourna vers Owen, ses yeux brillaient d'émotion contenue.) Dieu me pardonne de mal parler d'un mort, mais William Savage s'est mal conduit avec moi. Oh ! au début, il s'est montré aimable et généreux de son temps ; il m'a aidée à devenir sœur laie à l'hôpital St Leonard. Et puis il m'a demandé de coucher avec lui. J'ai refusé. (Ayant lu une interrogation dans l'œil d'Owen, elle précisa sèchement :) Par peur de son épouse Marion, capitaine.

– Continuez.

– Mais son épouse m'avait déjà condamnée. C'est une femme qui n'a que du mal à dire de tout le monde. Et elle a tout de suite été persuadée que s'il m'avait aidée à entrer ici, c'était parce qu'il avait couché avec moi. Elle a alors exigé qu'il se rachète en plaçant aussi sa mère à l'hôpital. Elle ne pensait qu'à se débarrasser d'elle.

– Comment se fait-il que vous soyez informée de ces détails ?

– C'est lui qui m'en a informée. Et il m'a dit aussi qu'elle ferait tout pour salir ma réputation à St Leonard. Vous comprenez pourquoi il me l'a raconté, n'est-ce pas, capitaine ? Pour que j'accepte de profiter du péché pour lequel j'étais déjà condamnée.

Elle trouvait de plus en plus difficile de parler tout bas.

Owen admit qu'il s'agissait d'une histoire sordide si elle était vraie.

– Avez-vous déjà mis quelqu'un au courant de ces événements ?

– Don Cuthbert. Et il m'a crue.

Voilà au moins une affirmation qui serait on ne peut plus facile à vérifier.

– Et vous n'avez jamais eu de relations intimes avec les pensionnaires ?

Honoria parut se hérisser.

– Je suis pas idiote, capitaine. Je tiens à garder ma place à l'hôpital.

L'un des enfants s'étant mis à gémir légèrement, elle disparut derrière le rideau et revint en berçant un petit garçon de l'âge de Hugh dans ses bras.

– Ce sera tout, capitaine ? demanda-t-elle avec un regard glacial.

– Une dernière question sur les derniers moments de Julian Taverner. Son vieux domestique, Nate, a parlé d'un remède qui sentait particulièrement mauvais.

– C'est vrai. Il buvait quelque chose d'amer qui lui plaisait pas du tout.

– C'est une des potions que Maîtresse Merchet avait apportée ?

– Je pourrais pas en jurer, capitaine. C'est Anneys qui le soignait. Et maintenant, excusez-moi, mais je dois changer ce petit bonhomme.

– Dieu vous protège, Maîtresse Staines !

Quand Owen prit congé d'elle, il éprouvait des sentiments partagés. Une partie de lui-même prenait la jeune femme en pitié, car il savait que bien des hommes traitaient les femmes de cette façon.

Toutefois, il aurait cru que quelqu'un comme Savage était d'un niveau plus élevé. Seul un citoyen probe et respecté pouvait devenir maire. Ou Owen se montrait-il trop naïf ? Quand bien même, pourquoi Savage aurait-il pris le risque de propager une rumeur qui menaçait de se retourner contre lui ?

Il était déjà plus de midi quand Bess emprunta Spen Lane, qui allait la conduire jusque chez les Mawdeleyn. Et le hasard voulut qu'elle aperçoive le moine vêtu d'une robe noire avachi sur le seuil d'une maison dans une flaque de lumière, si bien qu'il avait rabattu son capuchon pour se protéger les yeux. Bess s'inquiéta tout de suite, parce que les moines bénédictins n'avaient pas pour habitude de dormir n'importe où. Ils n'avaient vraiment aucun motif de le faire avec une si jolie abbaye à leur disposition. Elle s'approcha de lui, mais se recula vivement quand la puanteur si particulière de la peste lui emplit les narines. Le moine, qui avait perçu sa présence, tenta de prendre une position assise en s'agrippant au chambranle de la porte. Dans l'effort qu'il fit, son capuchon retomba en arrière.

– Frère Wulfstan !

Pressant son sachet parfumé sur son nez et sa bouche, elle osa s'approcher de lui.

Le vieil infirmier regarda autour de lui d'un air confus.

– Je suis donc toujours sur la terre des hommes ?

Bess s'agenouilla pour poser le dos de sa main sur le front du moine. Elle le trouva brûlant. Bonté divine, comment allait-elle pouvoir se débrouiller pour le ramener à l'abbaye ?

Elle se releva en regardant autour d'elle. Cette rue habituellement animée était déserte. Tous les passants devaient avoir eu peur du moine affalé sur le seuil. Elle trouva particulièrement déplorable qu'aucun ecclésiastique n'ait offert de l'aider ou de prévenir l'abbaye, alors qu'il n'y avait pas une, mais deux églises dans le proche voisinage.

– Je vais chercher une charrette et un cheval, frère Wulfstan. J'en ai pas pour longtemps, ne vous inquiétez pas.

Elle revint sur ses pas jusqu'à St Saviourgate où elle vit arriver Seth, le chiffonnier, avec sa carriole attelée d'un âne.

– Maîtresse Merchet ? C'est pas commun de vous rencontrer dans ce quartier à l'heure du déjeuner.

Bess fut bien déçue de constater que sa carriole était quasiment vide. Une bonne épaisseur de hardes et de chiffons auraient constitué un bon lit pour le vieil infirmier. Mais il faudrait bien faire avec.

– Je viens de trouver une âme en peine, Seth, et vous êtes un bon Samaritain envoyé par Dieu. Il faut ramener le frère Wulfstan à l'abbaye St Mary. Il est malade. Il peut pas marcher.

Seth écarquilla les yeux et se signa.

– La Mort Noire ?

– Je vais vous acheter tout ce qu'il y a dans votre carriole.

– Il va mourir, qu'on le ramène à son abbaye ou pas.

– Une chope de bière tous les soirs pendant une semaine ? C'est plus que vous méritez. Vous devriez le faire par amour pour cet homme qui s'est usé à soigner ceux qui avaient été abandonnés.

– Deux chopes.

– Vous allez causer ma ruine.

– Je vous donne les guenilles.

Le frère Wulfstan parvint à se mettre debout, aidé par Bess et Seth, et ils l'installèrent dans la carriole. Le moine saisit mollement la manche de Bess.

– J'ai promis... Je dois revenir.

– On va à St Mary. N'essayez pas de parler, conseilla-t-elle en le recouvrant de quelques hardes, car il frissonnait malgré la chaleur. (Elle lui rabattit son capuchon sur le visage.) Reposez-vous maintenant.

En voyant l'attelage avancer dans les rues en direction de St Mary, tous les passants prenaient la fuite en se signant. Bess avait soudain l'impression d'être Moïse ouvrant un passage dans la mer Rouge. Et elle se fit la réflexion que cette épidémie de peste que Dieu leur envoyait pour les punir de leurs péchés les transformait au contraire en plus grands pécheurs encore. Un bon nombre, en tous les cas.

Le frère Henry priait à genoux à côté du lit de Wulfstan, tandis que le novice Gervase posait des compresses froides sur le front du vieil infirmier et lui tamponnait le visage, le cou, les bras avec de l'eau de fraise et de sauge.

– John, murmura Wulfstan.

Henry s'arrêta de prier pour le regarder.

– Qui est John ? demanda-t-il.

Wulfstan ouvrit péniblement les yeux et posa une main tremblotante sur la tête de son assistant.

– Mon attaquant. Pas eu les derniers sacrements.

– Je n'y comprends rien, frère Wulfstan. Pour le moment, reposez-vous.

Le vieux moine ferma les paupières et se rendormit. Le frère Henry essuya ses yeux humides et s'abîma de nouveau dans ses prières.

24

Les soupçons d'Owen

Lucie observa le dos d'Owen tandis qu'il se dirigeait vers la cabane de jardin pour y choisir une bêche. Il les sortit l'une après l'autre avant de demander :

– Où est passée la vieille ?

C'était toujours la même chose avec lui : il se rendait compte de la disparition d'un objet au moment où il en avait besoin, et, surtout, il se conduisait comme s'il n'avait aucune part de responsabilité dans cette disparition. Lucie devait alors l'aider toutes affaires cessantes.

– Nous l'avons donnée à Magda. Parce qu'elle connaissait quelqu'un à qui elle rendrait un grand service. En fait, c'est toi qui la lui as donnée.

Difficile de dire si la colère qui se lisait sur son visage était dirigée contre lui-même ou contre elle.

– Alors je dois prendre une des neuves.

– En effet. (Mais Lucie le connaissait suffisamment pour deviner que sa colère n'était pas motivée par une simple histoire de bêche.) Tu t'attends à trouver bien autre chose que le trésor de la gamine, n'est-ce pas ?

Owen prit tout son temps pour choisir son outil, et après en avoir sélectionné deux, il suspendit les autres à leurs crochets.

– Tourne-toi, mon mari. J'ai envie de voir ton visage.

Il fit demi-tour, et elle put constater que la colère lui durcissait toujours les mâchoires. Elle en suivit le contour avec un doigt.

– Qu'est-ce que ça veut dire ? Tu es furieux contre moi parce que j'ai deviné ? (Il parut se détendre légèrement, mais la cicatrice qui sortait de sous son bandeau était livide.) Tu en veux à Ravenser et à ses hommes de n'avoir pas su empêcher Anneys et Alisoun de partir ?

– Non, je m'en veux à moi. C'est par ma faute qu'elles ont pu s'échapper. J'ai été complètement aveugle.

– Non, mon chéri. Tu y vois parfaitement avec un seul œil, le taquina Lucie, en espérant améliorer son humeur.

Owen ne lui fit même pas cadeau de l'ombre d'un sourire.

– Anneys a été la première à arriver à la maison en feu de Laurence, dit-il en se dirigeant vers le tilleul. (Puis il se retourna pour lui faire face.) C'est elle qui avait la charge de soigner Julian, et elle était présente quand il est mort.

Il repartit brusquement en direction de la maison, traversant rapidement le jardin paré de ses couleurs de fin d'été, ses longues jambes s'ouvrant et se refermant comme un compas. Lucie essaya de se maintenir à sa hauteur pour entendre la suite de sa tirade :

– C'est elle qui était en possession du sac de Wulfstan, et elle m'a pris en filature quand je suivais moi-même Cuthbert. Et il est possible qu'elle m'ait entendu questionner Alisoun. (Il s'arrêta et tourna la tête pour pouvoir la regarder de son bon œil.) Elle a réussi à me mener en bateau !

– Possible, pourtant...

Lucie inclina la tête sur le côté et haussa les sourcils, attendant qu'il l'invite à continuer.

– Pourtant quoi ?

Les bras croisés, il fixait d'un regard furibond la porte de la cuisine.

Lucie choisit soigneusement ses mots pour tenter de l'apaiser :

– En chaque circonstance, Anneys avait une raison valable de se trouver là où elle était. Peut-être ne trouvera-t-on rien de plus à lui reprocher qu'un plan mal conçu pour protéger Alisoun ?

– Je n'en crois rien.

Lucie finit par perdre patience :

– Alors tu la crois donc coupable de tout ? Et ce que t'a raconté Alisoun sur cet homme inconnu ? Et l'attaque du frère Wulfstan ?

– Il y a deux coupables : Anneys et un complice.

– Que le ciel vienne en aide à cette femme si elle est innocente !

– Tu l'as rencontrée ?

Lucie ferma les yeux un bref instant et s'en voulut d'avoir trop parlé.

– Non. J'ai eu trop de travail pour pouvoir m'intéresser à cette histoire.

– Et tant mieux pour toi. Maintenant que je la vois sous un nouveau jour, je réalise qu'elle a des yeux pleins de dureté et un comportement bien trop arrogant pour une sœur laie.

– Et à ton œil, ça suffit à la rendre coupable ?

– Tu verras bien, Lucie.

– Je verrai, en effet. Maintenant, viens. Il faut que tu m'aides à transporter les jarres dans la boutique.

Ils atteignirent le hall au moment où Kate y introduisait Bess. En voyant l'air tout chamboulé de leur voisine, ils oublièrent tous les deux les jarres. Elle leur raconta les circonstances dans lesquelles elle avait découvert le frère Wulfstan. Après qu'elle eut terminé son récit, ni Lucie ni Owen ne trouvèrent une parole à prononcer.

Kate posa un gobelet d'eau devant Bess.

– Dieu te bénisse, mon enfant ! Les mauvaises nouvelles assèchent la gorge.

Elle avait terminé de boire son eau quand Lucie parvint à dire :

– C'est bien ce qui nous faisait peur. À Jasper, en particulier.

Bess lui pressa la main.

– On sait pas encore si c'est la peste. Il est peut-être tout juste épuisé.

– Ça ne vous ressemble pas de vous dissimuler la vérité, intervint Owen. Un homme n'est pas brûlant de fièvre quand il est simplement épuisé.

– Il y a tout de même d'autres maladies qui provoquent la fièvre, insista Bess. Et il y a autre chose. La sœur laie Anneys et Alisoun Ffulford ont disparu.

– Ça, je le sais, grommela Owen.

– Et Barker m'a dit qu'Anneys et mon oncle Julian étaient amants.

– Quoi ?

La fatigue parut rattraper Lucie qui se massa les épaules.

– Tu vois, mon chéri ? Si c'était bien le cas, il est difficile d'imaginer qu'elle ait souhaité sa mort.

Les yeux de Bess s'écarquillèrent de surprise.

– Vous pensiez que c'était *elle* la meurtrière ?

– Je comprends de moins en moins, dit Owen. Parlez-moi de Wulfstan. Il était seul ?

– Il était avec un moribond, je crois. Il arrêtait pas de répéter que quelqu'un devait le confesser et l'absoudre.

– Lui, Wulfstan ? demanda Owen.

– Je crois plutôt qu'il parlait de l'homme qui se trouvait avec lui dans cette maison. Il l'appelait son « attaquant ».

Owen se leva d'un bond.

– Expliquez-moi où c'était.

Lucie fut surprise par sa soudaine agitation.

– À quoi penses-tu ?

– L'attaquant de Wulfstan, c'est celui qui a volé la jument d'Alisoun. Je le retrouve trop souvent sur mon chemin pour qu'il puisse s'agir d'une simple coïncidence. Je passe chercher Erkenwald et on va aller lui rendre visite.

– Mais il est en train de mourir, intervint Bess.

– Alors on va emporter une civière.

Lucie pressa ses mains fraîches contre ses joues brûlantes.

– Je ne sais pas du tout comment annoncer la nouvelle à Jasper.

Elle retourna dans l'officine, en ayant décidé de lui apprendre l'état dans lequel se trouvait le frère Wulfstan dès qu'ils auraient un moment de répit. Toutefois, elle trouvait très difficile de cacher ses sentiments en travaillant à côté de son apprenti. Soudain, Alice Baker entra en trombe, repoussa le père Jake qui était pourtant avant elle, et se pencha au-dessus du comptoir.

– Maîtresse Baker, soyez aimable d'attendre votre tour, dit Lucie en faisant signe au vieil homme de s'approcher.

Alice Baker agrippa la main de Lucie. Ses yeux bordés de rouge trahissaient la plus grande frayeur.

– Je vous en supplie. Elena, ma plus jeune, elle arrête pas de tousser. Depuis ce matin. C'est la peste. Que pouvez-vous me donner pour la protéger ?

Le père Jake n'avait pas besoin d'en entendre davantage. Il se signa et se hâta de sortir. La forme de la maladie qui se propageait le plus facilement était celle qui commençait et finissait par une toux sanguinolente.

– Est-ce qu'elle crache du sang ? demanda posément Lucie.

La mère affolée lui étreignit la main encore plus fort.

– C'est ce qui va arriver ?

– Pas obligatoirement, Maîtresse Baker. Essayez de vous calmer. Donc, elle ne crache pas de sang ?

– Non.

– Est-ce que son nez coule ?

– Oui, et ses yeux aussi.

– Ça ne veut pas dire qu'elle a attrapé la peste.

– Mais elle est brûlante de fièvre.

– Ça ne veut toujours pas dire qu'elle a attrapé la peste, assura Lucie qui s'efforçait de s'exprimer sans s'énerver.

À ce moment-là, Jasper revint de l'arrière-boutique où il était allé remplir une jarre.

– Le frère Wulfstan pourrait l'examiner. Envoyez donc quelqu'un à l'abbaye. Ils pourront sûrement vous dire où il se trouve.

Lucie lui posa la main sur le bras.

– Non, pas aujourd'hui, Jasper. Verse du sirop pour la toux à Maîtresse Baker et mélange de la sauge et des orties. Ce sera excellent pour faire baisser la fièvre et assécher la poitrine de l'enfant.

L'apprenti regarda sa patronne d'un air étonné, mais s'exécuta sans discuter.

Alice Baker relâcha la main de l'apothicaire et tambourina sur le comptoir.

– Ça n'est pas suffisant.

– C'est pourtant ce que je peux faire de mieux, affirma Lucie en se massant la main.

Elle mourait d'envie de gifler cette femme. Jour après jour, elle venait l'ennuyer avec ses théories et ses remèdes, et aujourd'hui qu'elle avait une petite fille malade, elle s'avérait complètement incapable de réagir.

– En admettant que ce soit la peste, je suis certaine que votre maison est pleine de médecines.

La femme regimba d'une voix acrimonieuse.

– Mais mon Elena est en train de mourir !

– Votre Elena tousse. Et si vous lui donnez du sirop et une grande cuillerée du mélange de sauge et d'orties dans de l'eau bouillante (Lucie prit une cuillère pour lui montrer la bonne quantité), je suis sûre qu'elle ne va pas tarder à aller mieux.

– Et si jamais c'est la peste ?

Lucie se prit la tête entre les mains sans répondre. Jasper tendit la fiole de sirop et le paquet à Maîtresse Baker.

– Dieu te bénisse, mon fils ! murmura-t-elle en posant deux groats[1] sur le comptoir.

Puis elle sortit de l'officine aussi vite qu'elle y était entrée.

Lucie se laissa tomber sur un tabouret et pressa la paume de ses mains contre ses paupières brûlantes. Elle ne devait pleurer à aucun prix, pour ne pas rendre Jasper encore plus malheureux.

– Maîtresse Lucie ? s'inquiéta-t-il.

Elle respira profondément et le regarda affectueusement.

– J'ai une mauvaise nouvelle à t'apprendre, mon petit Jasper.

– C'est le frère Wulfstan, hein ? devina-t-il.

Elle lui prit les mains dans les siennes et lui rapporta tout ce que Bess venait de leur raconter. Les larmes ne tardèrent pas à rouler sur les joues piquées de taches de rousseur du jeune garçon. Elle les essuya en tentant de le rassurer :

– Personne n'est sûr qu'il soit malade de la peste.

– Mais il peut pas en être autrement. Il a veillé tellement de malades, il a respiré leur air, touché leurs corps, leur sueur, leurs bu...

La voix de Jasper se brisa. Il se dégagea de

1. Anciennes pièces de monnaie britanniques. *(NdT)*

l'étreinte de Lucie et traversa la boutique pour gagner la porte.

– Où vas-tu ? demanda-t-elle, en réalisant immédiatement qu'elle lui posait une question stupide.

– Le voir ! cria le jeune garçon par-dessus son épaule. Et n'essayez pas de m'en empêcher.

Lucie ne pensait pas à l'en empêcher. Bien au contraire. Elle n'avait qu'une envie, c'était d'aller voir le malheureux frère Wulfstan avec lui. Mais il ne l'avait pas invitée à l'accompagner et elle devait garder l'officine.

En remontant Blake Street, Jasper marchait en crispant les poings. Il essayait de cultiver la colère qui grondait en lui. Il savait que tant qu'il serait en colère contre la maladie du frère Wulfstan, il ne ferait rien qui soit susceptible de l'embarrasser. Alors, pour alimenter sa colère, il devait trouver un responsable. Choisir entre Dieu et l'abbé Campian. Il choisit l'abbé Campian – à juste titre, lui sembla-t-il sur le moment. En effet, celui-ci aurait pu défendre au frère Wulfstan de se sacrifier comme il l'avait fait ; il en avait l'autorité. Mais Jasper en avait assez appris sur l'art du débat pour savoir qu'un argument solide et inattaquable doit pouvoir être généralisé. Et en généralisant celui auquel il se raccrochait, il était forcé de reconnaître que Maîtresse Lucie aurait pu user de son autorité pour l'envoyer à Freythorpe rejoindre ses enfants, et aussi l'empêcher d'aller rendre visite au vieil infirmier. Dieu, d'un autre côté, exerçait sa toute-puissance sur tout, et Il avait envoyé ce fléau à l'humanité. Mais c'était probablement pécher, que d'oser se mettre en colère contre Dieu, et très certainement dangereux.

Ce débat occupa Jasper jusqu'à la poterne de St Mary où il arriva plus furieux que jamais. Il sonna pour attirer l'attention du portier.

– Jasper de Melton. *Benedicte*, mon fils ! s'exclama le frère William, dont le visage charnu était déformé par l'énorme pli qui lui barrait le front. Tu as sonné avec une telle énergie que j'étais persuadé que la chaîne n'avait pas résisté. (L'expression de son visage devint plus paisible mais, visiblement, il n'avait pas le cœur à sourire.) Tu es venu voir le frère Wulfstan, n'est-ce pas ?

Jasper acquiesça d'un signe de tête.

– Tu vas peut-être avoir du mal à passer le barrage du frère Henry. Mais si Dieu a guidé tes pas jusqu'ici, ce n'est pas à moi de te renvoyer. Surtout que je sais que le frère Wulfstan serait très heureux de te voir.

En entendant ces paroles si chaleureuses, Jasper sentit sa colère s'apaiser. Les souvenirs qui l'assaillirent en traversant le jardin de l'abbaye achevèrent de la balayer. Quand il atteignit enfin l'infirmerie, il avait dû s'essuyer les yeux plusieurs fois avec sa manche.

Le frère Henry, qui lui ouvrit la porte, ne paraissait pas en meilleure condition que lui. Il paraissait même s'être essuyé les yeux depuis plus longtemps que Jasper. Il glissa les mains sous son scapulaire et secoua la tête d'un air décidé.

– C'est la peste, Jasper. En mon âme et conscience, je ne peux pas te permettre d'entrer.

– Si Dieu m'a déjà désigné, que pouvez-vous y faire, frère Henry ? s'enquit Jasper d'une voix calme.

L'assistant du vieil infirmier ne s'écarta pas pour le laisser passer.

– Tu es l'apprenti d'une apothicaire, rétorqua-t-il.

Alors tu ne crois tout de même pas qu'on ne peut rien faire pour se protéger ?

Jasper refusa d'en démordre.

– Je dois le voir, frère Henry. Ma mère m'a jamais tenu éloigné de ma sœur quand elle a attrapé la peste.

– Parce que vous habitiez ensemble. Cette abbaye n'est pas ta maison. Tu ne devrais pas te trouver ici.

Le jeune garçon sentit de nouveau les larmes lui picoter les yeux.

– Je vous en supplie ! Laissez-moi le voir.

– Est-ce que Maîtresse Wilton sait que tu es venu ?

– Elle le sait.

– Et elle n'a rien fait pour t'en empêcher ?

Jasper fit non de la tête.

Henry ouvrit la porte et se déplaça de côté.

– Alors, entre. L'odeur va être déplaisante, je viens juste d'inciser le bubon qu'il avait à l'aine.

L'infirmerie était faiblement éclairée par des lumignons à huile posés près du lit des malades. Jasper en compta trois : le frère Jonas, affligé d'un vilain ulcère au pied ; le frère Oswald, dont le râle caverneux indiquait qu'il était en train de vivre ses dernières heures ; et enfin le frère Wulfstan. Leurs lits occupaient trois coins de la grande pièce. Quand le jeune garçon s'approcha de son ami, le frère Henry indiqua au novice de s'écarter. Jasper faillit ne pas pouvoir supporter l'odeur pestilentielle qui lui assaillit les narines.

Le vieux moine gisait les yeux fermés, les mains jointes sur la couverture comme s'il était en train de prier. Son visage ressemblait à du parchemin tout chiffonné. Il n'y avait plus aucune chair pour atténuer les rides. Jasper s'agenouilla près de lui et se mit à prier avec ferveur en inclinant la tête. Bientôt, il sentit comme une plume se poser sur sa tête. La main du frère Wulfstan. Le moine le fixait.

– Je suis heureux de te voir, mon garçon. Mais Lucie... Elle sait que tu es ici ?

La voix de Wulfstan était tout juste un murmure. Jasper lui embrassa la main.

– Elle ne m'a pas empêché de venir.

Wulfstan retira sa main.

– Fais très attention.

Ses yeux se refermèrent. En attendant qu'il les rouvre et fasse cas de sa présence, le jeune garçon lui raconta sa journée, les remèdes qu'il avait vendus, comment Maîtresse Baker s'était comportée. Il ignorait si son ami pouvait l'entendre et le comprendre. De toute façon, ce bavardage ne lui était pas vraiment destiné : c'était pour l'empêcher, lui, Jasper, d'entendre le râle de la mort dans la poitrine du vieux moine. Il avait raconté ses activités des trois derniers jours, sans omettre un seul détail, quand Wulfstan rouvrit les yeux.

– Est-ce que quelqu'un s'est rendu auprès de John ? demanda-t-il d'une voix à peine audible.

– C'est qui, John ? s'enquit Jasper. Un homme qui se trouvait dans la maison quand vous êtes tombé malade ?

Il savait qu'Owen allait s'y rendre.

Le frère Henry qui s'était approché dit au garçon :

– Je lui ai posé la même question. Il n'arrête pas de parler de ce John.

Il se pencha vers le moine et lui leva la tête pour le faire boire. Sa langue était si enflée qu'il ne put presque rien avaler.

– Rappelle-toi, murmura-t-il, les yeux fixés sur Henry qui arrangeait ses oreillers.

– Qu'est-ce que le frère Henry doit se rappeler ? demanda Jasper en approchant son oreille des lèvres de Wulfstan.

Les mots que prononça le vieil infirmier n'étaient plus reliés les uns aux autres : « Sac de remèdes, attaque, Spen Lane, incision, trop faible confesser l'homme. »

– Frère Henry, il faut que j'aille retrouver le capitaine Archer pour lui raconter ça.

– Fais attention à toi. Et reviens demain matin, si tu veux.

– Si jamais il... (Jasper parvint difficilement à se contrôler pour dire rapidement :) Je voudrais pas revenir ici pour apprendre qu'il est déjà parti.

– Je promets de te faire prévenir si je constate que son état empire.

25

La culpabilité d'un père

Les Mawdeleyn habitaient près de l'Étang du Roi. Le niveau de l'eau diminuait sensiblement en été, et des rives vaseuses se dégageait une odeur nauséabonde. Bess fut donc ravie d'être accueillie par des senteurs de reine-des-prés quand la fille des Mawdeleyn lui ouvrit la porte. Et le parfum agréable se dégageait avec encore plus d'intensité quand on foulait les fleurs qui tapissaient le sol.

Felice, dont la guimpe et le tablier d'un blanc immaculé tranchaient sur son teint cuivré et sa robe d'un brun-roux, se leva de son rouet pour accueillir Bess avec un sourire chaleureux. C'était une femme charmante, aux mouvements gracieux, aux traits réguliers, avec peut-être un teint trop foncé pour la plupart des hommes. Sauf son oncle.

– Je m'attendais à votre visite depuis la mort de Julian, déclara d'emblée Felice, après que sa fille – qui leur avait apporté un flacon de vin et deux ravissants gobelets italiens de verre bleu – se fut retirée.

Ayant soigneusement mis au point et répété un discours qui obligerait Felice à se dévoiler, Bess demeura bouche bée. Et les gobelets l'intriguaient. Ceux qui avaient été volés à l'hôpital St Leonard étaient bien bleus ?

– Vous êtes venue au sujet de votre oncle, bien sûr ? demanda Felice en versant le vin.

– C'est vrai, Maîtresse Mawdeleyn, c'est bien le motif de ma visite. Pardonnez-moi, mais je suis surprise que vous soyez si...

Elle ne parvenait pas à trouver le mot exact.

– Sans vergogne ? suggéra Felice.

– Oh, mon Dieu, loin de moi cette pensée ! protesta Bess. C'est pas ça du tout. Simplement, j'osais pas aborder le sujet franchement. J'avais peur que vous pensiez que je venais vous causer des ennuis.

– Des ennuis ? Maintenant qu'il est mort ? Les ennuis se sont produits il y a dix ans.

Dix ans. Une liaison qui avait perduré.

– Et votre mari était au courant ?

Felice ne put s'empêcher de rougir, mais ne baissa pas les yeux.

– Un mari devine quand sa femme couche avec quelqu'un d'autre, Maîtresse Merchet. À moins de vivre dans une autre maison et de ne jamais jeter les yeux sur elle. (Elle se leva.) Je vais rassembler ses affaires.

– Ses affaires ? Quelles affaires ? Vous croyez donc que c'est pour ça que je suis venue ? Pour récupérer... (Bess secoua vivement la tête.) De quelles affaires voulez-vous parler ?

– Les cadeaux qu'il a pu m'offrir. (Felice leva l'un des gobelets italiens.) Ils faisaient partie d'un service. Il a donné les autres à St Leonard, mais il disait toujours qu'il voulait m'entourer de beaux objets.

Elle, et aussi Honoria de Staines. Bess était surprise de découvrir cette tendresse chez son oncle ; il ne lui avait jamais laissé deviner ce trait de son caractère.

– Et ils doivent continuer à vous entourer, Maîtresse Mawdeleyn. Je ne suis pas venue vous dérober vos souvenirs ou vos cadeaux. Il était libre d'offrir ce qu'il avait à qui il voulait. Non, je suis venue vous voir en espérant que vous pourriez m'aider. Et je n'irai pas par quatre chemins : mon oncle Julian est mort persuadé qu'on l'avait empoisonné.

La bouche généreuse fit un rond qui exprimait la surprise ; les yeux noirs parurent s'assombrir encore.

– Oh, mon Dieu !

Bess jugea son émotion tout à fait sincère.

– Pardonnez-moi de vous causer du tourment, mais je m'étais dit qu'il vous avait peut-être fait des confidences.

– Des confidences ?

– Il m'a raconté très peu de choses sur son passé. Alors j'ai du mal à trouver quelque chose qui étayerait son accusation. Lui connaissiez-vous des ennemis ?

Felice porta son gobelet à ses lèvres d'un geste délicat, puis but d'un trait en rejetant la tête en arrière, ce qui était beaucoup moins délicat. Quand elle le reposa sur la table, il était vide. Elle tira alors un mouchoir de lin immaculé d'une de ses manches et se tamponna les lèvres.

– Des ennemis capables de chercher à le tuer ? (Felice leva les yeux au plafond.) Il m'a parlé de quelque chose qu'il avait fait, il y a bien des années. Une action pour laquelle il avait durement fait pénitence. Mais il m'a demandé de garder le secret. Et même qu'au printemps dernier il m'a rappelé ma promesse.

– Je comprends vos sentiments, mais maintenant qu'il est mort...

Felice se perdit dans la contemplation de ses mains. La lumière frappait de plein fouet une bague d'or et d'argent. Très certainement un autre des cadeaux de l'oncle Julian.

– S'il a été empoisonné, je souhaite que son assassin soit retrouvé et puni. (Si elle leva le menton d'un air décidé, ses yeux restaient fort tristes.) À Scarborough, avant la mort de sa femme et de sa fille, Julian faisait de la contrebande.

– C'est ce qu'on m'a rapporté. Et pire, il dévalisait les contrebandiers.

– Tant mieux si vous saviez déjà que Julian n'avait

pas toujours été honnête. Je n'avais pas envie que vous l'appreniez de ma bouche.

– Mais tout ça, c'était il y a si longtemps. Comment imaginer que quelqu'un ait attendu tout ce temps avant de venir l'assassiner à York, avec Laurence de Warrene et Walter de Hotter.

– Je saurais pas vous dire. Et jamais Julian a parlé de Maître Hotter. Mais je sais que Laurence de Warrene et Julian travaillaient avec d'autres, de temps à autre. Avec un, en particulier, qui connaissait les familles qu'ils dépouillaient. Il s'appelait Adam Carter. Et c'est à cause de sa mort que votre oncle a fait pénitence si longtemps. Il croyait même que sa femme et son enfant avaient péri à cause de ses propres péchés.

– Un Carter ? Un des Carter de Scarborough ? Des sales voleurs, tous. Ça m'étonne pas qu'il pillait même les siens.

– Il disait qu'il s'appelait Carter, mais c'était un bâtard. Son père avait refusé de le reconnaître. Pourtant, il voulait assurer son avenir en l'employant. Pour un homme fier comme Adam Carter, c'était mettre du vinaigre sur sa blessure.

– Donc, il volait son père ?

– Avec l'aide de Julian et de Laurence.

– Et que s'est-il donc passé ?

– Il prenait sans arrêt davantage de risques. Laurence et Julian, qui eux avaient des familles, étaient obligés de faire plus attention. Une nuit, ils ont été surpris par la marée alors qu'ils essayaient d'escalader une falaise avec un tonneau. Julian et Laurence ont décidé de laisser tomber. Mais pas ce Carter. Et il a été emporté par la mer. Julian et Laurence n'ont pas tout de suite réalisé ce qui s'était passé. Après, il était trop tard. Quand son corps a été rejeté sur la grève, il était mort.

– Le destin peut se montrer cruel. Mais d'après ce que vous venez de me raconter, ce Carter était responsable de son sort, non ?

– C'est ce que s'est dit Julian, au début. Mais quand sa femme et sa fille se sont noyées à leur tour, il a vu là un signe de Dieu. Voilà pourquoi il a soigné les victimes de la peste. Pour faire pénitence.

Bess resta silencieuse pendant un long moment. Elle savait que son oncle avait fait pénitence, mais sans avoir jamais compris pourquoi. Felice remplit de nouveau les gobelets, puis se mit à jouer avec la bague autour de son doigt d'un air absent.

– Et le pire, c'était que Julian gardait le butin d'Adam chez lui. C'est que la famille Carter aurait tout de suite eu des soupçons, si ce dernier avait possédé des choses que les gages de misère que son père lui versait ne lui permettaient pas d'acheter. Son dessein, c'était de quitter Scarborough en emportant tous ses trésors. Quand il est mort, Laurence et Julian ont partagé sa part. (Felice leva son verre.) Ces verres italiens, par exemple, appartenaient à Adam. Quand il m'a raconté cette histoire, j'ai convaincu Julian de donner tout ce qui restait de la part d'Adam à St Leonard.

– Est-ce que vous savez si ça comprenait une nappe d'autel brodée et un échiquier avec des pions en ivoire ?

Felice passa le doigt le long de son verre tout en réfléchissant.

– Une nappe d'autel, ça me dit rien du tout. Mais

je me souviens qu'un jour Julian a voulu m'offrir un échiquier. J'ignore s'il était en ivoire, ou même s'il faisait partie des objets attribués à Adam. Je lui ai dit que ma famille n'avait pas suffisamment de loisirs pour apprendre à jouer aux échecs.

– Je peux vous avouer que j'ai été soulagée en apprenant que mon oncle s'intéressait à vous et non pas à Honoria de Staines.

Les lèvres généreuses se soulevèrent aux commissures avant de s'épanouir en un franc sourire.

– Il s'intéressait à nous deux. Mais de façon différente. Il considérait Honoria comme sa fille. Et elle lui brisait le cœur.

– Comment ça ?

– Il était scandalisé par toutes ses aventures. Il faut dire qu'elle connaissait intimement une bonne partie du conseil municipal. Je crois que c'est la raison pour laquelle son mari l'a abandonnée.

– J'en avais aucune idée.

– Ses amants ont de bonnes raisons de rester discrets, Maîtresse Merchet.

Persuadée d'avoir imposé sa présence depuis trop longtemps, Bess se leva pour prendre congé.

– Maîtresse Mawdeleyn, vous vous êtes montrée très patiente avec moi. Mon oncle a eu de la chance d'avoir quelqu'un comme vous pour le regretter.

– Pour le regretter, je le regrette, Maîtresse Merchet.

Bess traversa la cité pour regagner son domicile sans jeter le moindre coup d'œil aux passants qu'elle croisait. Toutes ses pensées étaient concentrées sur Julian. Il avait vécu de si nombreuses années à York, ils avaient passé tellement de temps à bavarder ensemble en buvant une chope d'ale. Et jamais il n'avait proféré le moindre mot sur Honoria, Felice ou Adam Carter. Et jamais non plus il ne lui avait offert un jeu d'échecs en ivoire. Elle se demandait combien d'autres trésors il avait partagé avec ses femmes.

26

Fortes marées

Bien dissimulées au milieu des taudis qui encombraient la berge, Anneys et Alisoun observaient avec le plus grand intérêt l'îlot rocheux occupé par la Vieille de la Rivière. Pas la moindre traînée de fumée ne s'élevait du toit de son logis, la porte était fermée, et, plus important que tout le reste, sa méchante barque avait été tirée au sec sur la rive vaseuse. Mais pas pour longtemps. La marée montante gonflait les eaux de l'Ouse, et les vagues commençaient déjà à battre le rocher.

Anneys émit un bruit désapprobateur au plus profond de sa gorge.

– Tu parles d'un bateau. Tu es sûre qu'il prend pas l'eau ?

– La sage-femme et le capitaine Archer sont venus à la rame pour enterrer ma famille et ils n'ont pas coulé. Attendez-moi ici, je vais vérifier qu'elle est bien absente.

– Non, non. Je viens avec toi.

– Et si jamais elle est là ? Je dis que vous êtes qui ?

– Et toi ? Tu expliques ta présence comment, si elle est là ?

– Alors, il faudra trouver un autre bateau.

– Non, protesta Anneys. Tu vois bien qu'il faut se dépêcher !

Sa voix était réduite à un murmure fatigué.

– Vous avez l'air d'avoir besoin de vous reposer. On pourra attendre la prochaine marée.

Anneys envoya une bonne gifle à Alisoun.

– Non seulement tu es entêtée, mais tu te permets d'être insolente.

La gamine se frotta la joue.

– Attendez-moi ici.

Elle maudit la bonne femme à voix basse en traversant l'eau. Anneys se conduisait comme si elle regrettait de l'avoir aidée. C'était pourtant la sœur laie qui avait offert de la prendre avec elle. Et c'était plutôt Alisoun qui devrait regretter d'avoir accepté sa compagnie. Seule, elle n'aurait jamais volé le bateau de la sage-femme. Elle aimait Magda Digby et il n'était pas question de garder sa barque. Son projet était de remonter la rivière, de rassembler ses trésors et de ramener l'embarcation à sa propriétaire. Au retour, elles devraient aussi aller voir si Finn était encore vivant, pour l'emmener avec elles si c'était le cas.

Alisoun fit le tour de l'étrange maison de la vieille femme. En se retrouvant nez à nez avec le dragon qui avait la tête en bas, elle éprouva un choc. Il semblait prêt à l'attaquer. Mais elle n'était pas bête au point de penser que c'était possible. Après avoir écouté à la porte et regardé à travers l'une des petites fenêtres, elle fut persuadée qu'il était possible d'emprunter le bateau sans risquer un incident. Il n'était déjà plus au sec, mais en train de se balancer sur l'eau.

Jasper courut à perdre haleine jusqu'à St Leonard, mais on lui apprit qu'Owen et Erkenwald en étaient déjà repartis, avec deux frères lais portant une civière. Sans perdre un instant, il fonça alors en direction de St Saviourgate et il sentait son cœur qui tapait contre ses côtes. Il les rattrapa alors qu'ils arrivaient devant la maison de Spen Lane décrite par Bess. Pantelant, il leur rapporta ce qu'il tenait de Wulfstan à propos de l'homme malade.

Don Erkenwald se tourna alors vers Owen.

– Peut-être allez-vous avoir également besoin de mes talents de chanoine ?

– Oui, sans parler de ceux du soldat. La journée ne fait que commencer.

Le capitaine posa la main sur l'épaule de Jasper.

– Va retrouver Lucie à la maison et raconte-lui tout ce que tu as appris.

– Je pourrais vous aider, non ?

– Pour le moment, elle a davantage besoin de toi que moi, mon garçon.

Jasper l'imagina toute seule dans l'officine, qui s'inquiétait au sujet de Wulfstan, d'Owen, de lui-même.

– J'y vais, acquiesça-t-il.

Erkenwald ajusta la large ceinture qui soutenait son estomac assez imposant et redressa les épaules.

– Mieux vaut que j'entre le premier. S'il est là, il

sera peut-être content de voir un homme d'Église. Et il n'attaquera pas tout de suite.

Owen sortit sa dague du fourreau.

– D'accord, on attend quelques instants devant la porte.

Le chanoine n'avait pas hésité à sortir lui aussi son arme, et c'est de la main gauche qu'il manœuvra le loquet.

– Il y a bien longtemps que je n'ai testé mon courage de cette manière, capitaine. J'espère que je ne vais pas vous décevoir.

Le léger sourire qui flottait sur ses lèvres rassura Owen.

– Je suis persuadé que non.

Erkenwald entrouvrit la porte et se glissa à l'intérieur en la laissant entrebâillée.

En toute circonstance, attendre était toujours ce qu'il y avait de plus pénible. Owen tendait l'oreille, mais une charrette brinquebalante qui descendait la rue l'empêchait d'entendre. Il y eut ensuite les hurlements d'une femme en train de gronder un enfant. Enfin, la tête presque entièrement chauve du chanoine réapparut.

– Il y a un homme endormi dans la mansarde. La maison est pleine de vapeurs pestilentielles. Et pourtant ses couvertures sont propres, et il a de la nourriture, de l'eau et du vin. Quelqu'un est venu prendre soin de lui après le passage du frère Wulfstan, c'est évident. L'infirmier n'était pas en état de le faire.

– Vous êtes certain qu'il est seul ?

– Certain qu'il est seul dans cette maison, oui. Mais je n'ai pas fouillé la cuisine, de l'autre côté de la cour. Vous pourriez le faire pendant que je vais le confesser ?

– Vous allez le réveiller ?

– Si c'est possible, oui. Sinon comment pourrai-je entendre ses péchés ?

– Vous pourriez avoir besoin de mon aide ?

– Je pense qu'il est préférable de l'assurer que mes intentions sont pacifiques avant de lui laisser voir votre visage balafré.

Owen fixa le lobe déchiqueté de l'oreille du chanoine et la cicatrice qu'il avait au menton.

– Vous pensez que votre soutane dissimule toutes vos cicatrices ?

– Tout de même, un bandeau sur l'œil, c'est plus impressionnant.

Owen voulait bien l'admettre. Erkenwald ouvrit la porte en grand et se dirigea vers l'échelle conduisant au premier.

– Après, on va le descendre avec les frères lais.

Dès le seuil, Owen fut incommodé par l'odeur infecte et malsaine. Presque machinalement, il sortit son sachet parfumé et se le colla sous le nez avant d'entrer. Mais se sentant handicapé, il le fourra dans sa poche et fit une prière à la place. Il vit Erkenwald disparaître en haut de l'échelle, puis il entendit le plancher craquer au-dessus de sa tête. Ensuite plus rien.

– Attendez ici, dit-il aux frères lais.

Le capitaine fit le tour de la grande pièce poussiéreuse, mémorisant les emplacements des portes et des fenêtres, des quelques meubles, avant d'emprunter la sortie de derrière. La cuisine était un bâtiment en forme de cône, disposant de deux petites fenêtres sans vitres et d'une porte en bien mauvais état. Elle était séparée du corps de bâtiment principal par un poirier qui croulait sous les fruits. Courbé pour ne pas se faire remarquer, Owen avança sans bruit sur la terre battue et se releva graduellement à côté d'une ouverture par laquelle il risqua l'œil. Peu de lumière, mais il ne perçut aucun mouvement à l'intérieur. Il se baissa pour passer sous la fenêtre et s'approcher de la seconde. Toujours rien. Il reporta son attention sur la porte et étudia une marque laissée sur le sol. Il en conclut que cette porte était restée longtemps entrouverte. Mais quelqu'un l'avait forcée pour la refermer et, vu l'état de ses gonds, il allait être difficile de la rouvrir.

Il décida alors de passer par une fenêtre. Sa tête frôla des paniers à pain suspendus au plafond, et une petite bestiole qu'il ne parvint pas à identifier se hâta de s'enfuir. Il y avait partout une couche de poussière aussi épaisse que dans la maison elle-même, et l'atmosphère était empuantie par une odeur de viande pourrie. Il ne voyait aucun motif de s'attarder en ces lieux. Il repéra toutefois quelque chose qui pouvait servir : un rouleau de corde abandonné dans un coin. Après avoir chassé une souris qui y avait élu domicile, il enfila son bras dans le trou pour faire glisser le rouleau sur son épaule. Près d'une table posée sur des tréteaux, éclairée par la lumière tombant d'une fenêtre, il repéra un emplacement sombre et humide, là où un liquide avait été renversé assez récemment. Pourtant les cendres dans l'âtre étaient bien froides et il n'y avait aucune odeur de fumée dans l'air. Owen décida de repartir par où il était venu.

Une espèce de gémissement le força à s'arrêter alors qu'il se trouvait à mi-chemin de la maison. Il provenait de derrière la cuisine. Ressortant sa dague, il revint doucement sur ses pas et se plaqua contre le mur pour faire le tour du petit édifice. Il ne tarda pas à se trouver face à face avec un équidé attaché à une treille qui s'agrippait solidement au mur extérieur de la propriété. La jument d'Alisoun. Owen se signa machinalement. Il avait l'impression d'être poursuivi par cet animal. Puis, en y regardant de plus près, il remarqua quelque chose de dissimulé dans les feuilles. Après les avoir écartées, il eut la surprise de découvrir une selle richement ouvragée et une poche contenant un échiquier et ses pions. Enfin, les morceaux du puzzle commençaient à s'imbriquer les uns dans les autres. Pour l'instant, il préféra laisser ces objets à l'endroit exact où il les avait trouvés.

À peine fut-il de retour dans la maison principale que l'un des frères lais lui dit que don Erkenwald avait demandé qu'il le rejoigne.

La dague entre les dents, Owen grimpa à l'échelle. Et il contourna également avec beaucoup de prudence le paravent de couleur vive. De l'autre côté, il trouva le chanoine agenouillé sur le sol et tenant la main d'un homme pâle comme la mort étendu entre deux couvertures. Ses yeux s'ouvrirent encore plus grand dans son visage osseux quand il s'aperçut de la présence d'un second visiteur.

– Qui est-ce ? J'ai demandé l'asile, geignit-il de la voix maussade d'un grand malade.

Erkenwald lui tapota la main dans l'espoir de le calmer.

– Le capitaine Archer est un ami du frère Wulfstan. C'est lui qui m'a amené ici pour accomplir ce que ce brave moine n'était pas en état de faire.

L'homme ne quitta pas Owen des yeux quand il le vit s'approcher, et il parut se refermer sur lui-même.

– Le moine est malade ?

– Il a attrapé la peste. Je prie Dieu d'accomplir un miracle.

– Oui, que Dieu le guérisse ! murmura l'homme. C'est lui qui m'a sauvé.

Owen le dévisagea : un long visage qu'une tonsure allongeait encore.

– Vous êtes ecclésiastique ?

L'inconnu luttait visiblement pour garder les yeux ouverts. Il était encore très faible.

– J'ai prononcé des vœux mineurs. Je souhaite servir à St Mary.

Owen devait se pencher sur lui pour comprendre ses paroles de plus en plus faibles.

Erkenwald rencontra le regard d'Owen et leva un sourcil interrogateur. Ce dernier fit non de la tête. Le chanoine se pencha alors vers le malade.

– Ni le capitaine ni moi ne pouvons prendre une telle décision. Nous devons vous emmener à l'hôpital St Leonard. Mais nous allons leur rapporter votre souhait.

L'homme s'agrippa à la soutane du chanoine.

– Non.

– Croyez-moi, c'est la meilleure solution pour vous. Vous y serez bien soigné.

– Pourquoi préférez-vous St Mary ? s'enquit Owen. Est-ce que c'est parce que vous avez commis des vols à St Leonard ?

L'homme ne se donna pas la peine de nier.

– Passez un marché avec moi. Je sais où vous pouvez trouver la femme et la fille.

– Il a la jument d'Alisoun dans la cour, expliqua Owen à Erkenwald. Et il a caché à côté d'elle un jeu d'échecs en ivoire et une selle digne d'un roi.

– Vraiment ?

– Je dois vous poser quelques questions, John, insista Owen. Me dire où elles sont parties n'est pas suffisant. J'ai déjà deviné qu'elles sont à la ferme des Ffulford.

Il hocha la tête en voyant le regard du malade trahir une grande déception.

– Il est très faible, prévint Erkenwald.

– Apparemment, il lui reste encore assez de forces pour vouloir passer des marchés. Quels sont vos rapports avec Anneys ?

– Jurez que vous me conduirez à St Mary.

Erkenwald acquiesça d'un signe de tête.

– Nous voyageons ensemble. Quelquefois, ça m'aide d'avoir une femme avec moi. Quelquefois, ça l'aide d'avoir un ecclésiastique ou simplement un homme avec elle.

– Vous chapardez ensemble ?

– On vit comme on peut.

– Pourquoi a-t-elle emmené l'enfant ?

– Anneys dit qu'elle est sa petite-fille.

– Et vous la croyez ?

– Anneys ne me ment pas.

– Que savez-vous des trois pensionnaires de St Leonard qui ont été assassinés ?

– J'ignore de quoi vous parlez.

– Je n'en crois rien. L'échiquier que vous avez en votre possession a passé un certain temps enterré dans le jardin de Walter de Hotter qui a été poignardé en rentrant chez lui. C'est une curieuse coïncidence.

L'homme leur tourna le dos.

Owen était persuadé de sa culpabilité. Mais il n'avait pas l'intention d'insister pour l'instant. Il fit glisser le rouleau de corde de son épaule.

– Nous allons nous servir de ça pour le descendre. Les frères lais pourront l'attraper.

Quand l'homme qui se faisait appeler John fut étendu sur la civière, Erkenwald s'agenouilla près de lui et le ligota proprement. Il tenta de se débattre, mais mollement.

– Une inclination de la tête n'est donc pas une promesse ? demanda Owen.

Erkenwald leva les yeux tout en fixant le dernier nœud.

– Quelle promesse ? Je réfléchissais en hochant la tête, rien d'autre.

Les frères lais tentaient de suivre la conversation, mais n'y comprenaient goutte.

– Nous allons vous accompagner jusqu'au bout de Lop Lane, leur expliqua Owen. Ensuite vous conduirez ce malade à St Leonard et expliquerez à don Cuthbert qu'il doit être placé sous bonne garde. L'endroit idéal serait la prison de l'hôpital.

– Et nous ? demanda le chanoine.

– Nous, nous prenons des armes, des pelles, la jument et nous allons à la ferme des Ffulford.

Près de Petergate, ils rencontrèrent le bailli Geoffrey.

– Ah, c'est vous que je cherchais, capitaine. Une femme et une gamine ont volé le bateau de Magda Digby.

– Il y a combien de temps ?

Geoffrey regarda la position du soleil.

– Assez longtemps pour être déjà loin. (Il désigna l'homme sur la civière.) Vous attachez les malades ?

– C'est peut-être l'un de nos meurtriers. Et à coup sûr un voleur.

– Vous avez fait du bon travail aujourd'hui.

– Oh, c'est loin d'être fini ! Mais puisque vous êtes là, Geoffrey, vous pourriez peut-être les escorter jusqu'à St Leonard ?

– Sans problème, capitaine. Ne vous inquiétez pas, il ne va pas disparaître en chemin.

– Les frères qui le portent savent ce qu'il faut en faire en arrivant à l'hôpital.

– Vous partez à la recherche de ses complices ?

– Sur-le-champ ! Et j'espère aussi pouvoir rapporter son bateau à Magda.

27

Pénibles vérités

Bess Merchet était assise avec Lucie dans la cuisine quand Owen arriva en trombe pour récupérer les bêches qu'il avait empaquetées un peu plus tôt.

– Tu dois entendre ce que Bess a appris ! s'exclama Lucie.

– Pas le temps. Je dois me dépêcher si je veux coincer Anneys et la gamine avant qu'elles ne me glissent une nouvelle fois entre les doigts. Jasper est bien rentré ?

– Oui. Il garde l'officine.

– Bien.

Bess bondit sur ses pieds pour suivre Owen. Pas question de se débarrasser d'elle aussi facilement quand elle s'était donné autant de peine. Mais elle fit en sorte d'être concise.

– Voilà qui me donne beaucoup à penser, déclara Owen.

Résigné, il s'était assis un moment près du paquet contenant les outils pour l'écouter.

Bess avait espéré l'impressionner bien davantage.

– C'est tout de même clair. Honoria et mon oncle étaient en froid. Le secrétaire de sir Richard m'a appris que Julian avait établi un nouveau testament. Elle a peut-être voulu le tuer pour l'en empêcher.

– Quand est-ce que Douglas vous a parlé de ce testament ?

– Quand il m'a appris quelle part me revenait.

– Et vous êtes certaine que le nouveau testament diminuait la part de Honoria ?

– Non, fut-elle bien obligée d'admettre.

Owen hocha la tête d'un air éloquent et elle se sentit un peu penaude.

– Je suis beaucoup plus intrigué, reprit-il, par les remords de votre oncle Julian à propos d'Adam Carter. Ils paraissent tellement exagérés que je pense que ça cache quelque chose.

Là-dessus, Owen se leva, jeta les deux bêches sur son épaule, et partit rapidement sans ajouter un seul mot.

– C'est vraiment la dernière fois que j'assiste votre mari, déclara Bess, furibonde, après être allée rejoindre Lucie.

Alisoun, qui allait dans un bâtiment chercher des pelles, se retourna à mi-chemin pour observer Anneys assise sur le seuil de la maison. Elle buvait de l'eau tout en s'épongeant le front. Qu'avait-elle donc fait pour avoir si chaud ? La température était plutôt douce pour la saison et c'était elle, Alisoun, qui s'était épuisée à ramer. Elles seraient arrivées depuis longtemps si cette femme avait été capable de l'aider. C'était déjà le milieu de l'après-midi, mais il y aurait peut-être encore assez de lumière pour qu'elles puissent déterrer les trésors. N'empêche qu'il serait ensuite trop tard pour espérer retourner à York. Quand elle le lui avait fait remarquer, Anneys avait répondu qu'elles avaient laissé suffisamment à boire et à manger à Finn.

– Et nous, alors ? avait demandé Alisoun.

– Nous pourrons toujours dormir dans cette maison. Avant, tu la trouvais assez bonne pour toi, non ?

– Moi, je dormirai dans la grange.

– Pourquoi pas dans la maison ?

– Elle est pleine de fantômes.

Après avoir fait un grand signe de croix, Anneys lui avait dit de se dépêcher de trouver des pelles.

John le Boiteux et son fils Rich étaient allongés à plat ventre dans l'herbe haute du pré. Fascinés, ils observaient Anneys et Alisoun en train de retourner la terre et d'en extraire des trésors.

– Il y a quelque diablerie là-dessous, murmura John le Boiteux. Sinon, où la fille de mon frère aurait-elle pu récupérer tout ça ?

– Elles n'ont pas de chevaux, lui fit remarquer Rich.

Il rampa en arrière, jusqu'à ce qu'il puisse se redresser à l'abri d'un arbre. Son père l'y rejoignit plus lentement.

– Un bateau, alors ?

– Ouais, c'est ce que je crois. Et si on fait ce qu'il faut, elles seront obligées de rester ici assez longtemps pour nous expliquer de quoi il retourne.

Sans clients pour l'occuper et incapable de se concentrer sur ses leçons, Jasper décida de fermer l'officine un moment et de se mettre en quête de Lucie. Il la trouva dans le grenier, agenouillée devant un coffre dont elle tirait diverses choses : des jouets, une robe d'enfant... Il savait que ce coffre avait appartenu à sa mère. Et c'est là-dedans qu'elle gardait ses souvenirs personnels. Jasper se rappelait que sa propre mère possédait un coffre semblable dont elle faisait le même usage.

– Je n'ai rien de lui dans tout ça, rien, murmura Lucie.

Jasper s'agenouilla près d'elle.

– Le frère Wulfstan compte autant pour vous que pour moi, pas vrai ?

Lucie entreprit de replacer dans son coffre tout ce qu'elle en avait sorti.

– Je n'ai jamais rencontré une meilleure personne que Wulfstan. Et je regrette de ne pas l'avoir aidé davantage.

Elle s'essuya les yeux sur sa manche.

– J'aurais dû vous demander de m'accompagner, quand je suis allé le voir.

Lucie s'entoura elle-même de ses bras.

– Personne ne pourra jamais remplacer un être aussi bon, et c'est une pensée bien démoralisante.

Jasper ne savait trop quelle attitude adopter ni que dire. Embarrassé, il déclara :

– Je dois retourner à la boutique.

– Je t'accompagne.

John le Boiteux se recula en branlant la tête.

– Non, il faut pas.

Son fils levait une main armée d'une grosse pierre aux angles aigus et s'apprêtait à l'abattre sur la proue incurvée, quand son père lui avait saisi le bras. Rich laissa échapper la pierre et se dégagea brusquement.

– Qu'est-ce qui te prend ? s'emporta-t-il. T'as déjà changé d'avis ?

– C'est la barque de la Vieille de la Rivière.

– Et qu'est-ce qu'on en a à foutre ? D'abord la Magda, elle est pas ici. Tu crois peut-être qu'elle leur aurait prêté son bateau, à ces deux-là ?

Pour ponctuer ses paroles, Rich cracha dans l'herbe.

– Je voudrais pas risquer qu'elle me maudisse.

– Comment veux-tu qu'elle l'apprenne ? Elle croira que c'est cette démone d'Alisoun qui l'a démoli après l'avoir volé. Qui pourra prouver le contraire, hein ?

– La Vieille de la Rivière devinera la vérité.

– Une sage-femme ? Une ramasseuse de plantes ?

– Elle est beaucoup plus que ça, fils.

– Mais je sais que c'est une brave femme. Elle admettra qu'on pouvait pas faire autrement. Alisoun est de notre famille. On doit la protéger de cette matrone.

John le Boiteux ne put s'empêcher de rire.

– Tu as surtout envie de protéger cet or et cet argent.

– T'as vu, hein ? Et tu sais qu'on est pas près de revoir la même chose.

John le Boiteux ramassa la pierre et la tendit à son fils.

Quand il jugea la proue suffisamment abîmée, Rich rejeta la pierre et s'essuya les mains à sa tunique.

– Tu t'es arraché la peau. Lave-toi les mains dans la rivière.

– Ensuite qu'est-ce qu'on va faire ? On les attend ici même ?

– Non, faut qu'on retourne voir ce qu'elles sont en train de manigancer.

Lucie et Jasper avaient rouvert la boutique, mais ne recevaient la visite d'aucun client. Le jeune garçon s'était installé sur le banc près de la fenêtre, et Crowder n'avait pas attendu longtemps pour sauter sur ses genoux. Tandis qu'il le caressait machinalement, Lucie lui raconta sa première visite dans le jardin du frère Wulfstan.

Une fois introduit à l'intérieur de l'hôpital, l'homme ligoté sur la civière attira l'attention d'un grand nombre de badauds. Badauds qui se dispersèrent à la vitesse de l'éclair quand le bruit courut qu'il était malade de la peste.

– La prison ? Et sous bonne garde ? Mais de quoi est-il donc coupable ? demanda don Cuthbert.

– La capitaine Archer l'a pas dit, répondit un frère lai.

L'économe fourra ses mains dans ses manches et considéra les autres options. À ce jour, il était parvenu à limiter le nombre de personnes mourant de la peste en les tenant séparées des autres malades. Et placer cet homme seul dans une salle sous surveillance allait s'avérer trop compliqué.

– Alors ce sera la prison. Mais installez-le le plus loin possible de Maîtresse Staines.

En son for intérieur, il était persuadé qu'il fallait libérer Honoria et la laisser regagner la maison des sœurs laies. Toutefois, il ne voulait pas se risquer à prendre une telle décision sans l'accord du maître de l'hôpital. Pendant un certain temps, il devrait faire très attention à ne piétiner les plates-bandes de personne.

28

Aussi riche que le maître

Alisoun regarda au fond d'une clochette pourpre de la digitale. Est-ce que cette plante avait poussé là depuis qu'elle avait enterré les trésors ? Avait-elle retourné cette terre depuis assez longtemps pour qu'une graine ait pu y germer et pousser de la sorte ?

Elle ne voulait à aucun prix demander à Anneys s'il était possible que le trésor soit caché sous cette plante. Elle n'était pas prête à admettre devant la sœur laie qu'elle ne parvenait pas à retrouver le dernier des objets. Elle avait déjà eu le temps d'apprendre à ses dépens qu'Anneys ne faisait preuve d'aucune indulgence pour les maladresses. Pour l'instant, elles avaient rouvert la tranchée qu'Alisoun se souvenait avoir creusée, entre le deuxième poteau de la clôture et l'arbre duquel elle était tombée toute petite. La plante avait poussé un petit peu plus loin. Elle essayait de se persuader qu'elle avait creusé une tranchée plus longue, sans parvenir à y croire.

– On a vraiment pas le temps d'admirer les fleurs !

La fatigue rendait la voix d'Anneys rauque. Et pourtant, ce n'était pas elle qui avait peiné le plus. En réalité, tout au début, elle avait fait une chute sans gravité après avoir glissé dans un trou juste creusé. Le prétexte était donc tout trouvé pour s'arrêter.

– Il y a un moment, reprit Anneys, tu avais peur qu'on vienne nous interrompre.

C'était la vérité. Pendant quelques instants, Alisoun avait eu l'impression qu'on les observait. Puis ce sentiment s'était évanoui. Elle s'était tenue immobile, se retenant même de respirer, mais n'avait entendu que le bourdonnement des insectes et, plus loin, le murmure de la rivière. Elle avait donc repris son dur labeur avec une énergie renouvelée et, en très peu de temps, elle avait tout déterré, sauf la croix.

Comme si elle lisait dans ses pensées, Anneys demanda :

– Où est la croix ?

Alisoun respira profondément avant de répondre :

– Sous cette fleur... je crois.

– Tu crois ? Tu n'en es pas sûre ? demanda la femme sur un ton qui fit frissonner la gamine.

– Je vois pas où elle pourrait être ailleurs.

Appuyée sur sa pelle, la grande femme tapait impatiemment du pied et la colère assombrissait ses yeux.

– Espèce d'idiote ! C'est cette croix qui a le plus de valeur.

– Qu'est-ce que vous croyez ? C'est pas moi qui l'ai prise.

La petite fille se laissa tomber à genoux à côté de la plante et se mit à creuser avec ses mains qui ne tardèrent pas à être égratignées.

Anneys vint s'agenouiller près d'elle et hocha la tête en voyant ses ongles cassés. Elle lui attrapa les poignets pour la faire cesser.

– Tu t'es fait mal. Laisse-moi creuser.

Mais Alisoun ne l'écoutait pas. Les mains d'Anneys étaient chaudes et moites. La petite fille se dégagea et lui toucha le front et les joues qu'elle trouva brûlants. Ses yeux étaient rouges et ses paupières gonflées.

– Vous êtes malade. Grand-mère, vous êtes malade !

– Quelle importance ? Demain nous flotterons sur la rivière, aussi riches que le maître de St Leonard. Allons, sers-toi plutôt de la pelle. Essaye de trouver cette croix.

Et à son grand soulagement l'enfant la trouva. Mais déjà, la respiration d'Anneys se faisait de plus en plus saccadée.

– Par la couronne d'épines du Christ, elles ont déterré une fortune, murmura John le Boiteux à son fils. Je t'avais bien dit qu'on avait tout intérêt à surveiller cette fichue ferme.

– Ne te réjouis pas trop vite, rétorqua Rich. Écoute !

John le Boiteux tendit l'oreille et entendit des chevaux qui s'approchaient. Il partit à quatre pattes à travers les herbes hautes en direction des bois, en se contorsionnant d'une façon bizarre à cause de son handicap. Rich l'imita.

Anneys et Alisoun entendirent les chevaux elles aussi. D'un même mouvement, elles joignirent les quatre coins de la nappe sur laquelle elles avaient empilé les trésors et les nouèrent. Rassemblant ses forces, Anneys jeta le balluchon par-dessus son épaule et avança en titubant. Alisoun passa son bras autour d'elle pour l'aider à marcher. Elles dépassèrent la grange, la maison, traversèrent le pré en s'accrochant à quelques ronces et parvinrent enfin à la rivière où les attendait la barque. Anneys déposa sa charge pour reprendre sa respiration.

Alisoun éprouva tout de suite un sentiment étrange.

– Quelqu'un est passé par ici.

Anneys était en train de se mouiller le visage avec un mouchoir trempé dans l'eau.

– Qu'est-ce qui te fait dire ça ?

– On a pas laissé le bateau renversé, mais couché sur le côté.

Sans aucun commentaire, Anneys redressa l'embarcation et y plaça le balluchon à la proue.

– Dépêche-toi. Nos poursuivants arrivent à cheval.

Alisoun n'avait pas l'intention de s'en laisser conter.

– Enlevez ce paquet. Il faut d'abord vérifier que le bateau a pas été saboté.

Sans lui prêter la moindre attention, Anneys tira l'embarcation le long de la berge.

– Tu viens ou tu restes, je m'en fiche complètement, dit-elle.

Alisoun, elle, ne s'en fichait pas du tout. Pleine d'appréhension, elle rejoignit la femme.

– Grimpez dedans, je vais vous pousser, offrit-elle, espérant par là remonter dans l'estime d'Anneys.

La grande femme acquiesça d'un signe de tête. Elle s'empara de la rame et s'installa à la poupe. Alisoun parvint à faire glisser la barque sur la rivière où elle prit tout de suite l'eau, se mettant à pencher dangereusement. Elle attrapa le ballot et cria à Anneys de sauter à terre.

Au lieu de cela, la femme attrapa un morceau de tissu en s'agrippant à une branche basse de l'autre main.

– Où crois-tu aller avec ça ? Grimpe dans ce bateau.

– Vous voyez bien qu'il y a un trou. (L'eau s'infiltrait pourtant en gargouillant.) Par pitié, asseyez-vous et je vais essayer de vous ramener sur la rive. Ou vous allez couler !

– Tu me prends vraiment pour une imbécile !

Anneys lâcha la branche pour attraper son butin à deux mains. Poussée par le courant, la petite embarcation changea de direction et commença à s'éloigner du bord, entraînant Anneys avec elle.

– Vite, sautez, vous avez encore pied ! cria Alisoun.

Elle regarda le bateau s'éloigner sans pouvoir rien faire de plus. Anneys ne savait pas nager, et lorsqu'elles avaient remonté l'Ouse, elle avait clairement démontré qu'elle ne savait pas manœuvrer un bateau non plus. Et maintenant que la fièvre l'avait affaiblie...

Alisoun laissa tomber le ballot sur la berge et courut vers la ferme où elle espérait trouver les cavaliers.

Don Erkenwald arrêta son cheval et désigna de la main deux silhouettes à l'orée du bois.

– Elles ont entendu les chevaux. Dommage ! s'exclama Owen. (Il avait espéré qu'Anneys et Alisoun feraient assez de bruit en creusant pour ne pas remarquer leur arrivée.) Continuons comme si nous n'avions rien vu. Et puis, mine de rien, nous allons attacher nos bêtes à la haie là-bas. Celle qui est proche des arbres derrière lesquels elles se cachent.

Souriant jusqu'aux deux oreilles, Erkenwald lança son cheval.

Arrivés près de la haie en question, ils remarquèrent la tranchée qui en partait. Voilà donc où la fillette avait enterré les objets volés. Objets qu'elle avait apparemment eu le temps de récupérer.

– Capitaine Archer ! (Alisoun traversait la cour en courant, et l'ourlet boueux de sa robe qui lui battait les jambes lui donnait une étrange allure. Elle agita les bras en hurlant :) Filez à la rivière ! Elle va se noyer !

L'enfant arrivait effectivement de la direction de

l'Ouse. Alors qui pouvait bien se dissimuler dans les bois ? La question était importante, mais il faudrait patienter pour avoir la réponse. La rivière engloutissait rapidement ses victimes.

Quand Owen atteignit la rive, il ne vit aucun signe d'Anneys ni du bateau endommagé. Pas plus qu'il n'entendit le moindre appel à l'aide. Le seul bruit audible était celui de l'eau cognant contre la berge et le bourdonnement incessant des insectes près de ses oreilles. Il s'était laissé berner. Alisoun avait inventé cette histoire pour l'attirer loin de la ferme. Anneys devait se cacher dans le bois proche de la grange avec un autre complice. Et le bateau était dissimulé quelque part le long de la rive.

Alors qu'il s'apprêtait à rebrousser chemin, il perçut un faible cri. Il se retourna en pensant qu'il s'agissait d'Alisoun, mais Erkenwald cria en indiquant la rivière de la main :

– Regardez, là-bas, près du rocher !

La barque de Magda était retenue dans un filet d'herbes et de racines.

Alisoun venait de les rejoindre.

– Il faut l'aider. Il y a un trou dans la proue et Maîtresse Anneys sait pas nager.

– Elle est dans ce bateau ? demanda Owen.

– Oui, dépêchez-vous !

– Pour le moment, les racines empêchent la barque de couler.

Alisoun lui agrippa le pied qui se trouvait pris dans l'étrier.

– Capitaine, je vous en supplie, dépêchez-vous. Elle est affaiblie par la fièvre, elle va mourir.

Owen mit pied à terre.

– Viens, petite. On va sans doute avoir besoin de ton aide.

Il mena son cheval le long de la rivière. Erkenwald sauta du sien à son tour et les suivit.

29

Projets tombés à l'eau

Après un petit moment d'activité intense, l'officine fut de nouveau désertée. Lucie abandonna le travail qu'elle était en train de faire pour venir se planter sur le seuil avec le regard fixé sur Stonegate. Elle espérait voir arriver Owen. Et au fur et à mesure que les ombres de l'après-midi s'allongeaient, l'angoisse qui l'étreignait augmentait. Elle s'inquiétait à la fois pour la sécurité de son mari, la santé du frère Wulfstan, et du silence de Jasper. Et sous cette inquiétude, il y avait une envie douloureuse de revoir Gwenllian et Hugh. Jasper vint près d'elle, passa son bras sous le sien et posa la tête sur son épaule.

– Viens, lui dit-elle. Fermons la boutique et allons voir le frère Wulfstan.

Bess essayait de s'occuper dans la taverne, mais la pensée de l'homme qui se trouvait dans la prison de St Leonard lui donnait des fourmis dans les jambes. Elle partit donc pour l'hôpital et, une fois arrivée, elle exigea d'être reçue par sir Richard.

– Vous auriez peut-être avantage à vous entretenir avec don Cuthbert, suggéra Douglas, les mains croisés sur son estomac confortablement rembourré.

Si les commissures de ses lèvres parvenaient à réprimer un sourire, ses yeux avaient davantage de mal à rester sérieux. Or, rien n'agaçait plus Bess que quelqu'un qui essayait de s'empêcher de rire, parce que c'était toujours aux dépens de quelqu'un d'autre.

– Qu'est-ce que vous trouvez si drôle ? demanda-t-elle sèchement.

– Drôle, Maîtresse Merchet ? *Drôle* n'est pas le mot qui convient. Je suis simplement content à l'idée de pouvoir quitter York.

– Quitter York ? Comment pouvez-vous envisager de quitter York ?

– Le voleur est arrêté et le meurtrier ne va pas tarder à le rejoindre, d'après ce qu'on m'a dit.

– Le capitaine Archer est de retour ? Je l'ignorais.

– Non, il n'est pas encore de retour, mais sir Richard est persuadé qu'il va réussir.

– Sir Richard est bien léger de prendre une telle décision sur une simple conviction personnelle.

– Oh, mais nous ne partons pas immédiatement ! Monseigneur l'archevêque a annoncé son arrivée pour demain et compte dîner ici. Nous espérons toutefois pouvoir quitter York avant la fin de la semaine.

– Ah ! L'archevêque Thoresby va revenir. Est-ce qu'il arrive avec sa maison démolie ?

– Avec une partie de sa maison, en effet, transportée sur une barge. Mais comme c'est un moyen de locomotion trop lent, il la précède à cheval.

– Les gens meurent tout autour de nous, et pourtant, le neveu organise des banquets, l'oncle s'amuse avec son somptueux mausolée. Pas étonnant que Dieu ait envie de nous punir. Mais c'est grande pitié qu'Il choisisse si mal ses victimes.

– Maîtresse Merchet, vous avancez sur un terrain dangereux.

– Je vais vous laisser faire vos paquets, Douglas. Où pourrais-je trouver don Cuthbert ?

Le frère William dirigea Lucy et Jasper vers la maison de l'abbé Campian.

– Monseigneur l'abbé a fait installer le frère Wulfstan chez lui.

Lucie en eut le souffle coupé. Elle avait toujours été consciente qu'il y avait bien peu de chance que le vieil infirmier survive à la peste, mais l'avoir retiré aux bons soins du frère Henry lui paraissait une admission prématurée de la défaite. Elle prit Jasper par la main et la pressa pour essayer de lui apporter un peu de réconfort. Puis, sans le lâcher, elle le conduisit à travers le jardin de l'abbaye, jusqu'aux quartiers de l'abbé Campian.

Le frère Sebastian, le secrétaire de l'abbé, leur ouvrit la porte. Pâle et sans âge, il s'inclina solennellement devant eux et les mena au parloir de l'abbé. Bien avant d'y arriver, Lucie avait identifié l'odeur du bois de genévrier qu'on y faisait brûler. Quand Sebastian ouvrit la porte, un nuage de fumée trop épaisse s'échappa hors de la pièce. Odeur agréable, mais effet nocif sur la santé. Et la pièce était beaucoup trop chauffée pour une soirée d'été. L'abbé avait placé le lit de Wulfstan devant un feu soigneusement entretenu. Pas étonnant que le pauvre vieux moine éprouve autant de difficultés à respirer.

– Je vous en prie, il faut lui donner de l'air ! dit Lucie en se dirigeant vers une fenêtre.

Sebastian l'arrêta.

– Je vous en prie, Maîtresse Wilton, je sais ce que vous pensez, mais la respiration du frère Wulfstan était aussi laborieuse à l'infirmerie. Ni la fumée ni la chaleur n'en sont responsables.

Bien sûr, il avait raison. L'unique responsable était la peste. Lucie revint vers le lit.

– Le frère Henry a pensé que le faire transpirer pouvait aider à éliminer les humeurs empoisonnées, expliqua Sebastian d'une voix qui trahissait un certain scepticisme.

– Lucie posa la main sur son bras.

– Pardonnez-moi, vous êtes tous très bons avec lui. Je me mêle de ce qui ne me regarde pas.

Agenouillé à côté du lit, l'abbé Campian priait à voix basse en égrenant son chapelet.

Lucie hésita à s'approcher. Elle avait déjà perdu tellement d'êtres chers. Et pourtant, chaque fois, la peine était aussi vive que s'il s'agissait du premier deuil, le désir de nier la réalité de la mort aussi puissant.

– Est-ce qu'il est réveillé ? demanda Jasper à Sebastian.

D'un air grave, le moine fit oui de la tête.

– Sa respiration est plus régulière quand il dort.

L'abbé Campian tourna son visage cadavérique vers les visiteurs.

– Approchez-vous de lui, Maîtresse Wilton. Je sais qu'il souhaite vous parler.

Don Cuthbert se balançait d'avant en arrière sur ses pieds chaussés de sandales, les mains enfouies dans ses manches. Le visage impassible, il écoutait la tirade de Bess. Après qu'elle eut terminé, il déclara :

– J'ignore tout des projets du maître de l'hôpital St Leonard, Maîtresse Merchet. Il m'a demandé de questionner le prisonnier afin de découvrir qui il était et de quels méfaits il s'était rendu coupable. Mission accomplie.

– Ah, vous lui avez parlé ?

– À la vérité, c'est plutôt lui qui m'a parlé. La perspective de se retrouver nu sur le sol pavé, sans rien à manger ni à boire, lui a conféré une certaine éloquence, déclara l'économe, l'air satisfait de soi-même.

Bess jugeait sa satisfaction tout à fait inopportune, mais elle ne pouvait pas se permettre de s'attirer la malveillance de ce déplaisant personnage.

– Et qu'avez-vous appris ? demanda-t-elle sans détour d'un air patelin.

– Qu'il s'appelle Finn et qu'il a participé aux vols. Quels sont ses mots... (Cuthbert inclina la tête pour mieux fouiller sa mémoire, puis la redressa en arborant un sourire plein de dents :) Il a admis avoir été « surpris par Walter de Hotter qu'il a mortellement blessé dans un moment de panique ». Le mot *meurtre* paraît avoir du mal à franchir ses lèvres.

À la réflexion, Bess se dit qu'elle se montrait sans doute trop aimable avec les gens qu'elle questionnait elle-même. Grâce à sa méthode, le petit chanoine en avait beaucoup appris sur le prisonnier.

– Et pour ce qui est de mon oncle et de Laurence de Warrene ?

– Pour en savoir plus en ce qui les concerne, il a suggéré de s'adresser à Anneys, anciennement sœur laie dans cet hôpital.

– Je la connais.

– Personnellement, Dieu m'est témoin que je ne lui ai jamais fait confiance. J'avais même mis Dame Constance en garde contre elle, lui conseillant de ne pas lui attribuer trop de responsabilités.

– Mais au nom du ciel, qu'est-ce que tout ça a à voir avec le meurtre de mon oncle ?

– Pour le savoir, il faut attendre de pouvoir interroger Anneys à son tour.

– Que comptez-vous faire du prisonnier ?

– Il se réclame de sa qualité d'ecclésiastique et glapit qu'il a demandé l'asile à l'abbaye St Mary.

– Doux Jésus ! Comment peut-il espérer un tel cadeau ?

– Il dit que Dieu avait un dessein précis en le guérissant de la peste.

– J'en suis persuadée. Permettre qu'il soit châtié comme il convient.

– Je suis d'accord avec vous. Mais c'est l'affaire du capitaine Archer.

– Il faut que je parle au prisonnier.

– Impossible, Maîtresse Merchet.

Cause toujours, pensa Bess. Je finirai bien par trouver un moyen.

À marée haute, les berges de l'Ouse devenaient aussi traîtresses qu'un marécage. Owen faillit tomber, causant une vive frayeur à son cheval. Après cet incident, il redoubla de précautions.

Ce ralentissement rendit Alisoun très impatiente.

– Elle va se noyer avant qu'on arrive. Pourquoi vous êtes-vous encombré du cheval ?

– Elle a beau être assez loin du rivage, j'ai l'impression que l'endroit où elle est retenue par des herbes et des racines est peu profond, et qu'on peut y accéder à cheval.

– Oh !

– Tu as une meilleure idée ?

– Non.

L'abbé Campian se leva et invita Lucie et Jasper à prendre sa place.

Lucie saisit une main de Wulfstan entre les siennes. Il la retira, mais elle avait eu le temps de sentir combien elle était chaude.

– Je ne veux pas que vous tombiez malade, ma grande amie, murmura-t-il.

– Est-ce que vous souffrez beaucoup ?

– Plus maintenant, répondit-il avec un sourire tremblant.

– Mais vous brûlez de fièvre.

– Dieu me purifie.

– Je ne peux pas croire qu'il souhaite vous rappeler à Lui. Comment pourrait-Il vouloir priver les malades du réconfort que vous leur apportez ?

– Il n'a de comptes à rendre à personne, Lucie. Pas même à Monseigneur l'abbé.

De nouveau un sourire flottant.

– Pardonnez-moi, frère Wulfstan.

– Vous pardonner ?

– Un jour, je vous ai demandé de garder le silence. Et vous avez failli mourir à cause de moi.

C'est lui, cette fois, qui prit sa main et la pressa faiblement.

– C'était pour une bonne cause. Je nous ai pardonné à tous les deux, il y a bien longtemps.

Erkenwald tourna la tête.

– Il y a quelqu'un dans la clairière.

– Les trésors ! hurla Alisoun. J'ai abandonné le ballot sur la berge.

– Qui ça peut bien être ? demanda Owen.

Mais la gamine était déjà partie en courant.

Owen continua son chemin, suivi par le chanoine. Et très vite ils aperçurent la femme gisant dans son bateau. Elle était à moitié couchée à l'intérieur et ses jambes pendaient dans la rivière. Le bateau étant plein d'eau, il était difficile de dire si sa tête trempait dedans ou pas. Mais c'était forcément elle qui avait crié, il y a encore peu de temps ; alors Owen espérait la trouver vivante.

Quand ils furent exactement en face d'elle, Erkenwald sortit une corde de sa sacoche de selle et l'attacha solidement au tronc d'un arbre. Owen fixa ensuite l'autre extrémité au harnais de son cheval avant de s'avancer vers l'embarcation en péril.

Alisoun se mit à quatre pattes et se faufila à travers les hautes herbes jusqu'au ponton de la ferme. Elle ne vit personne. Et pas davantage le précieux balluchon. Elle se releva pour regagner la maison sous le couvert des arbres. Comme, à partir du ponton, il n'y avait aucun chemin praticable pour remonter le cours de la rivière, les intrus étaient donc repartis vers les bâtiments.

L'eau tourbillonnait autour des mollets d'Owen. Elle était très froide, même à cet endroit peu profond. Il avait tout de suite compris la raison de ce manque de profondeur : une étendue rocheuse accidentée qui l'inquiétait beaucoup pour son cheval. Mais l'animal la négocia habilement jusqu'au bateau d'Anneys qui dansait sur l'eau comme un bouchon. Owen remit les jambes de la femme dans l'embarcation et lui prit le pouls. Anneys poussa alors un sourd gémissement.

– N'ayez pas peur. Je vais vous hisser sur mon cheval. Il vous transportera sur la rive.

Près de la grange, l'oncle d'Alisoun et son cousin étaient en train d'ergoter.

– C'est trop lourd, ça va nous ralentir, protesta John le Boiteux. Mieux vaut le cacher dans le foin et revenir le chercher demain avec la carriole. Il faut se dépêcher de filer. Tu as entendu Alisoun comme moi. La femme s'est noyée. Je t'avais bien dit de pas toucher à cette barque. C'est nous qui l'avons tuée.

Alisoun se faufila dans la maison où elle récupéra son arc et ses flèches.

Trempée jusqu'aux os, la femme s'agrippait à l'animal en tremblant de tous ses membres. Erkenwald avait déplié sa couverture de selle qu'il avait étalée par terre. Dès que le cheval d'Owen atteignit la rive, le chanoine attrapa Anneys, la déposa sur la couverture et la roula dedans.

– Dieu vous a protégée, commenta-t-il en secouant

la tête d'un air dubitatif. Je me demande bien pourquoi.

– Aidez-moi, dit Owen en s'accroupissant aux pieds de la femme. On va la remettre sur le cheval et aller récupérer Alisoun à la ferme.

Ils trouvèrent la petite fille assise sur le seuil de la maison.

– Vous devriez aussi vous occuper de mon oncle. Il est près de la grange. Blessé. Comme mon cousin Rich. J'ai décoché deux flèches à ces voleurs.

– Tu as blessé tes parents pour ces objets précieux ? demanda Owen.

– Ils ont ma poule et ma vache. Et je suis sûre que je les reverrai plus.

En se dirigeant vers la grange, les vêtements dégoulinant d'eau, Owen se demandait s'il avait jamais existé une gamine pire que celle-ci. Pourquoi lui réservait-on pareil châtiment ? À lui qui n'avait en aucun cas maltraité un enfant ? Il adorait les siens, avait accueilli Jasper à son foyer quand il l'avait su en danger, insistait beaucoup auprès des clients sur les petites doses à donner aux enfants...

Il vit un homme assis le dos au mur de la grange, les yeux fermés, la tête tombant sur la poitrine. Un autre, beaucoup plus jeune, était allongé sur le ventre, mais restait appuyé sur ses coudes pour pouvoir égrener des jurons. Owen s'agenouilla à côté de ce dernier et trouva une blessure derrière son genou gauche, qui saignait beaucoup.

En éructant un nouveau juron particulièrement bien senti, le jeune homme brandit une petite flèche devant l'œil du capitaine.

– Je l'ai arrachée, mais je suis incapable de m'appuyer sur ma jambe.

Owen savait qu'il vivrait et remarcherait. L'homme plus âgé était blessé au bras, près de l'épaule. Une simple égratignure.

John le Boiteux regarda franchement le capitaine.

– C'est une punition de Dieu pour avoir abîmé le bateau de la Vieille de la Rivière.

– Ah, c'est vous qui avez mis la barque de Magda Digby hors d'usage ? Vous réalisez que beaucoup de malades devront se passer de ses services jusqu'à ce qu'elle en trouve une autre ?

– J'ai dit à Rich qu'il fallait pas le faire, s'empressa de dire John le Boiteux.

– Arrête de geindre, le vieux ! hurla Rich. Ça m'a coûté plus cher qu'à toi. Tu trouves peut-être que c'est pas assez ?

– Et la femme ? s'enquit son père.

– Elle a évité la noyade de justesse.

Owen se releva en voyant s'approcher Erkenwald qui menait les bêtes d'une main et tenait Alisoun de l'autre. Anneys gisait toujours en travers du cheval du capitaine.

– Est-ce qu'il y a une carriole ? demanda le chanoine.

– Elle est à notre ferme, dit John le Boiteux.

– Ah, ils ont gardé ça aussi ! commenta Alisoun.

Maîtresse Merchet trouva Honoria devant une alcôve fermée d'un rideau dans la salle des enfants. Elle surveillait les mêmes trois bambins pas encore rétablis, tout en reprisant.

– Je suis certaine que le capitaine Archer va vous

autoriser à regagner votre maison en ville, déclara Bess en s'asseyant près d'elle.

– Et pourquoi en êtes-vous certaine ? demanda la jeune femme sans lever les yeux de son travail.

– J'ai rendu visite à une autre femme qui était chère à mon oncle, et il lui a donné des gobelets italiens à elle aussi. J'en ai conclu que vous aviez dit la vérité.

– C'est pas moi qu'il faut convaincre.

– Je dois avouer que j'ai été surprise d'apprendre que mon oncle ne couchait pas avec vous, mais avec Anneys.

Cette fois, la sœule laie releva la tête et ses yeux sombres rencontrèrent ceux de Bess. Honoria laissa échapper un rire spontané.

– Votre oncle et Anneys ? Je suis sûre que non, Maîtresse Merchet. J'ai jamais compris où elle voulait en venir avec Maître Taverner, mais son dessein était certainement pas de devenir sa maîtresse. Elle flirtait avec lui par-devant, c'est vrai. Mais, derrière son dos, elle colportait plutôt des choses méprisantes.

– Méprisantes ?

– J'ai jamais su la raison. Ni pourquoi elle lui posait tellement de questions. Comme si elle voulait tout savoir de sa vie écoulée. Et pourtant, en ce qui la concerne, elle était pas bavarde sur son passé.

– Qu'est-ce que vous savez d'elle ?

– Qu'elle était veuve depuis trois ans. Qu'elle avait trois enfants dont aucun pouvait la recueillir. Ou voulait, plus exactement.

– Alors comme ça, elle posait beaucoup de questions à mon oncle ?

– Oui, et il n'arrêtait pas de se vanter devant elle.

Au sujet de tous les trésors qu'il avait donnés à l'hôpital, des malades de la peste qu'il avait soignés, quand la dernière épidémie a ravagé le pays.

Une fillette se réveilla et commença à s'agiter. Honoria posa son raccommodage et la prit sur ses genoux. Après avoir écarté les mèches humides de son front, elle la berça jusqu'à ce qu'elle se rendorme.

– Vous savez vous y prendre avec les enfants.

– C'est ce que dit Dame Beatrice. Vous avez autre chose à me demander ?

– Savez-vous pourquoi mon oncle faisait pénitence ? Je vous demande ça, parce que le capitaine Archer trouve bizarre ce sentiment de culpabilité pour un voleur qui est mort en volant. Et par sa propre faute.

– C'était pas à cause de lui, mais à cause de ses enfants. Maître Taverner avait fini par apprendre que Carter avait une maîtresse qui lui avait donné deux enfants. Il en avait jamais rien su auparavant. Et quand il est mort, elle avait plus aucune ressource pour s'occuper d'eux. Alors elle les a abandonnés à la famille.

– Les Carter de Scarborough ?

– Oui. Et à leur tour, ils ont envoyé les enfants au loin. C'est ce qui s'est dit à l'époque. Et Maître Taverner assurait que, s'il avait connu l'existence de ces enfants, il leur aurait donné la part qui revenait à leur père.

– Il les a recherchés ?

– Par où commencer ? Il était pas question d'aller discuter du problème avec les Carter, comme vous pouvez penser ! C'en aurait été fait de lui.

– Il s'est infligé une sévère pénitence, dit Bess.

Honoria embrassa la petite fille endormie.

– Pas plus que ce qu'on fait ici tous les jours, Maîtresse Merchet. N'allez pas vous imaginer que votre oncle était un saint. Il était pas meilleur qu'il devait être.

– J'avoue qu'il me manque, dit Bess en se levant.

Elle avait soudain hâte d'aller respirer un air moins pollué.

– Il manque à beaucoup de gens, dit Honoria d'une voix douce.

Bess remuait beaucoup de pensées dans sa tête en regagnant la taverne. Ainsi, Anneys n'était pas la maîtresse de Julian. Et pourtant elle l'avait assassiné. C'est du moins ce que ce Finn avait laissé entendre. Elle pria Dieu de trouver cette femme et de la livrer à la justice, si vraiment elle était coupable. Une bonne pendaison changerait les idées des citoyens d'York.

Puis elle se mit à réfléchir à ce que Honoria lui avait raconté au sujet d'Adam Carter, de sa maîtresse et de ses bâtards. Et elle en oublia ses projets de vengeance. Pauvre oncle Julian. C'était à porter à son crédit, tous ces remords qu'il éprouvait pour avoir négligé la famille de son compère. Elle pouvait de nouveau se sentir fière de lui.

30

Désespoir de Jasper
Requête de Wulfstan

Frissonnant dans ses vêtements mouillés, Owen tressautait sur la dure banquette du chariot et s'efforçait de calmer la nervosité des chevaux qui n'avaient pas l'habitude d'être attelés. Alisoun se tenait assise à côté de lui, tandis qu'Erkenwald était installé à l'arrière en compagnie d'Anneys. Owen se sentait maudit. En ce jour, la peste avait touché sa maison. En effet, il n'avait aucun doute que Lucie et Jasper étaient allés rendre visite à Wulfstan, et lui-même avait respiré l'air empoisonné entourant deux victimes : John et Anneys. Et ce n'était pas d'avoir cette agaçante gamine assise à côté de lui qui risquait de lui remonter le moral.

– C'est ma grand-mère, vous savez, annonça soudain Alisoun en se tournant vers lui pour être certaine qu'il entendrait ses paroles.

Son haleine était déplaisante et elle puait la transpiration. Mais elle avait su capter son attention.

– Ta grand-mère ?

Donc, Anneys avait bien dit la vérité à John.

– Elle est venue à York pour récupérer ses trésors.

– Comment pouvait-elle dire qu'il s'agissait de ses trésors ?

– Parce qu'ils étaient à son mari.

Était-ce possible ? Carter avait-il épousé Anneys ?

– Adam Carter était donc ton grand-père ?

– Si vous connaissez déjà l'histoire, pourquoi vous me demandez ?

– Pour que tu me répondes.

– Oh !

– Qu'est-ce que ta grand-mère t'a raconté d'autre ?

– Pourquoi je devrais vous le dire ?

– C'est toi qui as lancé la conversation là-dessus.

Alisoun garda un silence boudeur pendant quelques instants.

– Ils ont assassiné mon grand-père, ils ont volé tout ce qu'il avait et ils ont disparu. Ma grand-mère a dû abandonner ses enfants parce qu'elle pouvait plus les nourrir. Et puis un fermier l'a épousée et elle a eu un autre fils : Finn. Celui que j'avais pris pour un voleur.

– L'homme que tu as blessé ?

Ainsi il s'appelait Finn et non pas John.

– À ce moment-là, je savais pas qui c'était. Ma mère me l'avait pas dit.

– Et après, il s'est passé quoi ?

– Elle a encore été veuve et elle s'est encore retrouvée sans rien.

– Comment ça ?

– Parce que la mer a avancé et que sa ferme a été transformée en marécage salé. Voilà comment !

– Je comprends. Et que s'est-il passé ensuite ?

– Finn et elle ont décidé de rechercher les hommes qui avaient assassiné son premier mari et volé ses trésors.

– Une histoire impressionnante.

– Vous me croyez jamais !

– Je suis un homme prudent.

La gamine resta longtemps silencieuse. Owen en profita pour essayer de classer dans sa tête tout ce qu'il avait appris au cours de cette journée mouvementée. À en croire Bess, Anneys était la maîtresse de Julian. Mais d'après Alisoun, elle le rendait responsable de sa pauvreté et le tenait pour un assassin et un voleur. Les explications que la petite fille venait de lui fournir rendaient plausible sa propre version des faits : pour lui, Anneys était coupable d'avoir empoisonné Julian. Et Honoria avait couché avec tout le conseil municipal, mais jamais avec les pensionnaires de l'hôpital St Leonard. Pourtant, rien n'était parfaitement clair à son œil, et il se sentait aussi éloigné de la vérité qu'au lever du soleil.

– C'était une drôle de coïncidence que les deux hommes que ta grand-mère recherchait se trouvent à York. Et ta mère tout près.

– Ma grand-mère m'a dit qu'elle savait pas que ma mère était là. Mais quand elle l'a appris, elle a pensé que c'était un signe de Dieu pour lui dire qu'elle était dans son droit.

– Dans son droit ?

– Elle voulait venger la mort de mon grand-père.

– De quelle manière ?

– En récupérant ses trésors.

– Et en assassinant Taverner et Warrene ?

– Non. Un est mort de la peste et l'autre dans l'incendie.

– Ah ? Pourquoi n'as-tu dit à personne, à l'hôpital, qu'Anneys était ta grand-mère ?

– Je le savais pas encore.

– Ta mère ne t'avait rien dit ?

– Non.

– Voilà encore quelque chose de bizarre.

– Grand-mère m'a dit que maman voulait la punir de l'avoir abandonnée à Scarborough.

Owen se posa la question de savoir qui avait été le plus puni. Anneys ou Alisoun ? La gamine ne dit plus un mot pendant tout le reste du trajet.

Le portier de Bootham Bar arrêta Owen.

– L'abbé Campian insiste pour vous voir chez lui le plus vite possible.

– Le frère Wulfstan ?

Le portier se contenta d'incliner la tête et de faire un signe de croix.

– Je peux me charger d'elles à partir d'ici, capitaine, offrit Erkenwald. Une fois à St Leonard, je les surveillerai avec Topas, l'écuyer de sir Richard.

– Je vous remercie. Vous m'avez été d'un grand secours.

– Dieu me pardonne, mais j'y ai pris beaucoup de plaisir, capitaine. Maintenant, hâtez-vous d'aller voir votre ami.

Lucie se faisait un sang d'encre au sujet d'Owen qui ne rentrait pas, et elle redoutait d'apprendre la mort du frère Wulfstan d'un instant à l'autre. Pour survivre à cette horrible soirée, elle se consacrait à un travail qui n'exigeait pas d'avoir l'esprit clair. La veille, un fermier leur avait livré du fiel de porc, et Jasper l'avait aidée à le transférer dans leurs propres jarres. Mais maintenant, elle devait les sceller avec de la cire, sinon l'odeur allait empuantir toute la réserve. Et faire fondre la cire lui donnait chaud. Il arriva un moment où elle ne put résister au besoin de sortir dans le jardin.

Par comparaison, elle trouva la température fraîche et accueillit la brise sur son visage avec beaucoup de plaisir. Confortablement installée sur le banc, elle luttait contre le sommeil et était sur le point de s'y abandonner quand des bruits étranges venus de l'officine attirèrent son attention. Elle avait demandé à Jasper de faire un peu de rangement, mais il aurait dû avoir fini depuis bien longtemps. Redoutant la présence d'un cambrioleur, elle s'empara d'un couteau en traversant l'arrière-boutique. À travers le rideau de perles, elle pouvait distinguer la lumière vacillante d'une lampe posée sur le comptoir. Elle se sentit tout de suite soulagée. Aucun voleur ne serait assez audacieux pour s'éclairer tranquillement pendant qu'il accomplissait son forfait.

Néanmoins prudente, elle resta dissimulée pour voir qui se trouvait là. Quand elle finit par apercevoir Jasper, elle remercia le ciel et se glissa à travers le rideau. Le garçon, qui était en possession d'une sacoche, sursauta en la voyant apparaître, et s'empressa de la dissimuler derrière son dos.

– Maîtresse Lucie. Je vous croyais en train de dormir.

Des gouttes de sueur apparaissaient sur sa lèvre supérieure et brillaient sur ses tempes. La chaleur ou la nervosité ?

– Qu'est-ce que tu as dans cette sacoche ? demanda-t-elle.

Après quelques instants d'hésitation, il la déposa sur le comptoir.

Lucie ne l'ouvrit pas. Pas encore.

– Qu'est-ce que tu étais en train de faire ?

D'un brusque mouvement de la tête, Jasper rejeta ses cheveux en arrière.

– J'ai décidé de continuer le travail du frère Wulfstan.

– Tu n'es pas médecin.

– Et lui non plus.

– Enfin, Jasper !

– Je sais appliquer des onguents, préparer une tisane pour apaiser la fièvre, inciser les grosseurs.

– Non.

Il tendit la main pour reprendre sa sacoche, mais Lucie fut plus prompte que lui.

– Viens à la maison avec moi, ordonna-t-elle.

– Je suis décidé à faire ce que j'ai dit.

– Tu vas m'obéir, Jasper de Melton. Tu es mon apprenti et tu vis sous mon toit comme si tu étais mon fils. Viens à la maison.

Il la suivit.

La chaleur qui régnait dans la chambre du malade ne tarda pas à sécher les vêtements d'Owen et à calmer ses articulations douloureuses, particulièrement le genou sur lequel il s'appuyait près du lit. Le frère Wulfstan vivait ses derniers moments, un râle sourd montait de sa poitrine rétrécie. Mais il avait ouvert les yeux et reconnu Owen.

– C'est un réconfort de savoir Lucie et Jasper entre vos mains et celles de Dieu. Car j'ai confiance en tous les deux.

Il fit l'effort de bénir Owen avant de refermer les yeux.

– La paix, maintenant, dit-il avec un vague sourire.

Owen inclina la tête et se mit à prier avec ferveur. Pas vraiment pour l'âme de Wulfstan, car il n'avait aucun doute que l'infirmier allait mourir en état de grâce. C'est plutôt qu'il avait reconnu le sourire. Il avait vu le même sur les lèvres des soldats mortellement blessés après une bataille quand, fatigués de combattre, ils paraissaient heureux d'accueillir la paix de la mort. Et Owen priait aussi pour qu'il soit mis un terme rapidement aux souffrances du vieux moine.

Quand il se releva, l'abbé Campian avait besoin de lui parler. Sainte Vierge Marie, de quoi encore ?

Les nuits de veille avaient rendu le visage de l'abbé cadavérique, et ses yeux injectés de sang étaient soulignés de cernes noirâtres. Il pouvait aisément passer pour la prochaine victime.

– Il faut vous reposer, Monseigneur l'abbé.

– Le moment venu. Tant que mon vieil ami respire, je veux rester à côté de lui. J'ai une faveur à vous demander de sa part, capitaine. Qui ne me plaît pas. Et qui ne va pas vous plaire non plus. Wulfstan souhaite que j'intercède pour le dénommé John, afin de lui sauver la vie. Pour lui permettre de se consacrer au service de Dieu. Le frère Wulfstan est persuadé que ce n'est pas par hasard qu'il a survécu à la peste. Il souhaite qu'il passe le reste de ses jours à prier pour ceux qui n'ont pas eu sa chance.

Non, cette perspective ne plaisait pas au capitaine. Pas du tout. Mais devant le visage ravagé par le chagrin de l'abbé, il ne put que dire :

– Je présenterai cette requête à sir Richard demain matin, Monseigneur l'abbé.

– Jasper a l'intention de venir ici à l'aube. Vous ne l'en empêcherez pas ?

– Loin de moi cette pensée.

Un peu de vin et une conversation tranquille avec Lucie. Peut-être du pain et du fromage. Owen n'en souhaitait pas davantage. Mais son cœur fit un bond dans sa poitrine lorsque, à peine entré dans le hall de sa maison, il entendit la voix de Bess au-dessus de sa tête. Il se laissa tomber sur un banc et se massa les genoux.

– Kate, qu'est-ce qu'elles fabriquent là-haut ?

– Je sais pas si je dois le dire, capitaine, murmura-t-elle les yeux pleins d'inquiétude. C'est mieux que vous montiez.

Abandonnant ses chaussures en bas, il gravit lentement l'escalier. Arrivé à mi-parcours, il entendit Bess dire distinctement :

– Avec toutes ces églises à côté, pas un prêtre n'est sorti aider le frère Wulfstan. Moi, je vous le dis, Lucie Wilton, c'est...

– Au nom du ciel, taisez-vous ! s'écria sèchement Lucie.

Owen jugea qu'il avait tout intérêt à redescendre aussi discrètement qu'il était monté. L'expérience lui avait appris qu'une telle attitude de la part de sa femme annonçait un orage. Mais la curiosité fut la plus forte. Il déboucha sur le palier. Installée sur une chaise placée devant la porte de la chambre des enfants, Lucie leva les yeux vers lui et resta muette de surprise. Il lui trouva les yeux gonflés. Avait-elle déjà commencé à pleurer son ami Wulfstan ? Bess était appuyée contre le mur, les bras croisés. Elle ne semblait pas avoir pleuré, mais elle n'en paraissait pas moins fort sombre. Il tenta de les dérider.

– La fortune me sourit ce soir : deux jolies femmes à la porte de ma chambre à coucher.

– La chambre de Jasper, dit Lucie.

– Cela ne semble pas très poétique.

Aucune des deux jolies femmes ne daigna sourire.

– Qu'est-ce que tu fabriques, assise devant cette porte ?

– La porte n'a pas de verrou, alors j'assure la garde.

– Qui est à l'intérieur ?

– Jasper.

– Qu'est-ce qu'il a fait ?

– Rien. Le problème, c'est ce qu'il veut faire.

Et Lucie mit Owen au courant des projets du garçon.

– C'est un brave petit gars, commenta Bess. Il cherche à faire le bien. Mais c'est pas la place d'un jeune garçon comme lui de travailler au milieu des mourants.

Étaient-elles devenues folles toutes les deux ? Croyaient-elles vraiment que Jasper oserait désobéir à Lucie ?

– Qu'êtes-vous venue faire ici, Bess ?

– Apprendre ce qui s'est passé à la ferme des Fful-ford, pardi.

– J'ai ramené Anneys, Alisoun et les objets volés à St Leonard. C'est tout ce que vous m'entendrez dire ce soir.

Le visage aussi rouge que ses cheveux, Bess se tourna vers Lucie pour quémander son soutien.

– Je vous prie de nous laisser, dit cette dernière.

Après que Maîtresse Merchet eut rassemblé ses

jupes et descendu l'escalier avec un maximum de bruit, Owen déclara à sa femme en essayant de contrôler sa colère :

– Je trouve que tu as tort. Tu dois le laisser grandir comme il le souhaite.

– Tu as envie de le voir mourir de la peste ?

– Non.

– Tu l'imagines passant la nuit dans les rues à s'occuper des malades ?

– Là, tu exagères.

– C'est ce que tu crois.

– Ne reste pas devant cette porte. Laisse-moi lui parler.

– Il était en train de me voler, Owen. Et il a l'intention de me désobéir, à moi, son maître.

– Mais ce n'est pas le maître apothicaire que je vois devant cette porte, c'est la mère.

Lucie croisa les bras et se détourna de lui.

Owen redescendit dans le hall, se calma en buvant du vin, et se remplit l'estomac de pain et de fromage. Quand il remonta à l'étage, il trouva la chaise vide et la porte de la chambre ouverte. Jasper dormait sur son lit, tout habillé, et Lucie était assise près du berceau de Hugh, en train de fixer le vide.

– Allons, ma chérie, viens te coucher.

À une heure impossible de la nuit, Owen se réveilla et vit sa femme en train de faire les cent pas. Sa première pensée fut pour Jasper. Il s'assit d'un bond.

– Qu'est-ce qu'il y a ? Le garçon a disparu ?

Lucie se précipita vers lui.

– Non, il dort toujours. (Elle s'assit au bord du lit.)

Pauvre Bess. Elle avait tellement de choses à te raconter.

– Sauf que c'était pas le bon moment.

– Je sais qu'elle préférerait te le raconter elle-même, mais...

Owen prit une de ses mains entre les siennes.

– Est-ce que c'est au sujet d'Anneys ?

– Oui.

– Alors, raconte-moi. Elle est en train de mourir. Si j'ai besoin de lui demander quelque chose, il faut se dépêcher.

– L'homme qui est dans la prison de St Leonard s'appelle Finn. Il a avoué avoir tué Walter de Hotter. Et il a dit qu'Anneys pouvait révéler qui avait assassiné Julian Taverner et Laurence de Warrene.

Donc il avait vu juste. Anneys était la meurtrière.

– La mère et le fils sont donc des assassins. Je comprends mieux pourquoi cette gamine est si désagréable.

– Finn est le fils d'Anneys ?

– Oui. Et elle est aussi la grand-mère d'Alisoun. Charmante famille. À en croire la petite, Anneys prétend être une Carter.

– C'est la clef de tout ! s'exclama Lucie. Adam Carter avait deux enfants bâtards. Quand il est mort, sa maîtresse les a abandonnés à sa famille qui a voulu se débarrasser d'eux.

– En les envoyant à St Leonard.

– C'est ce qui paraît le plus évident.

Owen embrassa Lucie.

– Il va falloir que je me fasse pardonner par Bess.

– Oui, et espérons que pour le cas Jasper, la solution sera aussi facile à trouver.

31

Remords

Le lendemain matin, Jasper présenta ses excuses et demanda la permission de se rendre à St Mary comme prévu. En voyant le regard troublé de Lucie, Owen offrit de l'accompagner et de le confier à l'abbé Campian jusqu'à ce qu'il en ait terminé à St Leonard. Lucie accepta cette solution.

En arrivant, ils trouvèrent la porte de la maison de l'abbé entrouverte.

– Attends-moi ici, Jasper.

Owen entra dans le hall, tendit l'oreille, n'entendit rien, se rendit dans la chambre du malade. Là, il trouva l'abbé Campian agenouillé auprès du lit de Wulfstan et sanglotant la tête entre les mains. Owen se retira discrètement. Il n'eut pas besoin d'informer Jasper de la perte qu'il venait de subir. La cloche de St Mary s'était déjà mise en branle pour sonner le glas du frère Wulfstan.

– Il faut qu'on retourne pour le dire à Lucie, Jasper.

Écarquillant les yeux pour essayer de lutter contre ses larmes, Jasper acquiesça d'un signe de tête. Sous les taches de rousseur, la peau de son visage était livide.

– Moi je vais rentrer lui dire. Vous devez aller à St Leonard. Je promets d'aller tout droit à la maison. Nulle part ailleurs.

– J'ai tout à fait confiance dans ta parole, mon garçon.

Ces mots n'atténuèrent pas le chagrin de Jasper, mais il se redressa inconsciemment.

Quand Owen arriva dans la chambre de Finn à la prison de l'hôpital, il le trouva assis dans un fauteuil en train de boire une chope d'ale. Le capitaine s'appuya contre le montant de la porte pour observer l'homme qui avait survécu à la peste. Pourquoi lui et pas le frère Wulfstan ? En ce cas précis, Owen ne parvenait pas à comprendre le dessein de Dieu.

– Peut-être que le Tout-Puissant l'a épargné pour que nous apprenions la vérité, avait suggéré don Cuthbert.

Owen avait trouvé qu'il s'agissait d'une raison bien dérisoire.

Finn commença à s'agiter sur son siège.

– Pourquoi vous me dévisagez comme ça ?

– On m'a dit qu'Anneys était votre mère. C'est vrai ?

– C'est pour ça que vous avez refusé de m'envoyer à l'abbaye St Mary ?

– Vous avez tué un homme qui ne vous avait rien fait.

– J'ai prononcé des vœux mineurs. Je demande la protection du clergé.

– Et on vous l'accordera très certainement si vous pouvez lire un passage de la Bible. Mais si vous croyez que la justice de l'Église est plus clémente que celle du roi, vous vous trompez.

– Peut-être. Mais je vivrai.

– Peut-être. Et peut-être regretterez-vous de vivre. Dites-moi si Anneys est votre mère.

– Elle est bien ma mère. Même si elle en éprouve pas les sentiments.

– Vous avez pourtant accepté de l'aider.

– Qu'est-ce que vous en savez ?

Owen espérait que Dieu ne punirait pas sa famille pour les mensonges qu'il allait raconter.

– Votre mère est très malade. Je ne l'ai donc pas obligée à parler longtemps. Je sais qu'elle est venue à York pour y retrouver Julian Taverner et Laurence de Warrene. Et les marchandises soi-disant volées à son premier mari. Vous l'avez assistée dans cette opération au point d'en arriver à tuer Walter de Hotter.

– Et c'est tout ?

– Vous n'éprouvez donc pas de remords ?

– Elle vous a rien dit d'autre ?

– Qu'est-ce qu'elle aurait dû me dire ?

– Vous parler de la façon dont Taverner et Warrene sont morts, par exemple.

– La peste et le feu, à ce qu'elle m'a dit. Est-ce qu'elle ment pour vous couvrir ?

Finn cracha par terre.

– Le jour où elle mentira pour moi ou pour quelqu'un d'autre est pas encore arrivé. Oui, oui. Elle vous parle de mes péchés mortels, mais elle oublie de confesser les siens. C'est une mère contre nature. Elle aime personne.

– Elle a pourtant recherché sa fille.

– Ça, capitaine, c'est Dieu qui a décidé qu'elle devait la retrouver. Ma mère cherchait ses trésors, pas sa fille.

– Est-ce que vous l'accusez d'avoir assassiné Taverner et Warrene ?

– Pas besoin. Dieu le sait.

– Le maître de l'hôpital St Leonard souhaite le savoir lui aussi. Sur ordre de Monseigneur l'archevêque. Vous essayez de la rendre plus noire que vous, c'est tout. Pourquoi les aurait-elle tués, puisqu'elle avait récupéré ses marchandises ?

– Parce qu'elle les haïssait. Voilà pourquoi. Elle est pas venue ici dans cette intention, mais quand elle les a vus vivre dans un confort pareil grâce à ce qui lui appartenait... Matilda de Warrene a jamais eu faim une seule fois dans toute sa vie, elle. Ces voleurs la gâtaient à qui mieux mieux. Le pire, c'était encore Taverner qu'arrêtait pas de se vanter de son travail au milieu des pestiférés et de toutes les richesses qu'il avait données à l'hôpital.

– Taverner a cru voir un homme dans la maison en flammes de Laurence.

– Ma mère est grande pour une femme, vous trouvez pas ? J'ai pas fichu les pieds dans cet hôpital avant le jour où je lui ai donné la sacoche du moine. Et elle était furieuse de me voir là.

– Alors c'était elle qui volait les objets et vous les apportait ?

– Tout juste.

– Et puis vous les avez confiés à Judith Ffulford – moins ceux que vous mettiez de côté pour vous. Pourquoi ? Vous aviez peur de ne pas recevoir votre part ?

– Ma part ? Je méritais la moitié. Pourquoi Judith elle aurait eu droit à quelque chose, hein ?

– C'était votre sœur.

– Ma demi-sœur, si vous voulez bien. Et une demi-sœur dont je savais rien. Quand je lui apportais des trucs à garder, elle s'amusait à me narguer. « Tu as besoin de moi », qu'elle arrêtait pas de répéter. Sa fille sera exactement comme elle.

– Qu'est-ce que vous feriez à l'abbaye St Mary. Vous regarderiez s'écouler votre vie avec la haine au ventre ?

– J'ai prononcé des vœux mineurs.

– C'est ce que nous verrons.

Anneys était appuyée à des oreillers. Des gouttes de sueur roulaient sur son visage. Elle empestait comme toutes les victimes de la maladie. Owen sortit son sachet parfumé de sa ceinture et le plaqua contre son nez.

Une sœur laie fit boire à la malade une gorgée de vin dont une grande partie lui macula le menton.

– Sa gorge et sa langue sont enflées, capitaine. Il ne faut pas la faire parler longtemps.

– Quelle importance ?

Avec une mimique réprobatrice, la jeune femme se retira dans un coin de la pièce. Owen s'assit au chevet d'Anneys.

– Vous me condamnez avant que je sois jugée ?

– Je voulais dire que vous étiez en train de mourir.

Elle lui toucha la main.

– Promettez-moi qu'un nouveau document va être établi, que les trésors vont être rendus à St Leonard en *mon* nom.

– Je ne peux rien vous promettre.

Et à la vérité, il ignorait ce que Ravenser comptait faire de ces objets et il n'en avait cure.

– Vous refusez de m'apporter le plus petit réconfort sur mon lit de mort ?

– Vous avez déjà oublié que vous avez tué deux

hommes parce que vous vouliez récupérer des objets de valeur que votre premier mari avait volés ?

– Qui vous a dit que je les avais tués ?

– Finn.

Anneys détourna la tête.

– Dieu m'a doté d'enfants si loyaux !

– Judith et Finn ont pourtant accepté de vous aider.

– Par intérêt. Pas par amour. Et c'est Finn qui a tout fait échouer. En cachant le jeu d'échecs dans le jardin de cet homme. Sans ça, personne n'aurait prêté attention aux morts de l'hôpital.

– Pourquoi tuer Laurence et Julian ? Vous aviez ce que vous vouliez.

– Envoyez-moi don Erkenwald. Je veux me confesser.

– Je croyais que Dieu vous avait permis de vous venger ?

Les yeux injectés de sang trahirent un certain malaise.

– C'était un signe de Dieu d'avoir retrouvé Judith ici. (Anneys toussa, puis laissa lourdement retomber sa tête sur les oreillers.) Laissez-moi, haleta-t-elle d'une voix rauque.

Owen inclina la tête pour prendre congé.

– Cette mort est beaucoup plus clémente que l'exécution que vous méritez.

La sœur laie qui s'était précipitée pour redonner un peu de vin à Anneys le supplia de partir.

Il fut ravi d'obéir. Même sur le champ de bataille, il lui était arrivé de voir l'expression du remords sur le visage de l'ennemi. Mais cette femme et son fils ignoraient ce sentiment.

Dès qu'il aperçut Owen, don Erkenwald quitta Topas pour s'approcher de lui.

– Est-ce qu'elle a avoué ?

– Elle veut se confesser à vous.

– Mais elle est excommuniée. Elle a commis deux crimes dans l'enceinte de l'hôpital.

– Elle n'a pas l'air de le savoir.

– Je ne pourrai pas révéler ce qu'elle va me dire.

– Elle est coupable. Je n'ai aucun doute là-dessus. Cette femme est froide comme la glace.

– Vous avez l'air épuisé.

– C'est surtout une fatigue morale. Et c'est à ce moment-là que l'exercice militaire me manque le plus. Un champ de manœuvre, voilà de quoi j'ai besoin. Attaquer un mannequin de paille jusqu'à ce que les bras m'en tombent.

– Les gardes de Monseigneur l'archevêque disposent bien d'un terrain d'entraînement ?

– C'est vrai, mais sir Richard m'attend.

– En compagnie de Monseigneur l'archevêque.

– Jésus !

32

Hommage aux morts

Douglas ouvrit la porte à Owen.

– Sir Richard fait les cent pas dans son parloir en espérant votre visite.

– J'ai beaucoup de choses à lui raconter. Est-il exact que Monseigneur l'archevêque est l'hôte de votre maître ?

– Oui. Et il ne décolère pas.

– Vous savez pourquoi ?

– Une barge est arrivée, chargée des pierres destinées à la chapelle de la Vierge. Mais la permission de la décharger a été refusée jusqu'à après-demain. Monseigneur et l'abbé Campian ont eu des mots. L'abbé aurait dit que la cité d'York n'avait nul besoin du geste spectaculaire de son archevêque, que l'épidémie de peste régressait parce que le frère Wulfstan avait sacrifié sa vie à soigner les malades. Vous imaginez comment Monseigneur l'a pris.

Owen n'avait qu'un seul regret : ne pas avoir assisté à l'algarade.

– Demain, on enterre le frère Wulfstan. Je peux comprendre le désir de l'abbé de repousser ce déchargement au lendemain de l'enterrement. Monseigneur n'a pas voulu en convenir ?

– En fait, Monseigneur était déjà en deuil lors de son arrivée. La reine Phillippa vient de mourir. Que Dieu fasse qu'elle repose en paix ! Et il veut consacrer cette chapelle de la Vierge à sa mémoire. Avant la fête de saint Martin, le 11 novembre.

– Ça m'a toujours paru bien peu réaliste, avoua Owen. (Après avoir laissé échapper un grand soupir, il ajouta :) Bien, annonce-moi, Douglas. Je vais faire mon purgatoire.

Ravenser fit brusquement demi-tour quand Owen fut introduit dans la pièce. Les vêtements du maître étaient plus sobres qu'à l'accoutumée. Son attitude était tendue.

– Alors c'est bien vrai ? Vous avez attrapé le couple diabolique qui a essayé de détruire cet hôpital ?

Le capitaine s'inclina devant lui, puis devant l'archevêque qui se tenait debout, le dos à la fenêtre donnant sur le jardin.

– J'ai beaucoup de choses à vous raconter, sir Richard.

– Est-ce que vous avez soif ?

– Un brandy me ferait le plus grand bien.

Ravenser fit un signe de tête à Douglas qui sortit discrètement de la pièce. Le maître de l'hôpital invita alors Owen à s'asseoir. Ce dernier jeta un coup d'œil à Thoresby qui était toujours debout.

– Asseyez-vous, Archer. Oubliez que je suis ici.

Owen jugeait la chose tout à fait impossible, mais il s'installa néanmoins dans un fauteuil garni de coussins. Le siège de la carriole s'était avéré bien moins confortable qu'une selle de cheval.

Ravenser prit place en face de lui.

– Alors Judith Ffulford serait la fille d'Anneys. Est-ce que c'est la mort de son enfant à l'orphelinat qui a fait naître chez ce couple cette haine pour St Leonard ?

– Leurs desseins n'avaient rien à voir avec l'hôpital, sir Richard.

Lentement, Owen lui rapporta dans le moindre détail ce qu'il avait appris sur Anneys et Finn.

Ravenser hocha la tête et tambourina sur les accoudoirs de son fauteuil pendant tout le récit que lui fit le capitaine, mais ne l'interrompit pas une seule fois.

– C'était donc une veuve respectable. Et lui un

clerc, dites-vous ? Il aurait pu trouver un travail honnête.

– Il y a des gens qui trouvent que voler est plus facile, sir Richard.

– Mais quel intérêt pouvaient-ils bien avoir, à faire courir des bruits scandaleux sur l'état des finances de l'hôpital ?

Il était vraiment comme son oncle. Uniquement concerné par sa carrière.

– Je crois qu'ils n'y étaient pour rien. À mon avis, c'est plutôt Honoria de Staines qui a cancané avec ses... admirateurs.

Owen se souvint de la présence de l'archevêque en l'entendant éructer une onomatopée méprisante. Ravenser regarda dans sa direction et ne put s'empêcher de rougir.

– Continuez, capitaine.

Si le maître de St Leonard était embarrassé par la présence de son oncle, pourquoi ne s'était-il pas débrouillé pour qu'Owen puisse lui présenter son rapport en tête-à-tête ? Quoi qu'il en soit, le capitaine avait hâte d'en avoir terminé, afin de pouvoir se laver les mains de toute cette sordide histoire. Il fit part à Ravenser du problème que Honoria avait eu avec le maire décédé, et de la sympathie que lui avait témoignée Cuthbert en ces circonstances.

– Donc, elle n'a pas trahi ses vœux ?

– Je ne suis pas en mesure de vous en assurer, sir Richard. Elle a prétendu avoir tenu compagnie à une grande partie du conseil municipal à un moment ou à un autre.

Ravenser s'était tassé sur son fauteuil et se pressait les tempes.

– Don Cuthbert m'a assuré qu'elle souhaitait changer, se consacrer à Dieu. Comment ai-je pu le croire ?

Thoresby vint s'asseoir dans un fauteuil confortable, près d'Owen. Il joignit les mains et fixa son neveu en silence. Ravenser lui adressa un signe de tête.

– Je sais, vous m'aviez mis en garde. Ma carrière aurait pu être ruinée par cette ribaude. Je vais la renvoyer chez son père.

– Et que vas-tu faire de don Cuthbert ?

Ravenser parut tout ébaubi.

– Quoi, don Cuthbert ?

– Tu ne vas tout de même pas lui laisser les rênes en ton absence ?

– C'est un homme intègre.

– Es-tu aveugle ? Tu ne vois pas que son manque de jugement est la cause de tout ce qui est arrivé ? Il n'aurait pas dû accepter dans cet hôpital ni Maîtresse Staines, ni cette Anneys.

Pendant quelques instants, Ravenser dévisagea son oncle en silence. Puis il dit simplement :

– Nous discuterons plus tard de lui, Monseigneur. Le capitaine Archer n'est en rien concerné par don Cuthbert.

Thoresby laissa échapper un grognement, mais se le tint pour dit. Owen jugeait que le maître de St Leonard venait de remporter une remarquable victoire.

– Parlez-moi de la santé de cette femme, capitaine, reprit-il. Est-ce qu'elle va vraiment mourir de la peste ?

– Oui. Dans l'état où je l'ai vue, il y a peu d'espoir qu'elle puisse en réchapper.

– Très bien. Finn, lui, s'est rétabli. Il est bon pour la potence.

– Justement, j'ai quelque chose à vous dire à ce sujet.

Et il lui rapporta la requête de Wulfstan. Ravenser secoua énergiquement la tête.

– Impossible. Cet homme est excommunié, tout comme sa mère. C'est le sort réservé à tous ceux qui pénètrent dans n'importe quelle propriété de l'hôpital pour y commettre un vol ou un acte de violence.

Tout juste s'il ne souriait pas. Mais Owen ne pouvait pas en rester là, même pas pour lui permettre de sauver la face devant son oncle.

– Il semble qu'il ne soit entré qu'une seule fois à l'hôpital, et seulement pour remettre la sacoche de Wulfstan à sa mère.

– Il a assassiné Walter de Hotter dans sa maison, et elle nous appartenait, puisque nous l'avions prise en viager.

– Alors vous avez raison, c'est impossible.

– Peut-être pas, intervint l'archevêque. Cela dépend des termes du contrat. Il est possible que la maison soit restée la propriété de Walter de Hotter jusqu'à sa mort.

Ravenser ne fit aucun commentaire sur l'intervention de son oncle.

– Je n'aime pas du tout cette idée de confier Finn à l'abbaye St Mary, capitaine. Et la famille de Walter de Hotter ne va pas l'aimer davantage.

Il se leva en soupirant et se dirigea vers la fenêtre. Qu'il prenne tout son temps. Le brandy était en train d'apaiser les courbatures d'Owen, et le petit drame qui se jouait entre Thoresby et son neveu améliorait son humeur.

Enfin, Ravenser se retourna pour déclarer :

– Prenant en considération toutes les années pendant lesquelles le frère Wulfstan s'est consacré à aider les citoyens d'York, je ne peux pas ignorer son vœu. Mais il n'est pas suffisant que Finn sache lire. Je ne fais pas confiance à ce test. Il faudra que quelqu'un vienne confirmer ses dires. Si c'est le cas, et si le contrat passé avec Walter de Hotter le permet, le vœu du frère Wulfstan sera exaucé. Mais si cet homme met ensuite le pied hors de St Mary, il le paiera de sa vie. (Il s'arrêta de parler un bref instant.) Et s'il ne parvient pas à prouver qu'il est entré dans les ordres, ou si les termes du contrat sont contre lui, il sera pendu comme il se doit. Douglas va prendre note de ma décision.

Owen trouva ce jugement fort équitable et s'empressa de le dire.

– Vous m'avez bien servi, capitaine Archer, je vous en suis très reconnaissant.

Mais, apparemment, Thoresby n'en croyait pas ses oreilles.

– Tu offrirais à cet homme une vie confortable à St Mary en échange de ses prières ? Je ne peux pas croire que tu sois mon neveu. Quelle peut bien être la valeur des prières d'un voleur et d'un assassin ? C'est pire abomination que de laisser des débauchées vivre sous ta protection comme sœurs laies. Si cet homme ne se retrouve pas excommunié, ce sera seulement à cause d'un contrat mal conçu.

Ravenser ne parut pas s'émouvoir des paroles de l'archevêque.

– J'ai restauré la paix à St Leonard.

– Owen Archer a restauré la paix.

– Je vous l'accorde. Et je vous suis reconnaissant d'avoir permis qu'il vienne me seconder.

– Et quel rôle a joué l'enfant là-dedans ? demanda encore Thoresby.

– Comme vous le dites, mon oncle, c'est une enfant. Elle va retourner vivre chez d'autres parents. Pas chez l'oncle qu'elle déteste.

– Quel homme gentil tu fais. J'espère qu'au moins Anneys nous accordera la grâce de mourir avant que tu décides de la récompenser pour ses monstrueux péchés. (Thoresby se leva de son fauteuil.) Venez, Archer, allons chez vous et laissons sir Richard en compagnie d'une de ses migraines.

Ravenser tendit la main à Owen.

– Je vous suis très reconnaissant, capitaine. Je saurai vous récompenser comme il convient. (Il se retourna vers son oncle qui avait déjà atteint la porte.) Vous allez revenir dîner avec moi ?

– Demain. Ce soir, je dîne avec Archer et Maîtresse Wilton.

Il venait dîner chez eux ? Première nouvelle. Owen aurait aimé pouvoir lui demander avec tact où il voulait en venir. Ce n'était pas dans ses habitudes de le laisser assister à une querelle familiale. Et il était très inquiet d'arriver en sa compagnie pour dîner. Kate allait s'affoler. Et toute la maisonnée portait le deuil du frère Wulfstan. Quelle sorte de réjouissance allaient-ils pouvoir offrir à Monseigneur ?

Il fut quelque peu soulagé quand, arrivé à l'East Gate, Thoresby se tourna vers lui en disant :

– Du bon travail, Archer. Dieu vous bénisse ! J'ai quelques affaires à régler en ville, mais je vais vous rejoindre sous peu.

Lucie se laissa tomber sur un tabouret dans l'officine.

– Il ne pouvait pas choisir un pire moment.

– Je me suis dit la même chose, mais comment refuser l'hospitalité au grand John Thoresby ?

– C'est impossible.

Jasper, toujours aussi pâle, détourna un instant son attention de son client.

– Allez rejoindre Kate, Maîtresse Lucie. Il n'y a pas tellement de travail, je peux me débrouiller tout seul.

Lucie lui posa affectueusement la main sur l'épaule et s'éclipsa avec Owen. Mais elle n'alla pas tout de suite retrouver Kate. Elle fit asseoir son mari sur le banc qui se trouvait près des rosiers.

– Raconte-moi d'abord tout ce que tu as appris. Je veux savoir comment cette sombre histoire s'est terminée. Le festin de Thoresby peut attendre.

Il n'avait aucune envie de répéter ce qu'il venait juste de dire à Ravenser, mais Lucie avait écouté toutes ses élucubrations avec une si grande patience qu'il ne pouvait pas faire autrement. Et peut-être cela la distrairait-il un instant de son chagrin. Il n'aimait pas du tout voir ces ombres sous ses yeux, ni le léger frémissement qui agitait ses mains. Pour terminer, il l'amusa en lui narrant le conflit qui avait éclaté entre Ravenser et son oncle.

– Il faut reconnaître que le neveu de l'archevêque

porte un plus gros poids sur les épaules que son intendant et espion. C'est réconfortant, non ?

Elle se leva en se tenant les reins. Elle paraissait toujours fatiguée, mais elle souriait.

– Je n'irais pas jusqu'à dire que c'est réconfortant. Mais il est vrai que c'était agréable de le voir s'en prendre à quelqu'un d'autre, pour une fois.

Le sourire de Lucie s'évanouit soudainement.

– *Peut-on commettre un péché sans le vouloir ? Et si personne d'autre que le coupable n'en souffre, est-ce que la faute existe ?* Je comprends la première partie maintenant. Ils ne pouvaient pas savoir qu'Adam Carter allait vouloir à tout prix récupérer ce tonneau, et ils ignoraient qu'il avait deux enfants. Ce que j'aimerais comprendre, c'est comment Julian Taverner et Laurence de Warrene ont pu s'acoquiner avec pareil individu ?

Owen lui passa un bras autour des épaules.

– Ils étaient plus jeunes et plus affamés que quand nous avons fait leur connaissance. (Ils regagnèrent la maison à petits pas.) Étrange, tout de même, que ce soit Laurence qui ait posé cette énigme, quand c'est sans doute Julian qui a éprouvé le plus de remords.

– À la vérité, nous n'en savons rien. Nous n'avons que la version de Julian. Peut-être que Laurence a pensé que la maladie de sa femme était une terrible vengeance... Qui sait ? La pauvre a mis longtemps à mourir.

La voie de Lucie était triste. Matilda et elle éprouvaient beaucoup de plaisir à échanger des graines et des boutures de leurs jardins respectifs.

Une fois encore, Owen tenta de lui remonter le moral :

– On s'occupe très bien du jardin de Matilda, à l'hôpital. Elle en serait fière.

– Ah, tant mieux ! (Lucie resta silencieuse quelques instants.) En réalité, la deuxième partie de l'énigme était fausse. Les coupables ont souffert. Et pense à ce que cette femme a failli faire à l'hôpital St Leonard qui a élevé la fille qu'elle avait abandonnée.

– Et la pénitence ? Étaient-ils responsables de la mort d'Adam Carter ? Ou du sort de sa maîtresse et de ses enfants ?

– Mon chéri, voilà une excellente question à poser à notre invité de ce soir.

– Un autre jour peut-être, mais certainement pas ce soir.

Épilogue

Dès l'aube, et sans discontinuer, tous les employés de la York Tavern eurent à subir les effets de la frustration de Bess. S'il était possible d'accomplir un travail de nettoyage parfait, c'est aujourd'hui qu'ils allaient y parvenir. Ils lavèrent, grattèrent, essuyèrent, lustrèrent, fourbirent en compagnie de leur patronne qui accomplissait elle-même le travail de trois personnes. Elle n'arrivait pas à digérer l'ingratitude dont Owen et Lucie avaient fait preuve à son égard, pas plus tard que la veille. Tout juste s'ils ne l'avaient pas mise à la porte de leur maison. Dieu du ciel ! C'est tout de même la mort de son oncle Julian, et ses révélations sur la cause de la mort de son ami Laurence, qui avaient dévoilé qu'il se passait des événements pas catholiques à l'hôpital. Et toutes ces journées sacrifiées à assister Owen... Ah ! on pouvait dire qu'elle en était bien récompensée.

À midi, elle était éreintée.

– Tom, lança-t-elle. Je vais me reposer un peu. Veille à ce qu'ils n'en profitent pas pour flemmarder.

Une fois dans sa chambre à coucher, elle ouvrit les volets d'une brusque poussée pour laisser entrer un peu d'air. Tout avait commencé à cet endroit précis, quand elle avait senti l'odeur d'un incendie.

Aujourd'hui, le ciel était bleu, et le calme qui régnait dans la cité n'était troublé que par la cloche de l'abbaye St Mary sonnant le glas. Encore une autre frustration : malgré tous ses efforts, le frère Wulfstan s'en était allé. Qu'est-ce que Dieu pouvait bien être en train de fabriquer ?

Et ça, qui était-ce ? Elle se pencha autant qu'elle le pouvait à la fenêtre. Sainte Marie Mère de Dieu ! C'était Son Éminence l'archevêque, venant de Stonegate et entrant sur la place en tenant un enfant aux cheveux sombres de la main gauche et un bébé au creux de son bras droit. Le frère Michaelo marchait derrière lui en portant un grand panier. Elle regardait avec une telle intensité qu'elle finit par en loucher. Le bébé avait des cheveux roux. Bess fit demi-tour et survola les marches pour redescendre.

– Tom ! Tu vas jamais croire ce que l'archevêque en personne nous ramène. Arrête de faire tout ce bruit et écoute-moi !

Tom, qui était en train d'aplatir un plat d'étain gondolé, s'immobilisa avec son maillet de bois levé.

– Allons, explique-toi, ma femme.

– Il ramène Gwenllian et Hugh de la campagne. Il faut que je m'occupe d'eux, que je m'assure qu'ils ont assez à manger.

– À mon avis, tu ferais mieux d'attendre qu'on fasse appel à toi.

Mais elle était déjà arrivée au milieu de l'escalier et ne l'entendit même pas. Elle s'éclaboussa d'eau le visage, le cou et les mains, se débarrassa à la hâte de son tablier et coiffa l'un de ses bonnets à rubans qui la rendraient présentables, même à un archevêque.

Elle arriva juste à temps pour assister aux retrouvailles qui n'allèrent pas sans larmes. Et pas seulement des larmes de joie.

– Sir Robert est malade, dit Thoresby, alors, avec votre tante, nous avons pensé qu'il était plus prudent d'éloigner les enfants de lui.

– La peste ? demanda Lucie dans un murmure.

– Non. Il a pris froid après être tombé dans l'étang. Il se livrait à une joute avec Gwenllian.

La fillette très brune de deux ans, installée sur les genoux de son père, les écoutait d'un air solennel. Owen lui caressait les cheveux aussi frisés et vigoureux que les siens.

– Ça ne veut pas dire que tu sois à blâmer, ma chérie.

Gwenllian ne répondit rien, mais saisit la main de son père et s'y cramponna.

– Est-ce qu'il est très malade ? demanda Lucie.

L'archevêque fit signe à Michaelo d'emporter le panier dans la cuisine.

– À son âge, n'importe quelle maladie peut s'avérer dangereuse, Maîtresse Wilton. Dame Phillippa paraissait inquiète, mais je pense qu'elle se faisait surtout du souci pour les enfants.

Bess se dit que ce n'était sans doute pas le moment de les interrompre. Elle s'apprêtait à s'éclipser discrètement quand Owen se rendit compte de sa présence.

– Entrez, Bess ! Entrez donc !

– Monseigneur, dit-elle en faisant une petite révérence, j'étais juste venue voir si mes yeux m'avaient pas joué un tour.

Après avoir serré les enfants dans ses bras avec

affection, elle avisa la table bien garnie. On s'apprêtait donc à faire la fête.

– Elle a de bons yeux, Votre Éminence, commenta Owen. Et elle m'a beaucoup aidé à découvrir la vérité au sujet de la mort de son oncle Julian.

– J'attends encore d'en connaître tous les détails, mon voisin, souligna Bess.

– Vous possédez de nombreux talents, Maîtresse Merchet, dit Thoresby. Je ne vous oublierai pas, si jamais j'ai besoin d'un deuxième espion.

Bess hocha la tête, faisant danser ses rubans. C'était bien la dernière chose qu'elle souhaitait.

– Je vous prie de ne pas penser à moi pour ce genre de besogne, Votre Éminence. Je préfère de beaucoup m'occuper d'une taverne. (Toutefois, elle trouvait bien agréable d'être appréciée pour autre chose que ses qualités de bonne ménagère.) Je suis pourtant bien forcée d'admettre que je possède un certain talent dans le domaine de l'espionnage.

Note de l'auteur

Le concept d'hôpital, dans l'Angleterre du XIVe siècle, différait d'une façon radicale du critère actuel. La meilleure définition en est donnée par Rotha Mary Clay en 1909 : « L'hôpital n'était pas un établissement médical, mais une institution religieuse. On s'y occupait des malades sans vraiment les soigner. On soulageait si possible le corps, mais préséance était donnée à l'âme... Le personnel était chargé de conforter l'âme et de la préparer à sa vie future. » Toutefois, on n'y mourait pas obligatoirement. Le règlement de St Leonard stipulait que les patients dont l'hôpital avait la charge devaient y rester jusqu'à leur convalescence complète et n'en partir que quand ils étaient en état de travailler.

Non seulement le concept, mais la signification du mot *hôpital* a changé. L'hôpital St Leonard d'York englobait toutes les définitions qu'on en trouve à l'époque : « Une maison ou un hôtel pour accueillir les pèlerins, les voyageurs et les étrangers ; et aussi un hospice : une institution charitable pour loger et nourrir les nécessiteux, un asile pour les infirmes et les vieillards. Également une institution charitable pour accueillir et éduquer les jeunes. Enfin, un établissement pour prendre soin des blessés et des malades. »

St Leonard était, en outre, une institution religieuse qui faisait chaque jour l'aumône aux pauvres de la cité d'York et nourrissait les détenus enfermés dans la prison municipale du château. C'était donc une fondation extrêmement importante. Il existait d'autres hôpitaux à York, mais qui étaient loin de jouer le même rôle que St Leonard. Ces établissements étaient d'ailleurs spécialisés : l'un s'occupait des lépreux, un autre des membres du clergé... De plus, nombre de guildes ouvraient leurs propres maisons pour y accueillir leurs membres âgés ou malades. Une spécialité n'existait cependant pas : la peste.

L'épidémie de peste de 1369 était la troisième. Les archives en faisant état ne sont pas très détaillées, mais toutes concordent sur un point : les victimes étaient avant tout des vieillards, des infirmes et des enfants. Ce qui suggère à notre façon moderne de penser que les adultes s'étaient fabriqué une immunité. Rosemary Horrox résume les théories du XIVe siècle sur les causes de la peste : « Les savants de l'époque prétendaient tous que la cause physique de la peste était la corruption de l'air – ou plutôt, comme l'air était un élément et ne pouvait pas changer, le mélange de l'air avec des vapeurs corrompues ou empoisonnées, qui, si on les respirait, avaient un effet tout à fait nocif sur le corps humain. Là où ils différaient, c'était dans leur façon d'expliquer cette corruption. Quelques causes étaient évidentes. Tout le monde en convenait, l'air pouvait être empoisonné par des matières en putréfaction, y compris les cadavres humains, ou encore par les excréments et l'eau croupie. Inévitablement, les soupçons finirent par se porter sur tout ce qui sentait mauvais. En conséquence, les précautions à prendre pour se protéger de la peste incluaient la recommandation de s'entourer de senteurs plaisantes. » Toutefois la vie de tous les jours devait se poursuivre et les gens faisaient preuve d'imagination pour s'entourer de bonnes odeurs. Il est possible que certaines de leurs initiatives aient rebuté les puces ou créé un environnement qui déplaisait aux rats, sauvant ainsi des vies d'une façon fortuite.

Rassembler les malades dans une infirmerie était tout à fait contraire aux coutumes de l'époque. Les malades devaient être isolés autant qu'il se pouvait, et l'on conseillait aux gens en bonne santé d'éviter les foules. J'ai trouvé intéressant de dépeindre St Leonard au cours de cette épidémie, afin de montrer le changement radical du rôle de l'hôpital dans une communauté. Richard de Ravenser ne se rend pas à York pour apporter un soutien moral au personnel de son hôpital qui soigne les victimes de la peste, mais pour essayer d'en rétablir les finances et la réputation. La peste ne présente aucune signification particulière pour le maître de St Leonard.

L'hôpital St Leonard, l'une des rares institutions charitables à avoir survécu à la Conquête, avait soi-disant été fondé par le roi Athelstan en 936. Baptisé alors St Peter, et administré par les chanoines de la cathédrale, ce fut d'abord un hospice et une pension pour voyageurs jusqu'à la fin du XIIe siècle. Environ trois cents personnes y vivaient, et les bâtiments couvraient une superficie qui s'étendait de Footless Lane à Petergate, ou peu s'en faut, et de Lop Lane au sud de l'abbaye St Mary. Le maître était assisté d'au moins treize moines, de huit nonnes, de sœurs et de frères lais, plus des clercs et des domestiques. Au XIVe siècle, le maître de l'hôpital, connu alors sous le nom de St Leonard, était choisi par le roi. Toutefois, Richard de Ravenser étant le Receveur de la Reine, il lui devait peut-être sa nomination. Et, bien sûr, il était également le neveu de John Thoresby, archevêque d'York.

Le financement de l'hôpital St Leonard était assuré par une dîme prélevée sur les paysans du diocèse d'York. Après la première visite de la Mort Noire, cette dîme ne fut plus suffisante pour faire face à l'augmentation des prix et aux salaires. De mauvaises récoltes, comme celle de 1368, aggravèrent le problème. L'hôpital fut alors doté de terres, d'églises, de moulins qui lui apportèrent un revenu supplémentaire ; mais la baisse du produit de la dîme avait encouragé les précédents maîtres de St Leonard à accepter des pensionnaires dont ils prenaient les biens en viager. Toutefois, des difficultés surgirent parce que les pensionnaires vivaient beaucoup plus vieux que prévu et coûtaient en fait de l'argent à l'hôpital. En outre, le roi étant le protecteur de St Leonard, il n'hésitait pas à y placer des domestiques âgés pour lesquels il ne payait aucune pension.

En tant que Gardien du Panier et Receveur de la Reine, Richard de Ravenser s'avéra être un habile financier. En 1363, le roi le promut clerc de première classe, et cette même année, il le chargea d'apurer les dettes considérables de la reine. Il n'est donc par surprenant que, lorsqu'il occupa la charge de maître de St Leonard (1363-1384), sa priorité fut d'en améliorer la situation financière.

J'ai trouvé que chacun de ces pensionnaires qui vivaient trop longtemps pouvait être la victime idéale d'un meurtre. Et si Richard de Ravenser n'avait pas été un personnage historique d'envergure, je n'aurais pas hésité à l'impliquer dans de sombres machinations. Mais plus j'ai étudié de documents sur son compte et plus j'ai été persuadée que sa seule tare était son obsession à vouloir équilibrer le budget de l'hôpital et en préserver la bonne réputation – et aussi un manque total de flair en ce qui concernait les gens dont il avait la charge.

Mais un soir de 1995, au cours d'un dîner en agréable compagnie à York, Patricia Cullum mentionna les sœurs laies qui commencèrent à faire leur apparition à l'hôpital St Leonard, sans doute à la fin du XIVe siècle. Et lentement, Anneys commença à prendre forme dans mon imagination : une veuve qui avait prononcé les vœux mineurs d'une sœur laie et pouvait ainsi se déplacer dans l'hôpital à sa guise sans attirer l'attention. Et comme leur statut différait peu de celui des domestiques, j'ai pensé que personne ne devait s'intéresser beaucoup à leurs antécédents ou à ce qu'elles faisaient quand elles n'étaient pas de service.

L'épidémie de peste et la mort de la reine constituaient des complications intéressantes. On ne sait pas exactement quand John Thoresby démantela Sherburne pour en récupérer les pierres, mais j'ai jugé approprié qu'il le fasse pendant une période aussi dramatique, quand la ville d'York traverse un drame et au moment où la reine s'éteint.

La reine Phillippa n'est pas morte de la peste. Elle était souffrante depuis des années, et durant l'été 1369, son mal empira. Beaucoup disent que quand Phillippa mourut, Edward III perdit son ancre. Sauf ceux qui peuvent penser qu'Alice Perrers était capable de la remplacer. Froissart rapporte que sur son lit de mort, la reine demanda au roi de lui accorder trois vœux : honorer ses dettes, les legs qu'elle souhaitait faire, et qu'il demande à être enterré près d'elle à Westminster le moment venu. Le roi acquiesça en pleurant. Comme le voulait la tradition, son lit de mort fut donné à l'Église. Les rideaux et les courtepointes furent transformés en chasubles pour le clergé de la cathédrale d'York où avait eu lieu son mariage. Ses sujets l'avaient aimée d'une affection profonde et elle fut beaucoup regrettée. Son cercueil voyagea sur la Tamise jusqu'à la Tour de Londres pour ensuite traverser la foule qui bordait les rues jusqu'à Westminster où elle fut ensevelie dans de la terre rapportée de Terre Sainte.

De nombreux témoignages confirment que, cette année-là, l'infamante Alice Perrers donna le jour à une fille baptisée Blanche. Un hommage à l'épouse décédée de John de Gaunt ? Ou un indice pas trop subtil pour laisser deviner le nom du père ? Mais il est intéressant de noter que tous les récits faits sur la vie d'Alice ne mentionnent pas une fille baptisée Blanche. Cela restera probablement une énigme.

Remerciements

Je souhaite remercier Lynne Drew et Evan Marshall qui m'ont encouragée tout au long de l'écriture de ce livre, au cours d'une année difficile. Charles Robb qui m'a soutenue avec patience, n'a pas ménagé ses efforts pour établir les cartes, a su prendre des photos minutieuses des lieux importants, et m'a incitée à me plonger plus profondément dans mes recherches grâce à ses questions judicieuses. Lynne, Evan et Victoria Hipps qui ont soigneusement relu mon manuscrit.

J'ai une immense dette de gratitude envers Patricia H. Cullum pour ses études approfondies sur l'hôpital St Leonard et pour la patience avec laquelle elle a toujours répondu à mes questions. Je dois remercier également Jeremy Goldberg, Joe Nigota, Carol Shenton et les savants et magnanimes membres de Mediev-1, Chaucernet et H-Albion qui, à ma demande, m'ont indiqué des faits et des bibliographies. S'il reste des fautes, elles n'incombent qu'à moi.

Les recherches nécessaires à l'écriture de ce livre ont été menées dans la ville d'York, à la bibliothèque Morell de l'Université, ainsi qu'à la British Library et à la bibliothèque de l'université de Washington. J'ai également obtenu des documents importants du Trust archéologique d'York et de mes collègues, grâce à l'Internet.

Cet ouvrage a été composé par
I.G.S. - Charente Photogravure à L'Isle-d'Espagnac (16)
Dépôt légal : 49663-09/04
ISBN 2 7024 9765 9
Edition : 01

IMPRIMÉ EN ESPAGNE PAR LIBERDÚPLEX
Barcelone